KB136719

차범석의 전원일기 3

차범석의

전원일기 3

제31~49화 대본집

초판 1쇄 발행 | 2022년 11월 28일

지은이 | 차범석
엮은이 | 전성희

펴낸곳 | (주)태학사
등록 | 제406-2020-000008호
주소 | 경기도 파주시 광인사길 217
전화 | 031-955-7580
전송 | 031-955-0910
전자우편 | thspub@daum.net
홈페이지 | www.thaehaksa.com
편집 | 조윤형 여미숙
디자인 | 이영아
마케팅 | 김일신
경영지원 | 김영지

ⓒ (재)차범석연극재단, 2022. Printed in Korea.

값 22,000원

ISBN 979-11-6810-114-2 (03810)

책임편집 | 조윤형
표지디자인 | 이영아
본문디자인 | 김성인

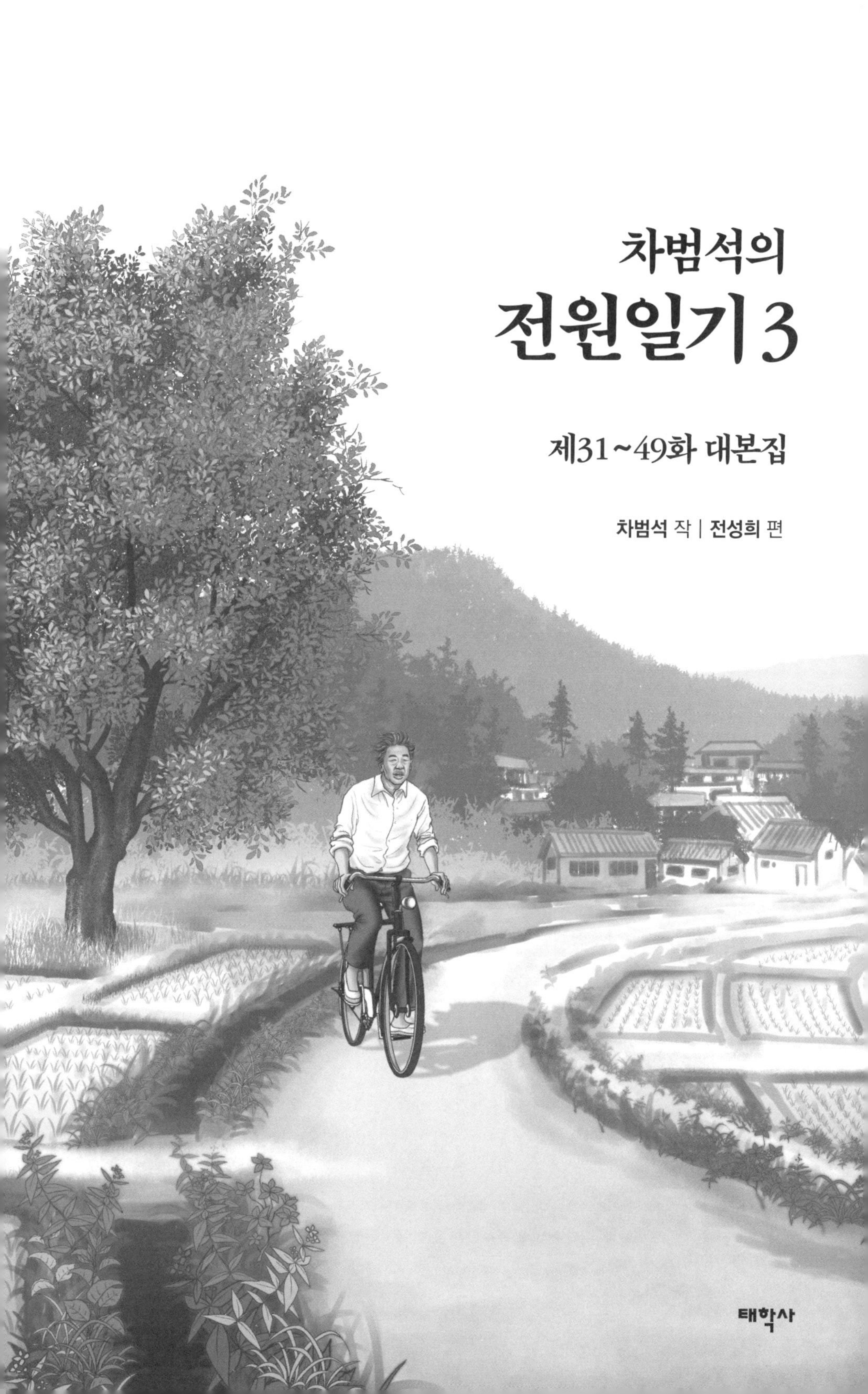

차범석의
전원일기 3

제31~49화 대본집

차범석 작 | **전성희** 편

태학사

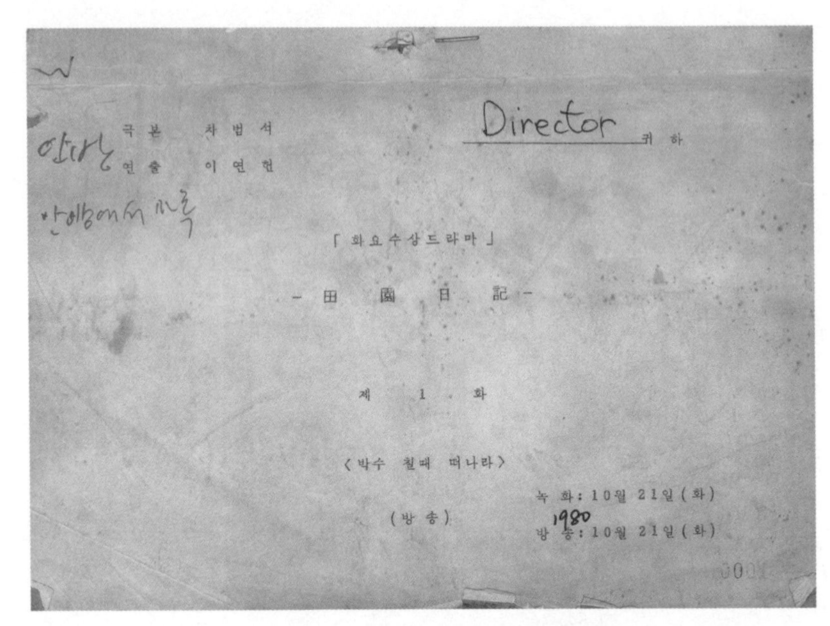

극본 차범석
연출 이연헌

Director 귀하

「화요수상드라마」

－田 園 日 記－

제 1 화

〈박수 칠때 떠나라〉

(방송)

녹 화 : 10월 21일(화)
1980
방 송 : 10월 21일(화)

〈전원일기〉 제1화 「박수 칠 때 떠나라」 방송용 대본 표지. 목포문학관 소장.

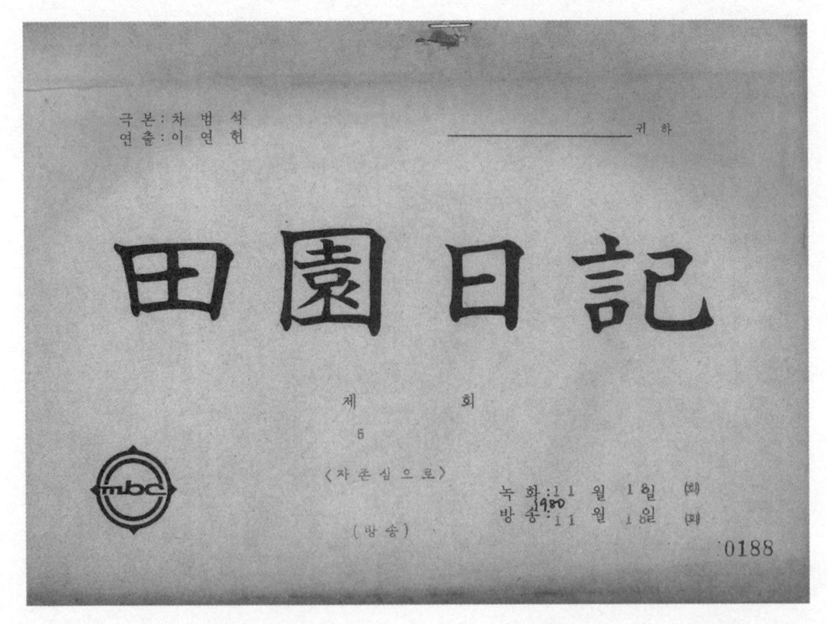

극본:차 범 석
연출:이 연 헌

귀하

田園日記

제 회
5

〈자존심으로〉

(방송)

녹 화:11 월 1일
1980
방 송:11 월 1일

0188

mbc

〈전원일기〉 제5화 「자존심으로」 방송용 대본 표지. 목포문학관 소장.

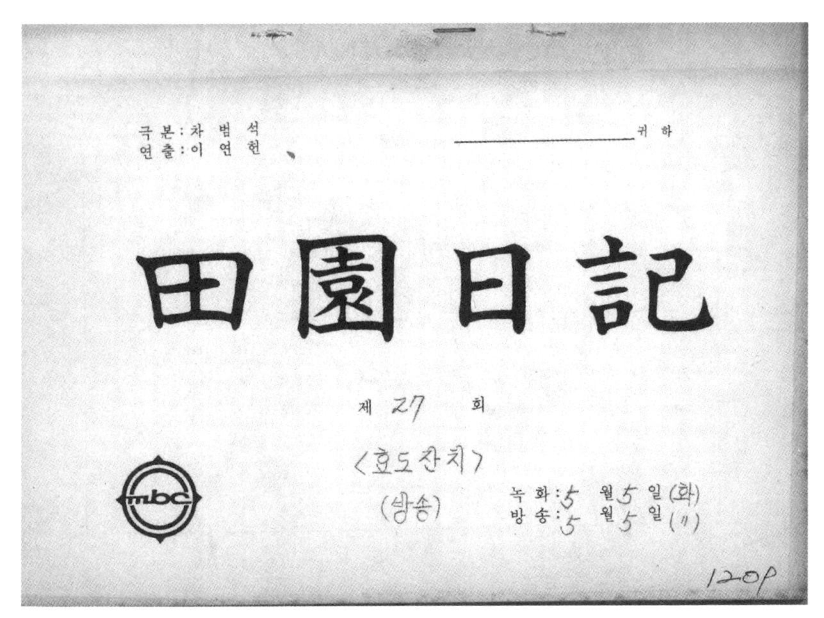
극본:차 범 석
연출:이 연 헌

귀 하

田園日記

제 27 회

〈효도잔치〉

(방송)

녹 화:5 월5 일(화)
방 송:5 월5 일(〃)

120P

〈전원일기〉 제27화 「효도 잔치」 방송용 대본 표지. 목포문학관 소장.
1981년 9월 3일 제8회 방송의 날, 한국방송대상 우수작품상 수상작으로, 연기자 최불암은 이 작품으로 TV연기상을 수상했다.

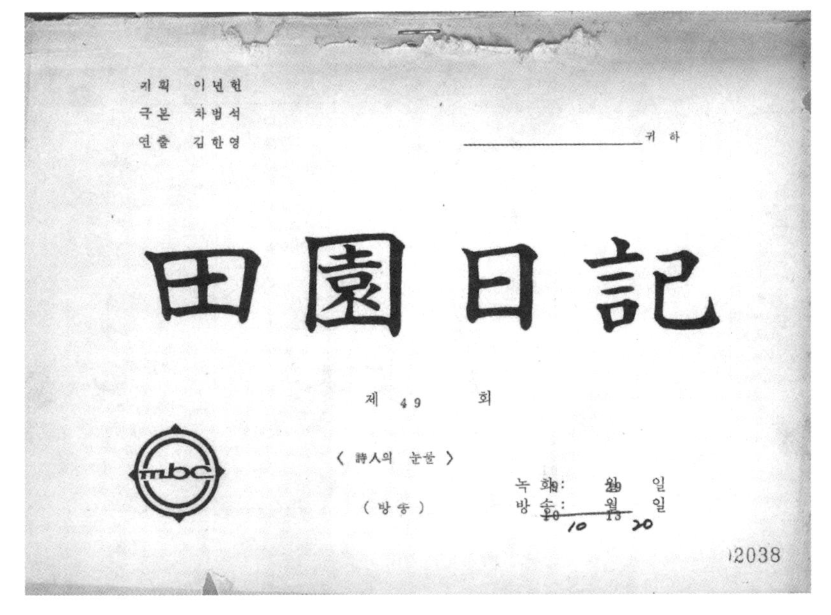
기획 이연헌
극본 차범석
연출 김한영

귀 하

田園日記

제 49 회

〈 詩人의 눈물 〉

(방 송)

녹 화: 월 일
방 송: 월 일

〈전원일기〉 제49화 「시인의 눈물」 방송용 대본 표지. 목포문학관 소장.
이 작품을 끝으로, 차범석은 〈전원일기〉 집필을 후배인 김정수에게 넘겨주었다.

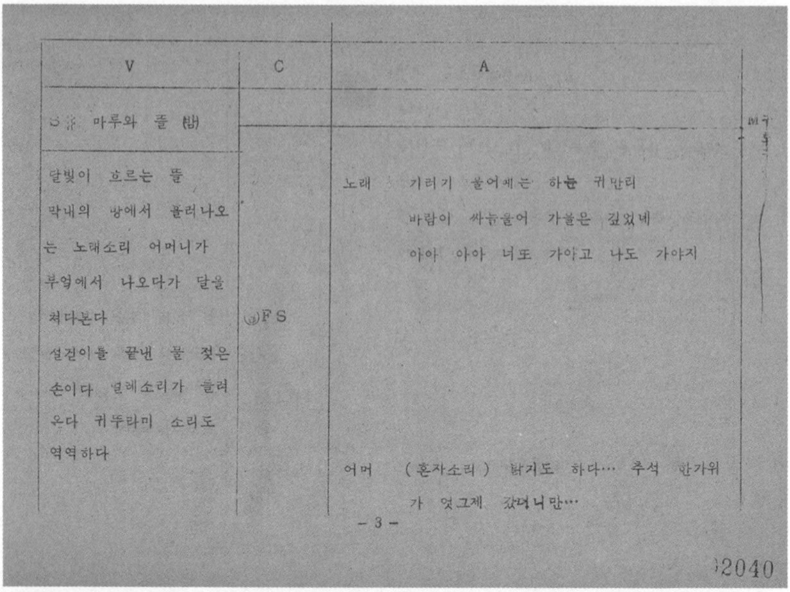

V	C	A
S# 마루와 뜰 (밤)		
달빛이 흐르는 뜰 막내의 방에서 흘러나오 는 노래소리 어머니가 부엌에서 나오다가 달을 쳐다본다 설겆이를 끝낸 물 젖은 손이다 벌레소리가 들려 온다 귀뚜라미 소리도 역역하다	ⓢFS	노래 기러기 울어예는 하늘 구만리 바람이 싸늘불어 가을은 깊었네 아아 아아 너도 가야고 나도 가야지 어머 (혼자소리) 밝기도 하다… 추석 한가위 가 엇그제 갔더니만…

- 3 -

02040

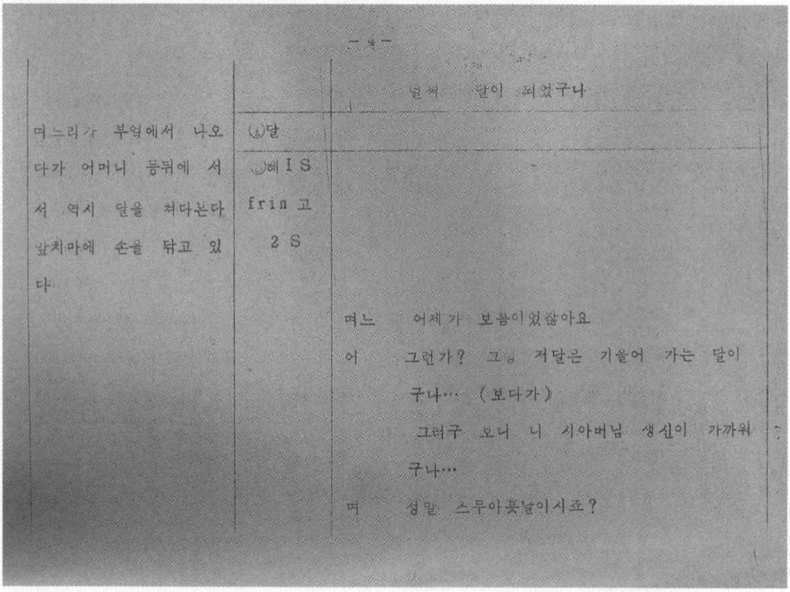

- 4 -

		벌써 달이 떠었구나
며느리가 부엌에서 나오 다가 어머니 등뒤에 서 서 역시 달을 쳐다본다 앞치마에 손을 닦고 있 다	ⓛ달 ⓒ혜 I S frin 고 2 S	며느 어제가 보름이었잖아요 어 그런가? 그럼 저달은 기울어 가는 달이 구나… (보다가) 그러구 보니 니 시아버님 생신이 가까워 구나… 며 정말 스무아흣날이시죠?

〈전원일기〉 제49화 「시인의 눈물」 방송용 대본 본문의 첫 두 페이지. 목포문학관 소장.

TV 週評

田園日記에 폭넓은 反應

MBC 새프로…과감한企劃 높이評價

○…MBC가 새로 내기시작한 火曜단막 시리즈物 전원일기(9시50분·車凡錫극본 李在甲연출)는 벌써부터 폭넓게 좋은반응을 얻[illegible]

[illegible]

MBC가「洪변호사」의 후속으로 기획한 「전원일기」중의 崔佛岩과 金惠子.

터부視 농촌을背景 가장리얼한 캠페인

葛藤요인補强 신경써야

脫都市… 牧歌的 자연에 共感帶형성

[illegible]

박수할때 떠나간다

車凡錫 <극작가>

[illegible]

◇1924년 木浦出生
◇延世大英文科졸업
◇연극협회이사장역임 극단산하대표

드라마도「終의타이밍」놓치면 拙作돼

좀더먹고싶다할때 숟갈놓는게 健康의秘法

[illegible]

미련을 짓깨물줄아는 용기…실천이 문제

[illegible]

〈전원일기〉 제1화 방영 후 보도된 기사. 「전원일기에 폭넓은 반응: MBC 새 프로 … 과감한 기획 높이 평가」, 『경향신문』, 1980. 10. 29. (왼쪽)

차범석이 〈전원일기〉 제49화를 끝으로 극본 작업을 후배에게 넘겨주고, 그간의 소회를 밝힌 기고문. 「박수할 때 떠나간다」, 『경향신문』, 1981. 12. 2. (오른쪽)

차범석의 〈전원일기〉

차범석은 한국을 대표하는 사실주의 희곡작가이다. 특히 〈산불〉과 〈옥단어〉는 차범석의 대표작으로, 한국 연극사의 한 획을 그은 작품으로 평가된다.

이처럼 차범석은 희곡작가로 연극계에 데뷔해 연출가, 극단 대표, 한국연극협회 이사장, 대한민국예술원 회장 등 한국 연극계와 문화계에 크나큰 족적을 남겼다. 연극인으로서 차범석은 한마디로 정의할 수 없을 만큼 다양한 활동을 했으며, 방송계와의 인연 또한 꽤나 뿌리 깊게 긴 세월 동안 이어져 왔다.

차범석 자신은 방송 쪽 일은 연극과 달리 자신의 주된 영역으로 인정하지 않고 교사로 퇴직한 이후 생계를 잇기 위한 수단으로 선택한 것일 뿐이라고 생각하면서도 "방송과 연극이 모두 민중을 위한 정신문화"이며 "이 두 매체가 상부상조하게 되면 언젠가는 하나의 길로 귀결될 수도 있다."고 믿었다. 그리고 「TV 극작론」과 같은 방송드라마 작법이나 방송극의 소재 분석과 같은 글도 발표하면서 방송작가로서의 책임감을 갖고 있었기 때문에, 1978년 3월 한국방송작가협회와 한국방송극작가협회가 하나로 합쳐져 방송문인협회가 발족했을 때 차범석은 이 협회에 이사로 참여했다.

그리고 MBC가 개국할 때 개국 특집 드라마 〈태양의 연인들〉을 집필했으며, 1983년 제4회 방송대상 라디오 극본상도 수상했다. MBC의 〈물레방아〉는 총 155회가 방영되었는데, 이것은 일일드라마 최초로 100회를 넘는 기록이다. 이처럼 차범석의 연극인으로서의 업적도 중요하지만 방송작가로서의 그것도 무시할 수는 없다.

요사이 TV에서 케이블 채널을 중심으로 2002년 종영한 〈전원일기〉가 재방송되고 OTT에서는 인기 드라마 순위 톱 10에 오르기도 했다. 이런 인기에 힘입어 MBC 다큐플렉스는 창사 60주년 특집으로 〈전원일기 2021〉 4부작을 제작했다. 〈전원일기〉는 1980년부터 2002년까지 22년 동안 방영되었던 농촌 드라마로, 무려 1088편이 제작되어 세계 방송사상 유례가 없는 최장수 드라마로 알려져 있다. 〈전원일기〉에서 김 회장의 둘째 아들로 출연했던 배우 유인촌은 문화체육관광부 장관 시절 〈전원일기〉를 기네스북에 등재하려 했지만 초기 〈전원일기〉 영상이 남아 있지 않아 무산되었다고 한다.*

2021년 MBC는 창사 60주년 특집으로 〈전원일기〉를 선택하였는데 이것은 〈전원일기〉에 대한 관심이 당시 시청자층이었던 현재 50대 이상의 기성세대뿐만 아니라 OTT와 같은 플랫폼을 통해 원하는 시간대에 취향에 따라 드라마를 선택하는 젊은 시청자들을 중심으로 높아졌기 때문이다. 〈전원일기〉가 지금 다시 주목을 받을 수 있었던 것은 이와 같은 미디어 환경의 변화, 그리고 예전에 이 드라마를 부모와 함께 보던 젊은 세대들이 뉴트로(newtro)적 매력에 빠졌기 때문이라고 할 수 있다.

> 〈전원일기〉가 지금 대중의 마음속으로 들어오게 된 건, 농촌 드라마에 대한 갈증은 커졌지만 이를 채워 줄 농촌 드라마가 부재한 현실 때문이기도 하다. 물론 그렇다고 지금 농촌을 배경으로 하는 드라마를 만든다고 해서 그 갈증이 채워질

---

* "드라마 〈전원일기〉를 최장수 드라마로 기네스북에 등재하려고 한 적이 있습니다. 전원일기는 1980년 10월부터 22년 동안 전파를 탔거든요. 그런데 그쪽에서 물적 증거인 방송 테이프를 갖고 오라고 하더군요. 찾아보니 1회부터 10회까지 방송 테이프가 없었습니다. 당시만 하더라도 못살던 시절이라, 한 번 쓴 비디오테이프에 다시 녹화했던 겁니다. 그래서 아쉽게도 〈전원일기〉를 기네스북에 올리는 데 실패했습니다." 2010년 1월 20일 국립민속박물관 대강당에서 유인촌 문화체육관광부 장관은 대한민국 정책 포털 공감 코리아의 제3기 정책기자단과 가진 기자회견에서 이같은 비화를 공개했다. 「전원일기, 기네스북 못 올라간 이유」, 대한민국 정책브리핑(www.korea.kr), 2010. 1. 21.

> 것 같지는 않다. 그것은 이미 달라진 농촌의 현실이 더 이상 저 〈전원일기〉 속 농촌 풍경이 주던 편안함을 제공하기 어려울 것이기 때문이다. 결국 〈전원일기〉는 그렇게 더 이상 우리가 볼 수 없는 '사라진 농촌'을 담은 작품으로서 더더욱 아우라를 드러낼 수밖에 없게 됐다.*

〈전원일기〉는, 1980년 10월 21일 방영된 제1화 「박수 칠 때 떠나라」가 차범석이 작가로 참여, 시추에이션 드라마의 문을 열었으며, 2002년 제1088화 「박수할 때 떠나려 해도」로 막을 내렸다.

현재, 차범석이 창작하여 방영되었던 초기 〈전원일기〉 드라마 영상은 MBC ON AIR에 제2화와 제27화, 두 편이 남아 있을 뿐이다. (MBC 아카이브에 1088화 중 약 800회분 정도가 남아 있고, 네이버 시리즈 온에서는 제1화~제116화를 제외한 제117화~제1088화 892편을 유료 서비스하고 있다.)

〈전원일기〉 초창기 영상이 제2화와 제27화를 제외하고는 남아 있지 않지만, 목포문학관에 차범석의 원고가 대본의 형태로 대부분 보관되어 있기 때문에 이 책 『차범석의 전원일기』 출간이 가능했다. 차범석이 창작한 제1~49화의 대본집 출간 작업은, 초창기 〈전원일기〉의 전모를 파악할 수 있고 차범석의 방송작가로서의 위상을 정립할 수 있다는 점에서 의미 있는 일이다. 또한 출간 작업을 하다 보니 자연스럽게 대본의 목록 정리뿐 아니라 기존 자료의 오류도 바로잡을 수 있었다.

현재 목포문학관에 소장되어 있는 차범석이 쓴 〈전원일기〉는 총 42편이다. 〈전원일기〉의 제1화부터 제49화까지 가운데 34화 「떠도는 사람들」, 37화 「촌여자」, 48화 「못된 사람들」은 김정수가, 43화 「가위소리」는 노경식이 썼다. 그리고 28화 「늙기도 서러워라」, 39화 「고향유정」 등 두 편은 없고, 29화 「철새」와 30화 「풋사과」는 같은 작품이기 때문에 29화 「철새」를 제외하고 모두 42편 대본을 이 책에 수록했다.

---

* 정덕현, 「왜 지금 다시 〈전원일기〉인가」, 『시사저널』 1655호, 2021. 7. 4. (http://www.sisajournal.com)

차범석이 MBC 이연헌 PD로부터 새로운 콘셉트의 드라마 집필 제의를 받아 집필하게 된 것이 수상드라마 〈전원일기〉다. 당시 제5공화국 정부는 퇴폐적이고 저속한 사회 분위기를 정화한다는 명분 아래 국민 정서순화 드라마 제작을 강요하자 방송사들이 적극적으로 정서순화 드라마 제작에 나서게 되는데, MBC는 그에 대한 대안으로 농촌 드라마 〈전원일기〉를 제작한 것이었다.

〈전원일기〉의 첫 화에서 차범석은 형식상의 포맷을 정립, 그 진행 방식은 〈전원일기〉의 특성이 되었다. 드라마에서 잘 사용하지 않는 내레이션을 극의 시작과 끝에 배치해 안정감을 주고, 농촌에서 일어나는 일들을 소재로 이농, 가족 간의 갈등, 하곡 수매가, 수입 소고기, 농약의 과다 사용, 농촌 청년의 결혼, 입양, 결혼에서의 혼수 문제 등을 다루었다. 그러나 농촌의 실상을 적나라하게 보여 주면서 농촌 문제에 대해서는 나이브하게 접근했다는 지적과, 농민을 위한 드라마가 아니라 도시인을 위한 농촌 드라마라는 이야기를 듣기도 했다.

하지만 본래 〈전원일기〉가 잔잔한 한 편의 수필 같은 드라마를 지향했기 때문에 갈등의 극대화 대신 "갈등의 잔해"를 남기지 않는 드라마라는 자신의 정체성을 확고히 가질 수 있었으며, 장수 드라마로서 한국 TV 드라마 역사에서 자신의 위치를 확고히 할 수 있었다. 그 기반이 〈전원일기〉 초기 차범석의 대본을 통해 마련되었으며, 이후 22년간 긴 여정의 원동력이 되었던 것이다.

시추에이션 드라마는 장편 연속 드라마와 달리 캐릭터의 구현이 중요한데, 〈전원일기〉는 특성상 농촌의 아버지, 즉 김 회장의 캐릭터에 많은 사람들이 공감했다.

김 회장은 농부이면서 가끔 글을 쓰고 기고도 하는 사람(제2화 「주례」)이기도 하고 시를 읽기도 하는(제49화 「시인의 눈물」), 어쩌면 현실의 농부와 거리가 있을지도 모르는, 문학을 아는 농부이다. 그리고 마음은 누구보다도 포근하고 인정이 많으며 "능청스럽고 유들유들한" 성격으로 어머니에게 지청구를 듣기도 하지만, 어려운 사람을 보면 그냥 지나치지 못하고 국민 아버지로서 넉넉한 마음으로 살아가는 인물이다.

이 시대에 〈전원일기〉가 소환되는 데는 인간미 넘치는 인품의 김 회장과 그의 일가 때문이기도 하다. 그리고 지금은 보기 어려운 3대 혹은 4대에 걸친 대가족의 풍경은 이제 낯설고 색다르지만 잃어버린 고향과 그리움의 아이콘이 되기도 한다. 차범석은 〈전원일기〉의 특성이라고 할 수 있는 캐릭터를 구축하고 포맷의 설정 등을 통해 〈전원일기〉의 정체성을 확립했다. 그리고 갈등에 초점을 맞추기보다는 인간 화해의 '수상(隨想)' 드라마로서의 특징을 세웠다. 그렇기 때문에 〈전원일기〉는 단순한 농촌 드라마가 아닌 휴먼 드라마가 될 수 있었으며, 이것이 최장수 드라마로 가는 힘이 될 수 있었다.

차범석은 〈전원일기〉 집필을 시작한 지 1년 만에 제49화를 끝으로 집필을 그만두었다. 연속극이 아니어서 매회 새로운 이야기를 만들어 내는 것이 너무 힘들었기 때문이다. "막말로 연속극 형식이라면 전회에 나갔던 얘기나 인물을 다시 우려먹을 수도 있고, 바꾸어 치기도 하고, 늘려 먹을 수도 있으련만, 한 번으로 끝장을 내야 하는 주간극의 경우는 그런 사정이 허용되지 않으니 나름대로의 애로사항이 이만저만이 아니"었기 때문이었다.

〈전원일기〉의 제27화 「효도 잔치」가 1981년 제8회 방송의 날 한국방송대상에서 우수작품상도 받고 시청률과 평단의 호평 등 모든 것이 안정적인 상황이었는데, 차범석의 집필 중단 선언은 제작진에게 청천벽력이었다. 그를 설득하려 했지만 1화의 제목 「박수 칠 때 떠나라」를 언급하면서 완강하게 거부했다.

> 지금 방영되고 있는 〈전원일기〉에 대해서는 전문 비평가들이건 일반 시청자들이건 입을 모아 바람직스럽다고들 칭찬해 주기도 하고 큼직한 방송상도 타도록 해 주었으니 이렇게 박수를 할 때 나는 떠나겠다는 것뿐이오. … 인생이란 게 다 그런 거지 뭐… 박수할 때 떠나면서 사는 거지. 좀 더 먹고 싶다 했을때 숟가락을 놓는 게 건강법의 비방이지. 미련을 짓깨물 줄 아는 용기. 나는 그것을 실천했을

뿐이지.*

이렇게 49화로 〈전원일기〉 집필을 마쳤다. 〈전원일기〉가 양촌리에서 살아가는 이웃들의 소박한 이야기로 1088화까지 긴 시간을 이어 올 수 있었던 데에 차범석의 공은 부인할 수 없을 것이다.

〈전원일기〉는 인간의 삶에 근접한 드라마로서 이제 지나간 시대의 드라마가 아니며, 종영 이후 20년 가까이 지난 지금까지도 현재성을 갖고 소환되는 드라마로서 충분한 의미가 있다. 따라서 차범석의 〈전원일기〉는 한국 방송사에서 중요한 의미를 지닌 작품이며, 차범석의 방송작가로서 진면목이 드러난 드라마라고 할 수 있다.

이 대본집의 출간은 〈전원일기〉를 좋아하는 사람들에게도, 연구자들에게도 큰 의미로 남을 것이다. 대본의 상태가 부서지거나 인쇄 상태가 좋지 않아 입력작업이 힘들기도 했지만 수차례 확인을 통해 내용을 충실하게 전달하려 했다.

〈전원일기〉의 출간을 결심하고 물심양면으로 지원해 주신 차범석연극재단 차혜영 이사장님, 목포문학관 홍미희 팀장님과 윤은미 선생님, 그리고 태학사 김연우 대표님과 조윤형 주간님께 감사드린다. 그리고 이 책의 작업 동안 원고 촬영을 도와준 아람후배 신영섭과 복사하느라 애쓴 제자 이혜지, 표지 그림을 멋지게 그려 준 제자 박영준, 나의 버팀목인 가족 경형, 혜선, 혜준에게도 고마움을 전한다.

2022년 11월

엮은이 전성희

---

* 차범석, 「박수할 때 떠나간다」, 『경향신문』, 1981. 12. 2.

차례 — 차범석의 전원일기 3

차례 — 차범석의 전원일기 1

차례 — 차범석의 전원일기 2

일러두기

- 이 책은 목포문학관에 보관되어 있는 차범석 작 〈전원일기〉의 초기 대본 42편을 3권의 책으로 나누어 출판한 것이다.
- 목포문학관에 보관되어 있는 대본들의 표지에는 '방송' 혹은 '연습'이라 기록되어 있는데, 이 책에서는 '방송용 대본', '연습용 대본'으로 옮겨 기록해 놓았다.
- '방송용 대본' 수록을 원칙으로 하였으나 '방송용 대본'이 없는 경우에는 '연습용 대본'을 수록하였다.
- 방송 연월일은 엮은이가 여러 자료를 검토하여 실제 방송일을 찾아 넣었다.
- 원문을 존중하되, 지문은 현재의 표기법대로 고치고, 대사는 구어나 사투리 등을 그대로 살렸다.
- 각주는 모두 엮은이가 단 것이다.

제31화

농심

제31화 농심

방송용 대본 | 1981년 6월 2일 방송

• 등장 인물 •

할머니	정애란
아버지	최불암
어머니	김혜자
첫째	김용건
며느리	고두심
둘째	유인촌
셋째	김영란
맏딸	엄유신
사위	박광남
일용	박은수
일용네	김수미
면장	박규채
이장	김상순
순종(이장 아들)	진유영
아내(이장 아내)	박원숙
농민 A, B, C	
순경	윤석오
마을 사람들	

S#1 마루와 뜰

아버지가 방에서 나온다. 어머니가 뒤를 따라 나온다.

아버지가 점퍼를 입는다.

어머니 무슨 일이래요?

아버지 뭐, 모내기하는데 공동 작업을 하자는 얘기인가 봐.

어머니 언제요?

아버지 빠를수록 좋겠지. 올해는 늦었어.

어머니 일손이 모자라서 야단이라죠? 첫째 얘기로는 군청에서 모내기 독려를 하고는 있는데도 마을마다 일손이 모자라서 서울에서 사람을 사다가 한다던데.

아버지가 마루 끝에 걸터앉아 담배를 피워 문다. 걱정스러운 시선으로 하늘을 쳐다본다.

아버지 비라도 흠뻑 쏟아졌으면 오죽 좋아… 에이….

어머니 그러게 말이에요.

아버지 사람을 부리려 해도 품삯까지 올랐으니 원… 7천 원까지 줘야 한다니….

어머니 어머! 7천 원씩이나 해요? 세상에, 이건 농사지어서 품삯, 비료값 대기지 뭐유…?

아버지 그래서 우리 마을에서는 그걸 타개할 방법이 없겠는가 싶어 모여서 의논하자는 게지.

어머니 정말 이러다간….

아버지의 날카로운 시선에 부딪힌다.

아버지　이러다간 뭐요, 응? 농사 그만 짓고 서울로 나가 살자 이거요?

어머니　어머머… 넘겨짚기는… 당신이 무슨 점쟁이에요? 사람 마음을 그렇게 속속들이 들여다보시게.

아버지　점쟁이가 따로 있나?

어머니　난 농사짓기가 힘들다고 했지 농사를 그만두자고는 안 했어요. 왜 그것도 잘못인가요?

아버지　말로는 그렇지만 마음속으로는 농촌에서 사는 게 지겹다 이거겠지! 보나 마나….

어버지　에그… 갈수록 산이라더니….

아버지　내 말이 틀렸어? 그 눈빛 보면 안다고! 쩍 하면 입맛이라고….

어머니　어서 나가시기나 하셔요! 당신 잔소리 지겨워요…. 한번 입을 뻥끗했다 하면 거미 똥구멍에서 거미줄 뽑기니 원! 자! 어서 나가세요!

아버지　아니, 이 사람이….

어머니가 웃음을 참으며 아버지 등을 밀어낸다.

저만치 부엌 앞에서 며느리가 그 광경을 보다 말고 킬킬댄다. 개가 꼬리를 치며 덤빈다.

아버지　그럼 다녀올 테니까… 참 둘째보고 못자리 비닐을 걷어내고 물꼬 좀 잘 살피라고 해요.

어머니　알았어요. 다녀오세요.

아버지가 자전거를 끌고 나간다.

까치가 운다. 어머니, 까치가 우는 쪽으로 쳐다본다.

어머니　(심란해서) 이젠 네가 울어도 신명도 안 난다! 찾아올 사람도 있을 리 없고…. 기다리는 게 있다면 비나 내려서 모내기나 잘 끝냈으면… 그것뿐이지….

돌아서려다가 며느리와 시선이 마주친다.

며느리가 억지로 웃음을 참는다.

어머니　넌 또 뭐가 그렇게 좋아서 싱글벙글이니?

며느리　흣흐…….

어머니　응?

며느리　참, 이상해요.

어머니　뭐가?

어머니가 마루 끝에 걸터앉아 걸레로 마루를 훔친다.

며느리　아버님하고 어머님은 항상 다투고 계신 것 같으면서도 그게 아니니 말씀이에요.

어머니　뭐라고?

며느리　아마 부부가 늙어가면 그렇게 되나 보죠?

어머니　그렇게라니?

며느리　겉으로는 튕기고 속으로는 잡아당기고….

어머니　아니 그게 무슨 소리냐? 겉으로는 튕기고 속으로는 잡아당기다니?

며느리　두 분의 얘기 나누시는 걸 듣고 있으면요… 뭔지 불만투성이 같고 못마땅해서 못 살겠다는 표정이시거든요. 한 번도 의견이 일치되거나 상대방 얘기에 찬동하는 적이라고는 본 적이 없어요, 저는….

어머니　한 번도 없었어?

며느리　예, 언제나 콩이다 녹두다 하고 서로가 엇갈린 말씀을 주장하시면서도 용케도 잘 지내셨구나 하는….

어머니　아니, 그럼 너는 우리가 부부싸움 끝에 사네 못 사네 하고 이혼이라도 하기를 기다렸니?

며느리　그, 그게 아니죠.

어머니　그럼 뭐니?

며느리　아까 말씀드렸잖아요? 겉으로는 튕기고 안으로는 끌어당기는 힘을 가지셨으니 오늘날까지 용케도 잘 지내오신 거라고요.

어머니　알고 보니까 점쟁이는 바로 너였구나. 어쩜, 그렇게 사람 마음속을 족집게로 쏙 뽑아내니? 홋흐….

며느리　홋호….

어머니　그래… 내외간이란 그런 거란다.

며느리　…?

어머니가 실눈을 뜨고 허공을 쳐다본다.

어머니　요즘 젊은 사람들은 그저 자기 주장이 관철 안 되면 밥을 굶고서라도 우겨대는 걸 능사로 삼는 모양이더라만… 내외간이란 그게 아니다. 살다 보면 알고도 속고… 지는 척하면서 이기고… 그렇게 살아가야 집안이 화목하는 거야. 너희들처럼 이거 아니면 저것! 양단간에 하나 골라잡는 식으로는 가정도 부부 생활도 다 무너진다…. 사람이 저마다 이기기만을 바랄 수 있니? 남남끼리 모였을 때도 그렇지…. 상대방 얘기 반대하는 척하면서 들어주는 세상이라야 잘된다. 내 의견이 아니면 결사반대라는 생각… 어렵지…. 하물며 내외간에 있어서는…. 그런 식으로 살다가는 하루에도 몇 번 이혼을 해야 하니…. 아… 비가 안 온다고 농사 못 지어, 품삯 오른다고 농사 안 지어, 도열병 돈다고 농사 포기할 수 있니? 그게 다 지면서 이기는 거다! 내외간이 잘 산다는 건 바로 그런 거야! 너도 이제 더 살아봐!

며느리의 얼굴에 어린 감동의 빛이 차분하게 가라앉는다.

S#2 마을회관 앞

마을 사람들이 더러는 앉고 더러는 서 있다. 이장, 면장, 그리고 아버지가 보인다.

이장　　그러니 어떻게 하겠는가 말이여, 응? (사이) 아이고, 정말 솜방망이로 가슴 칠 노릇이군! 글쎄 속 시원히 말 좀 혀! 말 좀….

그러나 모두들 눈치만 보고 선뜻 입을 열려고 하지 않는다.

면장　　지금 이장이 대충 설명을 했으니까 알겠지만 우리 마을 모내기가 시급하게 되었어! 그러니 저마다 사람을 불러다가 모심기하게 되면 인건비도 인건비려니와… 모내기 끝낸 집과 그렇지 못한 집은 서로가 서먹하게 될 게고…. 그래서 우리가 공동으로 하자 이거여! 그 왜 품앗이라는 거 있잖아요…?

농민 A　　그건 잘 아는데요… 전에도 해봤습니다만 그 품앗이라는 작업, 그것도 문제가 있어요.

면장　　문제라니?

농민 A　　막말로 누가 남의 일을 내 일처럼 해줍니까? 헷헤….

면장　　뭐라고?

농민 A　　사람들이 자기 집 모내기 끝나버리면 이제 볼 장 다 봤다고 생각하는 거예요. 그러고는 이리 핑계 저리 핑계로 남의 집 일에는 건성으로 덤비거든요.

농민 B　　마음보가 틀려먹었다구! 그런 인간은….

이장　　이 사람아… 그런 사람이 어디 있어? 지금 세상에….

농민 A　있으니까 하는 얘기죠.

이장　그게 누구여? 어떤 놈이여?

농민 A　그걸 제 입으로 꼭 말해야만 되겠습니까요? 아무튼요 저는 그 품앗이라는 거 반대예요!

이장　그럼, 사람을 사서 하겠단 말인가?

농민 A　예… 이웃 마을 영삼이네도 그러던데, 서울 가면 품팔이 일 하겠다고 기다리고 있는 사람 쌔고 쌨대요.

면장　그게 어디 공짜인가 말이지… 하루에 못 줘도 6천 원은 줘야… 하는데, 그게 적은 돈이야? 이게 다 여러분들을 위한 일이고 나아가서는 우리 마을 전체의 살림을 걱정해서 생각한 일인데 어떻게 그런….

농민 C　글쎄, 그건 알겠는데요, 아까 누가 말한 것처럼 차라리 사람 데려다 품삯 주고 부리는 게 마음 편하다고요.

면장　마음 편해?

농민 C　그렇죠! 돈 드는 건 아깝지만 마음 편한 점으로는….

농민 A　그럼요! 그 말이 많아요, 품앗이는…. 들밥으로 해 내갔는데 반찬 투정을 안 하나, 막걸리는 싱거우니 소주로 내오라고 하질 않나…, 그러니 아예 이런 일은 전혀 모르는 객지 사람 데려다가 일 부려먹고 품삯 줄 것 주고 하는 게 깨끗해요! 안 그렇소?

그가 주위 사람을 돌아보며 동의를 구한다. 찬반으로 갈라진다.

이장　이 사람들 갑갑하기가 솜이불 덮고 우렁 잡는 격이구먼! (신경질 내며) 무슨 놈의 인간들이 그렇게 꽉 막혔어, 응? 이건 막혀도 백 살 먹은 노인네 귀먹은 격으로 꽉 막혔군! 이것 봐! 내 얘기 들어봐! 다시 시작할 테니까, 응? 우리 마을 호구 수가….

이장이 땅바닥에다 숫자를 써가면서 열심히 설득을 시키려고 애를 쓴다.
마을 사람들의 반응은 그다지 적극적은 아니다. 아버지의 표정이 쓰다.

아버지　　(마음의 소리) 언제부터 우리 농촌이 이렇게 되었을까? 지난날 우리의 농촌은 아름다운 전원 풍경만큼이나 인심이 후하고 순박하기로 이름나 있었지 않았는가. 남의 전답에 자라는 곡식을 보면 내 자식 보살피듯 하고 이웃의 아픔을 내 아픔처럼 생각하던 선량한 백성이 아니었던가. 그런데 지금은 그게 아니라 자신도 못 믿고 남도 못 믿겠다는 거다. 조건 없이 주고 조건 없이 받았던 인정은 아침 안개처럼 산속으로 파묻히고, 남은 건 들판에 쓰다 버려진 한 장의 비닐뿐. 돈 주고 사서 써버렸으니 이제는 버리면 된다고, 이 얄팍한 비닐 같은 인심! 누가 이렇게 만들었을까, 누가? 이렇게 서로의 가슴을 꽉 막아버렸을까?

S#3 이장의 집

이장 아내가 토방에 앉아서 푸성귀를 다듬고 있다.
이장의 아들 순종, 저만치 뜰아랫방 문턱에 걸터앉아 기타를 타고 있다. 요란스럽고 경박한 팝송이다. 혼자서 신바람나게 더벅머리를 흔들어대고 있다. 얼굴을 분간 못 할 정도의 장발이다.
이장 아내가 심란하게 바라보며 한숨을 길게 내쉰다.

아내　　순종아….

순종, 못 알아차린다.

아내　　(소리를 약간 돋우어) 순 종 아!

순종이가 기타 치던 손을 멎고 아내를 돌아본다. 우직하나 선량해 보이는 얼굴이다.

순종　　왜요?

아내　　너도 마을회관에 나가봐!

순종　　내가 뭣 하러 거기 가요?

아내　　아버지가 무슨 얘기 하시는지, 그리고 마을 사람들이 뭐라고 하는지 가서 좀 들어봐, 응?

순종　　아버지가 이장이지 내가 이장인가요?

아내　　(정색을 하며) 이장 아들이니까 마을 일에 마음 좀 써야지!

순종　　제가 마음 쓴다고 풍년 드나요? 나는 몰라요.

아내　　뭐라고?

순종　　알고 싶지도 않고요, 나는.

순종이 다시 기타 줄을 타기 시작한다.

아내　　알고 싶지 않으면… 넌 뭘 먹고 사냐?

순종　　라면 먹고 살죠.

아내　　라면?

순종　　값싸고… 오죽 좋아요? 히히….

아내　　에그, 저 귀신.

순종　　엄마.

아내　　저런 귀신을 누가 안 데려가나!

순종　　엄마.

아내　　부모는 새벽부터 밤늦도록 뼈가 굽도록 일하는데 이건 해가 나도록 늦잠 자고… 걸핏하면 저놈의 기타통이나 치고… (신경질 내며) 그 기타통 좀 치우지 못해!

순종　　엄마는 남의 속도 모르고….

아내　　네놈의 속 왜 몰라? 다 안다.

순종　　알아맞혀봐요 엄마, 히히….

아내　　모내기가 가까워오니까 어떻게 하면 그 일에 안 걸려들까 하고 그 궁리만 하고 있지?

순종　　흐흐, 허허….

아내　　웃어?

순종　　엄마! 그건 맞는 것 같으면서 틀렸어! 허허….

아내　　뭐라구?

순종　　나 솔직히 말해서 이런 시골구석에 틀어박히기는 아까운 놈이라구요, 엄마!

아내　　에그, 또 그 병이 도졌구나! 쯧쯧….

순종　　엄마! 새달에 수원에서 콩쿨 대회가 있거든요?

아내　　무슨 대회?

순종　　(가까이 오며) 콩쿨 대회! 전국 신인 가수를 뽑는데 거기에 뽑히면 레코드 회사 전속 가수로 계약하고, 디스크도 내주고, 그리고 테레비에 나가서 노래도 하고….

아내　　(소리를 꽥 지르며) 시끄럽다!

순종이가 깜짝 놀라 엉덩방아 찧는다.

아내　　이것아! 배 안의 병신도 아닌데 왜 그 모양이냐, 응? 너도 열 달 꽉 채우고 나왔어!

순종　　정말이라니까!

아내　　지금 농촌은 눈코 뜰 새 없이 바쁘다는 걸 몰라, 응? 지금은 고양이 발이라도 빌리고 싶어지는 게 농촌이여, 이것아…! 그런데 무슨 놈의 콩굴리기 대회며 디스코여 디스코가….

순종의 눈이 휘둥그레진다. 벌떡 일어난다.

순종 디스코? 엄마! 지금 디스코라고 하셨어요, 응?

아내 …? 디스코는 또 뭐여?

순종 엄마! 그랬잖아요? 역시 우리 엄마는 나와 통하는군, 흐흐…. 나도 디스코가 제일 마음에 들어요…, 허허. 그러고 보면 역시 내게 음악적인 재능이 있는 것은 엄마한테서 물려받은 모양이죠? 허허….

순종이 디스코 춤을 추며 노래를 부른다.

어이가 없이 바라보는 이장 아내.

S#4 마을회관 앞

아버지 언제까지나 이렇게 갑론을박할 일이 아니라 아주 결판을 내립시다.

이장 어떻게 내립니까? 김 회장님!

아버지 각자 개별적으로 하겠다는 사람으로 갈라지는 모양인데 다수결로 정하도록 하죠.

농민 A 왜 다수결로 합니까?

아버지 그럼 어떻게 하겠다는 건가?

농민 A 하고 싶은 사람은 하고 하기 싫은 사람은 안 하는 거지, 까다롭게 다수결이고 뭐고 왜 합니까? 여기가 뭐 국회의사당입니까?

한구석에서 킬킬댄다.

아버지가 끓어오르는 감정을 꾹 참는다.

아버지 각자 마음대로… 좋을 대로 하자, 이건가?

농민 B 그렇죠! 그게 편하지 않겠어요?

아버지 (화를 내며) 뭐가 편해?

모두들 긴장한다.

아버지 아니, 우리가 언제 일을 간편하게 하자고 이렇게 모인 거야? 이게 다 서로가 편하게 하자는 뜻에서가 아닌가 말이야!

이장 그렇고 말고요!

아버지 이장님은 잠자코 계시오.

이장 아니, 왜 제가 잠자코 있어야 합니까? 제가 뭐가 잘못한 게 있다고 잠자코 있어야 합니까? 나는 어디까지나 이장으로서….

아버지 글쎄, 잠자코 계시라니깐!

이장 예?

아버지 나는 이 젊은이들하고 얘기 좀 해야겠어요.

아버지가 앞으로 나온다.

몇 사람들이 슬슬 눈치를 본다.

아버지 난… 이걸 결코 감정적으로 처리하자는 건 아닐세. 자네들이 서울서 사람을 불러들여다가 모내기를 해도 무방, 안 해도 무방한 나야. 나니, 나도 그 남아도는 노동력을 품삯 지불하고 부려먹으면 편하다는 걸 잘 알아.

면장 그렇지만 그 경비가 어딘가 말입니까? 하루에 7천 원씩이나 주고서 몇 사람을 데려다 합니까?

아버지 면장님, 잠깐만…. 아직 제 얘기가 안 끝났습니다.

잠시 분위기가 약간 경직되어간다.

아버지 솔직히 말해서 우리 마을에서 그런 경비 걱정 안 해도 좋을 사람이 몇 집이나 되는가? 나는 할 수 있네…. 지금 형편으로는 내가 누구보다도 부농이니까! 과수원도 하고 축산도 하고 논밭 뙈기도 있으니까! 그건 여러분들이 더 잘 알고 있을걸세….

이장 그럼요… 김 회장님 댁이야 근방에서는 누가 뭐라 해도 터줏대감이신 걸로… 헷헷….

아버지 그런데 왜 내가 품앗이를 주장하는지 아는가 말일세? 다 그럴 만한 까닭이 있어 그러는 거야.

웃음판 피우며 정답게 모를 심고 있는 풍경.(INS)

즐겁게 점심을 먹는 풍경.(INS) 주전자 입에서 콸콸 쏟아지는 막걸리를 받는 사람.

일을 끝내고 줄지어 논두렁을 가는 사람들.

이와 같은 농촌 풍경이 깔리며 아버지의 얘기가 흘러나온다.

아버지 우리 농군은 예부터 울타리도 모르고 살았고 고생도 기쁨도 함께 나누어 먹고 살아왔었지. 그런데 언제부터인가 우리 농촌에도 없었던 울타리가 생겼어. 남의 일은 참견 안 하는 게 마음 편한 사람으로 변해졌어. 남의 논은 벌겋게 타들어가도 내 논만 새파랗게 자라면 배가 부를까? 돈 있는 사람은 몇천 명이고 모내기를 할 수 있겠지만, 그 품삯을 줄 수 없기 때문에 빈터로 남은 논을 우두커니 바라보는 이웃은 어떻게 하라는 건가? 웬만한 청년들은 모두가 대처로 나가고 부녀자와 노인들만 지키고 있는 실정에 누가 이 땅을 지키겠단 말인가. 우리는 품삯을 아끼는 것도 중하지만 그 잃어버린 마음을 찾아야 하지 않겠는가. 구식이라도 좋으니 그 순박한 농군의 마음을 찾아야 하지 않겠는가 말일세…. 농사만 짓는 게 농민이 아니지…. 그 농심을 가꾸어야 하네, 농심을!

S#5 개울가

아버지, 둘째, 일용이가 몸을 씻고 있다.

아버지 우리 마을은 이렇게 개울물이 사시절 흘러내리고 있다는 것만도 고맙게 여겨야 한다.

둘째 신문에서 읽었는데 남쪽의 가뭄이 심각한가 봐요.

일용 아… 언제나 그 물 걱정 안 하고 농사지을 세상이 오려나….

아버지 그런 세상은 안 와…!

일용 예?

아버지 아니, 온다 해도 또 다른 걱정이 생기게 마련이지….

일용 무슨 말씀이세요?

아버지 아까 그 몰지각한 사람들 얘기 못 들었어? 사람은 가진 자이건 가난한 자이건 이 마음보가 정직해야 돼… 마음보가….

아버지가 젖은 손으로 배를 툭툭 친다.

둘째 그게 마음인가요? 배지! 헛허.

일용도 따라 웃는다.

아버지 어째서 사람들이 그렇게 하나만 알고 둘은 모르게 되었는지. 원, 옛날에는….

둘째 아버지, 제발 그 옛날 타령 좀 그만하세요.

아버지 뭐야?

둘째　　지금은 지금이에요. 현재는 현재인데 그 현재 속에서 살고 있는 젊은이보고 옛날 옛적 얘기만 하면 어쩌자는 거예요…? 참…!

아버지　　어쩌긴… 누가 어쩌자고 했어?

둘째　　요즘 젊은이들의 사고방식도 그럴 만한 까닭이 있고 타당성이 있으니까 그렇죠…..

아버지　　(화를 내며) 타당성? 인마! 남은 죽건 말건 나만 배부르면 된다는 이기적인 사고방식! 그게 타당성이냐?

둘째　　제각기 능력껏 요령껏 사는 거죠.

일용　　그렇죠…. (부동자세로 경례를 붙이며) 현대인은 요령껏 살아감을 그 본분으로 삼을 것! 이상!

하고 한쪽 다리를 들었다가 다시 차렷 자세를 취하는 순간 미끄러져 물속에 주저앉는다.

둘째가 박장대소한다.

아버지　　(쓰게 웃으며) 그래… 요령껏 물속에서 머리나 식혀! 헛헛….

S#6 이장 집

이장이 요란스럽게 세수를 하고 있다.

아내가 수건을 내민다.

이장　　어이, 시원하다!

아내　　그래, 모내기는 하기로 했어요?

이장　　응… 집집마다 아이들하고 노인들을 제외하고 다 나가기로 했지.

아내　　그래요?

이장이 수건으로 얼굴을 문지른다.

이장　　순종이란 녀석도 나가도록 해야지. 그놈 어디 갔어?
아내　　예? 예….
이장　　어디 갔느냐고?
아내　　아까 제 방에 있던데… 곧 들어오겠죠, 뭐!
이장　　망할 자식… 또 어디서 그 기타통 튕기고 있겠지! 도대체 어쩌자는 거야? 그 녀석은…. 남의 집 아들은 군대 갔다 오면 철이 난다던데 어째서…. 내가 말을 말아야… 말한들 무슨 소용이 있어?

수건으로 몸을 털며 마루 끝에 걸터앉는다.
아내가 멍청하니 서 있다.

이장　　뭘 꿔다 놓은 보릿자루처럼 우두커니 서 있어? 저녁상 가져오지 않고….
아내　　예? 예… 순종이가 오거든….
이장　　그런 녀석 기다릴 것 없어…. 남의 집 울타리 넘어다볼 시간은 있어도 제 앞 가리지도 못하는 녀석을 왜 기다려…? 어서 밥상이나 들여와….

이장이 방 안으로 들어간다.
무안하게 여기는 아내의 표정.

S#7 오솔길

황혼 녘의 들판이 내려다보인다.
순종이가 기타를 치고 있다. 감성적인 곡이다.

S#8 다른 길

셋째가 오고 있다. 퇴근길인 듯 사무용 가방을 들었다.

문득 어떤 소리에 걸음을 멈춘다. 순종이가 치는 기타 소리다.

셋째 (마음의 소리) 아니… 또 어떻게 한다지? 벌써 몇 번째야? 안 되겠어! 오늘은 딱 부러지게 얘기를 해줘야지!

셋째가 결심이라도 한 듯 바쁘게 걸음을 재촉한다.

S#9 다른 길

셋째가 급히 가고 있다. 다음 순간 깜짝 놀라며 제자리에 서버린다.

저만치 순종이가 능청스럽게 웃음을 머금고 서 있다. 손에 기타가 들려 있다.

셋째가 약간 망설이다 말고 순종이 서 있는 쪽으로 간다.

순종이가 솔잎을 꺾어 입에 문다.

순종 퇴근하는 길이세요?

셋째가 못 들은 척하며 그 앞을 스쳐 간다.

순종 안 바쁘시면 얘기 좀….

셋째가 휙 돌아본다. 적의를 품은 눈빛이다.

셋째 왜 이러는 거죠?

순종 예? 제가 뭘 어쨌습니까? 흣흐….

셋째 무슨 얘길 하자는 거예요?

순종 (쓰게 웃으며) 그, 그야… 그저… 흣….

셋째　　사람을 잘못 보셨어요.

순종　　아닙니다. 충분한 예비지식도 가지고 있고요. 그리고 또… 혹….

셋째　　그런데, 내가 그런 얘기에 놀아날 사람같이 보여요? 정말 왜 이러는 거죠?

셋째가 단호하게 대들자 순종이가 빙그레 웃어 보인다.

순종　　화났어요? 흠….

셋째　　그렇게 할 일이 없어요?

순종　　있죠.

셋째　　그런데, 왜….

순종　　아무리 할 일이 많고 바쁘더라도… 흠… 그 있잖아요… "자주 찧는 방아에도 손 들어갈 틈은 있다!" 헛허….

셋째　　어머머!

순종　　김 선생님! 나 그렇게 나쁜 놈 아닙니다.

셋빼　　아닌데 왜 퇴근길을 막아서서 수작을 부려요?

순종　　수작을 부려요? 오… 학교 선생님께서 그런 말을 아시다니 이거야말로… 큰일이군요! 헛허….

셋째가 급히 간다. 순종이 바싹 뒤를 쫓는다.

셋째가 갑작스럽게 돌아선다. 그 순간 두 사람의 얼굴이 바싹 부딪칠 정도로 가까워진다.

순종의 장난기 서린 눈이 점점 뜨겁게 변한다.

셋째　　분명히 일러두지만 앞으로 한 번만 이런 일이 있을 때는 어른들께 말씀드려서 이 마을에서 못 있게 하겠어요. 알겠죠?

순종　　(진정으로) 아뇨?

셋째 뭐요?

순종 누가 뭐라 해도 나는 마찬가지일 거예요. 이 마음은 그 누구도 못 막을걸요.

셋째 예?

순종 김 선생! 나는 말이에요… 난….

순종이가 기타를 내려놓고 셋째의 손목을 잡으려 하자 셋째가 비명을 지르며 도망친다.

순종이가 두어 걸음 뒤쫓다가 그 자리에 서 멈춘다. 저만치 달음질치는 셋째.

순종이가 풀밭에 벌렁 드러눕는다.

S#10 안방

저녁상에 둘러앉았다. 셋째와 막내의 얼굴만 안 보인다.

아버지가 신문을 읽고 있다.

어머니가 국그릇을 옮겨놓는다.

어머니 어서 드세요. 신문 나중에 보시고….

아버지 응? 응….

아버지가 안경을 벗고 신문을 내려놓는다.

아버지 어머니, 어서 드세요.

할머니 그래, 어서들 먹자.

할머니가 숟갈을 들자 모두들 비로소 숟갈을 든다.

할머니 셋째는 어디 갔니? 아까 보인 것 같던데….

아버지 정말 제 방에 있어?

며느리　　입맛이 없대요. 이따가 먹겠대요.

어머니　　입맛이?

첫째　　직장 생활이 고되나 봐요.

둘째　　그게 뭐가 고됩니까? 농사짓는 일에 비하면 눈 감고 콩 집어먹기죠.

어머니　　얜! 학교 선생님이 얼마나 고단한 직업인데, 내가 가봐야지.

아버지　　웬만하면 함께 저녁 먹자고 해요.

어머니　　예!

어머니가 일어서서 나간다.

S#11 셋째 방

셋째가 요도 안 깔고 맨바닥에 누워 있다. 어머니가 들여다본다.

어머니　　얘, 셋째야….

셋째가 반사적으로 눈을 감고 잠든 척한다.

어머니가 들어와 앉는다.

어머니　　어디 아프니?

셋째, 대꾸가 없다.

어머니가 셋째의 이마를 짚어본다.

어머니　　열은 없는데…… 고단해서 그래?

어머니가 셋째의 얼굴을 유심히 내려다본다.

셋째의 감은 눈이 깜빡거린다.

어머니 자는 척하기니? 이것아, 그만 일어나서 저녁 먹자! 응?

셋째 …….

어머니 고단하더라도 이겨내야지! 사람은 일에 져서는 안 돼. 일이란 이겨내면서 해야지…… 일에 지는 날에는 정말 병에 걸리고 만다.

셋째가 눈을 뜬다. 이슬이 촉촉이 젖은 눈. 눈꼬리에 눈물이 주룩 굴러떨어진다.

어머니 아니… 너 울고 있니?

셋째 …….

어머니 무슨 일이라도 있었니? 학교에서?

셋째 엄마….

어머니 말해봐…. 무슨 일이냐?

셋째 나…….

어머니 무슨 일이니? 응? 말해봐!

셋째 그만둘까 봐.

어머니 학교를?

셋째가 눈을 감는다.

어머니 무슨 일이 있긴 있었구나, 그렇지, 응? 얘기해봐. 엄마한테야 말 못 할 것 없잖아, 응?

셋째가 자리에서 일어나 앉는다.

어머니가 셋째의 헝클어진 머리를 쓰다듬어준다.

셋째가 엄마를 뚫어지게 보고 있다가 태도가 돌변하며 억지로 크게 웃는다.

셋째　　아니에요… 흠!
어머니　　뭐?
셋째　　지금 그 얘기 취소예요! 흠….
어머니　　아니… 얘가!
셋째　　엄마! 공연히 한번 그래본 거예요. 흠… 저녁 먹을래요. 엄마, 가요.

셋째가 억지로 엄마의 손을 이끈다.
어머니는 뭣에 홀린 사람 같다.

S#12 일용의 방

일용이가 모심으러 나갈 채비를 하고 있다. 짧은 반바지에다가 밀짚모자를 쓰고 가슴에 비닐로 앞치마 두르듯 걸치고서 나간다. 기이한 형상이다.

S#13 동 뜰

부엌에서 일용네가 나오다가 그 모습을 보고 자지러지게 웃는다.

일용네　　호호… 헛허…….
일용　　어머니! 뭐가 그렇게 우습죠, 예?
일용네　　너 하고 있는 꼴이… 꼭 헛허….
일용　　이게 어때서요?
일용네　　그게 뭐야, 앞에 가린 건?
일용　　흙물 안 튕기게 둘렀죠. 다 이렇게들 하던데요, 테레비에서 보니까!
일용네　　이것아! 사내가 사내답게 차려야지, 그게 뭐야? 꼭 관 속에서 기어나온 수의 입힌 송장같이…… 헛허….

일용 예?

S#14 마루와 뜰

아버지, 어머니, 둘째가 긴 장화를 신고 있다. 밀짚모자에 수건을 두르고 완전 무장을 하고 있다.

며느리와 할머니가 나온다.

할머니 오늘은 뉘 집 논에 심는다구?

아버지 우리 논이에요.

할머니 그럼, 들밥도 해내야지.

어머니 예, 반찬두 대충 손봐놨으니까 (며느리에게) 네가 시간 맞추어 내갈 준비 해!

며느리 예, 그런데 찌개는 어떻게 하죠?

어머니 호박 사 왔지 않아…? 그걸 숭숭 썰고 멸치 넣고 끓여.

며느리 예!

둘째 이왕이면 고기 좀 사다 넣고 끓이세요.

어머니 고기?

둘째 우리가 처음인데…… 우리가 반찬을 잘해야 다음 차례 사람들도 반찬 잘해 내올 거 아니에요?

아버지 이놈아! 아무거나 주는 대로 먹지. 그거야말로 염불에 정신 안 쓰고 잿밥에만 마음을 두는 격이구나! 헛허…….

모두들 웃는다.

둘째 아니에요! 작년에두 맨 처음에 영삼이네 집에서 고등어자반을 구워 내니까, 음… 성칠이네는 갈치로 변하더니, 그다음엔 꽁치, 그다음엔 멸치, 그다음은 멸치가 헤엄쳐 나간 맹물 같은 국이었지 뭐예요? 헛허…….

일동은 깔깔대면서 웃는다.

할머니 그래! 들밥 반찬을 푸짐하고 먹음직스럽게 해내야 해! 일하는 사람에게는 잘 먹이는 것 이상으로 좋은 약은 없지.

며느리 할머니! 물가가 웬만큼 비싸야죠.

할머니 그래두 그렇지가 않아……. 요즘 사람들은 저희들 밥상엔 고기 올려놓고두 일꾼들에게는 푸성귀만 먹이면서 물가 타령만 하는 거… 그게 안 되는 일이지. 예부터 상전 배부르면 종 배곯는 줄 모른다고 했어. 품앗이하는 재미는 잘 먹는 재미지 뭐겠니? 그게 꼭 값비싼 고기반찬이 아니라도 좋지. 정성이면 돼! 참기름 한 방울 떨어뜨릴 것 두 방울…, 깨소금 한 순갈 칠 때 두 순갈……, 그게 다 인정이지! 인정이 듬뿍 들어 있으면 그게 진수성찬인 게야.

모두들 웃는다.

어머니 어머님두…… 호랑이 담배 피우던 시절 얘기세요. 아니, 지금 깨 한 되가 얼마이며 참기름값이 얼마인 줄 아시고나 하시는 말씀이세요?

할머니 먹여서 일 잘하게 하라는 얘기지. 네 것들은 그저 돈, 돈이지.

어머니와 며느리가 무안한 듯 뒷머리를 긁는다.

아버지 그래, 오늘은 어머님 말씀대로 참기름도 듬뿍! 깨소금두 듬뿍!

뭣이든지 아끼지 말고 듬뿍 쳐서 먹음직스런 들밥 내놔라! 허허….

어머니 예… 예… 어련하시겠습니까? 맨날 아끼고 또 아끼고 해봐야 먹으면 거름 될걸….

둘째 그러니, 이 새 저 새 먹새가 제일 아닙니까? 허허….

일동 웃는다.

아버지 시간 됐다, 가자!

어머니 어머님, 다녀오겠어요.

할머니 오냐.

어머니 난 중간에 나올 테니까 밥부터 안쳐라.

며느리 20명분이면 되겠죠?

어머니 넉넉히 해! 사람이 늘었으면 늘었지 줄지는 않을 테니까.

며느리 예, 다녀오세요.

모두들 나간다. 멀리서 농악대의 꽹과리 소리.

할머니와 며느리만 남는다.

할머니 농촌은 뭐니 뭐니 해도 이 모내기할 때하고… 추수할 때가 살맛 나느니라.

며느리 예?

할머니 북새를 떨고… 사람에 치여 죽을 것 같아도… 안 먹어도 배가 부르고 느긋해지는 재미는… 농사짓는 사람 아니고는 모르지. 흐흐….

S#15 지서 앞

윤 순경과 면장이 나온다. 면장은 작업복 차림이다.

면장　　그럼, 나 먼저 가보겠습니다.

순경　　예, 수고가 많으시겠어요. 저도 여기 형편 봐서 좀 늦게라도 가보겠습니다.

면장　　예, 그렇게 해주시면 마을 사람들도 흡족하게 여길 거예요. 오늘은 첫날 작업이라 관민이 일치단결해서 하게 되면 그 이상 좋은 일이 어디 있겠습니까?

멀리 농악 소리.

순경　　아이구… 농악대까지 동원되었군요.

면장　　예… 그 이장 댁 아들 순종이가 농악대를 만들었나 봐요, 허허.

순경　　그거 좋은 생각입니다. 허허.

S#16 논두렁

네 사람으로 된 간편한 농악대가 간다. "농자는 천하의 대본"이라고 서툴게 쓴 깃발이 가고 있다.

흥겹게 꽹과리를 치고 있는 순종의 모습도 보인다.

S#17 버스 안

사위와 맏딸이 앉아 있다. 사위는 간편한 스포티한 차림이다.

맏딸　　웬일이우…? 당신이 자청해서 모심기에 가자니. 호호.

사위　　사위가 처가에 가자는 게 잘못인가?

맏딸　　음… 글쎄요.

사위　모내기에 일손도 부족하실 텐데 일 돕자는 이 사위의 순정… 이게 진국이라구, 호호….

맏딸　생각은 진국일지 몰라도 시골 사람들은 별로일 거예요.

사위　별로라니?

맏딸　서울 사람들이 농촌에 울력 나가는 날은 일손을 덜어주는 게 아니라 일을 보태준다던데….

사위　무슨 소리야? 이래 봬도 난 농촌 출신이라구.

맏딸　그렇다고 장담 못 해요! 당신이 농촌 떠나온 지가 20년이 훨씬 넘는데….

사위　그래서 모심기도 못 하는 얼간이다, 이거야?

맏딸　여보! 당신 오늘 가시더라도 술 조금 마셔야 해요.

사위　술?

맏딸　농주 생각에 일은 안 하고 농주 맛에 녹아떨어지지 말고… 음….

사위　이건 무슨 주정뱅이 남편을 둔 사람 같군… 허허…. 염려 마… 이래 봬도 장인 장모한테서 점수 좀 따보겠다는 순정의 사람이니까, 허허….

맏딸　호호….

S#18 논

물이 고인 논에서 모내기를 하고 있다.

이장이 맨 갓줄에 서서 호루라기를 불면 모두가 모를 심는다.

이장　(크게) 너무 얕게 심으면 안 됩니다!

일용네　에그… 누가 모내기를 처음 해본 사람들인가… 그런 걱정할 시간 있으면 그 바지 앞 단추나 잠가요.

이장　뭐, 앞 단추?

일용네　남대문이 열렸어요, 호호.

이장이 바지 단추가 열린 걸 보고는 황급히 잠근다.

이장 앗따…! 저 망구 눈이 언제 또 그것까지 봤지? 후후….

일동 까르르 웃는다.

일용네 내가 봤나? 그게 내 눈에 보였지!

또 한 번 까르르 웃는다.

어머니, 웃음을 참으며,

어머니 그 입 좀 닥쳐요.

일용네 나는 일할 때 입을 놀리면 도리어 일이 안 돼요! 그저 쉴 새 없이 입을 놀려야 일도 잘 돼요!

일용 그래서 우리 엄니는 한시도 쉬지 않고 뭘 깨물어야 하는데, 오늘은 그게 안 되시는구만. 허허….

일동 웃는다.

농민 A 일용네, 소리나 한 가락 뽑아보세요.

일용네 소리? 무슨 소리?

농민 A 농부가나 불러봐요.

농민 B 사람들도! 모는 언제 심고 농부가를 불러?

농민 C 모 심으면서 농부가 부르는 게 춘향전에도 나오잖아?

농민 A 그렇지, 그려!

일동 웃는다.

이장　　　　그래! 입도 놀리고… 손도 놀리고… 좋지. 헤헤….

일용네　　　그럼 일러볼 테니까… 그런데 물 좀 축여야 소리가 나오지! 농주는 아직 안 내왔어요?

어머니　　　에그, 주책 좀 그만 떨어요.

일용네　　　그래야 소리가 나오지.

어머니　　　곧 내올 테니까 노래부터 불러요.

여기저기서 재촉하는 소리.

일용네　　　그럼 불러요! 에헴….

일용네가 목청을 돋우어 농부가를 부른다.

여기저기서 "좋다!" "얼씨구!" 하고 흥을 돋운다.

S#19 부엌

며느리가 함지에다가 반찬이며 밥을 담고 있다. 이마에 땀이 송글송글 솟았다.

할머니가 들어선다.

할머니　　　다 되었니?

며느리　　　예, 그런데 왜 어머니가 안 오시는지 모르겠어요. 밥을 져 날라야겠는데.

할머니　　　누가 밥 가지러 오겠지.

개가 요란스럽게 짖는다.

할머니　　　누가 왔나 봐.

할머니가 나간다.

S#20 마루와 뜰

맏딸	할머니?
할머니	아니 이게 누구냐?
사위	안녕하셨어요?
할머니	너희들이 웬일이냐?
사위	막내 처제가 전화 걸었더군요. 오늘 모내기한다고….

며느리가 함지를 들고 나온다.

며느리	어서들 오세요.
맏딸	언니, 고생되시겠어요.
할머니	막내가 전화를? 헛허…. 고게 그래도 집안일에 정신을 썼던 모양이구나!
사위	벌써 들판에 나가셨군요?
며느리	예, 지금 들밥 져 갈 사람 기다리는 중이에요.
사위	그래요?
며느리	누가 오긴 올 텐데….
맏딸	아마 일손이 바쁘나 보죠? 여보! 우리가 가지고 갑시다.
사위	들밥을?
맏딸	예, 어차피 일 도우러 왔는데 그것부터 도우면 되잖아요?
며느리	아이, 무거워서 어떻게….
사위	아닙니다. 제가 지고 가죠. 여보, 당신은 그 주전자하고 그릇 들어요.

두 사람이 평상에 늘어놓은 농주 병이며 식기가 든 바구니를 든다.

할머니　　너희들이 된통 고생이구나! 허허….
사위　　아니에요. 그래야 농주 마셔도 떳떳하죠.
맏딸　　이이는 밤낮 술타령이지! 홋호….

S#21 논

일렬로 서서 모를 심고 있다. 일이 많이 진척이 되었다.

S#22 논두렁길

짐을 지고 이고 오는 맏딸과 사위.

맏딸　　아버지! 어머니…!

S#23 논

허리를 펴고 아버지, 어머니가 돌아본다.

아버지　　아니, 저게?
어머니　　서울 큰애 아니에요?

S#24 논두렁

사위　　수고들 하십니다.

S#25 논

둘째　　매형, 어서 오세요.

사위와 맏딸이 짐을 내려놓는다.

어머니　　웬일들이니? 너희들….

사위　　예, 근로 봉사활동 나왔습니다. 헛허….

아버지　　잘 왔다, 잘 왔어!

이장　　여러분! 그럼 점심 먹고 합시다. (환호성을 올리는 사람들)

S#26 주막

순종이가 술을 마시고 있다.

주모　　대낮부터 무슨 술이야? 그만해….

순종　　술을 마셔야 흥이 나죠. 흥이 나야 농악이 잘 울릴 테지… 흣흐….

주모　　이장님 아시면 큰 벼락 나….

순종　　오늘은 온 마을이 먹고 마시고 일하는 날인데요. 제가 농악을 울려야 모내기하는 일도 신바람이 날 텐데요… 헛허….

순종이가 술을 연거푸 마신다.

친구　　순종이, 그러다가 취하겠다!

순종　　어때? 이게 다 흥을 돋우기 위해서지…. 맑은 정신으로 풍악을 울릴 수 있나? 헛허….

S#27 논

모두들 식사를 하고 있다.

사위는 농주를 마시고 있다.

사위　　　막걸리 맛은 이래야 한다고요, 헛허…. 아버님, 한잔 올리겠습니다.
아버지　　아냐, 면장 어른 먼저 드려….
사위　　　예예. 면장 어른, 잔 받으셔요.
면장　　　음… 고맙소….

사위가 술을 따른다.

면장　　　이렇게 멀리 서울서까지 내려와서 도와주시니 올 벼농사는 풍년일 거요, 헛허….
이장　　　그렇죠? 그럼요… 헛허….
사위　　　그 대신 저는 품삯 대신 이 농주면 되니까요, 헛허….
면장　　　저기 오는 것 누구야, 이 애?

면장이 가리킨다. 모두들 그쪽을 바라본다.

순종이와 그 친구들이 오고 있다.

둘째　　　아니 순종이 아니에요?
일용네　　응, 순종이가? 보나 마나 염불보다는 잿밥에 정신이 쏠렸겠지. 헷헤….
이장　　　아니, 저 녀석이 왜 여길 나타나….
농민　　　부자간에 어울려 한판 벌리자는 건가요?

일동 웃는다.

순종이가 가까이 온다. 술기가 있으나 취하지는 않았다.

순종　　　수고들 하십니다!
아버지　　어서들 오게.

이장 이놈아, 여긴 왜 오니, 응?

순종 오면 안 되나요?

이장 농악 울리는 게 고작일 텐데. 썩 물러가, 이 녀석아!

순종 나도 모 좀 심읍시다요.

이장 뭣이? 너 또 어디서 술 마셨구나?

순종 술은 마셨지만 정신은 초롱초롱합니다. (친구들에게) 야, 뭣들 하고 있어? 어서 벗고 들어가자!

그들은 신을 벗고 바지를 걷어올리고 채비를 한다.

아버지가 유심히 쳐다본다. 순종이가 약간 비틀거린다.

아버지가 둘째에게 눈짓을 한다. 둘째가 가까이 간다.

둘째 순종이….

순종이가 돌아본다. 아까보다 취기가 깊게 눈에 퍼져 있다.

둘째 뜻은 고맙지만… 그만 돌아가줬으면 좋겠어.

순종의 눈길이 사납게 빛난다.

둘째 오늘 모처럼 바쁜 어른들까지 나오셔서 모내기하는데 자네처럼 술 마시고서 비틀거리는…….

순종 그래, 잘못이니?

둘째 …?

순종 그래… 나 술 마셨다! 그게 뭐가 잘못인가 말이야?

둘째 그럼 잘못이 아니란 말이야?

이장 아니, 저 귀신은 뭘 못 잡아먹어서… 저리 가지 못혀?

순종 나도 모심겠어요.

이장 관둬! 술주정하려거든 저기 벌판 널찍한 곳에 가서 네 마음대로 해! 여기서는 방해되니까, 저리 가!

순종 아버지!

이장 듣기 싫어. 저리 비키래두!

순종 나도 좋은 일을 하고 싶다는데 왜 말립니까?

이장 좋은 일?

순종 그래요.

이장 그런 마음이라면 맑은 정신으로 나왔어야지.

순종 제 마음 어디가 흐립니까, 예? 나도 모를 심겠다는데 왜들 말립니까, 예? 나는 이 마을 사람 아닙니까?

이장 아니, 이 자식이 뉘 앞에서 함부로 큰소리야? 그만둬! 그럴 생각이면 맑은 정신으로 와야지 술 마시고 주정을 해? 모내기가 무슨 장난인 줄 알아? 아서! 네가 심은 모에서는 술 냄새가 나서 먹지 못해.

순종 싫어요. 저도 모심을래요! 모심는 모습을 보여주고 싶단 말이에요!

이장 아니, 이 자식이.

아버지 이장!

이장 예?

아버지 하고 싶은 대로 내버려둬요.

이장 그렇지만….

아버지 좋은 일을 하고 싶다니 그게 무슨 소린지 잘 모르겠지만 아무튼 하고 싶은 대로 내버려둬요!

둘째 아버지! 그러다가 심은 모를 망치게 내버려둬요?

아버지 두고 봐! 제풀에 어떻게 될지.

모두들 유심히 지켜본다.

순종이가 논으로 뛰어든다. 그는 모를 한 줌 쥐어 엎드리다가 그만 진흙 속에서 넘어진다. 모두들 폭소를 터뜨린다.

전신에 흙투성이가 된 괴상한 순종의 얼굴.

순종　　(광적으로) 웃어! 웃어! 실컷 웃어! 나도 웃겠다, 하하!

이장　　이놈아… 썩 나오지 못해? 저놈이 정말 미쳤군, 미쳤어!

젊은이들이 순종을 끌어낸다.

순종이 바둥거리며 끌려 나온다.

S#28 산길

셋째가 오고 있다. 새가 우짖는 소리.

숲속에서 불쑥 순종이가 뛰쳐나온다.

셋째　　에그머니!

순종이가 손에 들고 있던 작은 들꽃을 대뜸 내민다.

셋째가 당황한다.

순종　　받아줘요.

셋째　　왜요?

순종　　사과라도 할 겸!

셋째　　사과?

순종　　속죄도 할 겸!

셋째　　…….

순종　　그날 밤 김 회장님한테서 야단맞고서 느낀 바가 컸지요. 뒤늦게야 부끄러운 생각뿐이고….

셋째　　그런데 왜 나한테?

순종　　(쑥스럽게) 취중에 내가 한 짓, 사실은 김 선생 생각을 하면서 그랬던 건데…. 나도 그렇게 할 수 있다는 걸 보이고 싶어서 그랬었는데 그게 뒤죽박죽이 되어서….

셋째　　나를 생각했다구요?

순종　　그래요! 오래전부터 마음속에서 생각해온 일을. 그렇지만 지금은 달라요…. 내가 감히 김 선생을… 쳐다보는 것조차가 잘못이라고…. 그래서 이렇게 하고 싶은 얘기 많지만, 아니 꼭 하려고 했는데 막상 대하고 보면 말이 안 나오는군요…. 미안했어요! 죄송했어요!

순종이가 꽃을 떨어뜨리고 뛰어간다.

셋째가 사라진 그의 그림자를 지켜보다가 문득 땅 위에 떨어진 꽃을 집는다. 그러고는 향기를 맡으며 천천히 걷는다.

어디선가 이름 모를 새의 울음소리.

셋째　　(마음의 소리) 누구나 본성은 착하다고 했어. 거친 사람에게도 착한 마음은 있는 법이라고 했어. 그것이 정성으로 나타나고 안 나타나고의 차이뿐이겠지. 그것을 꿰뚫어볼 줄 알아야 한다고 아버지께서는 말씀하셨어. 말 못 하는 가축이나 나무하고도 말을 주고받는 농부의 마음이 그것이라고 하셨지.

마냥 가벼워지는 셋째의 걸음.

(F.O.)

제32화

새벽길

제32화 새벽길

방송용 대본 | 1981년 6월 9일 방송

• 등장 인물 •

할머니	정애란
아버지	최불암
어머니	김혜자
첫째	김용건
며느리	고두심
일용	박은수
일용네	김수미
순경	윤석오
이장	김상순
검사	남영진
성삼	송일헌
셋째	김영란
막내	홍성애
춘복	유경숙
아낙 A	이수나
아낙 B	이숙
보이	박병훈

S#1 마루와 뜰

토방 아래 낯선 구두가 한 켤레 놓여 있다.

S#2 부엌

어머니가 불안하게 서성거린다.

며느리가 들어선다.

어머니　　아직 안 가셨니?

며느리　　예.

어머니　　무슨 일일까? 아침부터 지서에서 순경이 나와가지고서….

며느리　　무슨 일은요… 어머님두…. 막말루 우리 집안에 누가 죄지을 사람이 있어요?

어머니　　그래두 벌써 반 시간은 족히 지났잖아… 윤 순경이 오신 게…. 정말 무슨 일인지 모르겠다.

며느리　　별일 없으실 거예요.

며느리가 반찬 그릇을 꺼낸다.

인기척이 들리자 어머니가 긴장한다.

어머니　　가만….

며느리　　예?

어머니　　윤 순경이 가시는 거 아냐?

두 사람이 귀를 기울인다.

아버지　　(소리) 염려 마세요.

순경　　(소리) 그렇게만 해주신다면야 문제는 없죠.

어머니와 며느리가 얼굴을 마주 본다.

S#3 마루와 뜰

윤 순경이 구두를 신고 내려선다.

아버지　　뭣하시면 아침이라도 함께하시고 가실 것을….

순경　　아닙니다. 괜히 제가 새벽부터 찾아와서 폐가 안 되었는지 모르겠습니다.

아버지　　원 별말씀을 다…. 되려 제가 송구스럽습니다.

순경　　할 수 있습니까? 이 마을에서 뭐니 뭐니 해도 김 회장님이 대들보이신데… 허허….

아버지　　별말씀을 다….

순경　　그럼, 그렇게 알고 저는 서류를 꾸며 답신을 할 테니까요.

아버지　　예예, 최선을 다해봐야죠.

아버지가 뜰로 내려선다.

순경　　그럼 이만….

윤 순경이 경례를 하고는 자전거를 끌어낸다. 개가 짖어댄다.

아버지　　조심하세요! 이따가 들르겠습니다.

순경　　예.

윤 순경이 자전거를 끌고 나선다.

아버지가 길게 숨을 몰아쉬고 돌아선다.

어머니가 불안하게 나와 선다.

어머니　　무슨 일이래죠?

아버지　　응… 응… 아무 일도….

어머니　　아무 일도 아닌데 왜 윤 순경이 아침부터 찾아왔어요?

아버지　　그, 그럴 일이 있어서.

아버지가 마루 끝에 앉는다.

어머니가 다가선다.

어머니　　여보…, 혹시… 당신….

아버지　　뭘 또 안다고 아는 척해?

어머니　　모르니까 묻는 거 아녜요?

아버지가 담배를 피워 문다.

어머니가 바싹 다가가 앉는다.

어머니　　무슨 일이 있어요? 예?

아버지　　(담배 연기 내뿜는다) 후휴….

어머니　　얘기 좀 해주세요. 답답해요.

아버지　　별일 아니래두….

어머니　　별일도 아닌데 왜 지서에서 사람이 나와요, 글쎄…? 옛날부터 지서다 재판소다 하고 관에서 사람이 나오거나 하면 그저 가슴이 들먹거리고 방망이질을 하는 버릇이 있어서 못 참아요.

아버지　　웬 죄를 그리도 많이 지었어? 흐흐….

어머니　　죄를 지어요? 아니 죄를 지어야만 그러나요?

아버지　　나는 아무렇지도 않은걸… 허허….

어머니　　여보…, 속 시원히 얘기 좀 해주세요.

아버지　　저수지 수문 근처에 살았던 성삼이 말이오.

어머니　　성삼이?

아버지　　그, 늙으신 할머니가 농약 먹고 자살한….

어머니　　예… 예… 예… 알죠! 아니 그런데 성삼이가 자살했어요?

아버지　　뭐? 아니 당신이 그걸 어떻게 알았어?

어머니　　예?

아버지　　성삼이가 죽을라구 했다는 얘기….

어머니　　지금 당신이 그러셨잖아요? 그래서 그 성삼이가 어떻게 되었대요?

아버지　　자살 미수라는군….

어머니　　예? 자, 자살…. 원 세상에… 늙은 할머니가 돌아가셨다는 소식을 듣고 그랬대요?

아버지　　그 서울 여자한테 속아서 그랬대.

어머니　　그럼 죽었대요?

아버지　　자살 미수래니까! 못 알아듣기는….

어머니　　그래서요?

아버지　　그래서 본적지 조회가 끝났는데 누군가가 신원을 보증해줘야만 풀릴 수 있다고 하면서…….

어머니　　당신보고 보증 서래요?

아버지가 의향을 묻는 표정으로 어머니를 돌아본다.

어머니　　그래, 보증 서기로 하셨어요?

아버지　　그럼 어떻게 해…? 젊은 사람의 앞날이 가엾잖아….

어머니　　(펄쩍 뛰며) 젊은 사람 앞날이 문제가 아니라 늙은이 앞날이 더 문제예요!

아버지　　아니?

어머니　　그걸 말이라고 하세요? 아니, 당신이 뭐가 안타까워서 그런 사람 보증을 서요? 아니, 보증을 서서 어떻게 하시겠다는 거예요? 어째서 당신은 밤낮 그런 궂은일에만 뛰어들어서… 사서 고생이세요?

아버지　그럼, 어떻게 해….

어머니　어떻게 하긴요? 모르겠노라고 거절하면 되지.

아버지　쯧쯧쯧….

아버지가 벌떡 일어나 돈사 쪽으로 휑하니 사라진다.

어머니가 아연해진다.

S#4 논

어머니와 둘째가 얘기를 하면서 논길을 간다.

둘째　성삼이가 자살 미수라고요?

어머니　그렇단다. 게다가 그 신원 보증을 서시겠다고 우기시니 원…. 난 네 아버지 성미를 알다가도 모르겠다. 그렇게 한가한 사람도 아닌데 말이다.

둘째　음…. 그런 일이 있었어요?

어머니　그래 한사코 서울엘 가시겠다는구나, 글쎄.

둘째　아버지 성격 아시잖아요?

어머니　에그… 세상에 그렇게 고지식한 어른이 어디에 또… 에그… 에그.

S#5 버스

아버지가 을씨년스럽게 앉아서 차창 밖 풍경을 내다보고 있다.

아버지　(마음의 소리) 누구나 말 못 할 사정은 있는 법이지. 더구나 죽음을 택한 사연이 있었을 게다. 그런데 세상에서는 그 사연을 들으려도 않거니와 믿으려고도 안 한다. 솔직히 나 자신 남의 궂은일에 관여하기는 귀찮은 노릇이다. 그러나 사람이 딱한 사정을 듣고 그냥 지나칠 수는 없는 것이 또 하나의 도리가 아니겠는가? 더구나 가까운 친척 하나 없어 나한테 연락이 왔을 땐 오죽이나 불쌍한 처지인가? 귀찮으면서도 하기가 어렵다는 것, 바로 그게 인지상정 아니겠는가. 답답한 현실이다. 장래가 구만리 같은 젊은 사람, 이렇게 어려울 때 돕지 않으면 언제 돕겠는가.

S#6 개울가

아낙 A, B, C가 빨래를 하고 있다. 그 속에 일용네도 끼어 있다.

아낙 A　그런데 글쎄 그 콜라 속에 농약이 들어 있었대요.

아낙 B　농약이?

아낙 A　예!

아낙 C　그럼 성삼이가 그 여자를 죽이려 했어?

아낙 A　그게 바로 문제지.

아낙 C　성삼이가 그런 표독한 젊은이는 아닌데.

아낙 B　그럼요. 얼마나 온순하고… 꼭 기집애처럼 말이 없고… 바지런하고.

일용네　에그… 사내자식이 딱 부러지게 말로 할 일이지! 그렇게 뜨뜨미지건 하니깐두루 그 여우 같은 계집애에게 홀렸지! 에그… 그저 세상에 여자는 모두가 여우가 아니면 너구리지.

아낙 A　할머니는요?

일용네　나?

아낙 B　여우시겠지, 호호.

일용네　여우치고도 늙은 여우지, 호호.

모두 까르르 웃는다.

일용네 그런 성삼이가 그 여자를 죽이려 했다, 이건가?

아낙 A 아니죠. 조사 결과 성삼이가 오히려 피해자였다는 게 판명이 되었고요. 그 여자가 성삼이 가진 돈을 빼앗으려고 콜라에다 농약을 탔었대!

아낙 B 에그, 끔찍해! 그래 잔이 뒤바뀌었군요.

아낙 A 그렇죠. 그런데 일가친척이 없으니 누군가가 책임지겠다는 보증인이 나와야 풀려나게 되었다는데.

일용네 그래서 우리 회장님께서 서울까지 올라가셨지 뭐예요.

아낙 C 정말, 김 회장님도 보통이 아니셔, 호호.

일용네 딱한 사람 보고서는 한시도 가만있지 못하시는 어른이시거든.

S#7 검사실

검사 명패

검사 선생께서 책임지시겠다구요?

아버지 제 얘기를 믿어주십시오. 성삼 군을 풀어만 주신다면 제가 책임지고… 밝은 인생으로 인도하겠습니다!

검사 물론 선생 같으신 분이 보살펴주신다면야 아직 미성년인 성삼 군의 장래를 위해서도 좋은 일이죠.

아버지 예. 어찌 되었건 우리 마을에서 자라난 청년이니 우리로서도 책임이 있다고 봐야죠. 관대하게만 처분해주신다면 제가 데려다가 사람 만들어보겠습니다.

검사 좋습니다. (저만치 대고) 이봐! 일로 들어와!

이윽고 문이 열리며 성삼이 들어선다. 어딘지 부박하나 열아홉 나이에 비해서 숙성한 몸집이다.

검사 이 어른께서 보증을 서주시겠다니 그걸 믿구 너를 내보내기로 했으니까 그렇게 알고 열심히 살아가도록 해! 알았지?

성삼은 묵묵히 말이 없다.

아버지 대답을 해야지! 다시는 안 그러겠습니다, 하고!

성삼 ……네.

검사 네가 못된 여자에게 유혹을 받고 그 여자가 너를 살해할 목적으로 음료수에다 극약을 탄 사실이 판명되었으니 너에게 혐의는 없게 되었지만, 그래도 나이 어린 놈이 그런 짓을 해서야 되겠어? 안 그래?

성삼이 고개를 숙인다.

검사 사실 너는 소년원으로 보낼 수는 있지만 김 선생님께서 이렇게 너를 맡으시겠다고 자청을 하셨으니 그게 너를 위하는 길이라고 판단해서 관대히 처분하는 거야. 알겠지?

성삼이가 더 고개를 숙인다.

아버지의 얼굴에 측은한 빛이 돈다.

S#8 버스

아버지와 성삼이가 나란히 앉아 있다. 아버지가 껌을 하나 내준다.

성삼이가 받아 포장을 까 입에 넣는다. 한결 밝은 표정이다.

아버지　　(마음의 소리) 이렇게 천진한 소년이 어떻게 그런 짓을 할 수가 있을까? 아니다, 환경이 그렇게 만든 거야. 청소년이 잘 되고 못 되고는 모두가 다 어른들의 책임이지. 청소년들 눈에 비치는 어른의 세계는 온통 흙탕물인데 그 속에 들어선 청소년보고만 깨끗하라고만 하니 이치가 안 닿는 얘기지. 나라가 잘되려면 우선 어른들 사회부터 맑아야 해! 거짓말하는 어른이 없어야 해.

S#9 뜰과 마루

어머니가 마루에 걸터앉아 투덜대고 있다.

일용네가 토방 위에서 푸성귀를 다듬어 소금을 뿌리고 있다.

며느리와 막내는 저쪽 마루에서 기저귀 빨래를 개고 있다.

어머니　　정말, 네 아버지는 왜 그러시는지 모르겠다. 아니 어쩌자고 성삼이까지 데려와서.

일용네　　좋잖어요?

어머니　　좋아요? 뭐가 좋아요, 좋긴!

일용네　　머슴 하나 들어왔으니 좋지요. 품삯 줄 필요는 없을 게고, 호호.

어머니　　아니, 난데없이 머슴은 또…….

일용네　　그렇지 뭐예요? 일손 부족하던 차에 잘되었지 뭐요, 호호…….

며느리　　그게 아니에요.

일용네　　뭐가?

며느리　　아버님 뜻은 그게 아니라 더 높은 곳이 있으실 거예요.

어머니　　무슨 소리냐? 너는…….

며느리　　성삼이는 고아 아니에요? 아무도 보살펴줄 사람 없는…. 그러니까 양자를 들여서.

어머니　　얘! 우리가 자식이 없어서 양자를 들이니? 넌 짐작을 해도 왜 그리 말두 안 되는 짐작을 하니?

일용네 헤헤헤. 양자 삼으려면 내가 하면 모를까.

어머니 거, 형편 닿지도 않는 소리 작작해요.

막내 그런 사람은 나라에서 돌봐주든가, 가르치든가 해야 한다구.

일용네 맞어, 맞어!

어머니 아무튼 네 아버지는 그게 버릇이야 버릇…. 사람 불러들이는 게.

일용네 헤헤… 예쁜 여자나 불러들이는 날에는 칼부림 날 거야. 헤헤…….

어머니 에그, 불난 집에 부채질 말어요. 남의 속도 모르구…….

일용네 뭐가 걱정이세요? 일 부려먹으면 되는 게지.

어머니 그런 애가 착실하게 일할 것 같애요? 언제 무슨 일을 저지를지 누가 알아요. 다른 것 다 그만두구 그 가엾은 할머니를 버리고 계집 따라 집을 나간 그런 불효막심한 녀석인데. 부모 공경 못하는 놈은 사람이 아니야, 짐승이지…….

S#10 무덤

야산에 덩그러니 앉은 무덤. 성삼이가 엎드려서 울고 있다.
저만치 아버지가 떨어져 앉아서 담배를 피우고 있다. 산새가 운다.

아버지 성삼아!

성삼은 여전히 고개를 숙이고 있다.

아버지 이제 됐어! 그만 내려가자.

성삼 …….

아버지 네 잘못이 무엇인지를 깨달았으면 그걸루 됐어! 자, 그만 일어나, 응?

성삼은 손등으로 눈물을 쓱 문지르고는 일어선다.

아버지 일루 와, 성삼아!

성삼이 가까이 온다.

아버지 앉어!

성삼이가 앉는다.

아버지 어디, 네 얘기를 들어보자.
성삼 …….
아버지 나는 이제 와서 지나간 일 되묻고 싶지도 않아……. 그건 흘러간 물이야. 한번 흘러간 물 따지면 뭘 하니? 너에게 있어서 중요한 건 앞으로 일이니까. 그렇지?
성삼 드릴 말씀 없습니다. 회장님!
아버지 그래, 어떻게 하겠어? 할머니도 가셨고……. 이제 너는 이 하늘과 땅 사이에 오직 혼자야. 어떻게 무엇을 하겠어? 그런 생각 안 해봤어?

성삼이가 풀을 뜯어 손으로 짓이기며 하늘을 쳐다본다.

성삼 막연해요.
아버지 막연해?
성삼 꿈만 같구요.
아버지 ?
성삼 죽구 싶어요! …… 나 같은 놈 …… 살아갈 수두 없고 …… 그저 막막한 바다 위로 떠밀려가는 것 같고.

아버지 그래서?

성삼 왜 저를 다시 데려오셨어요, 예?

아버지 아니?

성삼 할머니 묘 앞에 엎드린다고 그걸로 끝나는 일이 아니잖아요? 할머니는 할머니고, 저는 저 아니에요?

아버지 성삼아! 너 그게…….

성삼 (흥분하며) 어떻게 하란 말이에요? 차라리 저를 그대로 내버려 두실 일이지 왜 데려오셨어요? 모두들 나를 바라보는 눈빛도 달라질 텐데, 왜…… 왜… 저를 데려오셨는가 말이에요, 예? 말씀 좀 해보세요. (매달리며) 저더러 어떻게 하겠느냐고 물으실 게 아니라, 저를 위해 어떻게 해주시겠다고 시원스럽게 말씀해 주세요, 예? 으흐흐흐…….

성삼이가 울며 아버지에게 호소한다.

아버지 얼굴이 일그러진다.

아버지 그래 싫건 울어! 못된 자식…….

S#11 주막

이장과 아버지가 막걸리를 마시고 있다.

이장 그야말로 물에 빠진 놈 건져놓으니까 옷 보따리 내놓으라는 격이군요?

아버지 (쓰게 웃는다)

이장 기가 막혀서! 그러니 요즘 젊은 놈들 싹수가 없다고요! 옛날과 달라서요, 친절하게 대하면 더 기어오르거든요.

술을 마시고는 잔을 전한다.

이장　　한잔 드세요.

아버지　　예!

이장　　한잔 드시고 잊어버리세요.

아버지　　예?

이장　　그까짓 자식, 걱정하실 것도 없어요. 되는 나무는 떡잎부터 알아본다고, 싹수가 노랬어요, 성삼이도….

아버지가 길게 숨을 몰아쉰다.

아버지　　그렇다고 이제 와서 모르는 척할 수도 없잖아요?

이장　　그렇다고 어떻게 합니까? 제놈이 마음잡고 착실하게 살아가겠습니다, 하고 고개 숙여도 될까 말까 하는 판국에 제놈이 그런 식으로….

아버지　　큰일이에요, 큰일! 도시나 농촌이나 이 젊은 애들 생각을 고쳐 나가는 게….

이장　　까짓것 걱정 없어요.

아버지　　예?

이장　　김 회장님! 나는 말씀이에요, 자식은 부모가 낳긴 했어도 잘 되고 못 되고는 다 제놈 팔자소관이라고 생각합니다, 예!

아버지　　팔자요?

이장　　그렇죠…. 어서 잔 비우고 한잔 주세요. 나도 얘기하다 보니까 울화가 치밀어 오르는군요.

아버지가 잔을 들고 쭉 들이킨다.

그사이에 이장이 풋고추를 아작아작 깨문다.

아버지가 잔을 권한다.

이장	김 회장님이니까 말씀이지만, 우리 집 그 순종이 보세요! 그게 사람이 될 성싶었다면 진작 저도 손을 썼어요. 그렇지만 아무리 타이르고 가르치고 해도 이건 안 되는걸요! 굴뚝 막힌 건 쑤시면 터지지만 사람 막힌 건 이건 어쩔 수 없어요. 그게 다 타고난 팔자소관 아닙니까요? 헤헤….

이장이 단숨에 술잔을 비운다. 막걸리가 턱 아래로 흘러내린다.

이장	그러니까 말씀이에요… 회장님! 제가 생각하기엔 방법은 하나뿐인 것 같아요.
아버지	방법? 그게 뭐죠?
이장	저 갈 데로 가게 내버려두는 거죠.
아버지	내버려둬요?
이장	어떻게 합니까, 그럼…? 제놈이 아직도 정신 못 차린 이상은….
아버지	내버려둬서 되는 일이라면 이렇게 애태울 필요 없어요. 그놈 입장에서 처지를 한번 생각해보세요. 그게 안타깝단 말이에요. 지가 뭘 어떻게 하겠어요?

S#12 논

성삼이가 쓸쓸히 서 있다.

S#13 우사 앞

일용이와 둘째가 경운기를 손보고 있다.

일용	어떻게 하신대?

둘째 뭘 말이에요?

일용 성삼이.

둘째 글쎄요.

일용 그 자식도 큰일이구나.

둘째 정신 차려야지.

일용 돈은 가지고 있다면서? 그 여자한테 빼앗길 만한….

둘째 20만 원쯤 되나 봐요.

일용 그걸 가지고 뭘 하니?

둘째 세상에, 그런 여자를 믿고 따라간 놈도 잘못이지.

일용 그러니, 나는 아예 여자라는 건 생각 안 하기로 했다.

둘째 예?

일용 어떻게 믿느냐구? 생긴 것하고 하는 짓하고 비교하면 이건 꼭….

둘째 후후… 그러다가 평생 몽달귀신 되겠어요.

일용 허허, 그러게 생겼어!

저만치 아버지가 온다.

아버지 성삼이 못 봤니?

일용 글쎄요.

둘째 아까 제 방에 들어가 있으라고 했는데.

아버지 찾아봐!

둘째 예?

아버지 어서 몸들 씻고 밥 먹어야지.

둘째 이제 다 되었어요.

아버지 목초를 간수 잘해야겠어. 날씨가 꾸물거리는 게 비가 올 것 같아!

일용　　　예, 염려 마세요.

S#14 안방(밤)

할머니, 아버지, 어머니, 첫째가 과일을 먹고 있다.

어머니가 참외를 깎는다.

할머니　　　그래, 여기서 살겠대?

아버지　　　예? 예, 그게….

어머니　　　죽었으면 죽었지 농사짓기는 싫다고 하더래요.

할머니　　　쯧쯧…. 그럼 제놈이 어디 가서 뭘 해? 학교 공부를 제대로 했어, 일가가 있어? 그래도 할머니가 있을 때는 끼니에 더운밥 지어줄 사람도 있었지만…. 에그… 죽은 사람만 불쌍하지….

아버지　　　따지고 보면 성삼이 혼자 잘못만도 아니죠.

할머니　　　응?

어머니　　　그야 말 다 했죠! 부모 없이 할머니 손으로 키워내는 동안 그 애가 그렇게 삐뚤어졌구요.

할머니　　　(불쾌해서) 할머니가 키운다고 다 그렇게 되나? 그럼 세상에 조부모가 키운 자식은 모두가 망나니들뿐이겠구나!

어머니　　　원, 어머님두….

할머니　　　네 얘기가 그렇지 뭐냐?

어머니　　　누가 다 그렇다고 했어요?

아버지　　　어머니!

아버지가 신중하게 할머니를 바라본다.

할머니　　　왜?

아버지　　　그 성삼이 말이에요… 우리 집에 있게 하면 어떻겠어요?

할머니　　우리 집에?
첫째　　그런 문제아를 어떻게….
어머니　　첫째 너도 그렇게 생각하니? 나두야!
아버지　　잠자코 있어요. 나는 어머님한테 여쭙고 있어요.
어머니　　세상에 제대로 된 사람도 둘까 말까 하는데, 그런….
아버지　　잠자코 있으래두…!
첫째　　아버지! 아버지 뜻은 충분히 이해가 가지만요… 한번 그런 일 저지른 사람은 언제고 꼭 사고를 내기 마련이에요.
할머니　　글쎄… 나는 성삼이보다도 그 할미가 불쌍해서…. 그 핏덩이를 손주 아닌 내 아들처럼 키워온 그 할미 생각을 하면 우리 집에 있게 해주고도 싶지만.
아버지　　그렇게 생각하세요? 그럼 2 대 2군요.
어머니　　2 대 2는 또 뭐예요?
아버지　　성삼이를 우리 집에 있게 하자는 데 대해서 찬성표 2, 반대표 2 아니야? 이렇게 어머니 찬, 나는 찬, 당신과 첫째는 반대….
어머니　　별일 다 봤네…. 아니 이게 무슨 선거라구…. 하이구! 나 참.
아버지　　한 인생이 중대한 기로에서 헤매는 것을 결정하는데…. 나 혼자 독재를 안 하고 민주적으로 의사를 묻는다는 거 몰라?
어머니　　아이그…. 민주는 무슨 놈의 민주? 당신 속으론 다 작정해놓구서 자신 없고 미안하니까 물어보는 속셈이지!
첫째　　예! (박수 친다)
어머니　　참 내, 별일 났어, 별일!

S#15 딸 방(밤)

셋째, 막내가 마주 앉아서 책을 보고 수를 놓고 있다.

막내　　언니, 진짜 성삼이가 우리 집에 있는 거 괜찮을까?

셋째　　어떻게 같이 있니? 시집 안 간 딸이 둘이나 있는 집에.

막내　　어머? 성삼일 결혼 배우자 후보로 생각하고 하는 말이우?

셋째　　얘, 미쳤니? 나이도 어린 사람을 두고 별소릴 다 하네.

막내　　알 건 다 안대. 그 나이에 벌써 여잘 사귀구, 사골 내구…….

셋째　　그만! (귀 막고) 아유, 불결해!

막내　　참, 그렇구나. 불결해서 틀렸다!

셋째　　(때리며) 요게 지가 관심 있어가지구….

막내　　어때? 이성에 대한 관심은 자연스런 욕구라구.

셋째　　아무거나 욕구니?

막내　　언닌 너무 동정심이 없어서 틀렸어! 야멸차기만 하구, 멋도 없고, 붙임성도 없고….

셋째　　넌 매력이 넘치는 줄 아니? 꼭 설익은 수박 같애가지구선….

막내　　(수박 같은 표정)

S#16 둘째 방(밤)

성삼이가 방 한구석에 쭈그리고 앉아 있다.

둘째가 눈치를 살피듯 바라본다. 담배를 꺼낸다.

둘째　　피워!

성삼　　….

둘째　　어려워 말고…….

성삼이가 서슴없이 담배를 뽑아 입에 문다. 담뱃불 붙이는 게 능란하다.

둘째　　우리 집 식구는 이해심이 있으니까 네가 그렇게 소심하게 안 나와도 돼! 이제 와서 네 잘못을 따질 사람도 없고….

성삼　　형! 저는 말예요, 춘복일 원망 안 해요.

둘째　　춘복이라니?

성삼　　죽은 여자 친구 이름이 춘복이었어요.

둘째　　그래?

둘째가 흥미를 느낀 듯이 돌아본다.

성삼이가 담배 연기를 내뱉는다.

성삼　　사실은….

둘째　　말해봐…!

성삼　　이건 비밀인데요.

둘째　　비밀?

성삼　　수사관에게도 숨긴 일이지만, 형만 알고 있어요!

둘째　　응, 그래!

성삼　　함께 죽자고 말한 건 나였어요.

둘째　　뭐라구?

성삼　　이 세상 살기 싫으니까 죽어버리자구요.

둘째　　동반자살을 하려 했니?

성삼　　예…… 그래서 극약을 사 온 것도 나였고… 콜라에다가 탄 것도….

둘째　　그런데, 왜…?

성삼　　실은…….

S#17 여인숙(밤)

허름한 방. 잠자리가 깔려 있다.

성삼이와 춘복이가 술을 마시고 있다. 소주병과 맥주병이 뒹굴고 있다.

춘복　　아! 이렇게 살겠다고 나온 건 아닌데.

성삼　　그래!

춘복　　우리 부모는 내가 어엿한 회사에 다니는 줄 알고 있어!

성삼　　나두야! 우리 할머니, 내가 정말 자동차 정비학원 나오면 돈벌이를 할 것으로 알고…….

춘복　　이렇게 거짓말, 거짓말로 이어나가는 세상 싫어졌어!

성삼　　누가 알아주는 것도 아니고…… 뾰족한 재주가 있는 것두 아니고….

춘복　　농촌에서는 숨 막히고… 아… 나 술 더 마실래!

성삼　　춘복아!

춘복　　응?

성삼　　끝내버릴까? 살아봤자야….

춘복　　죽어?

성삼　　그럼 살고 싶니?

춘복　　…….

성삼　　서울에 나와봐두 길이 막힌 건 매한가지고, 이런 생활 벌써 반 년째야.

춘복　　아….

성삼　　너나 나나… 뻔하다! 국민학교도 나올까 말까 한…. 그래서 무작정 도시로 뛰쳐나온 너와 나…. 흥… 쥐구멍에도 볕들 날 있다지만 우리에게는 그것도 없어!

춘복이가 성삼에게 안긴다.

춘복　　졸려!

성삼　　나도!

춘복　　자!

성삼　　영원히 자자…… 응?

춘복　　정말?

성삼　　응! 우리 둘이서 꼭 함께 손목을 쥔 채로 잠들자… 응?

춘복　　　응! 약 있어? 잠자는 약!
성삼　　　그럼… 내 늘 가지고 다녀! 이렇게….

안주머니에서 약봉지를 꺼낸다.

춘복　　　이걸 먹으면 잠드니?
성삼　　　응…….
춘복　　　그럼 내가 먼저 시험해볼까?
성삼　　　안 돼…. 함께 나누어 먹자.
춘복　　　그래….

성삼이가 약을 편다. 두 개의 컵에다 콜라를 타고 약을 반만 나눠 넣는다.
노크 소리가 난다. 성삼이가 돌아본다.

성삼　　　예!

문이 열린다. 보이가 숙박계를 들고 서 있다.

보이　　　숙박료 주셔야겠는데요.
성삼　　　그래?

성삼이가 일어나 벽에 걸린 잠바 주머니에서 돈을 꺼내 준다.
이사이에 춘복이가 성삼의 콜라를 자기 잔에다 부어 넣고 빈 잔에다가 콜라를 따라 붓는다.

보이 E　　고맙습니다.

문을 닫는다.

성삼이가 문고리를 걸고 돌아와 앉는다.

성삼　　자, 이제 우리는 같은 시간에 같이 마시고 잠자는 거야……. 살아봤자 희망도 없는…… 버티어봤자 부벼댈 언덕도 없는…… 인생……. 후후….

춘복　　흑….

성삼　　울긴?

춘복　　슬퍼서 우는 게 아니다!

성삼　　그럼…?

춘복　　나도 몰라… 생각하고 싶지 않어!

성삼　　바보….

춘복　　그래 바보다…. 너도… 나도 바보다….

성삼　　바보는 가는 거지.

춘복　　영리한 사람… 잘난 사람만 남고…. 자… 자자! 생각하기 싫어…. 자!

두 사람이 잔을 들어 쨍 부딪쳐 건배한다.

S#18 둘째의 방(밤)

둘째의 얼굴에 심한 동요가 일어난다.

둘째　　그럼 결국….

성삼　　내가 죽인 셈이죠, 춘복이를….

둘째　　그걸, 왜?

성삼　　나도 몇 번이고 사실대로… 말하려고 했지만, 그게…… 그게…… 안 되는군요. 무섭고 겁이 나고.

성삼이가 말을 잇지 못하고 괴로운 듯 머리를 쥐어박는다.

둘째　　그럼, 그 여자 친구는 자살이고, 너는….

성삼　　춘복이는 나를 살리고 자기만 죽은 거예요. 그걸 내가 거짓말로 내 돈을 뺏으려다 그랬다구……. 제가 무슨 말을 꾸며대도 이 세상 사람은 그걸 믿을 거예요. 춘복이는 이미 죽었으니까요. 그러니… 죽는 놈만 병신이에요… 바보예요…. 흑… 흑…. 알지도 못하면서… 아무도 몰라요… 흑…!

S#19 전원

아침 안개가 걷혀가는 아름다운 풍경.

S#20 안방

새벽 어둠. 아버지가 잠자리에서 일어난다.

어머니는 아직 자리에 누워 있다.

아버지가 담배를 피워 문다.

아버지　　일어나!

어머니　　…….

아버지　　그리고, 아침에 내가 성삼이한테 잘 타이를 테니 당신도 그렇게 알고서…. 별수 있어? 불쌍한 젊은이 하나 살려낸다고 생각해야지!

어머니가 돌아눕는다.

아버지　　우리가 돌봐줘야지. 더구나 그렇게 불쌍한 청소년들은… 유달리 신경을 써서 보살펴줘야지. 그렇지 않으면….

어머니가 일어나 앉아 아버지를 멀거니 쳐다본다.

어머니　　여보… 나 간밤에 잠잔 줄 아세요? 뜬눈으로 새웠어요. 왠지 아세요?
아버지　　지금 무슨 얘길 하려는 거요?
어머니　　당신은 마치 이 세상 모든 궂은일을 혼자서 도맡아 해결하려드는 사람 같아요.
아버지　　그게 뭐가 나빠?
어머니　　자기 분수나 형편에 맞아야 남도 돕는 게지, 눈에 보이는 대로 뭐든 다 자기 일처럼 하구 어떻게 살아요?
아버지　　분수에 안 맞을 건 또 뭐야? 한동네 살던 성삼이가 불쌍….
어머니　　성삼이가 무슨 짓을 했는지 알잖아요, 예? 그 불쌍한 할머니를 저버리고서 못된 계집애하고….
아버지　　그건 다 끝난 일이야….
어머니　　안 끝났어요.
아버지　　뭐?
어머니　　그 애가 앞으로 우리 집에 있게 되면 언제 무슨 일을 하게 될지 누가 어떻게 알아요?
아버지　　여보… 그렇게 사람 의심하는 게 아니야.
어머니　　사람 구실 못 할 인간은 아예 모른 척하는 게 수예요…. 이건 안경이 있다 없다가 아니고요…. 제 자식도 키워보면 알 수 있잖아요? 내 자식이라고 다 잘났던가요? 그런데 왜 싹수가 없는 남의 자식까지 끌어들여요, 들이긴…?

S#21 마루와 뜰(아침)

둘째 방에서 옷 보따리를 들고 살그머니 나와 안방 앞으로 오는 성삼. 무슨 얘기를 하고 싶은 모양이나 입이 안 벌어진다.

S#22 방 안

아버지가 불쑥 자리에서 일어난다.

아버지 성삼이가 저지른 것은 괘씸하지만, 그렇다고 전과자는 아니잖아…? 그 애가 할머니 무덤 앞에서 통곡하는 걸 나는 봤어요. 그리고 아직도 그의 마음에는 먼지가 끼어 있고 진흙이 튀어 있다고 봤어…. 그걸 털어만 주면 그 애도 밝은 마음으로 돌아올 것이라는 확신이 섰기 때문에 정한 거야! 설사 성삼이가 전과자일지라도 그래서는 안 돼! 지금 농촌을 빠져나가는 청소년을 모조리 전과자로 봐서는 되겠소? 왜 그렇게 되었는가는 어른들의 책임이오. 한번 새사람으로 만들어봐요, 응?

어머니의 태도가 누그러진다.

아버지가 밖으로 나간다.

S#23 마루와 뜰

아버지가 나온다.

마루 위에 편지가 놓여 있다. 아버지가 들어 본다.

“김 회장님 전”이라고 서툴게 쓰여 있다. 아버지가 불길한 예감에 봉투를 찢는다.

S#24 시골길

성삼이가 가고 있다.

S#25 논두렁길

성삼이의 걸음이 차츰 빨라진다.

S#26 뚝길

성삼이가 뛰어가고 있다. 이 화면에 성삼이의 목소리가 흘러나온다.

성삼 (E) 김 회장님, 저를 아껴주신 뜨거운 마음 잊지 않겠어요. 그러나 저는 댁에서 살 수 없어요. 서울로 가겠어요. 거기서 뒹굴며 다시 시작하겠어요. 그렇다고 지난날과 같은 그런 식의 생활은 안 할 거예요. 두고 보세요! 이 세상에 새로 태어난 셈치고 새로 시작하겠어요. 열심히 살래요. 농군이 농사짓듯이 그렇게 살래요. 그래서 할머니 산소에 다시 찾아올래요. 김 회장님! 이 성삼이 거짓말은 안 할 거예요. 두고 보세요!

S#27 전원

아버지가 천천히 거닐고 있다.

아버지 (마음의 소리) 환경이 부족하고 주변이 어려우면 사람에 따라선 엄청난 악의 구렁텅이에 빠진다. 그의 잘못을 따지고 탓하기 전에 그 인생의 불쌍함을 대신 생각해보는 마음이 아쉽다. 청소년은 나라의 장래라고 생각해보면 그 아픔, 그 실수가 어찌 내 아픔, 내 실수가 아니겠는가. 하늘은 구실 없는 사람을 낳지 아니하고 땅은 이름 없는 풀을 낳지 아니한다. 사람마다 제각기 부족한 대로 이 세상에 살 값어치가 있고 할 일이 있을 것이다. 우리 어른은 그걸 찾아주는 마음이 되어야 할 게다. 새벽길을 걸어가듯이…….

(F.O.)

제33화

버려진 아이

제33화 버려진 아이

방송용 대본 | 1981년 6월 16일 방송

· 등장 인물 ·

할머니	정애란
아버지	최불암
어머니	김혜자
첫째	김용건
며느리	고두심
둘째	유인촌
셋째	김영란
막내	홍성애
금동(소년)	양진영
일용	박은수
일용네	김수미
이장	김상순
아내	박원숙
청년 A, B, C	

S#1 마을 전경

소 울음소리.

S#2 모내기를 끝낸 들판

까치 소리.

질서정연하게 심어진 모가 물속에 잠겨 바르르 몸을 떨고 있다. 마냥 평화롭기만 한 전원 풍경이다.

S#3 다른 눈

둘째가 물꼬를 터주고는 진흙으로 두렁길을 바르고 있다.

저만치서 일용이도 같은 작업을 하고 있다.

둘째　　모내기를 끝내버리니까 꼭 폭풍이 지나간 자리 같구먼, 흐흐.

일용　　폭풍이 아니라 전쟁이지 전쟁, 허허….

둘째　　맞아! 전쟁이죠, 농촌에서는…. 이제 한 일주일쯤 해서 소낙비라도 한 자락 쏴! 쏟아져주면 좋으련만….

일용이가 일손을 놓고 앉는다. 하늘을 쳐다본다.

셔츠 주머니에서 담배꽁초를 꺼내 입에 문다.

일용　　말도 말아! 요즘… 하나님께서는 변덕이 너무 심하셔서 옛날에는 비가 올 때가 되었는데 하면… 비가 내리고, 이젠 장마가 걷힐 때도 되었는데 하면 언제 있었냐는 듯이 날이 들고 했었는데…. 요즘은 그저 막무가내셔! 허허….

둘째　　인간들 하는 일에 하나님께서도 심사가 틀리신 게지. 이 괘씸한 놈들 같으니 어디 맛 좀 봐라 하시고서, 허허….

일용이가 담배 연기를 내뱉는다. 바람에 연기가 사방으로 찢기어 흩어진다.

둘째 형!

일용 응? 너도 한 대 피울래?

둘째 아, 아뇨… 형!

일용 왜 그래?

둘째 얘기 들었어?

일용 무슨?

둘째 이식이 말이오… 부산에 간.

일용 (약간 질투가 나서) 돈 잘 번다며?

둘째 그게 아닌가 봐요.

일용 아니면?

둘째 여자 잘못 사귀었다가 된 코 다친 모양이에요.

일용이가 깊은 관심사라도 만난 양 긴장한다.

일용 여자?

둘째 예.

일용 흥! 내가 그럴 줄 알았어. 이식이 자식이 괜히 맹꽁이같이 놀면서도 속에 헛바람이 들어가지고는….

둘째가 정강이에 붙은 풀잎을 떼내며 일용을 본다.

둘째 여자한테 빠지면 다 그렇게 되는 건가? 알다가도 모르겠다니까….

일용 여잔 한번 빠지면 바닥을 모른다고 했잖아? 보니까 여자 잘 만나서 잘된 사람 있지만 잘못 만나서 망한 놈이 더 많은 것 같더라.

둘째　　그거야 여자도 마찬가지죠. 남자 만나는 데 따라 평생 팔자가 달라지니까.

일용　　좌우지간 사는 게 뭔지 어렵기는 어렵다. (하늘을 올려다보며) 하늘은 푸르고 구름은 제 갈 데로 떠가는데 이놈의 청춘은 한심하기도 해라….

S#4 마당

평상 위에서 어머니가 호박 이파리를 꺾어 담고 있다.

일용네, 들어온다.

일용네　　아이구 허리야, 다리야! 모 며칠 심었다고 삭신이 쑤시네.

어머니　　좀 누워 계시지 그래요?

일용네　　아, 누워 있으니까 더 쑤시는걸……. (어깨를 콩콩) 이러다간 내년 모심기엔 논 가운데는 들어가보지두 못하겠네.

어머니　　젊은 사람도 일 끝나면 드러눕는 판인데 나도 자고 나서 허리가 결려서…….

일용네　　비가 안 온다고 걱정이더니 그나마 억지로 끝나고 나니 한시름 놓이네.

어머니　　우리야 그럭저럭 끝냈지마는 아직 못 한 집도 많고, 그리고 저 남쪽 지방에서는 비가 안 와 모심기를 반도 못 해서 큰일이라는구만요.

며느리, 참외 두 개를 갖고 나온다.

며느리　　이것 잡숴보세요. 어제 밭에서 따 온 건데.

일용네　　그거 마침 잘 가져오네. 안 그래두 입안이 텁텁하더니. (깎으며)

회장님 어디 나가셨나?

어머니　　농약 때문에 군 농협에 간다고 갔구먼요.

일용네　　회장님은 그저 안일, 바깥일로 한시도 쉴 날이 없으시니 부지런한 만큼 일복도 참 많으신 분이라….

어머니　　일복이 많으면 뭘 해요? 집안일보다 남의 일에 더 열심히 뛰어다니니.

며느리　　어머닌, 그게 어디 남의 일인가요?

어머니　　남의 일이 아니면, 그럼 우리 일이니? 넌 언제나 시아버지 하는 일만 잘한다고 하더라.

며느리　　원, 어머님두!

일용네　　(참외 깎아 혼자 싹둑 먹으며) 날씨가 가물어서 농사짓기는 애먹었어도 참외 맛은 달고나. 과실은 역시 가물어야 제맛이거든.

며느리　　어마, 혼자서 잡수세요?

일용네　　응? 응, 아이구! 내 정신 좀 봐라. 참외 맛이 너무 달다 보니 깜빡 잊고….

며느리　　호호호….

어머니　　(눈 흘긴다)

S#5 시골길

아버지가 자전거를 타고 온다.

자전거 뒷자리에 여섯 살가량의 아이가 실려 있다. 몰골이 거지처럼 보기가 흉하다. 그러나 눈매는 맑다.

아버지가 이따금 뒤를 돌아본다.

아버지　　꼭 붙들어…. 졸면 안 돼!

아이는 두 손으로 아버지의 허리를 꼭 붙들고 있다.

S#6 다른 길

이장이 자전거를 타고 온다. 아버지와 마주친다.

이장　　어디 다녀오세요?

아버지　　농약 때문에 농협엘 갔었지.

이장　　그래 뭐라던가요? 올해는 또 얼마나 오른대요?

아버지　　10%에서 19%까지 인상이라더군.

이장　　10%까지요? 허허, 참 농사짓기 정말 어려워지는구먼. 그놈의 농약은 해마다 비싸지니 이건 배보다 배꼽이 더 커지는 격이니….

아버지　　그나마 품귀가 되지 않으면 다행이겠는데.

이장　　게다가 품귀요? 그러면 농사 다 지었지 뭐.

아버지　　그러게 말이지. 작년처럼 도열병이나 이화명충이 심하면 큰일이지!

이장　　그리고 웬 놈의 농약 수는 그렇게 많아요? 마흔 가지가 넘으니까 원…. 거기다 이름이 복잡해서 이건 꼬부랑 글씨 못 배운 사람은 아예 읽지도 쓰지도 못하게시리. 좀 쉬운 말로 쓰면 농사에 지장이 있나….

아버지　　허허.

이장이 웃다 말고 문득 자전거에 타고 있는 아이를 본다.

아이가 손가락으로 콧구멍을 파고 있다.

이장　　아니, 웬 아입니까?

아버지　　예? 예… 허허.

이장　　누구예요?

아버지　　누구긴? 내 막내 놈이지, 허허.
이장　　막내라뇨?
아버지　　그렇게 되었어요, 허허…. 그럼 또 봅시다.

아버지가 쏜살같이 달아나듯 자전거를 몰고 간다.
한동안 입을 떡 벌리고 바라보는 이장.

S#7 뜰과 마루

어머니, 며느리, 일용네가 무슨 신기한 구경거리나 되는 듯 아이를 에워싸고 있다.
아이는 아이대로 처음 보는 농가 분위기를 두리번거리며 익힌다.

어머니　　너 이름이 뭐냐?
금동　　금동이.
어머니　　금동이?
며느리　　몇 살?
금동　　여섯!
일용네　　그 녀석 똘똘하긴 하구나!
할머니　　웬 아이냐?

할머니, 나온다.

어머니　　(대꾸 않고) 그래, 네 집이 어디냐?

금동이가 고개를 도리질한다.

어머니　　집 몰라?

금동이가 고개를 끄덕인다.

어머니와 며느리가 의아하게 시선을 마주친다.

어머니　　그럼 여긴 어떻게 왔니?

금동　　(안방 쪽을 본다)

할머니　　도대체 얘가 누구냐? 애비가 데려왔냐?

일용네　　회장님이 난데없이 자전거에 싣고 왔어요.

할머니　　난데없이 자전거에 싣고?

금동이가 개를 보자 씽끗 웃는다.

개가 꼬리를 치며 달려들어 금동의 다리를 핥는다.

금동이가 이윽고 킬킬대며 웃는다.

금동　　흐흐… 헤헤….

아버지가 방에서 나온다. 목에 흰 수건을 걸었고, 속셔츠 바람이다.

아버지　　여보! 그래, 세수 좀 시키고 손발도 씻겨주라니까. 여태….

할머니　　아니, 얘야, 이게….

어머니의 날카로운 시선에 밀려나는 아버지.

아버지　　왜 그런 눈으로 봐?

어머니　　어떻게 된 거예요?

아버지　　어떻게라니?…

어머니　　웬 아이냐구요? 어디서 어떻게 생겨난….

아버지　　뭐라구?

어머니　　선은 이렇고 후는 이렇다고 소상하게 얘기를 해주셔야 이해도 있고 양해도 하지. 그래… 이렇게 쌈지 주머니에서 엽전 꺼내듯 다짜고짜로 데려오면 어떻게 하라는 거예요? 나더러….

아버지　　아니, 이 사람이?

할머니　　에미 말이 옳아! 사실을 사실대로 얘기해….

아버지　　어머니!

할머니　　아닌 말로 아범이 밖에서 낳게 한 아이면! 그렇다고…?

아버지가 아연실색이다.

아버지　　바, 밖에서 낳아요?

할머니　　그럴 수두 있는 일 아니야?

일용네　　암! 그럴 수도…. (하다 눈치 본다)

아버지 E　　어머니!

어머니가 부아를 이기지 못해 방 안으로 들어가버린다.

아버지　　여보, 여보!

할머니와 며느리도 난처한 표정이다.

그러나 금동이는 개와 시시닥거리며 놀고 있다.

아버지　　금동아!

금동이가 강아지의 발목을 잡은 채 아버지를 쳐다본다.

아버지　　따라와! 네 몸 씻자.

할머니 이왕이면 냇가로 데려가서 홀랑 벗기고서 씻겨! 그 옷은 불살라버리고….

아버지 예?

할머니 이라도 성하면 어떻게 하려고?

아버지 예. (며느리에게) 갈아입을 옷 없니?

며느리 그, 글쎄요.

아버지 어디 찾아봐! 우선 입히고 내일이라도 시장에 가서 옷 한 벌 사와야겠으니….

며느리 예.

아버지 가자!

아버지가 금동이를 채근하자 금동이가 촐랑대며 따라간다.

할머니와 며느리가 무슨 영문인지 모르겠다는 듯 한숨만 푹 쉬다가 안방을 본다.

일용네 (뒤에다 대고) 데리고 와도 어째 저런 앨 데리고 왔을꼬…?

S#8 안방

어머니가 벽에 기대어 생각에 잠기고 있다.

어머니 (마음의 소리) 세상에 살다 보니까 별난 꼴도 다…. 아니, 그런 거지를 어디서 데려와서… 가만! (사이) 그래, 어머님 말씀이 옳을지도 몰라! 그동안 어디다 숨겨두었다가 이제 학교 보낼 나이도 되고 하니까 슬그머니… 분명히 여섯 살이라고 했잖아? 내년이면 학교 갈 나인데… 어쩜 그렇게 시침 딱 떼고서. 아니야, 가만! (사이) 그런데 왜 그렇게 몰골이 험상궂을까? 누구에게 맡겨놨다면 그렇게까지 흉한 꼴로 버려둘 리 없지. 이상하다? 무슨 까닭이 있기는 있는 모양인데…. 만약에 그이가 밖에서 낳은 자식

일 경우는 어떻게 하지?

S#9 시냇가

아버지가 금동이를 홀랑 벗긴 채 전신에 비누칠을 하고 있다. 금동이가 간지러운 듯 몸을 비틀며 킬킬댄다. 아버지가 그의 엉덩이를 철썩 치고는 웃는다.

저만치 일용이가 농구를 들고 온다. 놀라는 표정이다.

아버지 녀석 봐라? 땟물이 얼마나 나오는지…. 이렇게 해가지고 무섭지도 않았어…? (물 끼얹는다) 시원하지?

금동 응!

아버지 응이라니? 이 녀석, 예! 해야지. (엉덩이 철썩)

금동 아야야….

아버지 허허허.

일용 뭐 하고 계세요?

아버지 응? 물꼬 다 살폈어?

일용 예, 그런데 그게 누구예요?

아버지 응? 흐흐….

금동이가 눈부신 듯 일용을 쳐다본다. 천진난만한 표정.

일용 뉘 집 아인데 멱 감기고 계세요?

아버지 뉘 집 아이긴… 우리 집 애지….

일용 예?

아버지 허허….

S#10 안방

어머니를 중심으로 할머니, 며느리, 그리고 둘째가 모여 앉았다. 일용네도 끼어 있다.

어머니는 고개를 처박고 앉아 있는 게 걱정이 태산이다.

둘째 E　　에이… 그럴 리가 있나요? 허허… 다른 사람 같으면 몰라두 아버지는….

어머니　　네가 뭘 안다고 그러니?

둘째　　예?

어머니　　가재는 게 편이라더니 너도 사내라고 네 아버지 편들어?

둘째　　아니…?

일용네　　그럼요. 역시 남자는 남자인걸요, 호호….

며느리　　그렇지만 얼굴이 전혀 안 닮았던데요.

일용네　　외가 닮았는지 누가 알아요? 허허….

어머니　　(쏘아붙이듯) 외가를 보고서나 하는 소리우?

일용네　　그렇지 않아요? 이치가….

어머니　　무슨 이치?

일용네　　(손짓을 하면서) 자식이란 자고로 아버지하고 어머니가 있어야만 태어나는 법인데….

할머니　　그렇지! 이성지합이라고….

일용네　　그러니깐두루 아버지 안 닮았으면 어머니를 닮기 마련 아니에요?

어머니　　(신경질 내며) 시끄러워요!

일용네　　아이고, 깜짝이야! 늙은이 간 떨어지겠네.

어머니　　남 속 끓어 터지는 줄도 모르고….

할머니　　어멈아, 너 그게 무슨 소리냐? 살다 보면 그러는 수도 있는 거지!

어머니　　어머님은 무슨 말씀을 그렇게 하세요? 아무리 아들이라도 난 이런 일만은 양보 못 해요. 아무 일이나 덮어두라고 할 수 있어요?

할머니 내가 덮어두다니…. 이따가 들어오면 자초지종 얘기를 들어보고 나서 화를 내건 신경질을 내건 해야지.

어머니 들으나 마나예요.

할머니 ?

어머니 원래 그이는 응큼한 데가 있었어요.

둘째 어머니!

어머니 이제니까 하는 얘기지만, 네 아버진 여자한테는 뒤가 물러…. 그런 점은 (며느리에게) 네 남편도 마찬가지야….

며느리 어머님두….

둘째 이건 엉뚱한 데로 불씨가 날아가는데요, 허허….

S#11 뚝길

위는 알몸인 금동이가 타올을 걸치고 아버지와 함께 장난을 치며 멀리 가고 있다. 금동은 땟물이 완전히 빠졌다.

금동이가 앞으로 뛰어갔다가 다시 돌아와 아버지의 손을 잡고 촐랑거리며 간다.

아버지 금동아! 넌 정말 엄마 얼굴도 생각 안 나니?

금동 응!

아버지 아부지도?

금동 난 아부지 없어!

아버지 녀석… 세상에 아부지 없는 사람이 어디 있어?

금동 그럼, 할아버지도 아부지 있어?

아버지 있었지! 그런데 돌아가셨지.

금동 어디로 돌아가셨는데?

아버지 음, 고향으로 돌아가셨지.

금동 고향? 고향이 어딘데?

아버지 흙! 이 흙이지.

금동 음, 그러면 우리 아부지도 돌아가셨다. 흙으로….

아버지 녀석도 허허….

금동 할아버진 뭐 하는 사람이야?

아버지 나? 난 농사짓는 사람이지.

금동 농사? 농사가 뭔데?

아버지 음… 저어기 저 논에 심어놓은 벼 보이지? 풀 말이야! 그걸 키워서 쌀을 만들어내지.

금동 쌀을 만들어내? 야, 신나겠는데… 나도 농사지을 테야!

아버지 금동인 아직 어려서 할 수가 없어.

금동 그럼 난 뭐해?

아버지 금동인 말이야, 공부를 해야 돼. 글을 배워야 훌륭한 사람이 되는 거야!

금동 그래도 난 할아버지처럼 농사가 짓고 싶은데? 쌀 만들어 쌀밥도 많이 먹고… 야! 저기 염소 있다.

아버지 E 정말 오랜만에 흠뻑 젖어본 동심의 세계이다. 내 마음도 어린 저 애와 같이 똑같아진 느낌이다. 사람도 저 나무와 풀과 마찬가지이다. 가꾸는 데에 따라 그 모습이 달라지고, 정성으로 잘 가꾸어진 나무가 건강하게 자라 많은 열매를 맺게 되는 것이다. 그런데 저토록 어리고 천진한 생명은 어쩌다 낙엽처럼 굴러다녀야 했는가. 부모 탓인가, 아니면 사회 탓인가…. 나뭇가지에 붙어 있어야 할 싱싱한 잎사귀가 왜 땅 위에서 굴러다니게 내버려둬야 했는가….

S#12 마루와 마당

저녁 무렵. 저녁밥을 먹고 있다.

마루에 할머니, 어머니, 막내. 평상에 아버지와 둘째, 옆에 금동이 허겁지겁 먹고 있다.

어머니, 말없이 식사만 하고 시선도 주지 않는다.

무언가 어색한 분위기.

할머니　　아가, 저기에 국하고 반찬 더 갖다 드려라.
며느리　　예!

며느리, 부엌으로 들어갔다가 나와 평상으로 온다. 국과 된장찌개를 상 위에 놓는다.

며느리　　많이 먹어!
금동　　(보다가 또 먹기 시작한다)
아버지　　(그 모습 물끄러미 본다)
둘째　　짜식, 많이 곯았구나.
아버지　　(마루 쪽 보다가) 오늘 밤 니 방에 재워라.
둘째　　예? 예.

S#13 일용 방(밤)

밥 먹고 있다.

일용네　　(밥 먹다 멈추고는) 김 회장님이 설마?
일용　　…?
일용네　　아니야! 그럴 리야 없겠지…. (또 먹다 멈추고) 아니지, 그럴 수도 있는 일이지. 맞아, 그런 게 틀림없어…. 고, 눈매하고 웃는 게 닮았거든.
일용　　엄마, 뭘 가지고 그러세요? 좌우지간 분란은 한번 나겠는걸….

S#14 안방(밤)

어머니가 돌아앉아 있다.

아버지가 담배를 피우고 있다.

아버지　　당신이 얘기 않겠다면 그걸로 끝이야…. 그러나 나는 사실대로 얘기했을 뿐이니까….

어머니가 돌아본다. 아직도 납득이 안 간다는 표정.

아버지　　장터에서 뭇 사람한테 노리개처럼 노래나 부르고서 돈 몇 푼 받는 그 애를 봤을 때 나도 그대로 지나쳐버리려고 했지…. 그런 처지에 있는 애들은 흔하니까! 그 애라고 특별하다는 생각은 없었어. 허지만….

S#15 장터

사람들이 울타리처럼 에워싸고 있다. 금동이가 청승맞게 노래를 부르고 있다. "한 많은 미아리 고개"를 불러대고 있다.

아버지는 자전거를 끌고 저만치 간다.

노래가 끝나자 박수 소리가 터져 나온다.

청년 A　　(소리) 한 곡 더 불러봐, 응?

청년 B　　(소리) 춤출 줄 아니? 춰봐! 그럼 돈 줄 테니까….

청년 C　　(소리) 그 녀석 똘똘한데……. 어서 불러, 어서….

재촉하는 박수 소리가 저만치서 터져 나온다.

아버지가 끌고 가던 자전거를 세운다.

금동이가 부르는 '감수광' 노래를 손님들이 손뼉으로 박자까지 맞추어준다.

아버지가 자기도 모르게 그쪽으로 이끌려 간다. 아버지가 군중들 어깨너머로 넘어다본다.

금동이가 서툴게 몸을 흔들어대며 노래 부르고 있다.

S#16 안방

아버지　난 어른들한테 놀림을 받고 있는 금동이가 처음엔 미운 생각이 들었어. 어른들이 시킨다고 그렇게 철딱서니 없이 놀아나는 그 애가 예쁠 수가 없지….

어머니　그런데 왜 데려왔수? 그럴 만한 이유가 있었을 게 아니에요!

아버지　이유는 없었대두!

어머니　그게 말이요 막걸리요?

아버지　뭐라고?

어머니　(나와 앉으며) 아니, 당신 지금 하신 얘기대로 맞다고 합시다. 그렇지만 그 아이를 집으로 데려왔을 때는 그 애를 어떻게 키울 것인가에 대한 대책은 서 있었겠죠, 안 그래요? 먹이고 입히고 가르치고…. 그런 것 전혀 생각하지 않고 데리고 오셨어요?

아버지　?

어머니　누구의 씨인지, 뭘 하는 집안의 아이인지 전혀 아는 바도 없이 무조건 데려와요? 말두 안 된다, 그건…….

아버지　그럼! 어떻게 설명해야 말이 된다 말이오, 응? 당신 의견 좀 들어봅시다, 응?

어머니가 도전이라도 하듯 정면으로 아버지와 대치해서 앉는다.

어머니　엄마가 누구예요?

아버지　엄마?

어머니　그 애 엄마가 누군지 당신은 알고 계시죠, 그렇죠?

아버지　아니, 이 사람이…….

S#17 첫째 방(밤)

첫째가 낄낄낄 웃고 있다.

며느리	아니, 왜 자꾸 웃구 그러세요? 그렇게 웃을 일이 아니라구요.
첫째	우습지 않구, 생각해봐! 아버지께서 그런 일을 저질렀다고 생각하면 얼마나 우습고 재밌느냔 말야.
며느리	그게 어째 재밌고 우스워요? 어머님은 심각하신데.
첫째	걱정 마! 아버진 절대로 그런 일을 할 만한 분이 못 되셔. 내가 알아.
며느리	누가 믿어요? 어머님 말씀이 이 집 남자들은 여자한테 뒤가 무르다던데…….
첫째	뭐라구? 뒤가 무르다니…. 아니 그럼 당신, 아버지도 그렇고, 나두 그렇다고 믿는단 말이야?
며느리	알아요? 그럴는지. 내가 읍내에까지 따라가보았나? 내 눈으로 안 보았으니 남자들은 다 그렇고 그렇다던데….
첫째	(고함) 아니, 이 사람 정말?

S#18 안방(밤)

아버지	내 얘길 끝까지 들어!

어머니가 휙 돌아앉는다.

어머니	들으나 마나죠. 그렇다고 무작정 거지 아이를 데려올 생각이 나는 당신 마음…… 정말 첩첩산속 여우굴 속이지…….
아버지	글쎄, 그게 아니고 처음엔 나도 금동일 그대로 지나쳐버렸어. 그런데 오다 보니 금동이 놈이….

어머니　　금동이가 무슨 금덩이에요? 그래서 주워 왔어요?

아버지　　금덩어리는 아니지만 그보다 귀중한, 글쎄 내 말 들어보라니까. 그래 농협에 가서 볼일 보고 돌아오는 길에 보니까….

S#19 장터

금동이가 우두커니 앉아 있다. 그 앞에 아이스크림 포장지가 있고, 금동이가 무료하게 땅바닥에다가 그림을 그리고 있다.

아버지가 다가온다. 아버지의 그림자가 금동의 손에 떨어진다.

금동이가 쳐다본다. 맑은 눈이다.

아버지　　뭐 하니?

금동　　…….

아버지　　노래 안 불러?

금동　　돈 주실래요?

아버지　　응?

금동　　돈두 안 주는데 왜 불러요?

아버지　　(마음의 소리) 이 녀석 말하는 게 보통이 아닌데……? (사이) 너희 집 어디냐?

금동　　없어요.

아버지　　없어? 아버지, 어머니 뭐 하시냐?

금동　　없어요.

아버지　　?

금동　　여기가 어디예요?

아버지　　그것도 모르고 왔어?

금동　　차장이 막 내리라고 해서요.

아버지　　그럼, 어디로 갈 거야?

금동　　몰라요.

아버지　　　잠은 어디서 자겠어?

귀찮다는 표정으로 대답 안 한다.

아버지　　　네가 아는 게 뭐냐?

금동이가 쳐다본다.

아버지　　　그럼, 여기서 밤이 되도록 앉아 있을 거니?

금동, 대답이 없다.

아버지　　　서울이 집이야?
금동　　　몰라요. 아무 데서나 자요, 난!
아버지　　　아무 데서나?

금동이, 고개를 끄덕한다. 아버지가 난처해서 돌아선다.
그러나 금동은 태연하게 앉아 있다.
아버지가 두어 발 걸어가다 서서 돌아본다.
금동이, 쳐다보고 있다.

아버지　　　(마음의 소리) 저 눈은 결코 때 묻지 않은 눈이야. 저 애는 누군가가 자기에게 손을 뻗치기를 기다리고 있을 거야. 다만 그 말을 누구에게 못 하는 것뿐이지. 누구고 함께 가자고 하면 냉큼 따라나설 아이다. 어떻게 한다? 가자고 해? 그만둬?

아버지가 두어 발 가다가 다시 돌아본다.

금동이가 여전히 바라보고 있고, 아버지가 자기도 모르게 오라고 손짓한다.

금동이가 벌떡 일어선다. 아버지 씩 웃어 보인다. 금동이가 뛰어간다.

아버지　　뒤에 타!

금동이가 자전거 뒤에 올라탄다.

아버지, 페달을 밟는다.

S#20 안방(밤)

어머니의 표정이 아까보다는 약간 누그러졌다.

어머니　　그래서 어떻게 하시겠다는 거예요?

아버지　　어떻게 하긴? 제 놈이 정을 붙여 살겠다면 있게 하고…….

어머니　　여보… 그게 말처럼 쉬워요? 밥 한 그릇 더 나가는 건 고사하고 사람 하나에 얼마나 일거리가 늘어나는지 아세요?

아버지　　그게 문제가 아니잖아?

어머니　　그럼 뭐가 문제예요, 뭐가 문제냐구요? 당신 정말 알다가두 모르겠어요.

아버지　　뭘 몰라?

어머니　　생각해보세요. 그 아이가 뉘 집 아인지 뭘 해온 아인지 아는 거라고는 하나두 없는 게… 그저 가엾다는 생각 하나만으로 데려다가 키우시겠다니…… 그게 장난이지 뭐예요?

아버지　　장난?

어머니　　그래요! 남을 동정하는 것두 정도가 있고 돕는 것두 한계가 있어요. 당신처럼 그런 식으로 무턱대고 덤벼드시면 이 세상에 남아나는 게 뭐가 있겠어요, 예? 장터에 나가 헐벗고 굶는 사람은 모조리 데려다가 먹이고 입히고 해야겠구려. 난 참 착하지 못

해요. 나보고 비인간적이요 냉혈동물이라고 생각하시겠지만요, 난 할 수 없어요!

아버지 ……….

S#21 딸 방

셋째 그럼, 걜 우리 집에 놔두고 키우겠다는 이야기야?

막내 아버지 뜻은 그러신가 봐. 그렇지만 난 반대야. 세상에 누구인지도, 어디서 왔는지도 모르는 앨 어떻게 우리 집에 놔두니?

셋째 그건 그래! 불쌍하다고 해서 무턱대고 데려올 순 없어. 우리 집에 식구가 적으면 몰라두….

막내 아버지도 참 어쩌자고 그런 앨 데리고 와서는….

셋째 그야, 아버지가 원래 그런 인정이 특별히 많은 분 아니니?

막내 아무리 인정이 많아도 이건 보통 일이 아니야…. (생각) 그렇다고 그 앨 다시 내보낸다면….

셋째 그전처럼 또 떠돌아다니겠지.

막내 그러다… 정말, 너무 불쌍해….

셋째 걔 부모는 어떤 사람들일까?

막내 보나 마나 아주 몹쓸 사람들이겠지.

셋째 그 사람들도 사연이 있겠지. 죽고 안 계시던지….

막내 (생각하다가) 언니!

셋째 …?

막내 만약, 만약에 말이야! 그 아이가 만약 아버지와 무슨 관계가 있다면…?

셋째 그게 무슨 소리야?

막내 엄마 말대로 아버지가 밖에서 몰래… 그런 애면 어떡하지?

셋째 얜, 정말 불결한 소리도 다 하는구나…. 설마 아버지가 그럴 분이니…?

막내 나도 아버지가 그랬으리라고 믿진 않지만.

셋째 (웃는다)

막내 왜 웃어?

셋째 생각해봐! 아버지가 그런 오핼 받고 있다는 게, 아니 아버지 같은 사람이 진짜 그랬다고 한번 생각해봐! 얼마나 우스워? (같이 웃는다)

S#22 이장 집

이장 부부가 마루 끝에 앉아 있다.

(귓속말)

이장 그게 사실이야?

아내 그래, 대판 싸움이 벌어졌다지 뭐예요? 호호호….

이장 어쩐지 내 육감이 이상하더라니.

아내 육감이요?

이장 내가 그게… 김 회장님을 만났을 때 김 회장님이 웃으면서 (흉내 내며) 내 막내아들이지 허허… 이러지 않겠어? 난 설마 농담이겠지 했는데, 그게 아니었군!

아내 에그… 그럼, 남자란 별수 없다구요.

이장 뭐라구?

아내 치마만 둘렀다 하면 모두 여자로만 알고, 여자와 가까워졌다 하면 그저….

이장 지금 누구보구 하는 소리야?

아내 누군 누구예요? 천하의 모든 남자더러 하는 소리지!

이장 나두 그렇다 그거야?

아내 에그… 도둑이 제 발 저린다더니….

이장　　뭣이, 어째?

아내를 때리려 하자 아내 질겁을 한다.

아내　　(비명을 지르며) 아이고, 순종아… 순종아….

이장　　남편을 어떻게 보고서….

일용네 E　　에헴, 에헴, 이장님 계시오? (들어온다)

두 사람, 얼른 동작 멈추고는,

이장　　누구쇼?

아내　　아이고, 일용 어머니 웬일이세요?

이장　　어서 오세요!

일용네　　네, 이장한테 지난번 모내기 품삯에 대해서 뭐 물어볼 게 있어서… 근데 무슨 일이 있었나?

이장　　아, 아니에요…… 이야기 끝에 그냥….

아내　　그, 그러믄요. 저녁 먹고 앉아 있던 참이에요. 아, 일용 어머니! 잘 오셨어요. 안 그래도 궁금해서….

일용네　　뭐가아?

아내　　(일용네 쪽으로 붙으며) 그 말이에요! 김 회장 댁, 그런 일이 정말이에요?

일용네　　응?

아내　　아이구! 그 오늘 낮에 난데없이 앨 하나 데리고 왔는데 그 애가 바루….

일용네　　아… 주워 온 애 말이구나!

아내　　그래요. 그 주워 온 애가 바루 다름 아닌 김 회장님이 밖에서 몰래 그래가지고… 아니에요?

일용네　　지금 무슨 소릴 하는 거야? 아, 누가 그래, 그런 소릴.

아내　　그야 뭐 동네 사람들이 다 그렇게 말하던데요…?

일용네　　(흥분) 동네 사람 누가, 누가 그런 터무니없는 소릴 해?

아내　　그럼 아니에요…?

일용네　　그야 꼭 뭐라고 말할 순 없는 일이지만.

아내　　그렇죠. 그러니까 거 머시냐, 그럴 수도 있다 이거죠?

일용네　　(괘씸해하며) 누가 그렇다고 했나?

아내　　…?

일용네　　동네 여자들이 입이 싸가지고는 원… 있는 소리 없는 소릴….

아내　　아니, 내 얘기는….

이장 E　　입 닥치지 못해? 그저 저노무 여편네는 입 때문에 망한다니까….

일용네　　동네고 집안이고 조용하려면 그저 여자들 입이 무거워야지. (나가버린다)

아내　　(뻥한 표정)

S#23 마루(밤)

첫째와 며느리가 마루에 앉고 서서 듣고 있다.

아버지 E　　남편의 마음을 고작 그 정도로밖에 이해 못 해가지고서야 무슨 놈의 부부야? 그래 내가 금동이를 데려가 키우자는데, 남에게 보이기 위한 겉치레라면 결국 나보고 위선자라는 뜻 아니오, 응? 내가 위선자야, 위선자?

어머니　　…….

셋째와 막내, 방에서 살그머니 나온다.

며느리가 입에 손가락을 댄다.

아버지 E　　말이면 다 하는 줄 알아? 아니지! 내가 설령 다른 뜻이 있어서 금동이를 데려왔다 하드라두 아내의 입장에서는 그걸 마치 시앗 본 여편네가 강짜라도 부리듯….

어머니 E　　뭐요, 강짜라구요?

아버지 E　　그게 강짜지, 그럼 뭐야, 응?

S#24 안방

미닫이가 열리며 마루에 서 있던 사람이 뛰어든다.

첫째　　아버지!

며느리　　어머님, 참으세요!

셋째　　어린애들처럼 왜 이러세요?

막내　　정말 못 봐드리겠어요.

첫째　　그까짓 일로 부부싸움을 하실 일은 뭐예요?

아버지와 어머니가 동시에 첫째를 쳐다본다.

첫째　　아버지께서는 그 애가 가엾어서 데려오셨는데…, 어머니께서는 키울 의사가 없으시다 이거 아니에요?

아버지·어머니　　(동시에) 그래서?

첫째　　그럼, 원점으로 돌아가시면 되지 왜 언쟁을 하시느냐구요? 안 그래요?

며느리　　그럼요. 아무렇지도 않은 일 가지고 괜시리들 그러세요. 흠!

아버지 E　　아무렇지 않니, 이 일이?

며느리　　예?

아버지　　난 석가도 공자도 예수도 아니지만, 이 일을 아무렇지 않다고 여기는 너희들의 그 사고방식이 이상하다.

셋째　　현실이 그렇지 않아요, 아버지?

아버지　　후원이다 하고 자신의 사진을 대문짝만 하게 내주는 것은 미담이고, 그렇지 않은 경우에 남을 도와줄 필요도 없다는 그 사고방식이 나는 더 문제라고 본다.

어머니　　그럼, 제가 언제 사진 찍어 신문에 실어달랬어요?

아버지　　듣기 싫어! 보아하니 네 엄마를 위시해서 모두가 금동이를 우리 집에서 키우는 데 대해서 반대인 모양인데, 할 수 없지! 전체 의사가 그렇다면….

어머니　　예, 무슨 뜻이에요?

아버지　　무슨 뜻이긴…. 나는 가엾어서 데려왔는데 당신은 그럴 필요 없다니까 그렇게 알고 처리하자는 거지.

어머니　　어떻게 처리하겠다는 거예요?

아버지　　아, 어떻게 하긴? 도루 그 자리에 갖다 놓겠다는 거지! 왜? 그것도 불만이오, 불만이냐구. 헹!

모두 어리둥절한 표정들…….

S#25 둘째 방

금동이가 고구마 먹고 있고, 그 옆에 둘째.

둘째 E　　그러니까, 너 오늘 장터에서 우리 아버지, 아니 할아버지 첨 만난 거지?

금동　　(끄덕끄덕)

둘째　　그런데, 왜 따라왔어? 낯선 사람인데.

금동　　할아버지가 가자고 했어.

둘째　　(보다가) 정말 너 혼자뿐이야?

금동　　어떤 아저씨하고 같이 다녔었는데, 전에 헤어졌어! 내버리고 도망가버렸어!

둘째 그래, 어디 어디 다녔어?

금동 아무 데나.

둘째 아무 데나? (웃으며) 짜식, 그러니까 거리의 천사시군!

금동 (먹고 있다)

둘째 맛있니?

금동 응.

둘째 (미소)

금동 (문득) 아저씨!

둘째 응?

금동 나하고 레슬링할래?

둘째 응, 레슬링?

금동이가 일어나 둘째의 목을 안고 올라간다.

둘째 아니, 아니! 이 자식이, 허허.

둘째가 넘어지고 등 위에 금동이 올라탄다.

금동 아저씨, 내가 이겼지? 항복해!

둘째 야야야! 그래, 내가 졌다. 항복, 항복! 허허허….

S#26 일용네 방(밤)

일용이 드러누워 과수 재배 책을 뒤적이고 있고, 그 옆에 일용네.

일용네 (혼잣소리인 듯이) 그 앨 우리 집에 데려다 키우면 어떨까?

일용 예, 뭐라고 했어요? 어머니, 회장님이 주워 온 그 아이를 우리

	집에 데려와요?
일용네	아, 데려와서 안 될 건 뭐 있니?
일용	에이, 우리 형편에 말도 안 돼요.
일용네	일도 배워주며 같이 하고… 또 나도 적적하니 자식처럼 여기고 품 안에 품고 지내면….
일용	(벌떡 일어난다) 어디서 굴러다니다 온지도 모르는 그 거지 아이를 자식으로 삼겠다니! 아니, 엄만 자식도 없어요?
일용네	응?
일용	엄닌 아들이 없냔 말이에요?
일용네	(약간 당황) 응? 응, 그야…… 자식도 짝이 맞아야 덜 외로운 법이니까. 내 말은 뭐 꼭 자식으로 삼겠다는 것이 아니라…… 의지가지 없는 불쌍한 앨 거두어서 외로운 사람끼리 서로 기대고….
일용	엄닌 말 같잖은 소리 좀 하지 마세요! 회장님 댁에서도 모두 반댈 해서 회장님 입장이 매우 곤란하게 됐대요!
일용네	곤란하게 되다니? 그래서 어떻게 한다던데…?
일용	어떻게 하긴! 내일 다시 그 자리로 돌려보내기로 했다나요, 뭐….
일용네	시상에 그 갈 데 올 데 없는 앨 도로 거지 노릇을 시킨다고? 시상에 인정머리도 없어라. 아, 데려올 때는 언제고 내보내는 건 무슨 마음이고. 암, 사람 도리가 아니지. (구시렁 구시렁)
일용	(본다)

S#27 보름달

S#28 마당(밤)

풀벌레 소리, 멀리 개구리 소리.

풀벌레 소리 그치고, 정적.

마당 가운데 서서 달을 바라보는 아버지. (담배를 붙여 문다)

들어가려다 말고 둘째 방 쪽으로 다가간다.

S#29 안방

잠자리에 누워 있는 어머니. 잠이 들지 않은 듯.

S#30 둘째 방

둘째 옆에 잠들어 있는 금동. 천사 같은 얼굴.

아버지, 물끄러미 내려다보고 있다가 나간다.

S#31 마당(밤)

벌레 소리만.

S#32 과수밭

아침나절 언덕에 앉아 있는 아버지. 하늘을 올려다본다.

아버지 E　　내가 경솔한 짓을 했을지도 모른다. 앞뒤를 깊이 생각해보지도 않고 단지 인정에 끌려 아이를 집으로 데려오고 말았으니…. 단순한 정만으로 모든 일을 처리할 수는 없지는 않은가? 더구나 이건 나 개인이 아니라 우리 사회 전체의 큰 문제이다. 그리고 설사 그 애를 데리고 있다고 해도 내가 그 일생을 끝까지 책임질 수는 없는 일 아닌가? 덮묻이* 싹수가 있는데… 그럼 어떡한다. 도로 그 자리에 데려다 팽개치는 무책임한 짓은 할 수가 없는 것이고… 그럼. 어떡한다… 어떡한다…? 고아원으로 보내는

* 덮묻이(법). 휘묻이법의 하나. 낮추베기 한 뽕나무를 이용하여, 나무가 발아를 시작하기 전인 이른 봄 발아 전에 봄베기를 하고 새 가지가 30cm가량 자랐을 때 가지의 기부에 철사를 감고 흙으로 덮어서 뿌리를 내리게 한 후 묘목을 얻는 방법.

방법밖에는 없는가…? 아이를 맡아줄 사람이나 기관은 없을까? 군에 나가 한번 알아보는 수밖에는 없겠다….

우울한 얼굴이다.

S#33 마루와 뜰

평상 모서리 끝에 금동이가 앉아 있다. 개가 금동이의 다리를 핥는다.

마루에 할머니, 어머니, 며느리, 일용네.

일용네 보기에도 안되었어요.

할머니 생기기는 또릿또릿한데…. (한숨) 모두가 부모 잘못 만나 이렇게 되었지 뭐겠어.

어머니, 깊은 수심에 잠겨 있다.

며느리 데려다준다지만 어디로 데려가죠, 어머님…?

할머니 장터에서 주웠다니까 장터까지 데려다줘야겠지.

며느리 거기서 어떻게 하죠?

할머니 글쎄….

일용네 노래나 부르고, 그러다가 나쁜 사람들 만나서 따라다니며 나쁜 짓 하겠지. 쯔쯔쯔….

어머니가 땅이 꺼지게 한숨을 몰아쉰다.

할머니 아범은 어디 갔냐? 어서 저 애를 데려다줘야 할 텐데….

며느리 제가 과수원에 나가보고 올까요?

할머니 그래… 한번 그렇게 하기로 정해버렸으면 그렇게 해야지.

일용네　　회장님도 마음이 아프실 텐데.

며느리가 일어서는데 자전거 방울 소리 들린다.

며느리　　아, 아버님 오셔요!

아버지가 자전거를 끌고 들어온다. 까치가 운다.
둘째와 일용이가 뒤따라 들어온다.

할머니　　아범아… 어서 가봐야지.
아버지　　예!
일용네　　장터까지 가시려면 한참이겠지요.
아버지　　(금동에게) 밥 먹었니?
금동　　(대답 없다)
아버지　　나 옷 갈아입고 나올 테니까 여기 있어!

아버지가 방으로 들어간다. 금동은 대답이 없다.
며느리가 보자기에 싼 물건을 꺼내 준다.

며느리　　얘, 금동아! 이거 가지고 가서 먹어… 배고프면… 응? 고구마야!

금동이가 안 받으려고 하자,

며느리　　어서 받으래도.
둘째　　받아, 인마!
금동　　(받지 않는다)

둘째　　녀석, 고집이 센데?

일용　　(낮게) 여길 떠나기가 싫은가 봐요.

할머니　　응?

모두들 금동을 바라본다.

일용네　　아까부터 말은 안 하고 있지만 아마 마음속으로 가기 싫어서 저렇게 부어 있는 거예요. 에그, 생각만 해도 불쌍하지! 이제 가면 어디로 가겠어? 아, 누가 김 회장님처럼 어떻게 데려다가 먹여주고 입혀주겠어요?

어머니가 홱 고개를 돌려 금동의 옆얼굴을 응시한다.

금동은 여전히 시선을 떨어뜨린 채 발끝으로 개의 등을 건드리고 있다.

어머니 표정이 미묘하게 허물어진다.

어머니　　(마음의 소리) 그래, 오늘 밤 어디서 잘까? 그리고 내일 밤은 그다음 날은…. 저 애의 앞날은 어떻게 될까? 어떤 짓을 하며 살아갈까? 여기서 우리가 내버리면 저 애의 일생은 영영 망쳐질지도 모른다….

아버지가 방에서 나온다. 잠바를 걸친다.

아버지　　금동아, 가자!

아버지가 평상 쪽으로 간다.

아버지　　인마, 자전거에 올라! 자….

아버지가 금동이의 머리를 툭툭 친다.

금동이가 고개를 든다. 금시 두 눈에서 눈물이 넘쳐 주르르 흘러내린다.

아버지의 표정이 굳어진다. 어머니가 그것을 본다.

반사적으로 아버지와 어머니의 시선이 마주친다.

금동　　….

아버지　　어디 아프니?

일용네 E　　가기 싫은가 봐요.

아버지　　가기 싫어?

금동이가 고개를 꾸벅한다.

할머니　　그렇지만 어떻게 하니? 데려다줘야지! 장터에서 데려왔으니 장터까지는….

금동이가 벌떡 일어난다. 아버지 다리를 두 손으로 쥐고 애원한다.

금동　　안 갈래요! 가기 싫어요…. 안 갈래요! 흑….

모두들 어떤 충격에 감전된 사람마냥 멍하니 서 있다.

금동　　싫어요! 장터는 싫어요, 흑…! 무엇이든 시키는 대로 할래요. 여기 있을래요. 장터에는 안 갈래요!

아버지의 눈에도 어머니 눈에도 눈물이 핑 돈다.

둘째　　(어머니 옆으로 가서) 어머니! 얘가 저러는데 꼭 오늘이 아니래도 되잖아요?

어머니　…?

둘째　내일 보내도 되잖아요?

할머니　(치마로 콧물 훔치며) 허기사, 꼭 당장 보낼 거야 없지, 뭐….

일용네　아, 그럼 갈 데도 없는 앨… 돼지 새끼 몰아내듯 할 수가 없는 일이지! 며칠 두고 보다가 정 안 되면 내라도….

일용　엄닌, 또!

며느리*　(다가와) 어머니….

아버지　자, 가자! 어차피 가야 할 것 같으면 정들기 전에…. (손목을 잡는다)

어머니　여보! (일어나 애 곁으로 다가온다)

금동　(끄덕끄덕)

아버지　당신 뭐 하는 거요? 보낼 애 빨리 보내야지.

어머니　아, 하루쯤은 더 놔두면 어째서요?

아버지　아니, 당신?

어머니　당신이 어디 맡길 데가 있으면 데리고 가시구려, 당신 자식인데…! 안 그러면 며칠 더 두고 보든지….

아버지　(보다가) 참 내, 헛허….

어머니　그래, 여기 있어! 울지 말고. 자….

부엌 쪽으로 들어가버린다.

아버지　사람도, 원!

일용네　아, 잘되얏구랴! 회장님, 늦아들 두시고…. (금동에게) 너 인마! 꿈 잘 꿨다, 꿈 잘 꿨어….

---

* 원본 대본에는 '막내'라고 되어 있으나, 문맥상 '며느리'인 듯함.

며느리　　　자, 자, 울지 마! 사내가 울긴….

모두들 흐뭇하게 웃는다. 아버지가 흐뭇하게 내려다본다.

며느리, 수건으로 금동의 얼굴을 닦아준다. 아직도 훌쩍거리고 있는 금동의 얼굴.

(F.O.)

제35화

보리야 보리야

第35화 보리야 보리야

방송용 대본 | 1981년 6월 30일 방송

• 등장 인물 •

할머니	정애란	수원댁	남능미
아버지	최불암	이장	김상순
어머니	김혜자	아내	박원숙
첫째	김용건	순종	진유영
며느리	고두심	면장	박규채
둘째	유인촌	농부(노인)	정대홍
셋째	김영란	농민 A	이종환
막내	홍성애	농민 B	박경순
금동	양진영	농민 C	이창환
일용	박은수	농민 D	정태섭
일용네	김수미	마을 사람들	ext. 10

S#1 보리밭

누렇게 익어가는 보리밭. 햇살을 듬뿍 받으며 물결치는 보리 이삭이 마치 금발의 여인 같다.

하늘 높게 울고 가는 새들.

S#2 개울가(야외/오전)

아버지가 평상에다 윗도리를 벗은 금동이를 앉혀놓고 머리를 깎아주려고 보자기를 가슴에 씌우고 있다.

금동이는 내키지 않는 듯 킹킹거리며 몸을 빼고 도망치려 한다.

아버지　　오래간만에 이발 솜씨를 발휘해보는군.

금동　　흥… 힝… 흥!

아버지　　왜 그래? 가만히 좀 있지 않구.

금동　　싫어!

아버지　　싫긴, 머리 깎으면 좋지.

금동　　까까중은 싫어.

아버지　　더벅머리는 좋구?

어머니　　여름철에 머리 깎으면 시원하고 좋지, 뭐가 어째서 킹킹 앓아, 앓긴…?

아버지　　그래, 형들도 어릴 땐 맨머리로 자랐어. 그래야 머리가 여물어지는 거야.

금동　　머리가 여물어져요? 힝! (자기 머리 만지며) 지금도 딴딴한데?

아버지　　녀석! 겉이 아니고 속이 여물어야 되는 거야.

금동　　히힝….

아버지　　자, 가만있어! 움직이면 아프다.

개가 앞에서 꼬리를 치자 발로 차버린다.

아버지가 바리캉을 들어 두어 번 조작을 해보고 나서 금동의 머리에다 댄다.

금동이가 손을 들어 가리며 울상이다.

아버지　자, 시원하게 깎아보자.

금동　아얏… 아파요, 아팟!

아버지　이 녀석, 엄살 좀 보라지.

어머니　어쩜 기계가 머리에 닿기도 전에 아프다는 소리가 나와.

금동　그래도 아픈걸! 힝, 힝….

아버지　안 되겠어, 여보…! 당신이 금동이 좀 붙들어야겠어.

어머니　예.

어머니가 금동의 팔목을 모아 붙든다.

아버지가 바리캉을 대려 하자 금동이가 이번에는 고개를 쭉 빼며 피한다.

어머니가 벌거벗은 그의 등가죽을 철썩 때린다.

어머니　가만히 좀 있어!

금동　아얏!

반동으로 펄쩍 뛰어 일어서는 바람에 아버지의 턱을 금동이 머리통이 받는다.

아버지　아얏!

아버지가 반사적으로 손등으로 턱을 가린다.

어정쩡해진 어머니.

어머니　왜 그러세요?

아버지　왜 그러긴? 누구 턱 부러지는 꼴 봐야겠어? 아이구, 턱이야!

뒤에 나와 선 막내가 보고 있다가 킬킬 웃는다.

아버지가 오만상을 찌푸리며 아파한다.

금동이가 웃음을 참는다.

어머니　　　너는 또 뭐가 우습니? 앉아….

어머니가 다시 금동의 등짝을 철썩 때린다.

정말 아파서 금동이가 울기 시작한다.

아버지　　　왜 때려, 때리긴…? 말로 하잖구.

어머니가 억지로 금동이를 눌러 앉힌다.

아버지가 바리캉을 든다.

어머니　　　다 너 좋으라고 하는 일이야. 머리 깎으면 시원해서 좋고, 땀 냄새 안 나 좋고, 땀띠 안 나 좋고, 보기 시원해 좋고…. 그런데 뭐가 불만이어서 킹킹거리니? 미역 감아!

금동　　　그런데 할아버진 왜 안 깎아?

아버지　　　뭐여? 이 녀석 헛허…. 나도 너만 할 땐 싹 깎구 다녔어.

금동　　　그치만 요샌 머리 깎고 다니는 앤 없어.

어머니　　　그건 도회지 애들이지. 넌 시골 애야! 시골 애들은 머리를 깎아야 어울리는 거야.

금동　　　…….

어느새 밭고랑을 헤쳐 가듯 금동의 머리에 허옇게 바리캉 지나가는 자리!

둘째가 다가온다.

어머니　　보기만 해도 시원하잖니?

둘째　　아버지!

아버지　　응?

둘째　　아까 이장 어른을 만났는데요! 마을회관에 나오시라던데요.

아버지　　무슨 일로?

둘째　　보리 때문인가 봐요.

아버지　　보리?

금동　　(기계가 머리를 찝은 듯) 아얏!

S#3 이장 집 마루와 뜰

이장이 마루에서 신문에서 도려낸 쪽지를 읽고 있다. 아내, 옆에서 일하고 있다.

아내와 순종이가 듣고 있다. 그러나 순종은 건성으로 듣고 있을 뿐 기타 줄을 고르고 있다.

이장　　농수산부는 올해 하곡 수매 가격을….

아내　　하곡 수매가 뭐요?

이장　　이런, 무식하긴?

순종　　(여전히 기타 치며) 보릿값!

아내　　보릿값?

이장　　(다시 읽는다) 올해 하곡 수매 가격을 지난해보다 12.5퍼센트 인상… 제길헐!

아내　　얼마래요?

이장　　(계속 읽는다) 76.5킬로그람들이 2등품을 가마당 29,700원으로 확정할….

아내　　29,700원? (활짝 웃으며) 아이고, 그럼 작년보다 올랐군요? 헤헤….

이장　　(어이가 없다는 듯) 이런 멍청하기는…. 이봐, 뭐가 올라서 좋아좋긴, 잉?

이장이 삿대질을 하자 아내가 습관적으로 방어 태세를 한다.

이장 작년보다 물가가 얼마나 올랐으며 농사짓는 데 농약값, 품삯이 얼마나 올랐는가 생각도 못 혀, 못 혀?

아내 그, 그거야….

이장 그저 1, 2천 원 올려주니까 그것으로 족해서 비지 덩어리 얻어 먹은 토끼 모양 쥐둥아리만 오물오물…. 에라이…!

순종이가 기타를 놓고 이장을 쳐다본다.

순종 원, 아버지도…. 그게 왜 엄니 책임인가요?

이장 뭣이 어째?

순종 12.5퍼센트건 25.5퍼센트건 그 결정이야 정부가 할 텐데 아버지는 괜시리 엄마만 들볶으셔요?

이장 인마! 내가 언제 네 엄니를 들볶았니?

아내 지금 나를 막 패려고 했잖아요? 당신은 그저 툭하면 복날 개 잡듯 사람을 두들겨 패려고만….

이장 아니, 그래도 말대꾸를 하구 그래?

다시 후려치려고 하자 아내가 순종이 등 뒤에 숨는다.

이장 에그… 못 살아! 저런, 내 말 들어봐! 보릿값은 아무리 못 올려도 20퍼센트는 올려줬어야 했다 이거야! 그런데 작년보다도 훨씬 낮게 올려주니 내년부터 누가 보리농사를 짓겠는가, 이거여….

순종 참, 깜깜하신 아버지시군요.

이장 뭐여?

순종 글쎄, 올려줬으면 좋겠다 하는 건 농민 편 사정이고, 그것밖에 못 올린다는 건 저편 사정인데, 어떻게 합니까, 예?

아내 그래! 순종이 네 말이 맞다…. 낸들 보릿값 많이 올려 받기를 바라지 누가 밑천도 못 뽑는 장사를 원했을까! 안 그러니?

순종이 자학적으로 기타를 드르릉 울린다.

순종 다 그런 거예요, 현실은….

이장 현실?

순종은 대답 대신 기타를 치며 노래를 부른다.

순종 (노래) 그런 거지, 다 그런 거야, 그러길래 미안 미안해….

이장 저, 저…….

하는데 농민 A가 들어온다.

농민 A 이장님, 사람들이 대충 모였어요. 가서 이야기나 좀 허시지요.

이장 모였어? 응, 안 그래도 내가 지금 나가려던 참이야. 가세!

나가면서 아내와 아들을 향해 번갈아 노려보며 나간다.

아내 에이그, 보리밥뎅이 같은 이놈의 신세 언제나 필런지….

순종 (미안 미안해 그다음 노래 구절)

아내 아이, 시끄러워!

S#4 시골길

점퍼, 모자 차림의 첫째가 자전거를 타고 간다. 하곡 수매 독촉을 하기 위한 출장길이다.

S#5 다른 길

늙은 농부가 논에서 물꼬를 대고 있다.

첫째가 저만치서 온다. 자전거를 세우고 수건으로 땀을 씻는다.

첫째　　안녕하세요? 할아버지….

농부가 쳐다본다. 누구냐는 듯 의아한 표정이다.

첫째　　올해 이앙*은 잘 끝내셨죠?
농부　　응…. 그래 웬일이오?
첫째　　군에서 나왔습니다.

농부가 못마땅한 표정으로 쳐다본다.

첫째　　보리타작은 다 하셨죠?
농부　　(마지못해) 했소….
첫째　　얘기 들으셨죠?
농부　　무슨 얘기?
첫째　　올해 하곡 수매는 7월부터 시작한다는….
농부　　예!
첫째　　그리고 작년과는 달리 올해는 농민들이 지은 보리를 전량 정부에서 사들이기로 했으니깐요, 그렇게 아시고 기일 내에 차질이

---

* 모를 못자리에서 논으로 옮겨 심는 일.

없도록….

농부는 이미 첫째의 얘기에는 흥미가 없다는 듯 저만치 피해 가버린다.

첫째는 면박을 당하기라도 한 듯 어정쩡한 꼴이 되어버린다.

첫째가 다시 자전거에 오른다. 멀어져가는 첫째의 뒷모습을 바라보는 늙은 농부.

농부 보리를 전량 사들이면 단가? 흥!

S#6 개울가

어머니 에이그, 이 소똥 좀 봐!

금동 소똥? 힝, 머리에 무슨 소똥이 있어?

막내 소가 니 머리 위에 똥을 쌌어.

금동 에?

막내 (머리를 긁으며) 이게 소똥이 아니고 뭐야?

금동 어디, 어디 있어? 봐! (머리 들고 일어나려 한다)

어머니 가만있어, 좀!

어머니가 금동의 머리에 비누칠을 하고 있다. 금동은 벌거숭이다.

그 앞에서 막내가 신기하다는 표정으로 바라보고 있다. 그 옆에 흰둥이.

막내 금동이는 머리 깎으니까 더 이쁘다. 그지?

금동 그럼, 누나도 나처럼 깎어! 씨이….

막내 난 여자니까 안 깎어.

금동 여잔 왜 안 깎어? 씨….

어머니 엊그제 씻겼는데도 이 때 좀 봐….

막내 여름엔 다 그렇죠, 뭐.

금동　　　아… 눈… 눈….

어머니　　　비누가 들어갔어?

금동　　　쓰려….

어머니　　　그럼, 세수부터 해… 어서….

금동이가 물속에다 얼굴을 처박는다. 비누 거품이 꽃송이처럼 떠내려간다.

어머니　　　(막내에게) 너도 거기 앉아서 발이랑 좀 씻어.

막내　　　그래. (앉아서 씻는다)

금동이가 추적추적 세수를 한다. 비누가 씻기고 까까중 머리가 백일하에 드러난다.

어머니와 막내가 웃는다.

어머니　　　자식두, 원….

막내　　　머리를 깎으니깐… 꼭 밭에서 갓 캐낸 햇감자, 하지감자 같아.

어머니　　　하지감자? 호호.

세수를 하다가 말고 금동이가 얼굴을 든다. 물이 뚝뚝 떨어지면서 웃는 얼굴. 정말 싱싱한 하지감자 같다.

어머니　　　자, 이번엔 흰둥이 차례다. 흰둥아, 이리와! 목욕하자. (흰둥이 잡아다 목욕시킨다)

S#7 마을회관 앞

10여 명의 부락 사람이 모여 있다. 주로 앉아 있고 더러는 서 있기도 하다. 모두가 침울한 표정이다.

그 가운데 이장이 앉아 있다. 둘째, 일용의 얼굴도 보인다.

농민 A　이거는… 한마디로 말해서 우리 농촌의 실정은 제대로 생각도 안 하고 정한 처사라구요…. 여기 신문에는 정부가 올해 하곡 수매에 있어서는 농민들이 값보다 양(?)에 더 큰 관심을 쏟고 있다는 점을 감안해서 전년의 350만 섬에서 5백만 섬까지 늘렸다고 쓰여 있지만요…. 양만 늘리면 뭘 합니까, 예? 가마당 29,700원은 생산가를 밑도는 가격인데 말씀이에요?

농민 B　그럼요! 정부에서도 보리 한 가마의 생산가가 얼마쯤 들었을 거라는 것쯤은 알고 있을 게 아닙니까?

농민 C　알면 뭘 합니까?

농민 D　이거 너무했다고요! 그야 신문에 쓰인 대로 정부로서는 농민과 도시 소비자를 동시에 보호하기 위해서는 어쩔 수 없다지만 결국 맨날 손해 보는 건 우리 농민이 아니냔 말이오?

여기저기서 호응하는 소리가 술렁인다.

("그래요, 이건 고생해서 남 주는 격!"이라느니)

이장　물론 정부로서도 애로가 있고 고충이 있겠지요! 하지만 나날이 치솟는 물가를 감안한다면 보릿값도 올라야 할 거 아니냐, 이거지!

일동　옳습니다, 옳아요!

농민 B　생필품이 얼마나 올랐습니까? 1년 동안에…!

농민 A　그러니 말도 안 돼요! 어젯밤에도 테레비에서 어떤 학자가 그러던데 지난해 각종 물가가 44.7퍼센트나 올랐다고 합데다!

농민 D　44.7퍼센트?

농민 A　거기다가 설상가상으로 냉해로 인해 벼농사를 크게 망쳐놓구 보니 우리 농사 소득이 크게 떨어졌다는 건 삼척동자도 아는 일이 아닙니까? 그런데 고작해서, 말도 안 됩니다요!

농민 D　　이장님!

이장　　응?

농민 D　　우선 이 실정을 상부에다 알려야죠!

농민 A　　깝깝한 소리 다 듣겠네! 아니 상부에서 이 사정을 몰라서 그랬다 이건가?

농민 D　　그럼, 알고서도 그랬다 이건가?

농민 A　　그러니까 빼도 박도 못 할 판국이지?

농민 D　　젠장! 그러니까 결국 피 보는 건 농민뿐이란 말인가…. 이래 가지고 누가 농사를 짓겠는가 말일세.

농민 B　　어유… 맥 풀린다… 맥 풀려…!

농민 C　　그 국회에서는 이야기들을 하고 있는지 모르겠네. 지난번 선거 때 우리 선거구에서 뽑아준 국회의원은….

이장　　글쎄, 실정을 알고 모르고가 문제가 아니지. 거기서도 이 문제가 심각하게 거론이 됐다니까!

농민 C　　그럼, 어떻게 해야 된다는 얘긴가요?

이장　　그건 기왕지사! 이제는 보리 수매 가격을 조금이라도 좀 올려 달라고 탄원을 하든지 진정서를 올리는 수밖에 없지!

여기저기서 "진정서"라는 말이 터져 나온다.

S#8 들길

까까머리 금동이가 흰둥이를 데리고 팔딱거리며 걸어간다. 세상에서 가장 아름답고 시원한 모습.

그 뒤에 어머니와 막내가 온다.

어머니　　양식 만들어내는 사람은 싸다고 아우성들이고, 사 먹는 사람들은 비싸다고 야단들이니….

막내 그러니 값 매기는 사람도 어느 쪽 장단에 춤을 춰야 할지 모를 거야….

어머니 그래도 땅 파먹고 사는 사람들 욕심이야 그저 땀 흘린 만큼 받고 싶어하는 게 정상이지…….

막내 도회지 사람들도 우리 때문에 밥 먹고 사는데 고마운 줄을 알아야지….

S#9 돈사 앞

돼지 소리.

아버지가 돼지우리에 먹이를 건네주고 있다. 둘째가 옆에서 거든다.

아버지 진정서를?

둘째 예, 우선 아버지께서 대표로 면장님을 만나고, 다음에는 우리 선거구 출신인 민경식 의원을 면담해서 진정서를 전달하기로 결정을 봤어요. 그다음엔 농수산부 장관까지 만나자고…. 아버지, 우린 왜 맨날 이래야만 되는가요?

아버지가 둘째를 돌아본다. 착잡한 표정이다.

둘째의 표정이 숙연해진다.

아버지 뭘?

둘째 왜 농민은 항상 그 누구한테 사정만 해야 하고, 구걸만 해야 하고, 진정만 해야 하는 것인가 말이에요?

아버지의 미간이 크게 꿈틀댄다.

아버지 …!

둘째　　아버지! 저는 그래도 고등학교라도 마쳤으니까 이런 경우에 정부의 고충이 무엇이며 우리 농촌의 고질화된 문제가 무엇인지 어느 정도는 알 수 있어요. 그러니까 웬만하면 아까 마을회관 같은 데서도 무슨 얘기를 할 수도 있었을 거예요.

아버지　　왜, 안 했니? 그럼….

둘째　　지금 농민들의 마음은 이론이나 설득을 받아들일 만한 여유가 없는 거예요.

아버지　　?

둘째　　왜 일방적으로 농민을 무시하는가 하고 감정적으로 굳어졌거든요. 보리 수매가를 올리면 다른 물가에 지장이 생기고, 그로 인해 도시 소비자들의 부담이 커지기 때문에 눈물을 머금고 정부에서는 12.5퍼센트밖에 못 올리게 되었다는 그 배경 설명은 지금 농민에게는 안 먹혀들어가거든요.

아버지가 길게 한숨을 몰아쉬며 쭈그리고 앉는다. 담배를 꺼내 피운다. 소가 운다.

아버지　　(마음의 소리) 둘째 말에도 일리가 있다. 농민들은 우선 자기 자신이 살아갈 길이 문제일 거다. 자기의 살길을 제쳐두고 도시 소비자나 전반적인 물가동향까지 걱정할 마음의 여유가 없다. 옛날에는 농촌 인심이 순박하고 너그러워 농촌에 살면 마음의 여유가 생긴다고 했다. 그러나 지금은 그게 아니다. 세상이 변했다. 도시 사람이 생각하는 걱정거리는 그대로 농촌 사람들에게도 적용되는 세상이 되고 말았다. 그런데도 쌀이나 보릿값 얘기가 나올 때면 농민보고만 참아달라고 해야만 하니 농민들이 고분고분할 리가 없다. 게다가 정부 시책으로 권장해놓고는 그걸 만족스럽게 해결해주지 못하면 자연 그 원망은 정부에게로 돌아가기 마련이다.

S#10 이장 집의 뜰

아내가 보릿단을 머리에 이고 들어선다. 어깨며 등에 보리 이삭이 군데군데 붙었다. 짐을 부려놓는다.

아내　　순종아, (앙칼지게) 순종아! (대답 없자) 또 낮잠이구나, 낮잠!

문을 확 열어젖힌다.

아내　　잠 귀신이 붙었나? 일어나, 어서!
순종　　….

부스스 일어나서 밖을 내다본다.

순종　　왜요, 엄니?
아내　　저 보리 좀 찧자!
순종　　보리를 찧어요?
아내　　네 아버지가 햇보리밥 잡숫고 싶다니까 우선 저녁 지을 것만 찧어.
순종　　그럴 필요 없어요, 엄니!
아내　　뭐?
순종　　아버님께선 오늘 저녁 잡숫고 오실 거예요.
아내　　아니, 그걸 네가 어떻게….
순종　　알다마다요! 흐흐흐…. 이래 뵈두요, 저는 앉아서 천 리 보고 서서 삼천 리 보는 눈이 있거든요. 허허허.

아내가 우르르 다가서 간다.

아내 　　무슨 얘기냐?
순종 　　아까 모두들 이거 하러 가시는 것을 봤거든요.

순종이가 술잔 꺾는 시늉을 아내에게 해 보인다.

아내도 무심코 흉내를 낸다.

아내 　　이걸 하러?
순종 　　예! 너댓 사람이서 가게로 들어가시는 걸 봤거든요…! 아마 마을회관에서 회의 끝내시고 오는 길이셨나 봐요.

아내의 얼굴에서 의구심과 질투가 번져나온다.

아내 　　가게라니? 수원댁 집 말이냐…?
순종 　　거기 말고 어디 있어요? (혼잣말인 듯이) 써비스가 괜찮은 모양이에요….
아내 　　뭐, 써비스가…? 써비스가 괜찮다구?
순종 　　마음이 있으면 한번 가보세요, 거기.
아내 　　아, 내가 거긴 왜 가?
순종 　　그럼 보리나 찧으시던지. (문 닫는다)
아내 　　저런, 아이구 누굴 닮아서 능글맞기는…. 그놈의 회의만 마쳤다 하면 그저 모여서 술집으로 쯧쯧…. 핑계 없는 술이 없다더니, 가만… 이 양반이 어쩨 요즘 그쪽으로 발길이 잦으렷다…. 필시…. (무언가 생각하는)

S#11 수원댁 가게

자전거가 두어 대 세워져 있다. 너댓 켤레의 신이 어지럽게 벗어 놓여져 있다.

방에서 떠들어대는 소리가 들린다. 발이 내려져 있어 방 안은 안 보인다.

농민 B E　　수원댁, 수원댁!

부엌 쪽에서 수원댁이 나온다. 작은 냄비를 들었다. 마치 신나는 손님 접대하는 주부 같다.

수원댁　　예, 갑니다!

발을 걷어올린다.

S#12 안방

약소한 살림살이.

이장을 중심으로 너댓 사람이 술상을 받고 있다. 술기운이 웬만큼은 돈 기분이다.

수원댁의 빵긋이 웃는 얼굴.

수원댁　　(문턱에서 머리만 내밀고) 부르셨어요?

이장　　소주 한 병!

빈 병을 번쩍 들어 보인다.

수원댁　　(찌푸리며) 술은 이제 그만하세요.

이장　　술! 오늘은 내가 사는 술요.

농민 A　　그러시면 됩니까, 제가 사죠!

이장　　무슨 소릴…. 이봐! 오늘은 내가 한잔 사야 돼.

수원댁　　에그, 약주 그만하세요. 조금 노시다가 댁에들 들어가셔서 저녁 진지 드셔야지.

이장　　명령!

수원댁　　예? 예, 예!

일동 웃는다.

수원댁	저는 이제 속 푸시라고* 이거 끓여 왔는데…… 어떻든 이거나 잡수어보세요.

냄비를 내민다.

농민 B	이거 조개탕 아니오, 누가 시켰수?
수원댁	에그…, 이건 싸비스예요!
농민 B	싸비스?
수원댁	제가 인사로… 호호…. 우리 집 찾아주신 님한테 드린 성의죠! 마음적으로 모신다는 호호호……. 어서 들어보세요, 시원할 거예요.

농민 B가 뚜껑을 연다. 김이 무럭무럭 피어오른다.

농민 C가 대뜸 수저를 든다.

농민 A가 그 손을 탁 턴다.

농민 A	이장님, 먼저 드세요.
수원댁	그래요, 이장님께서 먼저 간을 봐주세요. 제 솜씨가 어떤지, 흠…….
이장	내가? 그래…….

이장이 숟갈로 조개탕 국물을 떠서 맛을 본다. 눈이 휘둥그레진다.

---

* 원본 대본에는 "속 시라고"로 쓰여 있으나, 문맥상 "속 푸시라고"인 듯함.

수원댁 어때요, 시원하시죠?
이장 좋다! 허허…….

일동 웃는다.
수원댁이 발을 내린다.

S#13 방 앞

수원댁이 웃으며 돌아서는 순간 섬찟 놀란다.
저만치 아버지가 서 있다.

수원댁 어머!
아버지 안녕하세요.
수원댁 어머…, 회장님께서 여길 다 웬일로? 호호.
아버지 참! 접때 담배까지 사 오셨더라는데 내가 집에 없어서… 감사합니다.
수원댁 아, 아니에요. 제가 진작 인사를 올렸어야 했었는데…. 이 코딱지만 한 가게, 수리 좀 하느라구….
아버지 시원하게 뜯어고쳤군요.

방에서 다시 터져 나오는 고함 소리.

소리 E 술 빨리 줘요!

아버지가 쳐다본다.

아버지 이장 오셨죠?

수원댁　　예……. 들어가세요.
아버지　　아닙니다. 잠깐 보자고….
수원댁　　예예.

수원댁이 발을 걷어낸다.

S#14 방 안

이장　　술 가져와요, 수원댁! 뭘 하고….
수원댁　　오셨어요, 오셨어!
이장　　응, 누가?

수원댁이 턱으로 밖을 가리킨다. 그쪽을 내다본다.
서성거리고 있는 아버지의 모습이 보이자 이장이 맨발로 뛰어나간다.

이장　　아이고, 김 회장님이 웬일이십니까? 허허.

모두들 자리에서 일어선다.

S#15 가게 앞

이장　　어서 오세요, 회장님!
아버지　　이장! 할 얘기가 있어서…….
이장　　자, 들어와서 한잔하시죠! 지금 그렇잖아도 김 회장님 얘기를 하고 있던 차에… 잘 오셨어요.
아버지　　나를?

농민 A, B가 따라 나와서 들어가자고 권한다.

농민 A　　모처럼 일인데 소주 한잔 하세요.
농민 B　　수원댁 안주 솜씨가 일품인데요, 허허.
수원댁　　에그, 솜씨랄 게 있나요? 호호….
아버지　　그럼, 할 얘기도 있고 하니…….
수원댁　　누추하지만 들어가세요.

모두들 방으로 들어간다.

S#16 뜰과 마루(밤)

어머니가 끝에 앉아 있다.

할머니, 그 옆에 일용네가 참외를 깎고 있다.

평상 위에는 둘째와 금동이가 드러누웠다. 둘째가 하모니카를 불고 있고 금동이는 잠이 들었다. 노래를 그치고 금동이를 본다.

둘째　　금동이, 그사이에 잠들었구나….
어머니　　(내려다보며) 그 녀석은 밥숟갈 놓았다 하면 잠이니…….
일용네　　속 하나는 편하다. 보리가 죽이 되는지 똥이 되는지도 모르고, 니가 상팔자로다.
어머니　　이 양반은 왜 여직 안 들어오고, 어디서 또….
일용네　　어디서 또 한잔하시는가 보구려.
둘째　　아까 이장 만나러 간다고 나가시더니 아마 동네 사람들과 이야기하고 계실 거예요.

둘째, 방으로 들어간다.

할머니　　하곡 수매가 때문에 이야기가 길어지는 모양이지?

어머니　　그게 어디 올해만의 일인가요?

할머니　　그래, 내 70 평생 한 번도 그 보리 타령 없이… 지난 해는 없었어. 옛날에는 그 보리마저도 없어서 못 먹고…, 요새는 남는 보리 못 팔아서 야단이고.

손에 든 태극선을 천천히 흔든다.

며느리가 숯불 다리미를 들고 부엌에서 나와 마루로 오른다.

어머니　　자, 가지고 올라오너라! (며느리와 마주 앉는다)

할머니　　(보고는) 아니, 웬 숯불 다리미냐?

일용네　　아니, 난데없이 이런 게 나오지?

어머니　　(웃으며) 마침 불이 좋길래 한번 써보려구요. 전기두 아낄 겸….

며느리　　할머니! 전 이 다리미로 처음 다림질해봐요.

할머니　　그럴 테지. 옛날엔 복더위에도 그 벌겋게 피워 남은 숯불 다리미로 다림질을 해야 했지! 요즘은 그 다리미 구경두 못 하겠더라.

일용네　　언젠가 장터에서 보니까 그 다리미를 줬더니 엿장수가 엿 다섯 가락 주더래요. 호호.

할머니　　(한숨) 그래…… 세상이 말짱 신식이라… 묵은 것은 값이 안 나가지.

일용네　　안 나가는 게 아니라, 거저 가져가라구 해두 귀찮대요.

어머니　　아무려면… 물건 나름이지. (한숨) 옛날엔 이 다리미질하는데 말도 많고 흉도 많았단다.

며느리　　어떻게요?

어머니　　시어머니가 미운 며느리 부려먹으려면 밤새 그 다림질을 했지!

며느리　　어머, 왜요?

어머니　　다리밋감을 시어머니와 며느리가 맞잡고 해야 하는데, 며느리가 진종일 밭 매고 김 매고 보리방아 찧고 밥 지어 먹고 나면 그저 졸음이 와서 죽겠는데, 잠을 자게 해야지!

어머니가 문득 일손을 놓고 생각에 잠긴다. 소쩍새가 더 크게 운다.
문득 무슨 생각이 난 듯 킬킬댄다.

할머니　　아니, 넌 무슨 이야기 또 꺼낼려고 그러니?
어머니　　(킬킬 웃으며) 어머님! 그때 그 일 생각나세요?
할머니　　무슨 일…?
어머니　　돌아가신 아버님 모시 두루마기 불구멍 내고서… 흐흐….
할머니　　응? 모시 두루마기….
며느리　　무슨 얘기예요?
어머니　　글쎄, 네 시조부님께서 어느 해 여름 새로 모시 두루마기를 해 입으셨지. 그래 하루는 곱게 풀을 먹여서… 밤이슬에 맞혀서 다리미질을 하는데….
할머니　　(며느리 보며) 니 시어머니가 그만 그 귀한 모시 두루마기에 불구멍을 내고 말았지 뭐냐?
일용네　　시상에!
며느리　　어머, 왜요?
어머니　　(웃으며) 내가 너무너무 잠이 와서 깜빡 조는 바람에 어머님하고 마주 쥔 손을 놓아버렸어….
할머니　　그 바람에 다리미 숯불이 튀어서 그만… 구멍이 크게 나버렸지….
며느리·일용네　　히히히….
어머니　　(웃으며) 그러고서는 서로가 책임 전가를 하는 거야!
며느리　　시조부님한테요?

어머니	나는 나대로, 어머니는 어머니대로 잘못이 없다고….
할머니	손을 놓아버린 네 잘못이지.
어머니	숯불을 집을 생각 안 하시고 불이야! 하고 외치신 어머니 잘못이었죠.
며느리	그럼, 그 두루마기를 어떻게 했어요?
어머니	마침 그게 뒷면 자락이라 네 시조부님의 눈에 안 띄었거든. 그래 그 불구멍 크기로 천을 오려 맞추고는 실오락지를 낱낱이 떠가면서 꿰맸단다.
일용네	아, 그러니까 요즘 짜깁기하는 식으로?
어머니	그렇죠…. 그러니 그게 어디 보통 일이니? 밤을 꼬박 새워가며 그 짜깁기를 해서 감쪽같이 속였지.
며느리	조부님께서는 모르셨어요?
어머니	뒤를 볼 수가 없으니 알 수 있어야지.
할머니	(너무 웃어서 눈물이 나는지) 그 후론 시조부님께서 그 두루마기를 차려입고 나가실 때마다 우리는 뒤에서 킬킬댔었지.
일용네	그러기에 알면 병이요 모르는 게 약이죠. 헛허….
어머니	자자, 빨리 다리자! (옷 꺼내며) 불 다 식겠다.
며느리	저도 그러면 어떡하죠? 겁이 나서 못 하겠어요.
어머니	그렇게만 한번 해봐라. (모두 웃는다)

첫째와 셋째가 같이 들어온다.

첫째	뭐가 그리 우스워서 웃고들 계세요?
일용네	이제들 오는구나.
할머니	이제 오니?
어머니	(정색하고) 아니 왜들 이렇게 늦게 오니? 둘이 같이서….
셋째	오는 길에 오빠 만나서 같이 왔어요.

첫째 　오다 보니 웬 이쁜 처녀가 바쁘게 가길래 슬슬 꼬여서 데이트나 한번 할까 했더니, 글쎄 얘가 김새게 허허….

셋째 　난 웬 남자가 자꾸 쫓아오는 것 같애서 겁이 나 어찌 혼났던지….

어머니 　어이구 잘들 논다, 밤늦게! (셋째에게) 넌 여태 학교에 있었니?

셋째 　아뇨. 학교 마치고 장기 결석하는 애의 학부형 집에 갔다가 늦었어요.

어머니 　학교 일 열심히 하는 건 좋다만 이렇게 늦게 다니면 어떡허니? 가까운 길도 아니고….

할머니 　그래! 다 큰 처녀애가 밤길 다니면 못쓴다. 그러다 무슨 일 당하면 어쩔려구…?

셋째 　원, 할머님두….

일용네 　아니다! 요즘 나쁜 놈들이 얼매나 많은데. 나가보면 대가리 소똥도 안 벗어진 놈들이 담배 빠끔빠끔 피우고, 밤에 그런 애들 만나봐라, 늙은 나도 등골이 섬뜩섬뜩한다.

첫째, 웃는다.

며느리 　당신도 여태 군청에서 일 보셨어요?

첫째 　아니야, 종일 면으로 돌아다녔어.

어머니 　너 요즘 매일 늦더라! 일이 그렇게 많니?

첫째 　말도 마세요! 죽겠어요! 하곡 수매 때문에 종일 쉬지 않고 돌아다니는데, 그렇다고 이건 뭐 일이 잘되는 것도 아니고, 사람들 만나서 군청에서 나왔다고 하면 하나같이 말 상대도 안 하려고 하니….

어머니 　그럴 거다. (한숨)

첫째 　물론 그 심정들이야 나도 모르는 건 아니지만, 이거 어디 일하기 힘들고 서글퍼서…. 아버진 어디 가셨어요?

어머니 부자동사*다.

첫째 예?

어머니 그 하곡 수맨가 뭔가 때문에 나가셨다.

첫째 난리들이군! 어이구 피곤하다.

할머니 들어들 가서 쉬어라.

셋째 (들어가며) 난 또 내일 수업 준비해야 돼요.

어머니 그런데 참, 막내는 또 어디 갔냐? 저녁 먹고는 금방 안 보이네….

며느리 동네 친구들한테 놀러 나갔나 봐요.

할머니 거, 처녀애가 웬 밤마실이 심하나? 얌전히 집 안에 있지 않구….

일용네 암! 지지배들은 거저 집에 붙들어 매둬야지 풀어놓으면 꼭 무슨 탈 낸다구.

어머니, 눈 흘긴다.

며느리 일용 어머님두! 아가씬 그렇지 않아요.

어머니 꼭 잡아! 이러다간 또 불구멍 내겠다.

며느리 (웃음)

일용네 나도 이제 가봐야겠다.

어머니 밤길 조심하세요. 나쁜 애들 많은데…. (빈정)

일용네 응? (알고는) 별소릴! 나 같은 걸 누가….

어머니·며느리, 웃는다.

---

* 父子同事. '아버지와 아들이 같은 일을 한다'는 뜻.

S#17 이장 집 마루와 뜰(밤)

아내가 무료하게 마루 끝에 앉아 있다. 풀벌레 우는 소리.

아내가 볼이 부어올라서 잔뜩 독기를 내뿜고 있다.

아내　　(마음의 소리) 들어오기만 해봐라, 흥! 싸비스? 그렇지! 그 불여우 같고 쥐꼬리 같고 강아지풀 같은 여편네던데….

순종이가 들어온다. 반바지에 러닝셔츠 바람이다. 껌을 깨물며 들어선다.

아내　　아버진?

순종　　내가 어떻게 알아요? 난 내 일 보구 오는데.

아내　　니 일이 뭔데?

순종　　알 거 없어요. 아이 피곤해 (하품) (방으로 들어가려 한다)

아내　　먹구 자구 자구 먹구 자면서 뭐가 피곤해!

순종　　사는 게 피곤해요….

아내　　아니, 저 녀석…!

아내가 대문 쪽으로 가는데 이장이 자전거를 끌고 들어온다. 기분이 좋다.

아내　　(본다)

이장　　웬일이오? 오늘은 나를 다 기다리다니, 헛허….

아내　　보고 싶어서요!

이장　　흐흐… 별난 일도 많군!

아내　　그럴 테죠! 싸비스 잘 받으신 양반….

이장　　뭐?

아내　　무슨 싸비스 합데까?

이장　　난데없이 이 여편네가 싸비스 타령은…?

아내　　(표독스럽게) 어디 있다가 오는지 누가 모를까 봐서, 헹!

이장　　아니…?

아내　　설마 수원댁 집에 안 갔다는 얘기는 못 하실 테죠?

이장　　그래 갔어! 거기 간 게 잘못이여?

아내　　왜 갔어요?

이장　　화나서 술 마시러! 왜?

아내　　화는 왜 내요?

이장　　보릿값 때문에 회의도 할 겸 한잔했어! 왜, 그게 나빠?

아내　　흥! 애매한 보리 핑계는…. 그래 화난 김에 수원댁 가게에서 술 한잔하면 보릿값 올려준답데까?

이장　　아니, 이, 이게!

아내　　응큼하게끔 그걸 핑계 삼아? 아니 보릿값 오르면 수원댁한테 안 들릴 작정이오, 예? 말해봐요!

이장　　(기가 막혀서) 허… 허, 나 원!

아내　　흥? 언제는 마을에 술집이 있으면 새마을운동 방해가 된다더니, 이제는 회장, 이장이 술집에 들어앉아서 회의하셨어요, 예? 이제는 마을에 술집 들어앉아도 괜찮을 만큼 잘살게 되었나요? 언제부터 그렇게 법이 바뀌었어요? 아니, 왜들 이랬다저랬다들 하시우? 우스워 죽겠네!

다음 순간, 이장이 찰싹 따귀를 후려친다.

감전된 사람처럼 멍하니 서 있는 아내.

순종이 내다본다.

이장　　여편네가 뭘 안다고 그래…? 우리가 지금 여자한테 혹해서 술 마시고 놀아날 때야, 응? 피땀 흘려 지은 농사가 그 정도밖에 대접 못 받는가 하고 땅을 치고 울어도 시원찮을 지경인데… 그

따위 강짜를 부려? (절실하게) 보릿값을 더 받기 위해서야! 더위와 싸우고 추위와 싸우고 지은 농사가 헛되지 않게 하기 위해서야! 그게 잘못이야? 응?

아내, 여전히 멍하니 서 있다.

저만치서 순종의 이지러진 표정.

S#18 마루

아버지와 어머니, 앉아 있다.

어머니 이야기가 잘됐어요?

아버지 이야기가 잘 되고 안 되고 할 게 있나? 속 타니까 그 핑계 대고 술이나 마신 것뿐이지.

어머니 무슨 해결책이 없나요?

아버지 해결책이 있을 리가 있겠어? 한번 결정된 건 따라야 하는 거구, 요는 어떻게 납득하느냐가 문제지. 좌우간 낼 같이 면에 나가보기루 했어! 자 들어가 자자구….

일어나 들어간다.

S#19 마루와 뜰

아침이다. 까치가 운다.

아버지가 방에서 나온다. 어머니가 뒤따른다.

첫째가 방에서 나온다. 며느리가 따라 나온다.

아버지 오늘도 출장이니?

첫째 예, 하곡 수매 개시를 앞두고 계속 독려를 다니는데 예상외로 농민들의 마음이 굳어졌어요.

아버지　　큰일이다!

첫째　　우리 생각에도 이번 12.5퍼센트는 농민들에겐 타격인 것 같죠?

아버지　　그래! 그래서 나도 오늘 면장을 만나서 관계 당국에서 지금이라도 늦지 않았으니까 고려해주십사 하는 진정서를 내기로 했다.

어머니　　여보! 사정은 딱하지만 너무 입바른 소린….

아버지가 날카롭게 쏘아본다.

어머니　　왜 보시우? 그럼 제 얘기가 잘못이우? 당신은 언제나 그 입이 화근이라는 걸 명심하세요.

아버지　　그럼, 입 뒀다 보리 흉년에 밥 빌어먹으란 말이야?

어머니　　알아서 하세요! 낸들 아우….

첫째와 며느리, 나간다.

어머니는 부엌으로 간다.

아버지가 먼 산을 바라본다.

S#20 면장실

면장　　…. (난처한)

면장, 아버지, 이장, 농민 대표, 둘러앉아 있다. 무거운 표정들이다.

아버지　　그래서 일단 면장 어른께서 이런 실정을 도 당국에 전달해주시고, 가능하다면 그 민경식 의원께까지도 직접 진정서를 내주셔야겠어요.

면장　음….

아버지　이건 보통 일이 아닙니다. 그리고 지난번에 당국에서도 농민들의 어려운 사정은 언제든지 들어서 타개책을 강구하겠다는 태도 표명도 있고 했으니, 어려우시겠지만 면장 어른께서….

면장　글쎄, 그거야 다 알겠지만….

아버지　면장 어른께서 좀 애를 써주셔야겠습니다.

이장　그래서 이렇게 진정서까지 만들어서…….

이장이 큼직한 흰 봉투를 꺼낸다.

면장 얼굴이 난색을 보인다.

면장　음, 이렇게 나오면 솔직히 말해서 나도 중간서 끼여서 입장이 곤란해요.

이장　면장 어른께서 입장이 곤란할 건 뭐가 있습니까? 민의가 어디에 있다는 걸 아셨으면 그걸 상부에다가 솔직하게 전해주셔야죠.

면장　이장! 그게 말처럼 그렇게 쉬운 일인가? 딱도 하지….

이장　예?

면장　생각을 해봐! 그동안 농민들은 사실상 보리 수매 가격을 올려주기보다는 농민들이 희망하는 물량을 전량 사줄 것을 주장해왔잖아, 안 그런가?

농민 B　그, 그건 그랬습니다!

면장　그래서 정부에서도 작년의 350만 섬에서 5백만 섬을 수매함으로써 농민들이 희망하는 전량을 사들이기로 결정한 게야. 이건 정부로서도 굉장한 배려를 했다는 점을 잊어서는 안 돼!

이장　그렇지만 각종 물가가 올라서 보리 생산가에도 못 미치는 가격 아닙니까?

농민 A　　게다가 이번 수매가 인상률은 73년 이래 가장 낮은 이유가 뭡니까?

면장　　그건 정부로서도 고충이 있지.

농민 C　　무슨 고충입니까? 밤낮 우리 농민보고만 참으라고 하고, 보릿값 올리면 도시 사람들에게 물가 위협을 주니까 안 된다, 이거 아닙니까?

면장　　그 점도 있겠지만, 더 큰 문제는 양특적자*가 문제지….

농민 C　　양특적자요?

면장　　예, 양특적자! (칠판에 한자로 적는다) 여기 중앙에서 내려온 서류가 있는데….

면장이 서류를 펴 보인다. 깨알처럼 박힌 통계 숫자.

칠판에 적어가며 설명한다.

면장　　이제까지 정부의 보리쌀 방출 가격을 보면 지난해 76.5킬로들이 가마당 수매가가 26,400원에 사서 도정 가공, 수송비 등으로 쓰인 12,546원을 합하면 원가가 38,946원이 들었다 이거야. 그런데 이걸 시민에게 판매한 가격은 17,595원이었어. 가마당 21,351원의 적자였다, 이거야!

칠판에 적어가며 설명한다.

```
 26,400    38,946
+12,546   -17,595
-------   -------
 38,946    21,351
```

* 糧特赤字. 양곡관리 특별회계 적자. 정부가 쌀과 보리 수매를 함에 따라 발생하는 적자.

농민 A	그게 정부 측의 적자였다, 이겁니까?
면장	그렇지! 이 같은 결손에 따른 정부의 양특적자는 지난해 결산 결과… 얼마인지 알아요?

농민들은 묵묵히 앉아 있다.

면장	놀라지 말게…. 그 숫자가 9천… 7백… 19억원…….
아버지	9천7백억?

모두 놀란 듯 표정이 동요된다.
면장이 뭐라고 더 역설하고 회유하는 표정.
아버지는 눈을 지그시 감고 입술을 깨물고 있다.
농민들은 난처한 듯 눈길을 내리깐다.

아버지	(마음의 소리) 9천7백억…. 그 숫자조차 실감이 안 나는군! 그러나 그게 적자라는데 어떻게 하나? 그렇다고 정부가 진 빚이니까 정부가 책임질 일이고, 우리 농민은 모르는 일이라고 할 수는 없지 않은가. 결국 농민들 사정은 잘 알지만, 우리 경제에 고질이 되어온 양특적자의 해소를 위해서는 참아달라는 얘기겠지…….

아버지가 길게 길게 한숨을 몰아쉰다.
아버지가 내밀었던 진정서 봉투를 집어서 접는다. 모두들 의아한 표정이다.

아버지	(봉투를 집어서 넣는다)
이장	회장님…! 아니, 그건 왜…?
아버지	갑시다.

이장 가, 가다뇨?

아버지 일어들 나!

아버지가 일어난다.

이장 어디로 가잔 말입니까? 얘기는 아직 안 끝났는데….

아버지 얘기? 그래도 이 얘기는 안 끝나요. 당분간은 끝날 가망이 없으니까 가자는 게지. 자… (돌아서서) 그런데 이것만은 한 가지 심각하게 한번 생각해봐야 할 게 있어요. 우리 농민들이 정부의 입장을 이해해서 참을 수는 있습니다. 그렇지만 생산에 대한 의욕은 결코 높아질 수 없다는 거죠.

아버지가 면장에게 목례를 던지고 나간다.
모두들 어리둥절하다.

면장 (심각하게 끄덕거린다)

황급히 따라 나간다. 농민들도 뒤를 따른다.

S#21 뜰

일용, 들어온다. 꼴 베러 갈 듯 망태기와 낫을 챙긴다.

일용 아무도 없나?

할머니 (나오며) 꼴 베러 갈려구?

일용 네, 집이 텅텅 비었어요.

할머니 응! 면에 가고, 밭에 가고, 논에 가고, 모두 나갔다.

금동이, 헛간 뒤편에서 나온다.

금동	형아, 꼴 베러 갈려구? 나도 같이 가!
일용	너 꼴 벨 줄 아니?
금동	배우면 되지 뭐?
일용	그래 맞다. 내가 배워줄게 같이 가자!
할머니	금동이, 점심 먹었나?
금동	예, 먹었어요.
	(방귀 소리 — 뽀옹)

동시에 방귀 뿡….

할머니	저런 방귀는… 먹기는 먹었는가 부다.
금동	히히.
일용	너 보리밥 먹었구나?
금동	응, 보리 섞은 밥 한 그릇! 어떻게 알아?
일용	응, 보리밥 먹으면 방귀를 많이 뀌지! 그렇지만 몸은 튼튼해져.
금동	몸이 튼튼해져? 그럼 매일 보리밥만 많이 먹어야겠다.

일용, 웃으며 머리를 쓰다듬어준다. 나간다.

S#22 보리밭

누릇누릇 익은 보리 이삭이 물결치고 있다. 새가 후드득 보리밭에서 나간다.

아버지가 보리 이랑을 천천히 걷고 있다. 이삭을 하나 꺾어 입술에 댄다. 착잡한 심정이다.

아버지	(마음의 소리) 나는 가끔 한국 농민의 모습을 이 보리에서 찾는

다. 보리가 자라나온 모습에서 나를 발견한다. 다른 곡식은 이른봄에 씨 뿌려 좋은 시절 지나고 가을에 거둬들이건만, 유독 이 보리란 놈은 늦가을에 씨 뿌려 된서리, 강추위, 모진 바람과 봄 가뭄 속에서 자란다. 그것도 밟아줘야 자라나는 그 생태가 어쩌면 우리 농민의 모습을 그대로 나타내주고 있는 것 같다. 그런데 그렇게 어렵게 이겨나온 보리를 놓고 왜 해마다 이렇게 말이 많을까? 그렇다! 보리 얘기는 아직도 끝이 나지 않은 것이다.

(F.O.)

제36화

원두막 우화

第36화 원두막 우화

방송용 대본 | 1981년 7월 7일 방송

· 등장 인물 ·

할머니	정애란	아내	박원숙
아버지	최불암	순종	진유영
어머니	김혜자	수원댁	남능미
첫째	김용건	젊은 여인	오미연
둘째	유인촌	영삼	이종환
셋째	김영란	고모부	정대홍
며느리	고두심	순경	윤창우
일용	박은수	농민 A	박경순
일용네	김수미	농민 B	정태섭
금동	양진영	농민 C	이창환
면장	박규채	애기	
이장	김상순		

S#1 논

검푸르게 자라고 있는 벼.

둘째와 일용이가 밀짚모자를 쓰고 논두렁과 물꼬를 보고 있다.

저만치 면장이 손을 흔든다.

면장 뭣 하고들 있는가?

둘째가 허리를 펴고 대답한다.

둘째 면장님, 어디 다녀오세요?

면장이 자전거를 세운다.

면장 응, 볼일이 있어 좀 나왔지!

일용 아, 수해 상황 살피러 다니시는군요?

면장 자네 집에 비 피해는 없는가?

둘째 예, 큰 것은 없는데 논두렁이 두 군데 터졌어요!

면장 면에 돌아보니 그 논두렁 제방 터진 거는 곳곳에 수없이 많고…. 그보다 저 아래에는 논이 반나마 침수되어 큰일이야!

둘째 저지대 말인가요? 큰일이군요.

일용 야유, 웬 놈의 비가 지겹게도….

면장 얼마 전까지는 가뭄 때문에 모내기를 못 해 야단이더니 이젠 또 물난리를 치르고 있으니…. 하늘이 변덕스러워도 참….

일용 한해 대책이 하루아침에 수해 대책으로 바뀌어야겠어요. 헛허….

둘째와 일용이가 웃어젖힌다.

둘째　　면장님께서 수고가 많으시겠습니다.

면장　　나야 뭐… 농민들이 죽을 판이지…. 이 장마 끝나면 또 병충해가 일어날 거야.

둘째　　그럴 테죠.

일용　　그땐 또 병충해 대책을 세워야지. 헛…!

면장　　남쪽에는 벌써 멸구하고 도열병이 심하다는데….

둘째　　농약을 미리 준비해둬야겠네요….

면장　　그래야지. 우리도 대책은 세우고 있지만.

일용　　젠장, 그놈의 도열병 싹 없애는 약 발명해서 노벨상이나 타볼까….

면장　　헛허… 제발 그래보게…. 그럼 나 가네. 수고들 하게! (가다가) 참, 자네 아버지더러 시간 있으면 면에 좀 다녀가시라고 해주게. 상의할 일이 있다고….

둘째　　예, 안녕히 가세요….

일용　　수고하세요….

개구리 우는 소리. 둘, 주저앉는다.

일용이가 담뱃불을 맛있게 붙이고 나서 길게 연기를 내뿜는다.

일용　　아… 올 벼농사 풍년 들 것이로구먼….

둘째　　왜요?

일용　　왜라니? 그래야 늙은 총각 장가들 거 아니어….

둘째　　헛허…. 그래도 장가는 가고 싶은 모양이구려, 헛허….

일용　　암…. 그런데 돈이 있어야 장가고 뭐고 가지. 웬수의 돈!

둘째　　남자야 돈 없어도 가요.

일용　　뭐?

둘째　　남자 밑천이야 뻔하지 않소?

두 사람이 깔깔댄다.

일용	참, 밤에 원두막에서 수박 추렴하는 거 알지?
둘째	예, 영삼이랑 병옥이가 이제 김도 두 벌 매고 있으니 하룻밤 놀자고 합데다….
일용	좋지…. 자주 찧는 방아에도 손 들어간다고 일도 하고 놀기도 하고…. 그렇게 나는 거지 뭐… 헛허…!
둘째	화투 쳐서 지는 편이 수박하고 소주 내기로 했죠…. 그리고 닭도 두 마리 잡기로 했어요.
일용	그래? 모처럼 목구멍 벗기겠구나…* 헛헛…!

둘째가 따라 웃으면서 더 분주하게 일손을 계속한다.

S#2 마루와 뜰

펌프 가에서 어머니와 일용네가 닭을 잡아 물에 씻고 있다.

어머니와 일용네가 닭 잡아 씻고 있는 옆에 금동이가 앉아 거든다.

닭 머리를 만지기도 하고 몸뚱아리를 찔러보기도 한다.

어머니	비켜! 저리 가서 놀아.
금동	(계속 히히거리며)
어머니	아, 저리 비키라니까! (고함)
금동	(움찔 물러난다)
일용네	히히, 털 뽑아놓으니까 꼭 금동이 머리 같네.
금동	(자기 머리 만져본다) 그럼, 닭도 시원하라고 나처럼 머리 깎고 목욕시키는 거야?

---

* '목구멍의 때를 벗기겠구나'라는 뜻인 듯함.

어머니　　말도 아닌 소리 하네.

일용네　　그래! 머리 감고 목욕시켜 잡아물라고 그런다, 왜? 겁나지? 히히….

금동　　(겁먹은 표정. 비실비실 일어나 나간다)

일용네·며느리　　(보고 웃는다)

아버지가 자전거를 끌고 들어온다.

일용네　　회장님 오시네?

어머니　　지금 오세요?

아버지　　무슨 날이야? 닭을 잡게….

아버지가 자전거를 세운다.

어머니가 씻은 닭을 도마 위에 놓는다.

어머니　　날이긴요…?

아버지　　그럼…, 어머니께서 잡숫고 싶으시대?

어머니　　둘째가 원두막에서 수박 추렴 한다나요?

아버지　　원두막에서?

어머니　　예, 영삼이네 고모분가 누가 수박밭 앉혔잖아요.

아버지　　음….

어머니　　술은 있겠지만 뭐 안주 할 것 없겠느냐기에 닭 두어 마리 잡아서….

아버지와 어머니의 시선이 마주친다.

아버지 표정이 약간 맵다.

어머니	왜 그런 눈으로 보시우?
아버지	꼭 같군… 꼭 같아!
어머니	젊은 놈들 일 부려먹을 땐 부려먹고 쉬게 할 땐 해야죠….
일용네	그럼요…. 한여름엔 닭죽이 보약이죠.
아버지	아이들 주려고가 아니라 당신이 닭죽 생각나는 게로군….
어머니	어머나…, 이 양반이 애매한 사람 잡네!
일용네	그럼 어때요? 너도 먹고 나도 먹고 떡 있는 김에 제사 지내죠… 뭐… 헛허….
아버지	인심 한번 좋다!
어머니	에그, 당신도 가다가 그 되놈 쇠 냄비 긁는 소리 좀 작작하시구랴… 쯧쯧….

아버지가 손을 씻다가 긴장의 빛을 나타낸다.

아버지	뭐, 뭐? 되놈 쇠 냄비 긁는 소리? 그게 무슨 소리야?
어머니	무슨 소리긴요? 구두쇠 깍쟁이 같은 소리죠….
일용네	헷헤… 빈 냄비 긁어봤자지….
아버지	아니, 이 사람이 이젠 자기 영감을 폐품 처리하려나? 되놈 쇠 냄비라니? 말 다 했어…?
어머니	(유들유들하게) 아직 멀었어요! (한숨 시조 가락 읊듯이) 참대 같은 내 아들 이른 봄부터 이날까지 별이 떴나 샛바람 잤나… 새벽부터 밤늦도록 밭일 논일 마다 않고 보리 매고 모심고 초벌 매고 두벌 맸으니 이제 농사도 한시름 놨으니 닭 한 마리 과 먹인 게 그게 그리도 아깝수?

어머니가 마지막 대목에 가서 장두* 같은 아버지 코앞에다 쓱 내민다.

그 서슬에 아버지가 엉덩방아를 찧는다.

어머니와 일용네가 깔깔댄다.

아버지는 어이가 없다는 듯 멍하니 쳐다본다.

아버지 아니, 이 사람이 언제부터 이렇게 사설이 늘었지? 꼭 무슨 판소리 한 대목 같구먼!

일용네 옛날에 그 임방울이라는 소리 잘하는 명창이 흥부전 노래하는 것 같구랴! 호호….

어머니가 부지런히 닭을 토막을 낸다.

S#3 둘째 방 앞

툇마루에 금동이 혼자 앉아 하품하다가 꼬박꼬박 잠이 든다.

S#4

시냇가에서 아버지와 어머니에게 잡혀 머리 깎이고 있는 금동.

금동의 머리를 씻기고 있다.

S#5 방 앞

잠든 채 시원한 듯 웃고 있다.

둘째 E 금동아, 금동아! 이 녀석 낮잠 자는구나. 무슨 꿈 꾸길래 웃고 있어? 허허….

그대로 자고 있는 금동이.

---

* 지팡이 머리.

S#6 수원댁 가게(초저녁)

노래. 〈물레방아 도는 내력〉.

수원댁이 담배를 피우고 있다.

영삼이와 일용이가 들어선다.

트랜지스터 라디오를 듣고 있던 수원댁이 벌떡 일어난다.

영삼　　(같이 흥얼대며) 물레방아 도는 내력, 조오치!

수원댁, 손에 들었던 담배를 비벼 끄고 나서 꽁초를 앞치마 주머니에 쑤셔 넣는다.

수원댁　　어서들 오세요.

일용　　아주머니, 술 있죠?

수원댁　　그럼요! 무슨 술 드릴까요? 맥주? 아니면 소주?

일용　　소주! (영삼에게) 다섯 병이면 되겠지?

영삼　　다섯 병? 많지 않을까?

일용　　많긴! 사내대장부 다섯이서 그까짓….

수원댁　　어머… 무슨 잔칫날인가 보군요?

일용　　예? 예…. 소주 다섯 병하구요, 종이컵 다섯 개하고 주세요.

수원댁　　그렇게 하세요.

수원댁이 술병을 집어 먼지를 앞치마로 닦아낸다.

수원댁　　무슨 잔치예요?

영삼　　수박 추렴이에요.

수원댁　　어머, 근사한 거…!

일용　　예?

수원댁　　그러니까, 그 원두막에서 화투 치고 나서 진 편에서 수박을 산다 이거 아니에요?

일용 알기는 아는군요.

수원댁 알다 뿐이겠수? 호호… 난 어렸을 때 서울서 친정아버지가… 그 친정아버지도 10년 전에 위암으로 세상 뜨셨지만… 글쎄 시골 노인장들께서 모였다 하면 그 추렴 아니었던가요? 장기, 화투, 윷놀이… 그래서 지면 막걸리 사다 놓고… 닭 잡고… 우리가 기웃거리면 그때만은 인심이 후해서였던지 닭 다리도 죽 분질러 주고… 호호…. 그런데 나는 언젠가 그 닭 껍질을 얻어먹고는 온몸에 두드러기가 솟아서 호호…. 그 후부터는 닭의 '다' 자 소리만 들어도 등이 가렵다우. 후후….

상대방에게 말을 할 여유도 주지 않은 채 혼자서 술병과 컵을 싸면서 속사포처럼 쏘아대는 수원댁.

그 입을 멍하니 바라보는 일용.

수원댁 왜 그러시오? 내 입에 뭐가……?

일용 신기하군요.

수원댁 예?

일용 어쩜, 그렇게도 잘 돌아가죠? 뱅글뱅글… 돌돌돌돌… 잘도 도는구나 물레방아처럼. 허허…….

모두들 웃는다.

영삼이가 돈을 치르고 나간다.

수원댁 예… 웬만하면 나도… 놀이판에 가고 싶은데… 집을 비워놓고야….

영삼 놀러 오세요, 허허.

일용이와 영삼이가 웃으며 나간다.

수원댁이 돈을 주머니에다 챙겨 넣는다.

다음 순간 문득 한길 쪽을 본다. 거기에 젊은 여인이 서 있다. 등에 애기를 업었고, 손에는 기저귀 가방을 들었다. 천천히 움직여 다가온다. 수척해 보인다. 앓고 난 사람 같다. 초조하고 뭔가에 쫓기는 사람 같기도 하다.

여인　　(다가와) …저 …말씀 좀….

수원댁　　예?

여인　　이 부근에 여인숙 같은 건…?

수원댁　　여인숙? 그런 거 없어요! 시골에 무슨? 그런 거야 도회지나 있지. 그런데 여긴 어떻게 와서 그런 걸 찾아요?

여인　　아, 아니에요….

수원댁　　…….

여인　　나… 그 카스테라 한 개만….

수원댁　　예.

수원댁이 카스테라를 집어 먼지를 털고는 건넨다.

여인이 그것을 가방 속에다 넣고는 돈을 내준다. 여인은 한길 쪽을 바라본다.

여인　　어디고… 하룻밤 쉬어 갈 곳… 없겠군요?

수원댁　　쉬어 가요?

여인　　예, 방이 아니라도… 헛간이라도….

수원댁　　글쎄요, 이 마을엔…….

여인　　내일 새벽엔 가야 하니까….

수원댁　　글쎄요! 원두막이 있긴 하지만… 가는 날이 장날이라고… 오늘 밤 총각들이 추렴을 한다니… 안 되겠고….

여인　　원두막….

여인은 무슨 생각에 잠긴 듯하더니 그대로 돌아간다.

수원댁, 입을 삐죽거린다.

수원댁　　어떤 사람인지 본성도 모르는 처지에 어떻게 함부로 재워준담….

S#7 부엌

어머니가 죽 솥을 들여다본다.

며느리가 양념을 다진 다음 전골냄비에다가 넣는다.

어머니　　너무 짜지 않게 해! 술안주로 할 것이니까.

며느리　　예.

어머니　　참, 간장 좀 떠라! 풋고추는 밭에서 따 오너라.

며느리　　오늘 술상 걸겠어요.

어머니　　아범도 들어왔더라면 자리를 함께할걸….

며느리　　요즘 하곡 수매 기간이어서 바쁜가 봐요. 하루에 백 리, 2백 리 길을 뛰어다니니…. 그래도 올해는 정부에서 5백 섬이나 전량을 사들이기로 했으니 다행이죠.

개가 짖는 소리. 밖에 인기척이 난다.

첫째　　(소리) 다녀왔습니다!

며느리　　어머, 아범이에요!

어머니　　첫째냐?

S#8 마루와 뜰

첫째가 자전거를 세우고 서류 봉투를 턴다.

며느리가 나온다.

첫째　　아이구 더워! 후유…!

며느리　　고단하시죠?

첫째　　무슨 좋은 냄새가 나는데……?

코를 킁킁거리며 냄새 맡는다.

어머니가 부엌에서 나온다.

어머니　　어서 좀 씻고 저녁 먹어라. 닭 있다!

첫째　　닭이요?

며느리　　여보, 삼촌 친구들이 원두막에서 추렴한다는데 당신도 끼시구려….

첫째　　그래?

어머니　　에그… 가면 술 마실 텐데…. 너는 집에서 고깃국에다가 밥이나 먹어!

첫째　　술 생각 나는데요?

며느리　　반주하시면 되지, 뭐?

어머니　　에그… 알뜰도 하다! 호호.

첫째, 웃으며 윗저고리를 벗는다.

첫째　　아버진 어디 가셨어요?

어머니　　방앗간 집 제삿날이 어제였는데, 동리 어른들 모신다고 해서….

첫째　　아… 6·25 때 괴뢰군한테 의용군으로 끌려가서는 소식이 없다는 그 집….

어머니　　그래….

S#9 원두막(밤)

개구리 울음소리. 기둥에 석유등이 걸려 있다.

다섯 사람이 모여서 화투를 치고 있다. 모두들 윗저고리를 벗었다. 구릿빛 상체가 믿음직스럽다.

그 사이에 금동이. 개구리가 운다.

영삼의 고모부가 큼직한 수박 두 덩이를 양손에 들고 온다.

고모부　　우선 수박들 먹고 나서 하거라!

일용　　아닙니다! 지금 패가 막 쏟아집니다. 빈집에 황소가 들어오는데….

영삼　　그만, 그만!

영삼이가 화투패를 휘저버린다.

일용　　이런, 이런?

모두 웃는다.

둘째가 아래서 떠받쳐 올린 수박을 받는다.

둘째　　잘 익었겠죠?

고모부　　쪼개봐! 안 달면 돈 안 받을 테니.

일용　　아니, 그럼 수박값 받을 작정이셨어요?

고모부　　이봐! 올 수박밭 앉혀놓고 그 밑구멍으로 들어간 돈이 얼마인지나 알어?

일동　　하하….

고모부　　그 대신 본전만 받을 테니 염려 말게!

둘째　　닭이 왜 안 오지?

청년 A　　　닭?
둘째　　　닭죽하고 전골 좀 해오라고 했지! 술안주로….
청년 B　　　아이그, 이거 정말 포식이구나!
고모부　　　우선 수박부터 썰어봐!
일용　　　썰 것 없어요! 이렇게 하지….

일용이가 태권을 하듯 주먹으로 수박을 친다. 두 쪽으로 쪼개지며 새빨간 알살이 나온다.
모두가 일제히 환호성을 지른다.

금동　　　야!
고모부　　　그것 보게… 내 말이 맞지? 자… 먹어들!
영삼　　　자… 어서 소주나 따르게…. 술이 있어야지!
일용　　　그래, 그래!

일용이가 이빨로 술병 마개를 뽑고, 둘째가 술잔을 하나씩 나눠놓고, 영삼이가 수박을 칼로 썬다.

영삼　　　고모부도 올라오셔요!
둘째　　　그렇게 하세요!
고모부　　　아냐, 젊은이들끼리 노는 자리에 내가 왜 꼽사릴 끼나? 눈치도 없이….
일용　　　그럼, 술이나 한잔 드십시오.
고모부　　　(싫지 않은 듯) 그래?
둘째　　　받으세요!

술잔을 내민다.

고모부　　내가 마셔도 되겠어?

영삼　　염려 마세요.

청년 A　　자릿값도 안 받으시는데 술이나 드세요.

이사이에 둘째가 술을 따른다.

고모부가 쭉 마신다.

고모부　　술맛 좋다!

둘째　　한 잔 더 드세요.

고모부　　아니야, 됐어! 나도 가볼 데가 있어. 우리도 오늘 사랑방에서 모이기로 했거든.

일용　　그러세요?

고모부　　그럼, 우리라고 어디 그런 재미도 없나?

일용이가 수박 한 조각을 내밀자 받아먹는다.

고모부　　재미있게들 놀아!

영삼　　다녀오세요! 여긴 걱정 마시고….

고모부　　그래도 가끔 수박밭 쪽 살펴봐! 손버릇 나쁜 놈들이 이따금 기어들어 오니까.

영삼　　예….

둘째　　다녀오세요.

고모부가 어둠 속으로 사라진다. 맹꽁이 우는 소리, 더 높아진다.

S#10 이장 집(밤)

이장 아내가 평상에 앉아서 호박잎을 다듬고 있다.

저만치 순종이가 쭈그리고 앉아서 모깃불을 휘젓고 있다. 뭔가 불만이 가득 찬 표정이다.

순종　　엄니!
아내　　안 된다면 안 돼! 내게 그런 돈도 없거니와….
순종　　그저께… 에이!
아내　　없대두!
순종　　정말 이러기예요?

순종이 손에 들었던 부젓갈로 모깃불을 푹 찌른다. 그 서슬에 불티와 잿가루가 부옇게 일어난다.
아내가 반사적으로 손을 휘저으며 재를 막는다.

아내　　아니, 저 녀석이… 눈에 보이는 것두 없나?
순종　　나두 이제 어린애가 아니란 말이에요
아내　　어린애가 아니면 누가 늙은 귀신이냐?
순종　　내가 못된 짓을 하는 것도 아니구, 내 취미와 재능을 살리기 위해서….
아내　　그 쉰 막걸리에다 초 친 소리 작작해!
순종　　엄니!
아내　　네가 뭐라구 해두 네 아버지는 안 믿어! 콩으로 메주 아니라 청국장 앉힌다 해도….
순종　　(정색을 하며) 정 이러시기예요?

순종이 벌떡 일어나서 노려본다.
그러나 이장 아내는 눈썹 하나 까딱 안 한다.

아내　　네가 가수 아니라 가수 할아버지가 된다 해두 그런 돈은 못 내놔! 5만 원이 뭐 뒷집 강아지 이름인 줄 알어, 응? (성깔이 나기 시작하며) 5만 원이면 보리 두 가마 값이야, 알아? 이 지리산 호랑이가 물어 갈 녀석아! 보리 두 가마니를 얻으려고 뼈 빠지게 고생한 일 생각도 못 해, 못 해?

순종은 반대로 유들유들해진다.

순종　　그래서요?

아내　　뭐가 그래서니? 이 호박잎에 개똥 싸 먹을 녀석아!

순종　　그렇게 돈 아껴서 뭘 하시려우?

아내　　뭐, 뭣이 어째?

순종　　아들이 둘이라면 또 모르겠소. 외아들이 가수가 되고 싶어 몸이 달아 바둥대는 걸 보셨으면 내 자식 측은하다는 생각쯤은 드실 거 아니오, 네?

아내　　(돌아보지 않고) 에게게…. 공자 말씀에 맹자가 큰절하시겠네?

순종　　아버지나 어머니는 내 재능을 인정 안 하지만요… 작곡가 선생도 선배 가수도 모두가 내 소질을 잘만 살리면 폴 앙카 부럽지 않다고 했어요.

아내　　불알까?

순종이가 실소를 한다.

아내　　그게 무슨 소리여?

순종　　부랄까가 아니라 세계적인 가수 폴 앙카래요, 나더러….

아내　　글쎄, 나는 무식해서 그런 어려운 말도 모르거니와 네가 가수가 되는데 뒤 대줄 돈두 없으니까 아예 그런 소리는 입 밖에 내지 말아!

순종 (크게) 엄니!

아내 (맞서며) 없어!

순종 (크게) 있어요!

아내 못 내놔!

순종 정말 이러시기예요? 돈 5만 원만 있으면 이번 광복절 기념 전국 신인가수 콩쿨 대회에 나가서 최우수 가수로 뽑힐 자신 있단 말예요, 예? 엄니… 이번 말은 믿어주세요, 예?

아내 나두 나지만 네 아버지 성격 몰라서 그래? 네가 치는 기타통 불 쏘시개 못 해서 이를 가시는….

순종 아이구, 내가 미쳐, 미친다구!

순종이가 제자리에 서 있지 못하고 뜰 안으로 빙빙 돈다.

이장이 들어선다.

이장 이게 무슨 짓이냐? 상추밭에 들어가 똥 싼 강아지처럼 왜 빙빙 돌아?

아내 지금 미치기 직전이래요.

이장 미쳐?

아내 예! 5만 원 안 주면 바로 이 자리에서 할복자살하겠다니 어떻게 하우? 에그… 에그!

이장 순종아!

순종 아버지, 정말이에요! 5만 원만 주세요, 예?

이장 5만 원?

순종 이번만 봐주시면 다시는 이런 얘기 안 꺼낼 거예요.

이장 뭣이?

순종 아니지… 이번 콩쿨에 못 뽑히면 그 노래 집어치우고 농사를 짓든지 고개 너머 간척지에 새로 들어선다는 방직공장에 취직을 하든지 할게요. 아버지! 그러니 이번만 봐주세요, 네?

이장 무슨 소리냐? 지금….

아내 에그, 당신도 말귀 못 알아들이시긴…. 글쎄 이달 말에 전국 신인가수 콩쿠르가 있는데….

순종 콩쿨 대회예요! 콩쿠르가 아니라….

아내 아무려면 어때…? 거기 나가려면 경비가 5만 원 드니까, 그걸 내놔야지 아니면….

이장 아니면?

아내 미쳐버린다는 거 아녜요? 보시면 모르겠어요? 순종이 저놈, 저 눈 좀 보세요! 미치기 직전이지…. 그러기에 처음부터 저 녀석, 눈만 꼭 제 아버지 닮아서 갑갑하겠다, 했더니만….

이장 뭣이라구?

아내 내 눈을 닮았던들 시원시원하고 사글사글했을 텐데, 이건 꼭 멸치 눈에다가….

이장 이 여편네가 사람 세워놓은 채 병신 만들려고!

이장이 때리려 하자 아내가 마루 쪽으로 피해서 간다.

순종 아버지!

이장 그런 돈, 어디 있어?

순종 이번에는 꼭 자신 있어요! 작곡가 선생님이….

이장 관둬! 그런 씨도 먹히지 않는 소리….

순종 (큰 소리로) 아버지!

이장 이놈아, 조용조용히 말해! 뒷집에서 들으면 부자간에 싸우는 줄 알겠다.

이장이 안방으로 들어간다.

이장　　모기약 뿌렸어?
아내　　네!

아내도 방으로 들어간다.

혼자 남게 된 순종은 왈칵 울음이 치밀어 오른다.

순종　　어이휴…!

평상에 주저앉아서 평상을 주먹으로 힘껏 내리친다.

S#11 원두막(밤)

(요즘 유행하는 노래)

모두들 술이 거나하게 취해서 노래를 부르고 있다.

금동이가 옆에 끼어 앉아서 참외를 먹고 있다.

일용　　내려가서 춤이라두 한바탕 출까?
영삼　　아서…! 춤추다가 우리 고모부 수박밭 망치지 말고. 허허허….
금동　　형, 참외 또 없어?
둘째　　인마! 그만 먹어. 또 오줌 싼다.
금동　　싫어!
일용　　그래… 이 수박 남았다, 먹어!

일용이가 수박 조각을 건네주자 금동이가 받아서 아삭 베어 먹는다.

영삼　　(둘째에게) 어서 노래 불러!

모두들 재촉이라도 하듯 박수를 친다.

둘째가 기타 줄을 두어 번 드르릉드르릉 울리며 음을 고른다.

이윽고 노래를 부른다.

둘째 (노래) 엄마야 누나야 강변 살자…

둘째의 노래에 한두 사람씩 따라 부르기를 시작한다.

모처럼의 술기운이 오히려 젊은 기분을 감상적으로 만든다.

노래가 한창 익어갈 무렵 금동이가 일어난다.

금동 형! 오줌 누고 싶어.

둘째 뭐?

금동 오줌 누고 싶단 말이야!

일용 녀석, 무드 깨고 있네!

둘째 내려가서 누고 와!

금동 무서워서 싫어!

영삼 그럼, 여기서 아래로 그냥 눠!

금동 히히….

까고 아래로 오줌을 눈다. 모두 웃는다.

오줌 누다가 무서운 듯,

금동 어어? 형! 여우 울음소리… 들린다?

둘째 뭐, 여우가 어디 있어? 인마! 개구리 소리지…….

둘째가 기타를 치던 손을 멈춘다.

둘째 왜 그래요?

일용 무슨 소리가 안 들리니?

둘째 무슨 소리?

일용 애기 우는 소리!

둘째 애기 우는 소리?

모두들 귀를 기울인다.

소쩍새 울음소리, 맹꽁이 울음소리, 그리고 어디선가 갓난아이 울음소리가 들려온다.

일용 저것 봐!

청년 A 정말…?

청년 B 애기 소린데?

영삼 수박밭인가?

둘째 가봐!

일용 그래!

모두들 앞을 다투듯 원두막에서 내려온다. 금동이도 따라온다.

영삼이가 등불을 들고 내려온다.

S#12 수박밭

밭이랑 쪽.

둘째를 위시하여 소리 나는 쪽으로 간다.

S#13 어떤 밭이랑

애기 울음소리가 자지러지게 드높다.

둘째 여기 있다!

수박밭 이랑에 강보에 쌓인 애기가 버려져 있다.

당황하는 얼굴들.

S#14 수원댁 가게 앞(밤)

방문이 닫혀 있고 방 안에서는 트랜지스터 소리가 들리고 있다.

젊은 여인이 들어와 뭐라고 말할 듯하다가 급히 그냥 간다.

S#15 마루와 뜰(밤)

어머니가 애기를 안고 있다.

온 식구가 번갈아가면서 애기를 들여다본다.

할머니　　원, 어느 죄 많은 인간이 이런 짓을 했을까?

아버지　　우리 마을 사람은 아닐 테고…….

어머니　　여보! 지서에다가 알려야지 않겠어요?

애기가 낑낑거린다.

어머니　　어쩐다지? 젖을 빨려야 할 텐데….

일용네　　내 빈젖이라두 빨릴까요?

하며 금방 젖가슴을 헤치려 든다.

일용　　엄니도? 그 주착 좀 그만 부리세요!

일용네　　뭣이어?

일용　　젖두 안 나오는 빈젖 물리면 어떻게 해요?

일용네　　울음을 그치게 해야지.

둘째　　형수 것 좀 물리면…….

며느리가 난처한 표정이다.

며느리 제 젖을요?
첫째 너, 말이라고 하니? 뉘 집 애긴지도 모르는데 함부로 젖을 물려?
둘째 그렇지만, 배고파 우는데….
첫째 너두 너지….
둘째 예?
첫째 무턱대고 애기를 집에 데리고 오면 어쩌자는 거니?
둘째 그럼 내버려두란 말이에요?
첫째 하필이면 네가 데려올 게 뭐니? 다른 친구들도 있었다면서…….
어머니 낳은 지 백 일은 돼 보이는데요, 어머님.
할머니 그 사내애가 훤하게 잘도 생겼다만……. 에그 가엾게스리…….
며느리 참, 우유 남은 거 있을 거예요.
아버지 그럼 그것 좀 타서 먹이도록 해.
며느리 예.

일어나서 부엌으로 간다.

아버지 오늘 밤 재우고는 내일 지서에다 신고를 해야지! 그런데 어떤 인간이 이런 짓을 했을까?
할머니 사람이 아니지! 자기 자식을 이렇게 버릴 수가 있어?
어머니 여보! 혹시…….
아버지 응?
어머지 혹시 마을에서 누가 몰래 숨어서 해산하고서는 버린 거 아닐까요?
아버지 글쎄…….

둘째　　그런데 아무 쪽지 한 장 없으니… 알 수가 있어야죠.

아버지　　아무튼 어느 못된 인간이 남부끄러운 짓을 한 끝에 버렸을 거야.

둘째　　아마 우리가 원두막에 있으니까 애기 울음소리 듣고 데려가겠지 싶어 갖다 놓았을 거예요.

일용　　그럴 거예요. 아예 버릴려면 사람 없는 곳에 내다 놓았겠지.

아버지　　어쩜 사람의 가죽을 쓰고서 이럴 수가 있겠니? 응? 키울 수가 없으면 아예 낳지나 말 것이지, 낳아가지고서 버릴 건 뭐냐 말이다.

어머니　　…….

아버지　　이게 모두 사람들이 자기 자신에 대해 책임을 지지 않을려는 데서 나온 거야. 그래서 자기 자식도 아무한테나 떠맡기고 산 생명도 갖다 버리는 거야……. 몹쓸 사람들…….

어머니　　…….

첫째　　어떡하죠?

아버지　　……? 일단 내일 지서에다 신고를 해야지! 그래서 애기 임자가 누군지 찾아내든지…, 아니면 무슨 조처를 취해야지.

일용네　　우리 동네부터…… 이웃 동네까지 샅샅이 조사를 해봐야 해요. 어떤 여편네인지 그저… 잡아서 족쳐서….

어머니　　에그, 말조심해요……. 그러다가 또 애매한 사람 붙들고는 싸움질을 하지 말고!

일용네　　내가 왜 싸움질을 해요?

며느리가 우유병을 가지고 나온다.

어머니　　어서 일루 다오!

며느리　　예… 식질 않아서요.

어머니, 우유병을 애기 입에 물린다. 금세 울음을 멎고 쭉쭉 빨아대는 애기의 얼굴.
모두들 신기해서 이마를 맞대고 들여다본다.
아버지의 표정이 우울하다. 뜰로 내려선다. 풀벌레 소리가 드높다.
애기 쪽 돌아본다

아버지 (마음의 소리) 생명은 고귀하다고 했건만 요즘은 가장 천한 게 생명이 되고 말았다. 어디서나 마구 버리고 해치고, 그래서 업신여기는 게 생명이 되고 말았다. 이 죄 없는 생명이 어디서 왔는지는 모르되 그도 엄연한 생명이요 존중받아야 할 생명인데 왜 이렇게 되었을까? 왜 그 부모한테서 버림을 받아야 했을까?

S#16 시골길

둘째가 자전거를 타고 간다.

S#17 지서 안

윤 순경과 둘째가 얘기를 하고 있다.
둘째의 얘기를 들으면서 윤 순경이 수첩에 메모를 하고 있다.

순경 그러니까, 여덟 시 조금 지나서였군요?
둘째 예!
순경 몇 사람이었죠? 자리를 같이한 사람이…?
둘째 다섯 사람.
순경 맨 처음에 누가 발견했나요?
둘째 음… 우리 금동이가요.
순경 금동이?

S#18 이장 집

이장이 삽을 들고 들어온다. 논을 둘러보고 오는 길인지 바지가 젖었다.

아내가 바가지에 풋고추와 가지를 따 들고 뒤뜰에서 나온다.

아내　　논에 물은 차 있던가요?

이장　　이대로만 가면 풍년일 텐데….

아내가 부엌으로 들어간다.

아내　　비 끝이라 뒷산 밭 고추가 쓰러졌어요.

이장이 바가지로 물을 퍼서 고무신을 신은 채 발에다 퍼붓고 부득부득 씻는다.

이장　　(큰 소리로) 그런 일은 순종이 좀 시켜! 밤낮 매미처럼 노래 타령만 하고 자는 게 아니라….

아내가 부엌에서 나오며 순종을 부른다.

아내　　순종아… 어서 일어나서 고추밭엘 가봐!

아버지가 마루 끝에 앉아서 젖은 발을 수건에다 닦는다.

이장　　부모들은 꼭두새벽부터 밭으로 논으로 가 일하는데, 제 놈은….

아내가 순종의 방문을 열어본다.

아내　　아니… 이 애가…!

이장　　왜?

아내　　없어요!

이장　　없다니?

아내　　매미 허물 벗듯! (크게) 없어졌어요!

이장이 뛰어나간다.

이장 내외가 방을 들여다본다. 문턱 바로 아래 놓인 편지를 발견하고 든다.

이장　　이게 뭐야?

아내　　순종이가 써놓고 간 것이에요. 여보… 어서 읽어봐요!

이장이 급히 편지를 뽑는다. 서툰 글씨로 쓰인 편지.

순종 E　　"아버지 어머니! 꼭 성공해서 7만 원 갚을게요. 불효자 올림"

이장과 아내가 얼굴을 마주친다.

이장　　7만 원?

아내　　내갔어요?

아내가 안방 쪽으로 뛰어간다.

이장이 마루에 무릎을 꿇고 들여다본다.

잠시 후 아내가 뛰어나온다.

아내　　없어졌어요!

이장　　엉?

아내　　　감자 판 돈! 시상에….

이장　　　어떻게 알았지?

아내　　　어제 그 돈 얘길 하길래 안 된다고 했더니만, 기어코!

이장　　　이 병신아…! 왜 그 돈 얘길 해… 하긴?

아내를 쥐어박는 듯.

아내　　　내가 했나요? 순종이가 먼저 그 돈에서 5만 원만 주면 서울 가서….

이장　　　아이고… 고양이 앞에서 쥐 얘길 했지! 아이고…!

마루에 주저앉는 이장.

S#19 원두막

윤 순경, 아버지, 둘째가 돌아보며 상황 설명을 하고 있다.

S#20 마루와 뜰

어머니가 갓난아기에게 우유를 먹이고 있다.

셋째와 막내가 넘겨다본다.

막내　　　예쁘게 생겼다! 그치, 엄마?

셋째　　　비정한 부모군…. 어떻게 자기 자식을 버릴 수가 있을까? 그럴 만한 사연이 있겠지….

어머니　　사연?

셋째　　　사연이 있었길래 자식을 버리지, 그럼?

어머니　　말도 안 되는 소리!

셋째　　　예?

어머니　　사연이 있을 땐 자식 버려도 된다는 얘기냐, 그럼?

셋째　　누가 된다고 긍정했어요? 그렇다 그거지! 요즘 잡지에 많이 나거든요. 사회문제화되고 있는 미혼모 문제가….

막내　　미혼모인지 기혼모인지 언니는 어떻게 아우?

셋째　　육감이지! 그리고 만일 기혼모라면 애가 이렇게 크도록 데리고 있지 않아.

어머니　　네가 그걸 어떻게 아니?

셋째　　이렇게 어린 아기를 강보를 싸서 버렸을 땐…….

어머니　　천도를 무시한 짓이다! 기혼모건 미혼모건 열 달 동안 배 안에서 키워온 자기 자식을 버려? 그것도 하필이면 수박밭에다…. 이건 처음부터 애기를 죽이려던 심사였다.

막내　　죽여요?

어머니　　그렇지 않다면 어디 인가의 문간이나 싸리 울타리 밑에다 버릴 일이지, 어떻게 외딴 수박밭에다가 버리니? 에그, 그러니 요즘 젊은것들! 엉뚱하고 당돌하고 간댕이 분 게 예사가 아니라…!

셋째　　그거야 원두막에 오빠랑 사람들이 놀고 있으니까, 일부러…….

어머니　　(애를 들여다보며 얼른다)

S#21 수원댁 가게

이장 아내가 뛰어든다.

아내　　여보세요, 수원댁!

수원댁이 방에서 고개를 내민다. 담배를 꼬나물었다가 후딱 감춘다.

수원댁　　아니, 이장 사모님께서 웬일로……?

아내　　저… 저… 우리 순종이 못 보셨어요?

수원댁　　아, 아뇨! (나온다)

아내　　혹시 아침 첫 버스 타고 떠난 사람 중에….

수원댁　　그 속에 순종이는 안 보이던데!

아내　　아이그…, 어쩌나 어쩌나 이 일을…….

수원댁　　무슨…?

아내　　집을 나갔어요! 돈을 7만 원이나 가지고서….

수원댁　　7만 원이나? 아이고… 그럼 지서에다가 당장 신고해야지. 가만! 간첩 신고는 113인 줄 알지만 돈 가지고 내뺀 놈은 몇 번이더라?

아내　　듣기 싫어요! 불난 집에 부채질이야? 흥…….

아내가 나가려는데 윤 순경과 아버지가 들어선다.

이장 아내가 덜컥 겁을 먹고, 수원댁은 아연 긴장한다.

순경　　수고하십니다! 뭣 좀 알아볼 일이….

수원댁　　잘 오셨어요. 때마침….

순경　　네?

수원댁　　(안으로 나오며) 순종이가 돈 7만 원을 빼가지고 삼십육계 놨대요.

순경　　순종이가 누구요?

아내　　우리 아들이에요.

아버지　　언제요?

아내　　오늘 새벽에요.

아버지　　새벽?

본능적으로 윤 순경과 시선이 마주친다.

아버지 이거 혹시… 그 일과 연관성이 있는…?

순경 글쎄요.

수원댁 무슨 일인데요?

순경 아주머니! 어젯밤에 이 부근에 낯선 사람 지나가는 것 못 봤습니까?

수원댁 낯선 사람이라면….

아버지 실은 누가 갓난아이를 영삼이네 수박밭에다 버리고 갔어요. 그래서 애기를 우리 집에서 보호하고 있지만….

수원댁 갓난아이?

아버지 혹시 짚이는 일이라도……?

수원댁 가만…!

순경 있었습니까?

수원댁 그러고 보니까 어젯밤 여덟 시쯤 해서 젊은 여자가…….

순경 여자?

아버지 우리 동네 사람은 아니던가요?

수원댁 아니에요! 어떤 젊은 여자가 얼씬거리다가 여인숙을 찾았어요. 그런데 그 여자가 등에 애기를 업었지 아마… 음!

아버지 그래서요?

수원댁 우물쭈물하더니 빵 하나 사가지고 그냥 가던데요?

순경 어느 쪽으로요?

수원댁 아마, 마을 쪽으로 갔지….

아버지 마을 쪽으로…?

순경 (아내에게) 혹시 순종이하고 무슨 관계가 있는 것 아니오?

아내 아, 아니에요! 우리 순종이는 그런 궂은 행실은 안 해요.

순경 예?

아내 우리 집안은 내력이 여자하고는 연이 멀어요. 제 아버지도 술은 즐기지만요, 여자는…….

순간, 수원댁과 시선이 마주친다.

아내	허긴 사내 마음 누가 알겠습니까? 여자는 여우지만 사내는 능구렁이라….
순경	아니 그럼, 순종이도 그럴 가능성이 있다는……?
아내	아, 아니에요! 그것만은 없을 거예요. 그 애는, 그 애는 그저 (기타 치는 시늉) 밤낮 이 지랄이었지 여자는…….

아버지와 윤 순경이 고개를 갸웃거린다.

S#22 헛간 안

둘째와 일용이가 일을 하고 있다. 짚단을 베고 농기구를 손보고 있다.

일용	순종이가 가수가 되겠다고 새벽에 서울로 튀었다는군!
둘째	튀어봤자 벼룩이지.
일용	누가 알아? 그 녀석 노래 하나는 잘 부르니까….
둘째	우리 마을에서 제2의 남인수 나오겠군, 허허….
일용	집 나가서 성공만 하면야 좋지! 어이구, 맨날 촌구석에 있어봤자지….
둘째	(웃으며) 왜, 또 마음이 동해요?
일용	나야 뭐 재주가 있나, 기술이 있나….
둘째	어휴, 한쪽에서는 버리고…… 다른 한쪽에서는 나가고……. 하룻밤 사이에 별난 일도 많군!
일용	그 애기 부모가 안 나타나면 어떻게 되지?
둘째	(농담으로) 형이 키우구려!
일용	장가도 들기 전에 자식부터 가지라고? 헛허…….

둘, 깔깔 웃는다.

S#23 원두막

영삼 고모부가 앉아서 무료하게 담배를 피워 물고 있다.

저만치서 여자의 치마가 수박밭을 건너오고 있다. 원두막 앞에 선다. 애기를 버린 젊은 여인이다.

여인　　저… 실례하겠습니다.

영삼 고모부가 일어난다.

고모부　　수박 사시려고요?
여인　　저….
고모부　　소매는 안 하는데.
여인　　저… 그게 아니라… 혹시 어제… 여기 두고 간 애기를….
고모부　　애기?
여인　　애… 그 애기를 찾으러 왔는데… 어디 가면…?
고모부　　(화를 내며) 엉? 당신이구먼, 범인이…! 세상에, 어쩌자고 우리 수박밭에다 그런….

여인이 얼굴을 가린다.

고모부　　따라와요! 어디 사람이 그런 짓을….

S#24 이장 집

코가 댓자는 빠져 있는 이장 아내.

그러나 이장은 분노에 차 있다.

이장　　제 놈이 가수 아니라 가수 할애비가 된다 해도 나는 안 받아들일 거야…. 그런 자식 아예 처음부터 없었던 걸로 알아둬…. 무자식 상팔자란 말이 공연히 생긴 것 아니여! 잊어버려! 우리 둘이 사는 날까지 살다가 눈 감으면 되는 거지! 제까짓 아들 덕 보겠어, 없는 딸 덕 보겠어!

아내　　흑!

이장　　작작 울어!

아내　　으윽… 순종아, 순종아…!

S#25 마루와 뜰

아버지를 위시하여 할머니, 어머니, 둘째, 며느리, 일용네, 일용, 금동, 막내 온 식구가 모인 가운데 여인이 애기를 안고 평상 위에 앉아 울고 있다.

할머니　　쯧쯧…!

어머니　　사정 얘기 들으니 딱하기는 하지만….

아버지　　어쨌든 잘 왔어요! 암, 그래야지…. 그야 사람이 세상을 살아가다 보면 죽음까지 생각하는 판에 자식인들 못 버리겠어요? 하지만 이것만은 분명해야 합니다. 누가 되었든 생명은 귀중히 여길 줄 알아야 해요. 한 포기 풀을 살리기 위해서 가뭄에 지하수를 판다 하잖아요? 하물며 사람의 목숨인데 그걸 어떻게 버립니까? 지금 사정 얘길 들어보니까 그 갓난 것 때문에 일자리도 제대로 못 얻게 되고 소식이 끊긴 애기 아빠가 원망스러워서 그랬다니 동정도 가지만, 세상은 그것으로 전부가 아니에요. 이 세상에 남몰래 죽어가고 묻혀가는 사람이 얼마나 많은지 아세요? 병들고 먹을 것 없고… 돌아봐줄 사람 없이…. 그러나 댁은 아직 젊어요! 젊음이 있으면 무슨 짓을 해서도 살 수 있어요! 원두막 근처에 버린 건 인심 후한 사람을 만나게 하기 위해서였다는 그 생각만 있으면 살 수 있어요. 힘을 내요! 예, 알았죠?

여인이 얼굴을 못 들고 더 슬피 흐느낀다.

다른 사람도 눈물이 글썽해진다.

아버지 이게 다 시련이에요. 농작물이 자라면서 단 한 번이고 시련을 안 겪은 적 있는 줄 아시오? 없어요! 가뭄, 물난리, 병충해, 바람, 냉해, 새 떼… 심지어는 들쥐들까지 속 썩이지만 농민들은 이겨내잖아요? 이겨내세요! 이유가 있을 수 없어요. 자기 혼자 사는 거예요. 원두막에 버린 애기를 원두막에서 찾아가는 거 당연해요!

여인이 평상에 엎드려 운다.

아버지의 눈에 이슬이 맺힌다.

S#26 시골길

여인이 애기를 업고 간다.

S#27 다른 길

둘째가 자전거를 급히 몰고 온다.

S#28 시골길

둘째가 여인을 부른다. 여인이 돌아본다.

둘째가 자전거를 세운다. 품에서 돈 3천 원을 꺼내 준다. 여인이 사양한다.

둘째가 억지로 쥐어주고 돌아선다.

여인이 바람 속에 서 있다. 감사의 눈물이 뺨에 흘러내린다.

(F.O.)

제38화

혼담

第38화 혼담

방송용 대본 | 1981년 7월 28일 방송*

• 등장 인물 •

할머니	정애란
아버지	최불암
어머니	김혜자
첫째	김용건
며느리	고두심
둘째	유인촌
일용	박은수
일용네	김수미
금동	양진영
용님	박영귀
용님 아버지(노인)	유춘
용님 어머니(노파)	유명옥
용님 오빠	신국
용님 올케	서영애

* 第38화는 7월 21일 방송 예정이었으나 '미스코리아 선발 중계방송'으로 일주일 미뤄졌음.

S#1 버스 안

일용네가 창가에 앉아 있다. 껌을 깨물고 있다.

금방 차에 오른 노파가 다가와 짐 보따리를 쿵 내려놓는다. 콩 가지가 밖으로 기어나왔다.

노파 여기 비었지요?

일용네 (건성으로) 그런가 봐요.

옷에 뭐가 묻을세라 치맛자락을 휙 낚아채듯 감는다.

노파가 보따리를 바닥에 내려놓고는 그 자리에 앉는다.

구겨진 손수건을 펴서 눈이며 코며 목덜미를 때 밀듯이 닦는다.

일용네가 약간 미간을 찌푸린다.

일용네 (퉁명스럽게) 어디까지 가세요?

노파 삼거리 다음… 정미소 앞이오! 댁은 어디까지 가시우?

일용네 저수지 아랫동네요.

노파 그럼 삼거리에서 내리시겠네.

일용네 그렇구먼요.

노파 같이 갑시다.

일용네 예?

노파 먼 길 가려면 말벗이 있어야죠.

노파가 보따리에서 과자 봉지를 꺼내 한 줌 집어 일용네에게 준다.

뭣 모르고 굳은 표정으로 바라보던 일용네의 얼굴이 금세 활짝 풀리며 깔깔댄다.

일용네 에그, 뭘 이렇게 호호…. 가서 손자들이나 주실 일이지. 호호….

금세 한 알을 입에 넣고 오도독 소리 나게 깨문다.

노파	손자 줄 것 있어요.
일용네	어디, 다녀오세요?
노파	선보러!
일용네	선?
노파	좋은 신랑감 있다기에 가봤더니… (한숨) 에그… 에그….
일용네	왜요?
노파	중매 서는 것도 이쪽저쪽 견주어서 해야지, 원 그놈의 중매쟁이 말만 믿고 갔더니, 그 중매쟁이 풍이 얼마나 세었던지 쯧…!
일네	호호….
노파	에그… 고명딸 짝지어주기가 이다지도 어려운지 모르겠어요.
일용네	(흥미있게) 고명딸?
노파	아들 형제 아래로 딸 하나예요. 그것두 늦게 둔 딸자식이라서 금이야 옥이야 키웠는데 이제 시집보내려니 그렇게두 어렵지 뭐예요?
일용네	몇 살인데요?
노파	스물셋! 내가 낳았대서가 아니라 신붓감이야….
일용네	(마음속으로) 스물셋이면… 금….

손가락을 뽑아 십이간지를 접는다.

S#2 마루와 뜰

(헛간에서)

뜰에 멍석을 깔고 보리를 쏟아놓았다.

할머니는 맨발로 멍석에 올라 손으로 고랑을 일듯이 보리를 이리저리 뒤집으며 말린다.

어머니도 저쪽에서 보리를 뒤집고 있다.

멀리 소가 운다. 석양 때.

어머니 인조 몇 자 끊어 오는 데 몇 시간이나 걸린다고서… 내가 갈걸, 괜스레 보냈나 봐요.

할머니 그 할망구 장 구경 다 하고 파장에서 사내들 틈바구니에서 끼어 우무 사 먹고 올 테지.

어머니 호호… 어머님은 일용네가 우무 사 먹는 건 언제 또 보셨어요?

할머니 그 망구는 어디 나갔다 하면 지나가는 사람 붙들고 말 시키구 겁 없이 뭘 사달라구 하느니라. 언젠가 약수 폭포로 물 맞으러 갔을 때였지….

어머니 아… 4년 전 여름… 유둣날이죠?

할머니 글쎄, 물을 맞다 말구 복숭아 장수가 지나가니까 옷을 훌렁 벗은 채로 가서 복숭아를 사 오잖겠어? 호호….

어머니 호호호….

고부끼리 보리를 뒤집다 말고 한바탕 웃는다. 까치가 운다.

며느리가 방에서 나온다.

며느리 일용네가 웬일일까요?

어머니 이러다 저녁 늦겠다. 네가 먼저 밥 안쳐. 삶은 보리 아직 남았지?

며느리 예, 그렇게 해야겠어요.

S#3 길가의 막

일용네와 노파가 아주 이마를 맞대고 얘기에 신바람이 났다.

일용네 자, 이것 좀 드세요. (참외를 깎아서 준다)

노파　　아이, 뭐 이런 걸 다….

일용네　　이게 다 차에서 옆자리에 앉는 정이죠 뭐, 히히….

노파, 받아서 먹는다.

노파　　그러니깐 좋은 신랑감이 있다 이거죠?

일용네　　예, 그렇다니깐….

노파　　뉘 집 아들인데요?

일용네　　그, 저… 저수지 아랫동네 김 회장 댁이라고 아세요?

노파　　김 회장 댁, 김 회장 댁?

일용네　　알아요, 몰라요?

노파　　어디서 얘기는 들은 것 같은데…. 그래 그 집에, 그 김 회장 댁에 좋은 신랑감이 있다, 이거예요?

일용네　　예… 아 그럼요. 올해 스물아홉 살인데, 인물 훤하겠다 착실하겠다 순진하겠다 나무랄 데 없어요. 흠….

노파　　(혼잣소리처럼) 김 회장 댁이라….

일용네　　스물아홉에 스물셋…. 겉궁합은 좋구먼! (손가락을 짚어본다)

노파　　사주 볼 줄 아시우?

일용네　　그럼요! 그러니 앞쪽의 사정 얘기를 다 들었으니까 까짓거 한번 선이나 보지 뭐….

노파　　선?

일용네　　그럼요! 길구 짧은 건 대봐야 안다구, 그 신랑감 정말 놓치기 아까운 청년이에요, 예….

노파　　김 회장님 댁이라고 그랬죠?

일용네　　(잽싸게) 암요! 이 근방에서 김 회장이라 하면 모르는 사람 없어요.

노파　　(생각하다가) 혼사란 알 수 없는 거니까, 한번 보도록 허죠 뭐,

호….

일용네　　아, 생각 잘하셨어요, 잘하시구말구요! 자, 자, 이거 더 드세요. (외 깎아 준다)

노파　　아, 아니에요. 난 이만 가봐야겠어요.

일용네　　가시게요?

노파　　네.

일용네　　그럼, 이것 가지고 가세요. (외 두 개)

노파　　아, 아니 뭘 이렇게….

일용네　　아, 괜찮아요. 이것도 인연인데 앞으로 또 어찌 될지 알아요?

노파　　네?

일용네　　아, 아니에요. 그럼 나두 일간 한번 가리다.

노파　　예? 예, 그러세요. 그럼 안녕히 가세요. (공손히 인사)

가는 노파 뒷모습을 바라본다.

일용네　　(마음의 소리) 됐다, 이젠 됐다! 스물셋에 이야기 들으니 괜찮기는 한 모양인데…. 어떻게든 장가를 보내야지. 아이구, 내가 왜 이러구 있나?

일용네가 내린다. 버스가 다시 떠난다.

일용네, 미련을 느끼듯이 멀어진 버스를 바라보다 옆에 있는 수박 장수한테 가서 수박을 흥정한다. 보따리를 들고 급히 간다.*

---

* 일용네와 노파는 이미 버스에서 내려서 길가의 막에서 대화를 나누다가 헤어졌음. 서술상의 착오가 있었던 듯함.

S#4 용님의 집 마루와 뜰

용님의 노부모와 오빠가 밥상을 받고 있다. 천천히 수저를 움직인다.

용님이와 올케는 저만치 따로 상을 받았다.

오빠 김 회장 댁이라면, 전에 무슨 협회 회장 지내셨다는… 저기 저수지 있는 쪽에서 과수원두 하구 축산두 한다는 그 어른 말씀인가요?

노파 응, 바로 그 집이래. 맞다! 과수원두 하고 소 돼지두 치구….

노인 그럼 집안은 튼튼하겠구만.

오빠 저두 얘기로만 들었는데 이 일대에서는 괜찮은 집안이죠.

노인 그 댁에 그런 좋은 신랑감이 있었는 걸 왜 몰랐어? 등잔 밑이 어둡다더니만, 허허….

노파 흠… 아무튼 그 할머니 얘기로는 나무랄 데가 손끝만큼두 없다는 거예요.

노인 스물아홉이라구?

노파 예, 스물셋인 우리 용님이하고는 겉궁합도 괜찮다던데요.

용님이가 다소곳이 고개를 숙인다.

올케가 놀려대듯 치맛자락을 쭉 잡아당긴다. 놀리는 눈치다.

오빠 그런 집 같으면 괜찮겠는데요. 요는 당사자가 문제겠지만 살기도 넉넉하고 용님이한텐 오히려 과한 편이지요.

노인 과해? 뭐가? 아니… 우리 용님이가 어디가 어때서? 우리두 꿀릴 거라고는 없다. 논밭이 없나 산판이 없나… 이래 봬두 시골 부자 말 들은 지 오래다! 게다가 용님이가 저만하면야… 어디다가 내놔두 뒤질 것 없어!

용님이가 밥을 먹다 말고 부엌 안으로 쏜살같이 뛰어간다.

모두들 웃는다.

노파 그럼요…. 중학교만 마친 게 흠이라면 흠일까, 인물을 치나 행실을 치나 어디 내놔도 남부끄럽지 않지.

노인 중학교면 되었지. 여자는 머리에 너무 든 게 많은 것도 흉이지…. 우리 용님이는 어디에다가 내놔도 잘살 거여! 제 복 제가 타고 나왔으니까.

노파 그럼 선이라도 보도록 할까요, 영감?

오빠 그렇게 하시죠, 아버님! 웬만하면 올가을에라도 대사 치르세요.

노인 그래, 그렇게 해!

노파 고명딸인데 그렇게 쉽사리?

노인 시집보낼 자식이면 빠를수록 좋지. 고름이 살 되나?

노파 에그, 남자들은 죄다 저렇다니까. 쯧쯧….

올케 아가씨, 밥 먹다가 어디 가 있어요?

용님 E 밥 다 먹었어요.

올케 (웃는다)

S#5 마당(밤)

소쩍새 울음소리.

평상에서 어머니와 며느리가 다리미질을 하고 있다.

그 옆에서 일용네가 콩을 까고 있다.

어머니 선을 보러 가요?

일용네 글쎄, 규수가 그렇게 얌전할 수가 없다면서 입에 침이 마르게 자랑이지 뭐예요? 흐흐….

며느리　어머니치고 자기 딸 밉게 말하는 사람 있나요? 흠….

일용네　아니라니깐! 이건 얘기를 듣고 있노라면 그저 저절로 마음이 끌리게 되더라니깐?

어머니　얼마나 딸이 잘났으면 그럴까? 자식 자랑 반미치광이라던데….

어머니가 호기심이 생긴 듯 쳐다본다.

일용네　그러니까 두말할 것 없이 내일이라두 저와 함께 가봅시다!

어머니　예? 지금 무슨 얘기 하고 있는 거예요?

일용네　무슨 얘긴요? 그 규수 선보러 가자니깐!

어머니　그게 도대체 누구 색시 될 사람인데요?

일용네　누군, 누구? 우리 일용일 두구 얘기지….

어머니　그런데 왜 내가 선보러 가요? 우리 둘째 색시 구하러 간다면 혹 모를까….

일용네의 얼굴이 삽시간에 굳어진다.

어머니가 무심코 그 얼굴을 보자 섬찟해진다.

어머니　아니, 왜 그런 눈으로?

일용네　(앙칼지게) 그만두셔요!

자리에서 불쑥 일어나는 서슬에 치마에 까서 담은 콩이 와르르 쏟아져 내린다.

어머니　아니?

일용네　세상에… 원… 그렇게 박절할 수가 있어요, 그래?

어머니　아니, 그까짓 일을 가지고 일용네가…?

일용네　그게 왜 그까짓 일이에요, 예? 하늘과 땅 사이에 왕사마귀 같은 아들 하나 있는 것, 그것도 홀어미 손으로 키워서 이제 며느리 얻어 짝지어주겠다는 이 늙은 년의 마음…. (울음이 북받치며) 이 솜덩이 같고 설 익은 수박 속 같고… 밤길에 쓰다 버린 부지깽이 같은… 이 늙은이 사정… 그 사정 좀 봐주면 어때서…. (다시 눈을 부릅뜨며) 그런데, 내가 왜 선보러 가느냐고요, 예? 아니 어쩜 그렇게 말할 수 있어요?

어머니　듣자 듣자 하니까 못 하는 소리가 없네! 아니, 그게 그렇게 아니꼽게 들렸수?

일용네　아니꼽다마다요!

어머니　그렇게 섭섭해요?

일용네　섭섭하고말고요!

어머니　원통해요?

일용네　(다시 울음이 터지며) 원통해요, 분통해요! 복통 터지겠어요! 흐흐….

며느리　왜 이러세요? 그까짓 일 가지고….

할머니가 방에서 나온다.

할머니　아니, 웬 소리냐? 밤중에, 응?

일용네　윽… 윽!

할머니　일용네! 누가 무슨 소리를 했길래 그렇게 방성통곡이야, 주착도 없이….

어머니　글쎄 어머님, 제 얘기 좀 들어보세요!

할머니　무슨 얘기냐? 들어보자! 들어봐서 잘못한 편 볼기를 때리든지 종아리를 긁든지 하자….

일용네　글쎄, 우리 일용이한테 참한 색시감 있으니 선 좀 보러 가자니까 못 가준대요, 글쎄!

할머니　　일용이가 장가가나?
일용네　　가야지, 그럼 몽달귀신 되어야 시원하시겠어요?
할머니　　그것참! 경사 났군 그래? 흠.
일용네　　그것 보세요! 경사죠? 예? 헤헤….
어머니　　에그, 변덕스럽긴… 꺽!
일용네　　(금세 응석 부리며) 함께 가줘요! 가서 그저 아무 말 마시구 색시가 쓸 만한가 안 한가 그것만 보시면 되니까요, 예?
할머니　　어려울 게 뭐가 있어? 가봐! 가보고서 좋으면 가을이라도 퍼뜩 해치워.
일용네　　예, 그럴 참이에요. 헤헤….

S#6 일용네 방

일용이가 잠자리에서 벌떡 일어나 앉는다. 그 서슬에 팬티만 걸친 아랫도리까지 나타난다.

일용네　　이놈아! 에미 앞에서 그게 뭐여? 다 자란 놈이….

일용네가 눈을 흘기자 일용이가 잽싸게 홑이불로 아랫도리를 둘둘 감고 고개를 쭉 뺀다.
일용네는 입고 나갈 저고리 동정을 달고 있다.

일용　　엄니! 지금 뭐라고 하셨어요?
일용네　　(시침을 떼고) 내일 선보러 간다!
일용　　누구 선이요?
일용네　　누군 누구? 네 색시이자 내 며느리 될 규수지!
일용　　엄니… 그걸 말씀이라고 하셔요?
일용네　　말이 아니면…… 미친개 짖는 소리로 들리냐?
일용　　그게 아니라요… 저….

일용네	안이면 뒤집어봐!
일용	엄니…. 지금 우리 형편에 어떻게 장가를 든다고 그러세요, 예? 장가가 뭐 개울가로 송사리 잡으러 가는 건가요? 뒷산으로 땡감 따러 가는 건가요, 예? 그만한 채비도 있어야 하고 조건도 맞아야 하고 또….

일용네의 날카로운 시선 앞에 일용은 말문이 막힌다.

일용네	그래서…?
일용	예?
일용네	어떻게 하겠다는 거야?
일용	어떻게 하긴요? 지금은 때가 나쁘다 이거죠.
일용네	그럼, 언제가 좋으냐?
일용	예? 그건… 저….
일용네	춘삼월 다 보내고… 구시월 다 보내구, 동지섯달 엄동설한에 삼베 입고 갈대밭에 참게 잡을 때가 좋으냐?
일용	예?
일용네	에라이… 식은 죽사발 같은 놈!

일용네가 일격을 가하자 일용이가 벌렁 뒤로 넘어지며 두 다리를 허공에 들어 보인다.

엉덩이가 드러난다.

일용이가 그 반동으로 잽싸게 일어나 아랫도리를 조급하게 홑이불로 가린다.

일용	엄니!
일용네	(다시 동정을 달며) 늙은 에미 하자는 대로 해…! 늙은 에미 그만 좀 울리고…. 늙은 에미 가엾다는 생각도 안 들어? (훌쩍거리며) 늙은 에미가 언제까지나 이 꼴로 살아야 속 시원해? (억제하며)

나도 내년이면 환갑이다! 환갑이면 손주가 너댓쯤은 열려서 내 앞에서 재롱도 부리고… 집안에 그릇 깨지는 소리, 박 터지는 소리도 나야 사람 사는 낙도 있지…. 언제까지 이렇게 식은 밥덩이 신세로 있어야겠어? (대갈일성) 이놈! 이 불효막심하기가 솥뚜껑 위에다가 거름통 올려놓을 놈 같으니…. 내가 지금까지 무엇을 바라고 살아왔는데! 너 장가들기 전에는 내 눈 못 감는다는 말 놀부가 흥부 들볶듯 했다 이놈아! 그런데, 뭐 장가 안 가? 때가 아니라? 에라이….

일용네가 다시 등가죽을 치려고 하자 일용이가 홑이불을 뒤집어쓰며 방구석으로 피한다.

S#7 안방

어머니, 나들이옷으로 갈아입고 거울 앞에 앉아 있다. 흰 모시 적삼에 물색 모시 치마가 잘 어울린다.

아버지가 쳐다본다.

아버지 역시 당신은 그 한복이 어울려!

어머니 당신은 맨날 그 하나 마나 한 소리만 하더라. 아! 우리나라 여자치고 한복 안 어울리는 사람 어디 있어요?

아버지 아, 당신은 그중에서도 특히 어울려… 아주 맵시가 나거든! 헤헤….

어머니 (돌아보며) 그 눈웃음 좀 치지 말아요!

아버지 눈웃음?

부러 눈을 크게 떠 보인다.

어머니 남자들 그 실눈 뜨고 웃는 거… 징그럽더라!

아버지 젠장… 별놈의 트집도 다 듣겠네! 사람이 웃을 때는 눈이 가늘어지게 마련이지… 어디 접시처럼 눈이 동그래가지고 웃는 남자도 있나? 그런 남자 봤어?

어머니 접시처럼은 아니라도… 좀 의젓하게 웃어요. 당신은 그게 아니고… 뱁새처럼 (흉내내며) 이렇게 웃는 게… 그게 기분 나쁘대요.

아버지 이제 선보러 간다니까 관상가가 다 되었군!

어머니 관상가가 따로 있나요?

아버지 그래, 나처럼 그렇게 웃는 게 뭐가 나빠?

어머니 그게 새 눈이죠.

아버지 새 눈?

어머니 새 눈은… 속이 음흉하대요…. 여자들도 좋아하고….

아버지 뭐, 뭐라고?

어머니 정말이에요, 호호….

일용네 (소리) 계세요?

어머니 네, 나가요.

일용네 (소리) 빨리 갑시다!

어머니 다녀올게요.

아버지 빨리 갔다 와!

어머니가 급히 나간다.

아버지가 거울 앞에서 웃는 얼굴을 지어본다. 새 눈이다.

다른 표정으로 웃어본다. 이상하다.

아버지 음….

S#8 뜰과 마루

어머니와 일용네가 나란히 서 있다.

며느리도 나와 있다.

며느리 언제쯤 돌아오시겠어요?

어머니 금방 와야지!

일용네 기왕이면 가서 점심이랑 얻어먹고 와야 색시 음식 솜씨도 알 수 있지요.

어머니 에그… 난 싫어요. 함께 가주는 것만도 감지덕지라야지….

둘째와 금동이가 들어온다. 금동이는 오이를 손에 들고 먹고 있다.

둘째 지금 가세요?

어머니 응, 선보러!

둘째 제 색시는 언제 보시려고 일용 형 색시만 보세요… 허허허.

일용네 아, 순서를 지켜야지! 순서를….

어머니 갑시다.

일용네 가요.

금동 (어머니 치맛자락 잡으며) 나도 갈래….

어머니 안 돼! 집에 있어!

금동 싫어!

일용네 이것아… 거기가 어딘데 네가 간다고 그래?

금동 나도 다 안다!

일용네 뭘?

금동 나도 보고 싶다니까….

어머니 뭐? 뭘…?

금동 선보러 간다면서요? 그러니 나도 선이 어떻게 생겼는지 보고 싶다니깐!

어머니와 모두들 깔깔댄다.

아버지가 방에서 나온다.

아버지　　(농으로) 그래! 우리 금동이도 선보고 싶으면 가서 봐.

금동　　(환호성을 울리며) 와… 신난다…!

아버지　　허허…. 선이 얼마나 세고 어떻게 생겼는지 잘 봐…!

어머니　　여보, 농담할 때가 아니에요!

금동　　나도 갈래요!

일용네　　(눈을 흘기며) 금동아!

금동　　(지지 않으며) 왜 그래요?

일용네　　선은 아무나 보는 게 아니야.

금동　　눈이 있으면 다 볼 수 있어!

며느리　　눈이 있어도 때가 되어야 볼 수 있단다.

금동　　그게 언젠데, 형!

둘째　　형만큼 키가 자라야지!

금동　　그래?

일용네　　그래… 이 녀석아! 흐흐….

금동의 머리를 꿀밤질 한다.

금동　　아얏!

S#9 시골길

어머니와 일용네가 간다. 일용네의 표정이 밝다.

S#10 일용네 방

일용이가 벌렁 누워 있다.

일용	(마음의 소리) 정말 딱하군! 내 처지에 뭘 가지고 장가를 간다고 그러시지? 내 참, 아니 설사 여자가 참하기로서니 그 여자가 나의 뭘 보고 오느냐 이거야! 엄니는 그것도 모르고 막무가내로… 에그… 나도 모르겠다!

S#11 용님의 집 앞

일용네가 울타리 너머로 기웃거린다.

어머니가 등 뒤에서 말한다.

어머니	이 집이 틀림없어요?
일용네	예, 틀림없다고 했어요!
어머니	그럼, 들어가봐요.
일용네	그럴까요.

일용네가 뜰로 들어선다.

S#12 뜰과 마루

일용네	계세요? 아무도 안 계세요?

방에서 용님이가 나온다.

순간적으로 어머니도 일용네도 그녀를 육감으로 알아본다. (서로 보고 눈 꿈쩍)

용님	어디서 오셨나요?

일용네 응… 저… 나… 저기… 김 회장님 댁에서!

용님 아… 예!

일용네 집안 어른들… 어디 가셨수?

용님 예, 뒤 고추밭에…. 잠깐 올라오세요… 어머니께 곧….

일용네 그렇게 해주겠어요?

용님 예! 그동안 여기 좀….

용님이가 걸레로 마루를 훔친다.

어머니와 일용네가 유심히 지켜본다.

어머니 (마음의 소리) 저렇게 참한 규수가 이런 마을에 박혀 있다니…. 저 귓밥 잘생긴 것 좀 봐! 살결도 희고… 농삿집 처녀 같지가 않군….

용님 그럼, 잠깐만 기다리세요.

일용네 응… 그래요.

용님이가 뒤뜰로 급히 사라진다.

일용네 (이미 결정이나 난 듯 입이 째지며) 어때요?

어머니 예? 예….

일용네 괜찮아요?

어머니 아직은 뭐라고….

일용네 게다가 음식 솜씨가 여간 아니래요 글쎄…. 우리 온 김에 저녁 얻어먹고 갑시다!

어머니 별소릴…. 떡 줄 사람보고는 물어보지도 않고서, 호호….

용님의 모친(노파)이 풋고추를 작은 소쿠리에 따 들고 들어온다.

그 뒤에 올케와 용님이 따라온다.

일용네가 아는 척하려 하자, 노파는 어머니께로 간다.

노파　　아이고…, 김 회장 댁 마나님이신가요? 호호… 잘 오셨어요!

어머니　　예? 예!

노파　　일간 오시리라고 짐작은 했지만, 너무 이렇게 빨리 오실 줄은…. 호호… 자, 올라앉으셔요.

어머니　　예? 예….

일용네는 무슨 얘긴지 건네려고 하나 노파는 어머니 쪽으로만 신경을 쓴다.

노파　　오시는데 길이 험하죠? 고개를 둘을 넘으셔야 하니….

문득 올케와 용님을 돌아본다.

노파　　뭣들 하고 있니? 어서 뭣 좀 내와! 이것 부엌에 가져가고….

올케　　예? 예…….

노파가 내민 고추를 들고 올케가 부엌으로 들어간다.

용님이가 뒤를 따르려 한다.

일용네 E　　색시! 나 시원한 냉수 한 그릇 주실래요?

용님　　네!

노파　　그래! 우리 우물이 또 별미죠.

일용네　　이왕이면 다홍치마라고 거기다 그 꿀이나 타 와요!

어머니가 일용네를 쿡 찌른다.

용님이가 부엌으로 들어간다.

일용네　　조갈증이 날 때는 꿀물이 좋아요.

노파　　그럼요…. (어머니에게) 에그… 모시도 곱기도 해라……. (치맛자락을 만지며) 지금 세상에 이렇게 잠자리 날개 같은 모시옷 차려입으신 분 어디 흔하던가요? 호호….

어머니　　오래되어서… 군데군데 좀 구멍도 슬고요.

노파　　우리 아들이 그러던데, 김 회장님 댁 하면 이 근방에서는 죄다 알아보신다고 하데요. 그래 우리도 한 번 가봤으면 해서, 헤헤….

어머니가 대답에 궁해진다.

일용네가 참견을 한다.

일용네　　암요… 오셔서 보셔야죠! 보시고 나면 얘기하시기가 훨씬 편하실 거예요.

노파　　스물아홉이라죠, 아드님이?

어머니　　예? (일용네를 돌아본다)

일용네　　(잽싸게) 그, 그래요.

노파　　나도 그 이웃에 사주 볼 줄 아는 노인이 계셔서 궁합을 맞춰봤더니 그렇게 좋을 수가 없어요. 호호….

일용네　　내가 뭐라던가요?

노파　　그때는 겉궁합만 얘기했지만, 이건 겉이고 속이고 물어볼 필요가 없다고, 아주 정혼하라면서, 호호….

일용네　　(좋아서) 그래요? 허허…. 이게 다 인연인가 봐요, 호호.

용님이가 꿀물 그릇을 두 개 쟁반에 받쳐 들고 나온다. 더욱 얌전해 보인다.

일용네와 어머니가 유심히 용님의 거동을 지켜본다.

어머니 (마음의 소리) 볼수록 괜찮은 앤데…. 일용네가 어쩌다 이런 앨 만나게 되었을꼬…. 우리 둘째한테 와도 되겠는데….

일용네가 꿀물을 꿀꺽꿀꺽 마신다.

노파 어때요?
일용네 아이고, 시원하기가… 호호!
노파 (용님에게) 김 회장님 댁 마님이시란다. 너, 인사 드렸어?
용님 (꺼질 듯) 예.
일용네 (그녀의 손을 만지며) 어머… 손도 곱기도 해라…….
노파 농촌에서 일만 하다 보니까 잘 간수도 못 하고요.

어머니의 시선은 용님에게 굳어버린다.
일용네는 마구 수다를 떤다.

S#13 개울가
둘째와 일용이가 앉아 있다.

둘째 그래도 장가는 들어야지, 언제까지 이렇게 살 수는 없잖아요?
일용 그게 고민이다! 갈 수도 없고 안 갈 수도 없고…….
둘째 그까짓 거… 그, 왜 있잖아요? 두 눈 딱 감고 주사위 던지고 보는 식, 허허….
일용 나는 너와 처지가 다르잖아?

일용이가 수건으로 몸의 물기를 닦는다.
둘째가 물속에 두 팔을 짚은 채 일용을 쳐다본다. 쓸쓸해 보인다.

일용 보나 마나 엄니는 색시가 탐나겠지만, 색시 쪽에서는 튕겨버릴 거야, 이 혼담! 흥….

둘째 무슨 소리예요?

일용 나를… 뭘 보고 맞겠니? 학벌이 있니… 재산이 있니… 가문이 있니… 있는 거라고는 요 반곱슬머리에다 기회만 있으면 바깥 세상으로 뛰쳐나가려는 허황된 꿈만 있는데… 누가 그런 걸 좋아하겠어? 나, 틀렸다구…! 우리 엄니는 괜히 헛물만 켠 거라구.

돌멩이를 집어 개울에 던진다. 물보라가 튕긴다.

S#14 마루와 뜰(밤)

평상 위에서 아버지와 어머니가 마주 앉아 있다.

둘째가 모깃불에다 마른풀을 넣고 있다.

금동이가 쭈그리고 앉아서 지켜본다.

아버지가 부채로 손등에 앉은 모기를 탁 친다.

아버지 그래서 뭐랬어?

어머니 선보러 오라고 했어요! 보고 싶으면… 당사자끼리 만나게 하고……. 여보, 그런데 색시가 그렇게 탐날 수가 없어요.

아버지 탐나다니?

어머니 난 우리 둘째 생각이 굴뚝 같았어요.

둘째 원, 어머니두…. 새치기할 게 없어서 신붓감 새치기해요? 허허….

어머니 아니다! 나도 속으로는 시골 처녀가 잘났으면 얼마나 잘났을까 했지…….

아버지 그렇게 미인이야?

어머니 미인이기보다 거 왜 있지요? 귀티가 난다고 할까… 복스럽다고 나 할까…! 어찌 보면 잘 삶아놓은 오리 알 같기도 하고… 어찌 보면 손끝에 꼭 낀 골무 같기도 하고…….

금동 골무가 뭐예요?

어머니 응? 응…. 골무라고 옛날에는 바느질할 때 이 손끝에다 끼는 거 있었다….

아버지 당신이 그렇게 칭찬하는 걸 보니 신붓감은 꽤 괜찮은 모양이군….

어머니 괜찮은 정도가 아니에요! 솔직히 말해서 좀 아까운 생각이 들었어요.

아버지 아깝다니, 뭐가?

어머니 우리 둘째라면 꼭 어울릴 것 같던데…….

둘째 어머니도 망령 나셨어요…? 허허… 금동아, 가자!

금동 음.

둘째가 금동이 손을 이끌고 방으로 들어간다.

소쩍새가 운다.

아버지 (혼잣소리) 그래, 우리 둘째도 장가보내야지.

어머니 그런데, 여보!

아버지 응?

아버지가 평상 위에 벌렁 눕는다.

어머니가 부채를 들어 아버지 얼굴을 슬슬 부쳐준다.

어머니 아 글쎄, 일용 엄마가 그쪽에 대고 우리를… (하다가 멈춘다)

아버지 우리를 뭐야?

어머니 아, 아니에요. 우, 우리를 너무 치켜세워서는 글쎄…….

아버지 그게 어쨌는데?

어머니　　아무것도 아니라니까요…. (얼버무린다)
아버지　　사람, 싱겁기는….

어머니, 하늘을 본다.

어머니　　이제 둘째 장가가고… 셋째, 막내 시집보내고…. (한숨) … 그럼 우리 두 사람뿐이우…….
아버지　　왜, 양로원에 보낼까 봐서? 흐흐… 걱정 마, 내가 있어! 흐흐….
어머니　　에그… 맛탕구라고는 없는 영감…….

부채 끝으로 아버지 코를 쿡 찌른다.

아버지가 킬킬댄다.

S#15 일용의 방

일용네가 일용이에게 풀이 빳빳하게 먹인 와이셔츠를 입혀주고 있다.

일용　　이렇게 양복까지 입을 것 없어요.
일용네　　이놈아! 맞선 보는데 그럼 와이셔츠 바람으로 나갈 거야? 잔소리 말고 입어!
일용　　엄니는 왜 새 옷 안 입으셨어요?
일용네　　난 안 간다!
일용　　예? 아니, 그럼 선보는 자리에 나 혼자만 나가요?
일용네　　김 회장 댁에서 대신 만나면 돼!
일용　　아니, 왜요?
일용네　　왜는…? 다 그럴 만한 이유가 있지! 자, 어서 나가! 모두들 기다리실 텐데….

억지로 떠밀듯 내보낸다.

일용네 (나가는 것 보며) 잘해야 한다! 꼭 성공해야 한다! (서글픈 마음이 드는 듯)

S#16 마루와 뜰

아버지, 어머니, 용님의 부모가 앉아 있다.

노파 과수원 하시랴, 벼농사 지으시랴…… 애쓰시는 일이 많으시겠습죠?

아버지 예… 그저… 남도 다 하는 일인데.

노파 집터가 참 좋군요!

어머니 예… 그저 오래 살다 보니까 정도 붙고….

아버지 그런데, 일용이가 왜 안 와?

어머니 오겠죠.

노파 바쁜 일 없는데… 괜찮아요.

아버지 그런데, 따님은 어디?

노파 애를 어디 여기까지 데려올 수가 있나요? 지도 부끄러워하고 동네 보는 눈들도 있는데….

아버지 아, 네 그렇습죠. 처녀야 원래 남자 집에 오기가 거북허죠….

노파 그래서 같이 오다가 저기 마을 삼거리에 있는 원두막에 두고 왔어요. 흐흐….

어머니 원두막에요? 네, 그랬었군요.

일용이가 들어선다.

여느 때보다는 말쑥한 게 도리어 어색하다.

아버지　　아… 일용이 오는군! 어서 와….
일용　　예….

일용이가 어정쩡하게 올라선다.

아버지 E　　인사드려라….
일용　　예… 첨 뵙겠습니다.

선 채로 절을 한다.

아버지　　마루로 올라와서 큰절 드려라…. 요즘 놈들은 그저 어디서나 논두렁에 허수아비처럼 서서 인사하는 놈…. 그거 못써!
어머니　　에그… 이 집이나 저 집이나 다 그렇죠, 안 그래요?
노파　　그럼요.
아버지　　자, 올라와 인사드려!

어머니가 자리 비켜주고 일용이가 올라가서 절한다.
용님 부모가 일용을 훑어본다. 과히 싫지는 않다는 눈치 같다.

노파　　스물아홉이라더니 나이보다는 앳돼 보이는데요…….
어머니　　그래요?
노파　　집안 어른들 모시고 농사짓느라 마음 쓰이는 일이 많지?
일용　　예? 예….
아버지　　당사자끼리 얘기도 하고 싶을 텐데….
어머니　　그래요! 일용아, 어서 가서 만나봐라. 저기 마을 삼거리에 있는 원두막 연못 가에 혼자 있단다. 얘기나 나눠…….
일용　　(미적거린다)

어머니　　빨리 가봐! 기다리게 하지 말고. 어른들은 우리가 모실 테니….
아버지　　그래, 어서 가봐!

일용, 내려간다.

일용　　그럼, 다녀오겠습니다.

일용이가 일어선다.

어머니　　가다가 참외 몇 개 따가지고 가서 먹어!

S#17 돈사 앞

일용네가 숨어서 엿보고 있다.

둘째가 불쑥 나온다.

둘째　　안 들어가시고 여기서 뭐 하세요?
일용네　　아니다! 난 일이 좀 있어서….
둘째　　…?
일용네　　근데 색시는 안 왔어?
둘째　　일용 형이 동네 앞에 만나러 갔어요.
일용네　　그래? 그럼 됐다! 히히….
둘째　　네?
일용네　　아니다! 난 그저 옆에서 구경이나 하구 있다가…. (간다)
둘째　　(모를세라) …?

S#18 마루와 뜰

며느리가 수박 화채를 타가지고 와서 손님 앞에 권한다.

며느리　　수박 화채예요, 드세요!

노파　　세상에… 색깔 곱기도 해라….

어머니　　달는지 모르겠어요.

노파　　(며느리를 가리켜) 맏며느리신가?

어머니　　예!

노파　　우리 용님이가 새 동서가 되면 잘 좀 부탁해요.

며느리　　(어리둥절) 예? 예!

어머니가 아무 소리 말라고 쿡 찌른다.

아버지 E　　그런데 일용 어머니는 왜 안 나오시나?

어머니　　여보!

아버지　　아, 당사자도 중하지만 사돈 뵈기도 중한 거야! 맞선이란…. (노인에게) 안 그렇습니까?

노인　　(화채 그릇을 들다 말고) 그럼요….

노파　　(의아해서) 일용이라니… 아까 그 아드님 아니세요?

아버님　　그렇죠!

노파　　그럼, 어머니는…? (어머니를 가리키며) 아니세요?

아버지　　(놀라서) 아니에요…!

노파　　아니라뇨?

아버지　　여보…! 일용이 얘기 잘 모르고 계신 모양인데 어떻게 된 거요?

어머니　　예? 예… 저….

노파　　아니, 신랑 어머니가 따로…?

아버지　　그렇죠!

노인　　그럼, 김 회장께서 소실부인을…?

아버지　　예? 아니에요.

며느리가 웃음을 참는다.

어머니　　자, 실은 내가 일용 어머니는 아니구요….
노파　　그럼 어느 분이…?
어머니　　접때 같이 갔잖아요?
노파　　예?
어머니　　나는 이 집 안사람이고, 일용이는….

노인이 들었던 화채 그릇을 탁 놓는다.
모두들 놀란다.

노인　　아니! 이게 어떻게 된 거예요, 예?
아버지　　뭐가요?
노인　　김 회장 댁 아드님이 신랑이라고 알았는데, 그럼 이건….
아버지　　아니죠! 나는… 아니 우리는 후견인이고요, 일용이는 말하자면 내 양아들이나 마찬가지로… 그렇게 어려서부터 키웠죠.
노인·노파　　양아들?

S#19 연못가

일용이와 용님이가 나란히 앉아 있다.
연못 위에 그림자가 아름답다.

일용　　그래서… 솔직한 얘기가 나는 결혼할 만한 아무 조건이 없는 몸이에요.

용님이가 돌아본다. 어떤 강한 인상을 얻은 모양이다.

용님　　조건요?

일용　　그렇죠!

용님　　그만한 조건이면 저는….

일용　　예?

용님　　저도… 부자거나 특별한 걸 바라지는 않아요! 제 자신의 환경을 잘 아니까요. 그렇지만 아까 부모님을 뵙고 말씀을 듣고 나니까 어쩐지….

일용　　예?

용님은 대답 대신 미소를 짓는다.

멀리서 노파가 용님을 부른다.

노파　　(소리) 용님아…, 용님아!

용님이가 일어선다.

노인과 노파가 급히 오고 있다.

용님　　어머니, 여기예요.

노파　　용님아!

노파가 헐레벌떡 다가온다. 노파가 다짜고짜로 용님의 손을 이끌고 간다.

노파　　가자!

용님　　왜, 이러세요?

노파　　가자니까!

용님　　예?

노파　　집에 돌아가자니까!

일용 …?

노파 세상에 이럴 수가…. (일용을 본다)

용님이가 끌려가면서 일용을 돌아본다. (일용을 본다)

노인 가자, 가!

일용은 멍하니 서 있다.

멀리서 염소가 구슬프게 운다.

S#20 마루와 뜰(밤)

아버지 그럼 처음부터 사실대로 얘기할 일이지…. 당신이 나빠요!

어머니 뭐가 나빠요?

아버지 왜 일용이 어머니로 사칭을 해…?

어머니 사칭이라뇨?

아버지 그게 사칭이지 뭐야? 저쪽에서는 김 회장 아들이 신랑감이라고 믿고 있었다니, 어떻게 된 거야?

어머니 그렇게 믿는 사람이 잘못이지… 내가 언제 내 아들 이름이 일용입니다, 했어요? 나는 처음부터 일용네가 따라오기만 하면 된다기에 따라갔을 뿐 입 한 번 뻥긋 안 했어요!

아버지 뭐라고?

어머니 (약이 올라) 그러기에 난 선보러 안 가겠다니까 당신이 한사코 가보라고 우격다짐을 하셔놓고서…. 이제 와서 사칭을 했다고요? 아니 뭐, 김 회장이 무슨 권력가요, 귀하신 몸이랍데까? 사칭하게! 예?

아버지 아니… 이, 이 사람이…?

할머니　무슨 소리들이냐? 남부끄럽게.

어머니　어머님! 아들이… 저더러 사기꾼이라고 하잖아요? 제가 언제 사기를 쳤어요?

할머니　사기꾼?

아버지　내가 언제 그랬어? 나는 다만….

일용네　(울음을 터뜨리며) 흑흑…! 사기꾼은 나예요. 내가 죽일 년이었어요, 흑…! 자식 장가보낼 욕심으로 내가… 내가… 흑흑!

모두들 그녀의 처절하고도 가슴 아픈 심정에 압도되어 말을 잃는다.

S#21 산길

일용, 언덕에 쓸쓸하게 앉아 있다.

일용　(마음의 소리) 내가 책임을 져야 해…. 내가 찾아가서 사과를 해야겠지…. 우리 어머니는 배운 데가 없어서 문득 그렇게 말했다고, 나쁜 사람들이라고…. 얼마나 욕할까…? 어머니는 어쩌자고 그런 일을 저질러가지고서…. 에잇, 참!

S#22 셋째 방

둘째는 서 있고, 막내는 의자에.

막내　내가?

둘째　응, 너밖에 나설 사람이 없어! 일용 형이 지금 몹시 속상해하고 있어. 혼담이 깨어졌다는 거보다도 그런 거짓말로 장가를 가려 했다는 게 매우 기분 나쁘고 자존심 상하는가 봐! 그리고 말이야, 또 한 가지는….

막내　(본다)

둘째　　일용 형이 그 아가씨한테 마음이 좀 있는 눈치야….
막내　　마음이 있어요? 정말이야?
둘째　　응! 사과를 해야 한다느니, 그 아가씨 속상할까 걱정하는 게 그런 느낌이….
막내　　오빠, 그럼 내가 어떡하면 돼?
둘째　　그러니까 말이야, 그 집에 가서는 그를 살짝 불러내어서는….
막내　　….

S#23 일용의 방

일용네가 멍하니 벽에 기대어 앉아 있다. 넋 나간 사람 같다.

문이 열리며 어머니가 고개를 내민다. 손에 미음 그릇을 들었다.

어머니　　일어났어요?

어머니가 들어와도 일용네는 아무런 반응이 없다.

어머니　　한번 그렇게 된 일 잊어버려요! 누가 부러 그런 것도 아니고… 따지고 보면 저편에서 지레짐작을 한 게 화근이지, 우린 잘못 없어요!
일용네　　(한숨) 재수 없는 놈은 뒤로 넘어져도 코가 깨지고… 접시 물에 빠져도 죽는다더니…. 아이구 내 팔자야!
어머니　　글쎄, 잊어버리래도….* 그리고 이 죽이나 후우후 마시고 일어나요. 근대 넣고 죽 쑤었으니까요.

그릇을 내려놓는다.

* 대본에는 "잊어버려도…."로 되어 있음.

일용네가 돌아본다.

일용네	미안해요! 여러 가지로….
어머니	별소릴… 내가 미안해요. 일을 잘못 저질러서…. 그러기에 처음부터 공기가 이상하다 했더니만….
일용네	나는 나중에 가서 신랑감을 내 아들이라고 얘기할까 마음을 먹었지만, 한번 시작이 그렇게 되고 보니까… 그만!
어머니	(한숨) 그러니 세상일이란 매사가 첫발을 잘 디뎌야 한다잖아요? 시작이 반이라는 말도 그래서 나온 말이죠.
일용네	에그… 내 주제에 그런 색시 넘어다보는 게 참…. 둘째 며느리로 맞으면 어때요?
어머니	에그, 미쳤어요?
일용네	나는 그 규수가 놓치기 아까워서 그래요.
어머니	혼담이란 다 연이 있어야 하고, 운이 맞아야 되는 법이죠. 흠….

S#24 용님의 방

용님과 올케.

올케	세상에… 말도 안 된다! 아무리 장가 못 보내 몸살이 나도 어떻게 그런 거짓말을 할까…. 나중에 금방 탄로가 날 텐데….
용님	….
올케	그래, 사람은 어때요? 그런 거짓말하는 판에 보나 마나겠지만….
용님	괜찮은 것 같아요….
올케	괜찮아요? 아니 어떻게?
용님	솔직해 보이고….
올케	솔직하고….
용님	진실한 것 같았어요!

올케 그래요? 그랬다면 그건 좋네! 남자가 솔직하고 진실했다면….
(살핀다)

용님 ….

올케 아가씨! 아가씬 조금 마음에 들었나 보군요… 호호….

용님 (살포시 웃는다)

올케 참, 이러고 있을 게 아니라 냄비나 내려놓고 와서 아가씨하고 이야기를 좀 해야겠다…. (나간다)

용님 ….

S#25 밖

나오는 올케.

막내 (살피고 있는)

대문께에 막내가 들여다보고 있다.

올케, 부엌으로 들어가려다 발견.

막내, 손짓한다. 대문 쪽으로 다가간다.

올케 누구…세요? (귓속말한다)

올케, 듣다가 놀란 얼굴로 방 쪽 본다.

S#26 언덕길

걷고 있는 일용과 용님.

뭐라고 설명하고 있는 일용. 심각한 얼굴의 일용과 용님.

(F.O.)

제40화

흙냄새

제40화 흙냄새*

방송용 대본 | 1981년 8월 11일 방송

• 등장 인물 •

할머니	정애란	순경	윤창우
아버지	최불암	남학생 A	홍성선
어머니	김혜자	남학생 B	김용순
첫째	김용건	여학생 A	김금주
며느리	고두심	여학생 B	김화란
둘째	유인촌	시골 청년	김두삼, 김철화
셋째	김영란		
막내	홍성애		
일용	박은수		
일용네	김수미		
경석	한영수		

* 원본 대본에는 '제39화', '방송일 7월 28일'로 기록되어 있다. 당시 일간지 방송편성표의 〈전원일기〉 제39화는 「고향유정」으로 8월 4일 방송으로 기록되어 있으나, 이 대본은 남아 있지 않다. 「고향유정」의 줄거리는 "농한기를 맞아 마을 사람들은 노래자랑 행사를 준비하느라고 들뜨게 된다. 그러던 중 집에서 도망 나간 순종이가 방송국 쇼 프로그램에 나온다는 이야기가 나돌아 마을 사람들은 순종이를 보겠다며 기대가 크다. 그러나 순종이는 TV에 모습이 보이지 않고 엉뚱하게 노래자랑에 나와 〈고향무정〉을 울먹이며 부르는데…."로 『조선일보』에 기록되어 있다.

S#1 마을 전경

S#2 뜰(오전)

아버지, 광에서 분무기를 손보고 있다.

그 옆에 막내.

아버지　뭐? 서울?

막내　네….

아버지　꼭 서울에 가야만 공부가 돼?

셋째　아이, 거기 가야 학원에두 나가고 다른 애들 공부하는 것두 봐가면서 해야….

아버지　너 지난번에도 학원에 다닌다고 몇 달 있다가 왔잖아? 그랬으면 됐지, 또 갈 필요가 어디 있어? 네가 공부하는 방법을 몰라서 그러냐, 책이 없어서 그러니? 너 공부하겠다는 마음만 있어 봐! 집에서도 얼마든지 할 수 있어……. 그리구 서울 언니 집에도 그쪽 사돈 어른이 계시곤 한데 너무 그렇게 자주 가 있으면 안 돼!

막내　(시무룩해져) 아이, 그래두!

아버지　안 돼, 안 된다면. 네가 정 대학을 가고 싶은 마음이 있으면 지금이라도 들어가서 공불 해! 일 시키지 않을 테니까.

막내　(보다가 투덜투덜 내려간다)

어머니, 온다. 막내 보고는 부른다.

어머니　얘, 막내야, 막내야! 너 밭에 나가니? 얘!

막내가 들은 척도 안 하고 나가버린다.

어머니　　아니, 저 애가 왜…?

아버지　　내버려둬!

어머니　　걔 왜 그래요? 무슨 일이 있었어요?

아버지　　에햇! 또 그 병이 일어나는가 봐.

어머니　　예?

아버지　　서울, 서울 말이야!

어머니　　막내가 또 서울 가겠대요?

아버지　　그 뭐 학원엘 또 나가야 한대나?

어머니　　시상에! (막내 내려간 쪽 본다) 한동안 잠잠하다 했더니……. 그래, 뭐라고 하셨어요?

아버지　　안 된다고 딱 잘라 말했어.

어머니　　(보다가) 여보!

아버지　　(본다)

어머니　　걔가 꼭 그렇다면….

아버지　　뭐?

어머니　　아무래도 여기 있는 것보다는 그 뭐 학원이라는 데도 나가야….

아버지　　(버럭) 당신 지금 무슨 소릴 하고 있는 거야?

어머니　　이번에 해보고 떨어지면 안 한다니까 마지막으로 한번….

아버지　　마지막? 마지막 아니라 끝장이래도 그런 식 공부는 할 필요가 없어!

어머니　　당신두 참! 요즘 애들 다 재수하면 학원에 나가고 하는데, 우리 동네 거 누구냐, 그 집 아들도…….

아버지　　남이 한다고 우리도 따라서 할 거야? 이봐! 서울 그렇게 가 있는데 돈 얼마 드는지 알아? 그리고 고게 다 어떻게 해서 생긴 거야? 보리, 수박 내다 팔아서 만든 돈! 피땀 흘려 지은 돈 아니야?

어머니　　그렇더래두 할 건 해야죠. 당신은 애들 공부는 시키지 않을 거예요?

아버지　공부, 그건 뭐 집에선 못 하나? 중학교, 고등학교 다 다녔는데…… 꼭 어디 가야 된다는 그 정신 상태가 틀렸어. 그건 허영이야…….

어머니　당신도 고지식하긴… 쯧쯧…!

아버지　뭐, 고지식? 그래 고지식해도 좋아! 공부란 말이야 할 능력이 있는 사람이 하는 거야. 대학두 마찬가지구. 돈 있다고 무조건 가는 거 아니야!

어머니　(대문 쪽 보며 걱정스럽게) 여보!

아버지　왜, 틀린 말이야? 사는 데 기회란 함부로 주어지는 게 아니야. 주어진 여건 속에 자기 능력껏 노력을 해야지. 원, 요즘 애들은 자신은 모르고 환경 탓만 해대니.

어머니　하긴 재가 속이 답답할 거예요. 집에서 공부를 하라고 하지만 일 철이 되면 안 거들고 되나! 또 요즘은 대학 간 친구 동네 애들이 방학을 해서 내려오니 마음이 더 울적할 거예요.

아버지　누가 지더러 대학을 가지 말랬나? (분무기 메고 나간다)

일용네, 호미 들고 들어온다.

일용네　아이구, 더워라! 오늘도 아침부터 찌는구나, 쪄! 밭에 나가세요? (아버지 보고)

어머니　오늘은 깨밭부터 매고 콩밭에도 가봐야 해요.

수건 쓰고 나간다.

일용네　무슨 일 있었나……? 아이구, 깨밭이나 콩밭이나 시원하게 목욕이나 한번 했으면 좋겠다. (나간다)

S#3 실개울가

막내가 흘러내리는 물을 내려다보고 있다. 매미가 운다.

물가 풀섶 밑에 송사리 떼들이 한가롭게 헤엄을 친다.

막내가 돌멩이를 손가락 사이에서 흘러내리듯이 떨어뜨린다. 송사리 떼가 혼비백산 흩어진다.

막내	(마음의 소리) 대학? 거긴 꼭 가야 하나? 그래, 갈 필요가 없을지도 몰라! 나 같은 앤 능력이 없으면 그만두는 게 당연하지…. 그렇지만…….

하늘을 본다. 떠가는 구름.

다시 물을 본다. 물 위에 비친 자기 얼굴.

돌을 집어 물속으로 던진다. 일그러지는 얼굴 물결.

어머니가 다가온다. 막내, 돌아본다.

어머니	여기서 뭐 하니?
막내	…….
어머니	아버지 말씀대로 해! 한번 안 된다시면 그런 줄 알지?
막내	…….
어머니	그리고 집안일 거들 생각 말고 네 공부나 해! 열심히 해서 내년엔 꼭 붙도록 해야지… 알았지?
막내	(끄덕인다)
어머니	자, 집에 들어가.
막내	엄마!
어머니	왜?
막내	그리구 말이야! 서울서 친구들이 내려오기루 했는데 어떡해?
어머니	서울서 친구들이?

막내 응, 실은 경석이 있잖아? 걔 대학 친구 애들인데…….

어머니 경석이 친군데 왜 너한테 와?

막내 경석이가 데리고 오는 거야.

어머니 오면 왔지, 너한테 무슨 일이니?

막내 아이, 내가 여기 사는 사람이니까 걔들을 대접해야 한단 말이야.

어머니 대접? 하하… 하려무나! 그까짓 거야 뭐…… 하려면…….

막내 정말? 엄마…….

어머니 그래, 그런데 잠은 어디서 자고?

막내 걔들이 아마 텐트니 뭐니 준비해 올 거예요.

어머니 그럼, 거 캠핑이냐 뭐냐, 그거 오는 거구나…….

막내 (끄덕인다)

어머니 언제 오는데?

막내 오늘이나 내일…….

어머니 알았다. 가자!

두 사람, 간다.

S#4 들판

논에서 일을 하고 있는 일용.

둘째는 논두렁을 살펴보고 있고, 저쪽 길로 한 떼의 젊은이들이 오고 있다. 배낭을 메고 모자를 쓰고 복장들이 요란하다. 캠핑이라도 오는 모양. 남자 둘, 여자 둘.

일용, 허리 펴고 본다. 둘째, 다가온다.

둘째 누구야?

일용 글쎄!

젊은이들 중 하나가 인사를 한다.

경석 수고하십니다.

다른 애들도 인사 한마디씩.

일용·둘째 ?
경석 저, 경석이에요. 전에 여기 살던….
둘째 아, 경석이! 그렇구나! 그런데 웬일들이니?
경석 네, 방학도 하고 해서 여기 서울 친구들하고 놀러 내려왔습니다.
남학생 A (옆에서) 농촌 봉사 좀 하러 왔습니다.
일용 그래? (마땅찮은 표정)
경석 영애는 지금 집에 있죠?
둘째 내 동생? 응, 집에 있어.
경석 대학엔 안 갈 건가요?
둘째 재수를 하긴 하는데 잘 안 되는가 보더라.
경석 사실은 영애도 우리 오는 거 알고 있어요. 미리 약속했걸랑요.
둘째 그래?
경석 우린 요 위에 계곡에 텐트 치고 며칠 있을 거예요. 한번 놀러 오세요.
둘째 그러지.
경석 그럼, 수고하세요!

모두들 인사.

경석 (가면서) 벼가 잘됐는데! 올핸 풍년이 들겠는데…?

여학생 A　　야, 공기 맑다.

여학생 B　　역시 시골이 좋다.

경석　　너희들 잘 왔지?

남학생 A　　그래, 역시다!

여학생 A　　너무 너무 좋다!

그 발랄하고 천진한 모습을 바라보고 있는 일용과 둘째.

일용　　야, 여자들도 있는데?

둘째　　친구들이겠지, 뭐!

일용　　야, 아무리 그래도 저렇게 남자 여자 섞여서 며칠씩 놀러 다녀도 되는 거야?

둘째　　그렇게 너무 검은 눈으로 보지 마시우! 뭐래두 쟤들은 떳떳하니까.

일용　　자아식들, 팔자 한번 좋다!

둘째　　그거야 쟤들 특권이 아니우?

일용　　그래두 난 저런 꼴 보면 속이 안 좋더라. 자아식들, 어디 갈 데가 없어 이런 델 오나?

둘째　　(웃으면서) 농촌 봉살 온대잖아요?

일용　　농촌 봉사? 헛허…. 그게 어디 봉사할 차림들인가? 봉사받을 차림이지.

둘째　　봉사받을 차림? 허허….

일용　　(일하며) 멀리서 보는 것은 항상 아름답지.

둘째　　(애들 사라진 쪽 보다가 문득 어두운 표정 짓는다)

S#5 뜰과 마루(해 질 무렵)

할머니와 일용네와 금동이가 복숭아를 먹고 있다.

다 벌거벗은 금동이의 턱이며 가슴으로 복숭아 물이 질질 흘러내린다. 배가 장구통처럼 불룩하다. 개가 꼬리 치며 바라본다.

금동이가 복숭아 씨를 빨고 새 걸 집으려 하자 일용네가 막는다.

일용네　안 돼!

금동　(눈치를 보는 시선)

일용네　(자신은 먹으면서) 그만 먹어! 네 배 좀 봐, 꼭 개구리 배 같다!

금동　싫어!

일용네　안 돼!

할머니　먹으라구 해! 먹고 싶을 때….

일용네　벌써 세 개째인걸요? 우리는 이제 겨우 두 개인데….

할머니　늙은 우리는 이가 없어서 깨밀 수가 없지만, 금동이야….

일용네　그러니깐두루 못 먹게 해야죠. 그러다가 배탈이라두 나면 어떻게 해요?

금동　할머니 배 좀 봐요.

일용네　내 배?

금동　할머니 배하고 내 배하고 누구 배가 더 크나 봐요.

할머니　허허….

일용네　(소리를 꽥 지른다) 이놈!

금동이가 빙그레 웃는다.

일용네　쪼맨한 녀석 응큼하기가…. 이놈아…! 늙은이 배 봐서 어쩔려구 그래, 응? 자… 봐, 봐!

할머니　(웃음을 참느라) 아직도 젊었으면 영감 얻어주려는 게지, 허허….

일용네　이놈의 자식, 네놈 고추 까버리자!

금동　히히….

일용네가 덤비자 금동이가 복숭아를 한 개 들고 잽싸게 도망친다.

금동　　가자… 흰둥아!

금동이가 뛰어가자 개도 신나게 뒤를 쫓는다.

할머니와 일용네가 한바탕 웃는다.

S#6 계곡

물가. 텐트가 두 개 떨어져 쳐져 있고, 텐트 앞에 내놓아진 취사 도구들.

기타, 그리고 고급 카세트 라디오. 팝송이 흘러나오고 있다.

남학생 A　　야, 주부들 밥 안 지어?

여학생 A　　그런 건 남자들이 좀 해!

남학생 B　　뭐, 우리더러 밥을 지으라구?

여학생 A　　그래, 남자들도 밥 좀 하면 어때? 오나 가나 여자만 부려먹으려고….

경석　　여성들이여, 그대들의 특권을 포기하지 말지어다!

여학생 B　　피이… 특권치고는 고달픈 특권이다.

여학생 A　　그 대신 남자들은 시장을 보아 와!

남학생 A　　시장?

경석　　하하, 수렵을 해 오란 말이지?

여학생 A　　그래! 고추밭에 가든지 가지밭에 가든지….

남학생 A　　알았어, 알았어! 근처를 한번 살펴보자구.

경석　　난 마을에 나갔다 올게. 만나볼 애두 있구.

남학생 B　　걔 말이냐? 애인 순자?

와! 웃는다.

경석　　그동안 밥 해놓구 있어! 내 곧 갔다 올게.

간다.

S#7 셋째 방

셋째는 금방 퇴근한 듯 옷 벗고 있고, 막내는 의자에.

셋째　　경석이가 서울서 대학 다닌다는 개 말이야?

막내　　응!

셋째　　근데 캠핑을 가면 왜 하필 이런 데로 와? 바닷가나 다른 좋은 데도 많은데….

막내　　뭐, 꼭 캠핑이라기보다는 농촌 공부도 할 겸 놀러 온다고 했어.

셋째　　농촌 공부?

막내　　지난봄부터 여름방학 때 놀러 오겠다고 편지가 왔어.

셋째　　대학 초년생! 아, 좋을 때다 좋을 때! 나도 그럴 때가 있었는데….

막내　　(눈 흘겨본다)

셋째　　(모른 척) 넌 모르겠지만, 그땐 세상 부러울 거 하나 없을 때지.

막내　　(울부짖듯) 그만둬!

셋째　　어머, 왜 그러니?

막내　　(돌아앉는다)

셋째　　(표정 살피고) 너 속상해하는 거지, 그치?

막내　　….

셋째　　(따뜻하게) 너무 속상해하지 마! 그리고 열등감 같은 거 가질 필요 없어! 개들한테….

막내　　언닌… 누가 열등감 가진댔어?

나가버린다.

S#8 부엌

며느리와 일용네가 김치를 담고 있다.

일용네가 배추 가닥을 하나 집어 입에 넣는다.

일용네　　싱겁나? 젓국을 더 칠까?

며느리　　여름 김치는 젓국이 너무 많아도 김치 맛이 뗣다고 어머니께선 늘 말씀하셨어요.

일용네　　그래도 젊은이들은 그게 아니에요…. 그 젓 좀 줘요.

며느리가 젓 단지를 건네준다.

일용네가 국자로 젓국을 떠서 야채에다가 치고 버무린다.

어머니가 호박, 가지, 고추를 광주리에 따가지고 들어선다.

며느리　　어머니 오세요?

어머니　　호박은 국 끓이고, 가지는 김치를 담갔다가 하루쯤 지나서 먹게 하자.

며느리　　가지도 김치 담가 먹나요?

어머니　　가지도가 뭐냐? 한여름 입맛 없을 때 가지김치가 얼마나 시원한데?

일용네　　시원하기야 열무김치죠, 헷헷….

어머니　　에그, 내가 가르쳐주니까 맛 들여가지고서….

S#9 뜰

평상에 막내가 힘없이 앉아 있는데 둘째가 삽 들고 들어온다.

둘째	왜 그렇게 맥없이 앉았니?
막내	(말 없다)
둘째	(가면서) 경석이랑 친구들 오더라.
막내	(본다)
둘째	저 위 용지골 아래 개울가에 텐트 칠 모양이더라.

막내, 잠시 앉았다가 일어나 부엌으로 들어간다.

S#10 부엌

막내가 뛰어온다.

막내	엄마!
어머니	왔니?
막내	응, 개울가에 텐트 친대요.
어머니	집에서 저녁 먹기로 했잖아?
막내	아니에요. 자기네들이 저녁 지을 모양이에요.
어머니	그래?
일용네	네… 우린 그것도 모르고 이것저것 음식 장만했구먼.
며느리	반찬 갖다주면 되잖아요?
어머니	그러면 되겠구나….
경석 E	계세요?
어머니	누구니?
막내	경석인가 봐요.

S#11 뜰

경석이가 서 있고, 막내가 나온다.

어머니, 뒤따라 나온다.

막내 (웃으면서) 오래간만이야, 경석이!

경석 응, 잘 있었어?

어머니 왔니?

경석 안녕하세요?

일용네 (나오며) 아이구, 이게 누구야? 전에 여기 살던, 그 누구냐, 그 아니냐?

경석 네, 경석이에요. 안녕하세요?

일용네 아이구 시상에, 많이도 컸다. 대학교 다니더니 의젓하고… 시상에 고추 내놓고 다니던 때가 엊그제 같은데.

어머니 우리 영애한테서 이야긴 들었다. 왔으면 우리 집에 와서들 저녁이나 한 끼 먹지 그래….

경석 아니에요, 괜찮아요! 텐트하고 먹을 것도 가져온걸요, 뭐! (막내보고) 같이 가! 우리 친구들 소개해줄게. 밥도 거기 가서 먹고….

일용네 남자들이 밥을 지어…? 내가 해줄까?

경석 (예사롭게) 아니에요. 밥 짓는 여자애들이 있어요.

어머니 (놀라) 여자애들?

경석 예, 같이 온 애들이에요.

어머니와 일용네, 놀란다.

일용네 여식이들도?

둘째 (나오며) 자린 잡았니?

경석 예, 텐트 다 쳤어요. (막내에게) 가지!

막내 응. (갈 듯)

어머니 거기 있어봐! 반찬 해놓은 거 하나, 된장 좀 가지고 가거라. 얘! (며느리 부른다)

며느리　　알았어요. (부엌으로)

어머니　　(막내에게) 너, 빨리 들어오너라.

경석　　걱정 마세요.

며느리, 단지 하나와 비닐에 싼 된장 가지고 나온다.

막내, 받아 든다.

어머니　　모자라는 것 있으면 또 와!

경석　　폐를 끼쳐서 죄송합니다. 잘 먹겠습니다.

어머니　　그래, 재미있게 놀아.

경석　　그럼, 가보겠어요.

막내　　다녀오겠어요.

경석　　형님도 저녁에 놀러 오세요.

둘째　　응, 그러지!

둘, 나간다.

안쓰럽게 바라보는 어머니.

일용네　　시상에 숭한 꼴도 다 있다! 다 큰 계집애들이 어떻게 남자들 따라… 아이구, 세상 다 봤네!

며느리　　(웃으며) 요즘은 다 그런걸요.

일용네　　다 그렇다구? 그렇다믄 말세로다, 말세…!

둘째　　(웃으며 수돗가로) 걱정 안 하셔도 돼요. 재들도 다 생각이 있는 애들이니까.

어머니　　(걱정스러운)

S#12 계곡

텐트가 쳐진 곳. 야외용 돗자리가 깔려 있다. 그 위에 식기며 깡통, 포크, 그리고 음악이 울려 퍼지고, 석유 버너 두 개에서 냄비가 끓고 있다.

여학생이 양념을 넣고 간을 본다.

남학생 A　　야, 국 다 끓었어?

여학생 A　　오케이다.

남학생 B　　그럼 먹자! 배고프다!

남학생 A　　근데 경석이는 왜 안 오지?

남학생 B　　자아식, 옛날 애인 만나더니 우리 잊어버린 모양이지?

여학생 A　　아니야, 저기 온다.

남학생 A　　그래?

모두 본다.

경석과 막내, 나란히 걸어오고 있다.

남학생 B　　잘 어울리는데⋯.

여학생 A　　한 폭의 그림 같은데?

남학생 A　　시정이 줄줄 흐르는 풍경이야!

여학생 B　　아, 자연 속의 두 연인!

떠들고 어쩌고 하는데,

경석　　(다가오며) 기다렸지?

남학생 A　　왜 이렇게 늦었어?

남학생 B　　재회! 그 달콤한 순간!

경석　　자아식들. (막내를 돌아보며) 인사들 해! 내 대학 친구들이야. 이쪽은 이 동네 사는 김영애 씨!

막내, 웃으며 고개를 까닥한다.

남학생 A　　반가워요.

남학생 B　　잘 부탁합니다.

여학생 A　　이정희예요.

여학생 B　　나종숙이에요.

인사 끝나고,

경석　　말을 놓구 친구처럼들 지내! 이쪽 김영애 씨는 나하고 초등학교, 중학교 같이 다닌 친구야.

남학생 A　　친구라도 여러 종류지….

막내　　(보다가) 아니….

경석　　(어색함 풀어버리듯) 자, 이래 있지 말고 밥이나 먹자!

남학생 A　　그래, 먹자! 배고프다!

냄비 가져오고 그릇 씻어 오고 둘러앉는다.

막내, 굳은 얼굴로 서 있다.

경석　　왜 그래? 서 있지 말고 여기 앉아.

막내　　(앉는다)

어쩌구 하면서 맛보고 밥 푸고 둘러앉아 떠들며 맛있게 먹는다.

S#13 마루와 뜰(밤)

평상에서 식구들이 저녁밥을 먹고 있다. 할머니, 아버지 겸상. 그 외는 두리반에서 먹는다.

일용네의 입에 가득 처미는 호박잎 쌈.

셋째　　입 찢어지겠어요! 호호….

일용네는 뭐라고 말하려는데 입만 움직인다. 손을 젓는다.

할머니　　저 망구가 이젠 말도 잊어버린 모양일세.

며느리　　천천히 좀 잡수세요! 누가 뒤에서 쫓아오기라도 하는 것 같네요, 호호….

일용네가 꿀꺽 삼킨다.

일용네　　남 음식 맛있게 먹는데 말 좀 시키지 말아요!

일동　　호호….

일용네　　서울 사람들 아무리 고기반찬에 잘 먹는지 모르지만 이 호박잎 쌈보다는 못할 거예요. 헛허….

할머니　　암…. 여름철의 이 호박잎 쌈 맛… 도회지 사람들은 모를 거야….

일용네　　(며느리에게) 새댁도 갓 시집왔을 때 호박 쌈을 하자니까 그걸 어떻게 먹나요, 그랬었지? 호호….

며느리　　에그…, 별걸 다 외우고 있네…. 제발 좀 잊어버리고 사세요!

일용네　　왜 잊어버려…? 성한 정신에 성한 사람이면 죄다 기억하고 살지! 요즘 사람들은 그렇게 곧잘 잊어버릴지 모르지만 우리들은 (머리를 가리키며) 이 속에 다 들어 있다고요. 신식 공부 못 해서 배운 것은 없지만 외우는 건 기똥차지…. 안 그래요? 할머니….

할머니 암… 못 배웠으니 기억력이라도 좋아야지….

셋째 정말 그래요. 옛날 어른들 기억력 좋으신 건 존경할 만해요. 식구들 생일, 제삿날, 돼지 새끼 낳는 날…, 뭐든지 다 기억하시는 걸 보면 저희들은 못 따라가겠어요.

금동이가 수저를 놓고 물을 마신다.

며느리 왜… 다 먹었어?

금동 응.

셋째 응이 아니야, 네… 그래야지!

금동 네.

일용네 그럼, 어서 비켜! 좁아서 다리가 제려온다.* 밥 먹을 때나 다리 좀 펴자.

금동이를 민다.

금동 (노려보며) 왜 밀어요?

일용네 아니, 저 저놈이….

금동 이 할머니 맨날 먹는 얘기만 한다!

일용네 요, 요게….

일용네가 때리려 하자 금동이가 고무신을 두 손으로 움켜쥐고 도망친다.

모두들 까르르 웃는다.

---

* 저려온다.

할머니　　녀석두 참….

일용네　　버르장머리를 가르쳐야지, 안 돼요….

셋째　　아이들은 다 그런 거예요!

일용네　　그런 거라니?

셋째　　속임수가 없거든요.

일용네　　에게게, 그동안 학교 훈장님 나가시더니 제법이네…. 난 무식해서 그런지 아이들 잘못하면 매질을 해요. 그래서 우리 일용이는 지금도 마구 때려요.

할머니　　어이구! 그러다가 늙은이 제풀에 뻐 부러지지! 헛허….

모두들 웃는다.

며느리　　아버님, 호박 쌈 더 드릴까요?

아버지　　밥 다 먹었어….

일용네　　그 서울 학생들은 뭐 맛있는 거 먹고 있는가?

셋째　　학생들 솜씨가 뭐 대단할까요? 보나 마나 삼층밥에 단무지 아니면 꽁치 통조림일 테지, 뭐?

S#14 개울가

밥 먹은 뒤 물가에들 앉아 노래를 부르고 있다.

막내　　(본다)

"저 별은 나의 별, 저 별은 너의 별…."

경석과 막내는 보이지 않는다.

S#15 나무 밑

경석이와 막내가 나란히 앉아 있다.

저만치 기타에 맞추어 대학생들이 부르는 노랫소리.

경석　　혹시 네 아버지께서… 우리가 온 걸 언짢게 여기신 거 아니니?

막내　　아, 아냐….

경석　　난 어쩐지….

막내　　신경 쓸 거 없어! 내가 다 얘기했으니까, 흡!

경석의 시선이 뜨겁다.

경석　　1년 전 우리 모습 생각나?

막내　　(본다)

경석　　아득한 옛날 일 같애! 후후…. 너무 어리고 너무 우스웠던 것 같애… 그렇지 않아?

막내　　지금도 어린걸 뭐….

경석　　아니야, 난 지난 1년 동안 너무나 많이 달라진 것 같아!

막내　　(본다)

경석　　서울서 대학 다니면서 난 외면적인 변화보다는 정신적으로 뭐랄까 많이 성숙되었던 것 같아.

막내　　(무언가 생각에 잠겨)

경석　　(눈치 살피며) 집에서 지낼 만해?

막내　　응? 응! (애써 웃으며) 따분하지 뭐….

경석　　난 말이야, 난 원래 시골 출신이지만 서울에 가 사니까 정말 시골이 좋은 것 같더라! 속에 있을 땐 모르다가 떨어져 있어야 느낀다는 말이 옳은 것 같아.

막내　　시골이 뭐가 좋니?

경석 너가 정말 그걸 몰라서 묻니?

막내 응, 난 잘 모르겠어. 말해봐!

경석 음… 우선 낭만이 있고, 마음의 여유가 있고, 훈훈한 인심이 있고, 그리구….

막내 여긴 오로지 현실이 있을 뿐이야.

경석 무슨 말이니?

막내 도회지는 도회지대로 현실이 있듯이 여긴 여기대로 현실이 있는 거야.

경석 그렇겠지! 하지만 농촌의 현실이 도시보단 훨씬 각박하지 않잖아?

막내 그건 그럴지도 모르지…. 어쨌든 난 시골이 싫어!

경석 (본다)

막내 (말없이)

경석 너, 너, 몹시 속상해하구 있구나. 그렇지?

막내 (일어나며) 아니야, 난 아무렇지도 않어. (간다)

경석 (일어나며) 영애!

S#16 뜰과 마루(밤)

달이 밝다.

아버지가 평상에 누워 있다.

금동이와 둘째도 누워 있다.

아버지 곁에 어머니가 앉아서 밤하늘을 쳐다보고 있다.

귀뚜라미가 운다.

금동 여치다!

둘째 귀뚜라미야!

금동 여치야!

둘째 자식!

금동 (아버지에게) 여치죠?

아버지 (시들하게) 응.

금동 귀뚜라미예요!

아버지 (역시 시들하게) 응.

금동 여치하고 귀뚜라미… 같아요?

둘째 흐흐… 자식!

어머니 (아버지한테) 분명하게 가르쳐주세요! 어린것이라고 아무렇게나 대답하지 마시고.

아버지 응! 응! 그래 여치다.

금동 그것 봐! 형은 그것도 모르는 바보… 하하!

금동이가 둘째 배를 쿡 찌르고 뛰어간다.

둘째도 벌떡 일어난다.

둘째 이눔아 자식, 사람 쳤어! 쳤어? 어머니, 애들 있는 데 한번 갔다 올까요?

아버지 어디?

둘째 개울가에요. 한번 가봐줘야 될 것 같애요.

아버지 걔들 거기서 잔대?

둘째 그러문요! 텐트 다 가지고 왔는데….

아버지 그 참! (마땅찮은 표정)

어머니 갔다 와. 혹시 남의 밭작물 해치지 않게 하고. 애들이 설마 그러진 않겠지만 조심시켜놓고 와!

둘째 에이, 어머니두! (전등 들고 나선다)

아버지 그리고, 올 땐 막내 데리고 와.

둘째 알았어요.

금동　형, 나도 같이 가!

둘째　응?

금동　나도 거기 놀러 갈 거야.

어머니　애 보는데 누가 걸음을 못 떼! 데리구 갔다 와.

둘째　가자, 인마!

둘째와 금동이 나간다.

맹꽁이가 운다.

아버지　비가 오려나? (드러누워 하늘을 본다)

어머니　(같이 본다)

아버지　막내가 올해 몇 살이지?

어머니　예? (본다) 당신두 참, 몰라서 물우?

아버지　아, 몇 살이냐고 묻는데?

어머니　(어이없어) 스물이지, 몇 살이에요? 정말 몰라서 묻나? 근데 건 왜 물어요?

아버지　(혼잣소리로) 스물이라… 스물.

어머니　왜, 시집이래두 보낼라우?

아버지　보낼 때 되면 보내야지.

어머니　셋째 두고?

아버지　그게 아니라… 오늘따라 새삼 애들 나이가 느껴지는구려!

어머니　(보는)

아버지　사람은 누구나 나이마다 거기에 맞는 생각이 있고 고민이 있거든….

어머니　….

아버지　나두 몰라! 그맘때 애들의 생각이 어떤지. 셋째두, 막내두 그렇구….

어머니　　여보… 막내 대학 문제는 어떻게 해요?

아버지　　글쎄… 그거야 제 마음에 달렸지! 우리가 구태여 말릴 수두 없는 일이고….

어머니　　말은 안 하지만 지난번에 충격이 컸나 봐요.

아버지　　그게 문제지… 예민할 때니까…. (불쑥) 당신 나한테 시집올 때 생각나?

어머니　　(웃으며) 그 얘기는 왜?

아버지　　그때 우리가 몇 살이었지?

어머니　　난 스무 살, 당신은 스물넷이었지요.

아버지　　20대 초반… 지금 같으면 대학생 또래군… 흐흐.

어머니　　(같이 웃는다)

어머니가 내려다본다.

아버지가 누운 채로 쳐다본다. 촉촉한 정감이 이슬처럼 젖어온다.

어머니가 아버지의 턱을 손끝으로 어루만진다.

어머니　　당신두… 이 턱이며 코 밑이 이렇게 꺼끌꺼끌하지 않던 시절… 생각 안 나세요? 그때 당신은 째지게 가난해서 그런 생각할 겨를 없었겠죠? 하지만 지금 우리 아이들은 달라요.

아버지　　세월두, 참…….

아버지의 손이 어느덧 어머니의 무릎 위에 있다. 어머니의 꺼칠한 손이 잡힌다.

아버지가 스르르 눈을 감는다.

아버지　　알았어, 알았다구!

어머니　　예?

아버지　　(한숨) 당신 손 늙었군!

어머니 　　난데없이 손 얘긴…….

아버지 　　내가 모르고 지낸 일이 한두 가지가 아닌가 봐……. (한숨) 당신의 손, 아이들 나이, 아이들 마음…….

어머니가 새로운 정감으로 이마를 쓰다듬는다.

아버지가 눈을 뜬다. 젖어 있다.

아버지 　　앗…, 별이 흘렀다!

어머니 　　별이요?

아버지 　　저기!

아버지가 손가락으로 가리킨다.

어머니가 밤하늘을 쳐다본다.

맹꽁이 울음소리가 드높아진다.

S#17 천막(밤)

풀밭에 빙 둘러앉았다. 둘째와 막내도 끼어 있다.

술을 마시고 있다.

경석 　　(잔을 둘째에게 내밀며) 자, 형님! 한잔 더 하세요.

둘째 　　응응. (받아 마신다)

남학생 B 　　야, 정말 좋지! 이런 데서 술 마시며 놀아보기는 처음일 거다.

남학생 A 　　그래! 정말 한여름밤의 정취가 물씬 풍긴다. 아, 저 별들, 물소리, 바람 소리….

여학생 A 　　어쭈, 시인인 것 같은데.

경석 　　이런 데선 모두 시인이 되는 거야, 안 그래요?

둘째 　　응, 그래 그래! 허허…….

남학생 A 저어, 저희들은 정말 농촌을 모르거든요. 서울서 나서 여태껏 서울에서 살았으니까요. 저희들한테 이야기해주시겠어요?

둘째 무슨 얘기?

남학생 A 음, 그러니까 전원생활의 즐거움이라든가….

여학생 A 그래요! 이야기 좀 해주세요.

경석 해주세요. 사실 저두 애들 이런 데 데려올 땐 우리 시골을 자랑하고 싶은 생각에서였어요.

둘째 (생각에 잠긴다)

S#18 뜰과 마루(밤)

첫째가 펌프 가에서 윗옷 벗고 등물하고 있다.

며느리가 물을 끼얹는다.

첫째 어, 어… 차가워!

며느리 더 하시겠어요?

첫째 아니야, 됐어! 수건!

며느리 여기 있어요.

며느리가 수건을 꺼낸다.

첫째가 수건으로 가슴을 먼저 닦고는 일어난다.

첫째 참, 오다들 보니까 서울서 대학생들이 우리 동네에 놀러 왔다문서?

며느리 예……. 작은아씨 친구들이에요.

첫째 영애 친구?

며느리 예……. 농촌 봉사할 겸해서 왔대요.

첫째 농촌 봉사는 무슨……. 아까 말 들으니까 호화판 캠핑이라는데….

며느리 …… 학생들 방학을 이용해서 놀러 다니는 거 좋잖아요?

첫째 공부나 하지 뭐 하러 놀러 다녀? 시간이 그렇게 남아?

며느리 어이구…… 올챙이 적 생각은 못 하구.

첫째 뭐?

며느리 당신은 대학 때 안 그랬어요? …… 해마다 어울려서 산으로 바다루 놀러 다니구선…….

첫째 그랬던가?

며느리 후후후……. 그리구 나 데리구 가려구 얼마나 쫓아다녔어요?

첫째 그래… 그래…!

큰 소리로 웃는다.

며느리 쉿! 다들 주무시는데….

소리 죽여 웃는다.

S#19 천막(밤)

둘째, 술이 조금 취한 듯.

둘째 사실 농촌은 자랑할 게 없어요.

모두 본다.

둘째 그리고 학생들이 말하는 낭만두 없어요. 농촌이 아름답다, 낭만적이다, 어쩌구 하는 사람은 실제로 농촌 사람이 아니야! 그건 도회지 사람들이 멀리서 바라보며 하는 소리지. 농촌 사람은 자랑할 줄도, 느낄 줄도 몰라! 아니, 느끼구 있어두 말을 할 줄 모르지. 왜냐하면 그건 자신의 절제이기 때문이지. 자연은 말이 없고, 그걸 보는 사람들이 말을 하는 거지…….

막내　(오빠를 유심히 본다)

경석　(그러는 영애를 본다)

둘째　난 고등학교 졸업하고 줄곧 농사지으며 살아왔지만, 아직도 잘 몰라요. 그리고 내가 촌에 있는 건 멋이 아니야. 그건 내가 택한 삶의 길이야……. 내가 제일 듣기 싫은 말이 하나 있어! 도회지 사람들이 걸핏하면 촌에 가서 농사나 지을까, 하는 그 소리. 실제로 그러지는 않겠지만, 농사란 그리 쉬운 일이 아냐! 그걸 알았으면 좋겠어…….

남학생 A　그럼, 농촌을 어떻게 하면 배울 수 있어요?

둘째　알고 싶어하는 건 좋은 일이지만, 특별한 방법이 없어. 내가 굳이 말할 수 있다면, 우선 '바라만 보지 말고 속에 들어갈 것'뿐이야.

남학생 A　바라보지 말고 들어갈 것.

둘째　그러니까 직접 체험하면서 흙냄새를 맡아야 된다는 거야.

남학생 B　정말 전 졸업하면 농촌에 와서 살고 싶어요.

둘째　(웃으며) 누구나 그런 꿈은 가지지…. 목장과 과수원을 경영하면서 초원에서 그림처럼. 허허….

모두 본다.

둘째　그렇지만, 여긴 그림이 아니야. 자연이란 겸손한 마음 자세로 대하지 않으면 안 돼. 허영이나 사치로 본다면, 자연은 그 속을 내보이지 않거든! (풀벌레 소리)

S#20 마루

아버지, 앉아 담배 피우고 있다.

둘째와 막내, 들어온다.

둘째	아직 안 주무셨어요?
아버지	이제 오니?

막내, 방으로 들어간다.

아버지	별일 없었어?
둘째	예?
아버지	애들 무슨 사고 저지르지 않고 별일 없었느냐는 말이야!
둘째	그럼요, 학생들이 의외로 순진하고 착하던데요.
아버지	그래?
둘째	자꾸 농촌을 배우고 싶다고 하길래 한마디 해주었죠.
아버지	뭐라고?
둘째	여긴 그림이 아니다. 현실이다! 배우려면 보지만 말고 뛰어들라고요.
아버지	허허… 잘했다! 학생들이 우리 농촌을 이해하고 사랑하려고 하는 건 좋은데, 그 실정을 정확히 모르고 막연한 동경이나 전근대적인 꿈을 가지고 대하는 게 큰 문제야!
둘째	예, 그게 문제예요.

S#21 셋째 방

나란히 누운 자매. 막내 뒤척인다. (불 꺼진 상태)

셋째	안 자니?

막내　　　응.

셋째　　　재밌게 놀았어?

막내　　　응! 언니!

셋째　　　응?

막내　　　지금 대학 생각하고 있는 게 아니야.

셋째　　　응?

막내　　　난 나 자신이 정말 농촌을 아는 사람인가 생각하고 있어….

S#22 집(밤)

모두 잠든 집. (방마다 불 꺼진 상태)

셋째 E　　무슨 소리니?

막내 E　　아니야, 문득 그런 생각이 들었어!

S#23 뜰과 마루

닭 울음소리. 새벽이다. 아침 안개가 끼었다.

까치가 운다. 닭 우는 소리도 들린다.

며느리가 방에서 나와 부엌으로.

S#24 우사 앞

둘째와 일용이가 소에 여물을 먹이고 있다.

일용　　　오늘도 푹푹 찌겠구나! 이렇게 아침 안개가 자욱한 걸 보니….

둘째　　　암, 그래야 벼가 잘 자라지.

저만치 경석이가 뛰어온다.

경석　　　형님, 형님!

둘째　　　응?

경석이가 숨을 헐떡거린다.

둘째　　　웬일이지? 꼭두새벽에….

경석　　　큰일 났어요, 저….

둘째　　　큰일이라니?

경석　　　도둑이 들어와서….

둘째　　　도둑?

경석　　　예… 밤사이에… 녹음기를….

둘째　　　뭐?

S#25 천막이 있는 풀밭

순경이 천막에서 나온다. 학생들이 불안스럽게 서 있다.

순경　　　몇 시쯤인지 모르겠어?

경석　　　야, 우리가 잠자리에 든 게 그게….

여학생 A　한 시 좀 지나서였어.

순경　　　한 시 지나서라고?

남학생 A　예! 오랜만에 시골에 나오니까 기분들이 좋아서요. 그래서….

순경　　　술도 마시고 노래도 부르고?

멋쩍어진 듯 머리를 긁는다.

순경　　　녹음기는 천막 안에 두었다고 했지요?

경석　　　음악 감상을 하고 나서 잠들기 전에 천막 안으로….

저만치서 둘째와 막내, 일용이가 오고 있다.

모두들 어색한 표정들이다.

둘째　　수고 많으십니다, 윤 순경님! 어떻게들 된 일인가?

모두들 말문이 막힌다.

순경　　잘은 모르겠지만 인근 부락의 젊은이들 소행 같은데….

둘째　　그래요?

순경　　귀중품이라고는 녹음기만 없어진 게….

모두들 죄인처럼 시선을 떨어뜨린다.

순경　　그럼 (학생들에게) 나는 이 길로 내려가서 부락을 돌아볼 테니까… 그렇게 알고….

경석　　예, 죄송합니다.

대학생들이 어정쩡한 상태에서 인사를 한다.

막내　　오빠, 어떡해…? 그거 비싼 거란 말야!

남학생 A　　한 백만 원 가까이 가는 거예요.

둘째　　백만 원…?

막내　　봐! 보통 비싼 게 아니야. 아이, 어떡해…. 우리 동네에 놀러 와서 그런 일을 당하다니…. 정말 창피해!

둘째, 앉으며,

둘째　　그러게 왜 그런 걸 여기까지 가지고 왔어!
경석　　예?

모두 본다.

둘째　　난 그런 물건을 가지고 온 것부터 잘못이라고 봐! 너희들 말대로 자연을 즐기고 농촌을 배우려고 한다면 왜 도회지의 공해를 여기까지 가지고 오느냐 말이야?

모두 숙연해진다.

둘째　　여긴 그것보다 얼마든지 아름다운 자연의 소리가 있는데….
경석　　죄송합니다!

S#26 마루와 뜰

아버지와 어머니, 마루에 앉아 있다.

어머니　　애들이 어떻게 했길래 도둑을 맞고 그러냐? 여기까지 와서….
아버지　　그러게 말이야…. 식전 아침부터 도둑 소동이니, 이게 무슨 꼴이람!
어머니　　아니, 누가 그런 짓을 했을까? 우리 마을에서는 도둑이니 뭐니 그런 소리 들어본 지 오랜데….
아버지　　서울 학생들이 그 화근을 가지고 들어왔어.
어머니　　예에?
아버지　　아, 놀러 오면 곱게 오지 뭘 하느라고 그런 걸 가져와서 요란하게 떠들고 하느냔 말이야?
어머니　　젊은 애들이니까 그렇죠.

아버지　그렇더라도 시골 사람들이 어떻게 생각할까 하는 눈치는 있어야지… 적어도 대학생이라면! 이게 다 자신만 생각하는 이기적인 생각에서 나온 거야… 에이!

어머니　….

아버지　난 말이야, 솔직히 말해서 도회지 사람들이 우리 농촌을 무슨 휴양지나 관광지쯤으로 생각하는 게 견딜 수가 없어! 그 사치, 허영이 싫어!

어머니　아침부터 왜 열을 올려요? 날씨도 더운데…. (부엌으로)

S#27 개울가

모두들 시무룩히 앉아 있는데 윤 순경이 청년 둘을 끌고 온다. 한 놈은 녹음기를 들었다. 모두 일어난다.

둘째　아니, 윤 순경님! 찾았습니까?

순경　응, 이놈들이야! (전축 보이며) 이거 맞아?

남학생 A, B　예예, 맞습니다!

순경　(청년에게) 여기서 훔쳤지?

청년 A　예….

둘째　(나서며) 야, 너거가 그랬어? 이 자식들!

순경　이 둘이 이 마을에 사는 사람들이지?

둘째　예, 그렇습니다.

순경　글쎄, 이 두 놈이 어디 갔다 팔아먹을 생각도 않고… 거 요란하게 켜놓고 언덕에서 미친놈들처럼 춤을 추고 있더래잖아? 헛허…. 배짱이 커도….

일용　야! 너들 그게 어떤 건데 손을 대? 동네 망신을 시켜도 분수가 있지….

청년 A　우린 그냥 장난으로 했어요, 형!

순경 인마! 남의 물건 몰래 훔치는 것도 장난이냐?

청년 B 솔직히 말하면요… (대학생들 한번 보고는) 쟤들 노는 거 아니꼬와서 한번 놀려주려고 했어요. 정말 훔칠 마음은 없었어요.

둘째 뭐…?

대학생들의 뻥한 모습들.

순경 그래두 그렇지, 마! 대학생들 물건을 가지고 그러면 돼? 일단 지서까지 가!

청년 A 대학생이 뭔데요? 그거면 단가요?

순경 시끄러워….

끌고 간다.

그걸 보고 있는 얼굴들.

S#28 마루와 뜰

평상에 일용네.

일용네 양쪽 다 나빠요! 한쪽은 남의 물건 훔쳐서 나쁘고, 한쪽은 이런 시골에 그런 거 가져와서 도둑 마음을 품게 했으니 나쁘고…. 안 그래요?

어머니 휴우, 좀 조용히 있어요. 잃어버린 사람 속은 얼마나 애통하겠어요? 어떻게든 찾아야 할 텐데….

일용네 한번 없어진 거 어느 구멍에 들었는지… 아, 누가 알아 찾겠수?

둘째와 막내가 급히 뛰어 들어온다.

둘째　　엄니! 엄니!

어머니　　왜?

둘째　　물건 찾았어요.

어머니　　그래?

일용네　　아니, 누가 그랬어, 엉? 어느 놈이?

아버지　　(방에서 나오며) 찾았어?

둘째　　예! 동네 애들이 뭐 장난삼아 가져갔대요.

아버지　　뭐, 장난삼아?

일용네　　장난이라니? 아, 도둑질이 장난이야?

둘째　　노는 게 아니꼬와서 그랬다나요, 뭐…!

아버지·어머니　　원, 쯧쯧…!.

둘째　　그리구요. 애들이 오늘부터 꼴 베는 일 가르쳐달라고 해요. 퇴비를 만들겠다나요? 그래서 낫을 가지러 왔어요.

어머니　　꼴 베기를?

둘째가 헛간에서 낫을 들고 나온다.

둘째　　(막내에게) 넌 술도가에 가서 막걸리나 사다가 우물물에 채워 둬! 그 친구들에겐 시골 막걸리 맛부터 가르쳐줘야지! 헛허….

둘째가 뛰어나간다.

막내　　알았어요, 작은오빠!

아버지　　(웃으며 본다)

S#29 초원

바람에 파도처럼 일렁이는 목초밭.

간편한 차림의 대학생들이 일렬로 늘어서서 꼴을 벤다.
둘째와 일용이 시범을 하면서 가르치고 있다.
학생들의 이마엔 땀이 비 오듯 한다. 그러나 모두가 건강하고 의욕적인 표정들이다.

아버지　　(마음의 소리) 흙에 사는 즐거움이란 바로 땀 흘리는 즐거움이다. 북 치고 나팔 불고 춤추는 즐거움이 아니라 흙 내음 풀 내음 속에서 영글어 흘러내리는 땀 내음에서 찾아야 하는 거야! 그런데 요즘 사람들은 그것을 착각하고 있는 것 같다. 땀을 안 흘리고 즐겁게 살려고 하니 그것이 무슨 기쁨이겠는가 말이다. 난 마음이 어둡거나 삶의 의욕이 없는 사람, 그리고 인생을 좀 더 깊고 풍부하게 살려는 사람에게 이 흙냄새를 맡아보길 권하고 싶다. 구수한 흙냄새를….

멀리서 막내가 부르는 소리.

막내　　(소리) 경석아!

일하던 학생들이 허리를 펴고 손을 흔든다.
저 멀리 논두렁에서 걸어오는 막내. 그녀의 머리에는 막걸리 통이, 손에는 안주를 넣은 비닐 보자기가 들렸다.

둘째　　벌써 샛밥 때인가?
일용　　이 사람아, 밥때가 아니라 막걸리 때일세! 헛허….

모두들 웃어젖힌다.

(F.O.)

제41화

몇 묶음의 수수께끼

제41화 몇 묶음의 수수께끼

방송용 대본 | 1981년 8월 18일 방송

• 등장 인물 •

할머니	정애란
어머니	김혜자
아버지	최불암
첫째	김용건
며느리	고두심
둘째	유인촌
셋째	김영란
막내	홍성애
일용	박은수
일용네	김수미
태석	조남석
이해성	변영철

S#1 옥수수밭

S#2 마루와 뜰

어머니가 옥수수를 한 아름 바구니에 담아 들고 들어온다.

그 뒤에 금동이가 졸졸 따라온다.

금동　　옥수수 쪄서 나도 줘?

어머니　　오냐!

금동　　많이?

어머니　　오냐! 많이 먹고 어서 커라….

어머니가 평상에다 옥수수를 쏟아놓는다. 굵직하게 잘 여물었다.

금동이가 옥수수 수염을 집어 든다.

어머니가 옥수수 껍질을 벗긴다.

금동　　야… 이게 제일 크다…. 이거 내 것!

어머니　　그래, 제일 큰 것은 우리 금동이 몫… 제일 작은 것은 내 몫. 흠….

일용네가 부엌에서 나온다. 구정물을 펌프 가에 있는 빈 드럼통에다 비운다.

금동을 흘겨본다.

일용네　　에그… 아이 버릇 잘도 가르치시네….

어머니　　흠….

일용네　　옆에서들 너무 예뻐라 하니깐 버르장머리라고는….

금동　　왜 째려봐요?

일용네　　뭐 어째, 째려봐?

어머니 금동아! 그런 말 하면 안 돼!

일용네 이놈의 자식…. 그냥 부랄을 까놔야지…, 거기 있어! 이놈!

일용네가 덤비자 금동이가 잽싸게 웃으며 달아난다.

어머니도 웃는다.

일용네 저놈이 알고 보니깐 입만 까져가지고서…. (멀리 대고) 에끼, 이놈!

어머니 공연히 건드리니까 성질이 나빠지죠.

일용네 내가 언제 건드려요?

어머니 저런 아이들은 너무 참견하면 눈치만 봐서 못쓴다고요.

일용네 그래도 버르장머리는 고쳐줘야 해요..

셋째가 방에서 나온다. 하얀 원피스에 하얀 모자와 백을 들었다.

그 뒤에 막내가 따라온다.

일용네 하이구! 오늘은 무슨 일로 그래 차려입었노? 꼭 선녀 겉네….

어머니 어디 가니?

셋째 오늘 일직이에요.

어머니 일직?

막내 알게 뭐람! 얌전한 강아지라… 일직입네 하고 어디 놀러 다니는지… 흠!

셋째 아니, 저게!

막내 호호….

어머니 점심은?

셋째 감자 삶은 것 여기 좀 넣어 가요.

어머니 도시락을 싸가지고 가지 그래?

셋째 괜찮아요, 다녀올게요!

어머니 일찍 돌아와!

셋째 숙직 선생님과 교대를 해야 하니까 좀 늦을지도 모르죠.

막내 숙직 선생님, 나 안다!

셋째 뭐라고?

막내 이 선생님이시지?

셋째 어머머…!

어머니 막내야!

막내 (능청을 떨며) 머리카락 보인다… 꼭꼭 숨어라… 호호….

안으로 들어간다.

셋째 저 기집애는 꼭….

어머니 그러니까 동생한테 놀림 안 받으려거든 일찍일찍 들어와!

셋째 알았어요.

셋째가 흰 모자를 쓰면서 나간다. 까치가 운다.

일용네가 멍청하니 바라본다.

어머니 뭘 그렇게 바라봐요?

일용네 안 되겠어요.

어머니 예?

일용네 서둘러야지 안 된다니까.

어머니 뭘 서둘러요, 서둘긴…?

일용네 시집보내야 해요.

어머니 예?

S#3 돈사 앞

아버지, 둘째, 일용.

둘째	사료에는 별 이상이 없었어요.
아버지	날씨가 너무 더워도 그럴 수가 있긴 한데.
일용	수의사한테 보여보죠?
아버지	오늘 밤 지내보고서…. 그리고 우사 안에도 소독 좀 잘 해!
둘째	어제도 소독약 뿌렸어요.
아버지	가축도 사람 못지않게 깨끗하게 거처해야지! 옛날에는 가축은 아무 데나 아무렇게나 키웠지만 지금은 그게 아니다.
둘째	예….

S#4 시골길

푸르른 녹음 속을 가는 셋째의 싱그러운 하얀 옷.

S#5 다른 길

버드나무 사잇길.

S#6 고구마밭

일용네와 어머니가 고구마 순을 따고 있다. 일용네가 어린 고구마를 몰래 캐서 훔쳐 먹는다.

저만치서 금동이가 고구마를 캔다. 금동이가 고구마 넝쿨을 잡아당긴다. 채 영글지 않은 고구마가 서너 알 대롱거린다.

금동이가 그 고구마 순을 번쩍 쳐들어 보인다.

일용네	저 녀석은 왜 뒤만 졸졸 따라다니면서 말썽이야, 말썽이….
금동	할머니는 왜 캐 먹어요?

일용네　　내가 언제 고구마 캐 먹었어?

입안에 든 고구마를 꼴깍 삼킨다.

금동　　그게 뭐예요?
일용네　　콩 볶아 넣어둔 것 서너 알 먹었다! 왜…?
금동　　거짓말! 난 다 봤어….
일용네　　보긴 뭘 봐! 뭘 봐…!

일용네가 일어서서 대들자 금동이가 피한다.

금동　　누가 못 본 줄 알구? 씨이!
일용네　　아니, 그래도 저 녀석이….

일용네가 때리려 하자 금동이가 "용용 죽겠지!" 하며 도망간다.
그 서슬에 풀밭에 매어둔 염소가 겁을 먹고 피한다.
어머니, 피식 실소한다.

일용네　　글쎄, 저 녀석을 왜 집 안에 두고 애만 먹인담!
어머니　　그러기에 아이들 앞에서는 어른이 처신 조심해야죠!
일용네　　예?
어머니　　고구마 캐려면 아직도 한 달은 있어야 할 텐데, 금동이가 그걸 캐 먹은 건….
일용네　　내 탓이란 말이에요?
어머니　　제발 그 입가에 묻은 고구마나 닦아요. 호호…!

일용네가 반사적으로 입가를 쓱 문지른다.

어머니가 밝게 웃는다. 한가롭게 고구마 순을 따기 시작한다.

어머니　　아이들 마음은 하얀 무명베란 말이 있잖아요? 쪽빛 물감 떨어지면 금방 그 자리가 쪽빛으로 물들고…. 감 물감 떨어지면 금방 감빛으로 물들고.

일용네　　(아니꼬와서) 그래, 내가 물감을 들여놨다 이거예요?

어머니　　(농조로) 그럼 쪽빛요.

일용네　　젠장…, 새끼 고구마 한 개 캐 먹은 게 그렇게두 중한가.

일용네가 투덜대며 저만치 피한다.

어머니　　에이구, 저느무 예편네…… 어른 먼저 그래놓고 애를 탓하긴….

일용네　　(구시렁구시렁)

멀리 참새 떼가 날아간다.

S#7 중학교 전경

방학 중이라 텅 비어 있는 운동장.

음악실에서 들려오는 오르간 소리가 권태롭다.

S#8 교무실

책상에 마주 앉아 코바늘로 레이스를 뜨고 있는 셋째. 졸음이 눈에 가득 찼다.

셋째가 잠을 쫓기라도 하듯 의자 등받이에 머리를 올려놓고 눈을 감는다. 매미가 운다.

S#9 창가

내다보고 있다. 창 너머로 보이는 운동장.

창 너머로 바라보이는 빈 운동장. 교무실 창문.

(셋째의 내다보고 있는 얼굴)

S#10 초원(회상)

한 청년이 멀리서 뛰어오고 있다. 흐릿한 얼굴이 점점 뚜렷하게 확대되어온다. 태석이다. 스포티한 차림.

저만치서 돌아보는 셋째의 웃는 얼굴. 어깨를 나란히 맞대고 가는 태석과 셋째.

태석 다음 일요일 시간 있니? 연극 초대권 있어! 앙드레 지드의 소설 「전원 교향악」을 각색한 작품이야. 어때?

셋째 집에 가봐야 돼. 농번기거든.

태석 너도 일 거들어야 하니?

셋째 그럼! 농촌에선 일손이 모자라.

태석이가 책을 바꾸어 들고 바른손을 내민다. 셋째가 쥐어본다.

셋째 여자 손 같구나! 우리 둘째 오빠 손은 말도 못해…….

태석 (Echo) 기다려, 기다려!

셋째가 목초밭으로 뛰어간다. 목초가 푸른 파도처럼 일렁인다.

S#11 교무실 창가

꿈에서 깨어나듯 셋째가 돌아본다.

S#12 운동장

운동장을 가로질러 오고 있는 이 선생.

S#13 교무실

자리에 가서 앉아 뜨개질을 계속한다.

이해성*, 들어온다.

이해성　　김 선생, 일직이세요?

셋째　　어머, 이 선생님!

이해성　　무슨 생각을 그렇게 골똘히 하고 계셨죠? 내가 인기척을 두 번이나 냈는데도….

셋째　　어머, 아, 아무 일도….

셋째와 이해성이 책상을 사이에 두고 마주 앉는다.

이해성이 시선을 피하듯 손에 든 소설책을 건성으로 편다.

셋째　　그런데 이 선생님은 어떻게……? 잡무 처리라도 하실 게 있나요?

이해성　　하숙집에 있는 것보다야 학교가 더 조용하고 서늘할 것 같아서…….

셋째　　그럼 방학 동안 어디 안 가셨어요?

이해성　　서울에 한번 갔다 오고는 쭉 여기서 지냈습니다.

셋째　　그러세요? 전 그런 줄도 모르고……. (하다 말 중단)

이해성　　(본다)

다음 순간 두 사람의 시선이 마주친다. 셋째가 시선을 피하며 뜨다 둔 레이스를 코바늘로 뜨기 시작한다.

이해성이 일어서서 물끄러미 밖을 내다본다. 매미가 더 극성스럽게 운다.

---

* 대본에는 '이 선생'으로 쓰여 있음.

이해성　참 이상하죠?

셋째　예?

이해성　(가리키며) 텅 빈 운동장, 학생들이 없는…….

셋째　아, 예…….

이해성　전 운동장을 가로질러 오면서 그런 생각을 했어요.

셋째　……?

이해성　학생들은 모두 떠나고 없지만, 걔들이 떠들던 말과 노래가 학교 구석구석에서 들리고 있는 듯한 느낌 말입니다.

셋째　네, 그래요! 저도 아까 들어오면서 그런 생각을 했어요. (일어난다) 어디선가 불쑥 "선생님, 안녕하세요" 하는 소리와 함께 애들의 웃는 얼굴이 나타날 것만 같아요.

이해성　저하고 똑같은 걸 느꼈군요….

셋째　(웃는다)

이해성　무언가 허전하면서도 짜릿한 느낌이죠.

셋째　머지않아 그 소리들의 임자들이 다시 돌아오겠죠.

이해성　개학이 되면…….

셋째　(책을 뒤적인다)

이해성　(말없이 담배만)

셋째　….

이해성　(어색한 듯) 제가 있으니까… 불편하세요?

셋째　아, 아뇨! 혼자 심심한 것보다 낫죠.

이해성　때론 옆에 누군가 있는 게 불편하고 혼자 있고 싶을 때가 있죠.

셋째　이 선생님은 그럴 때가 많아요?

이해성　전 어쩔 수 없이 혼자 있는 경우가 많아요.

셋째　어쩔 수 없이요?

이해성　네, 어쩔 수 없이죠. 사람은 누군가와 같이 있어서 즐거울 때도 많으니까요. (웃음)

셋째　　(가벼운 웃음)

다시 사이 침묵

셋째　　(책상에 엎드린다)
이해성　　(본다)
셋째　　(보지 않고) …….
이해성　　김 선생님 댁에 한번 가보고 싶군요.
셋째　　놀러 오세요.
이해성　　괜찮을까요?
셋째　　보잘것없는 농가예요.
이해성　　운치가 있을 거예요.
셋째　　예?
이해성　　김 선생은 분위기가 있으니까.
셋째　　분위기요?
이해성　　예……. (본다)
셋째　　….

S#14 마루와 뜰

마루에서 아버지, 둘째, 어머니가 점심을 먹고 있다. 어머니가 부채질하고 있다.
며느리가 반찬 그릇을 가지고 온다.

며느리　　어머니… 고구마 순….
어머니　　응… 잘 무쳤어?
며느리　　간이 맞을는지….

어머니가 고구마 순을 한 가닥 집어 입에 넣고 깨문다.

며느리	괜찮아요?
어머니	응… 초가 쪼금 신가?
아버지	아니, 뭘 둘이서만 먹어. 여기 놔!
어머니	당신 드리려고 그러지, 누가 먹는대요?
며느리	(웃으며) 고구마 순 나물이에요.
아버지	고구마 순? 좋지!

며느리가 반찬 그릇을 놓는다.

아버지가 덥석 집어 입에 넣고 깨문다.

아버지	음… 좋다, 제대로야! 둘째야, 너도 먹어!
둘째	예, 먹어요.
어머니	그것 봐요. 당신이 원체 고구마 순 나물을 좋아하시기에 아침에 좀 뜯어다가 껍질 벗겨서 데쳐서 된장, 초장에 볶은 고추 썰어 넣고 무쳤어요. 별미죠?

모두들 웃는다.

아버지	그런데 요즘 사람들은 이런 맛을 모르거든.
둘째	왜 몰라요? 요즘 서울서는 장사로 한몫 본다던데.
어머니	세상에 꽁보리밥도 장사가 되다니….
아버지	꽁보리밥? 좋지…. 그런데 난 싫어!
둘째	아니 왜요? 꽁보리밥이 얼마나 영양가가 높은데요?
아버지	꽁보리밥 자체가 싫다는 게 아니라… 그 꽁보리밥을 난데없이 무슨 인기 상품처럼 떠받들고 떠드는 도시 사람들의 변덕이 싫어! 나는….
어머니	에그… 남이 좋다는데 당신이 싫어하실 건 뭐예요?

아버지　　농촌에서는 수십 년, 아니 수백 년 전부터 꽁보리밥 먹었다구, 안 그래? 그런데 도시 사람들은 그걸 좋아함으로 무슨 진미나 만난 척 호들갑 떨잖아?

둘째　　사람들이 그런 점에서 원래 간사스럽죠.

아버지　　언젠가 회의가 있어서 서울에 갔었는데 말씀이야, 그 자리엔 모두 사장이나 국장이나 하는 인사들이 태반이었지. 그래 점심을 먹으러 가자 하기에 나도 따라갔지.

어머니　　혼자서 포식하셨구려!

아버지　　잔뜩 기대를 하고 따라갔지. 그런데 거기서 뭘 먹었는지 아나?

둘째　　뭘 드셨어요?

아버지　　우거짓국!

어머니　　우거짓국?

둘째　　아니 우거짓국을?

아버지　　그래, 난 분명히 우거짓국을 먹었다.

어머니　　세상에… 오랜만에 시골 양반 목구멍에 땟국 좀 벗겨줄 일이지 우거짓국이 뭐야?

둘째　　그럼, 아버지만이라도 갈비찜 시키실 일이지. 허허….

아버지　　난 그날 우거짓국을 먹으면서 생각했었다. 그 사람들… 배가 나오고 골프나 치고 당뇨다… 고혈압이다 하는 사람들 말이야, 이 세상에 맛있다는 음식 모조리 먹어본 끝에 이제 뭣 좀 색다른 것 없겠나 하고 생각 끝에 우거짓국을 찾은 거라고!

일동 웃는다.

아버지　　이거… 웃을 일 아니에요. 심각한 이야기야.

둘째　　…?

아버지　　농촌에서 우거짓국 먹는 건 밥상에 간장 종재기 오르는 거나

매한가지야! 그런데 그 사람들은 이제 색다른 음식으로 그 흔해빠진 우거짓국을 생각해냈으니…. 나 같은 농사꾼은 기가 차지! 밤낮 먹는 우거지를 서울 고급 식당에까지 가서 먹게 되었으니.

어머니　그래도 맛이야 있었겠죠?

아버지　맛? 난 도대체 노린내가 나서 못 먹겠어!

둘째　노린내요?

아버지　진짜 우거짓국이란 고기가 들어가서는 안 돼! 그런데 이건 기름 덩어리에 갈비까지 집어넣었으니…. 난 노린내가 나서 못 먹겠던데 그 양반들 잘도 먹더라! 허허….

일동　허허….

S#15 교무실

마주 앉아 감자를 먹고 있는 둘.

S#16 일용네 집 방

일용네 모자가 점심을 먹고 있다.

일용이가 돌을 깨물었나 보다.

일용　앗!

일용네　왜? 응?

일용이가 돌아앉아 종이에다가 밥을 뱉는다.

일용네　왜 그래?

일용　(신경질 내며) 돌이 있잖아요?

일용네　돌?

일용　　이 고구마 순 나물을 집어 먹었더니…. 엄니는 돌이 들었는지도 모르세요?

일용네　　이놈아! 내가 알고 그랬어?

일용　　반찬이 그게 뭐예요? 무슨 토끼도 아니고 염소도 아닌데…. 반찬이라는 게 모두가 푸성귀뿐인 데다 이젠 돌까지….

일용네　　예끼, 이놈!

일용네가 일용의 머리통을 쥐어박는다.

일용　　엄니….

일용네　　제때 끼니 안 굶는 걸 다행으로 알아…. 푸성귀가 어때서?

일용　　하다못해 꽁치 토막이라도 있어야 밥이 넘어가지…. 이건 웬통 풀밭이군, 풀밭!

일용네　　싸가지 없는 소리 작작해! 난 이것도 없어서 못 먹는다! 싫으면 관둬!

일용네가 밥상을 들어 돌아앉는다.

일용이가 어안이 벙벙해진다.

S#17 숲속 길

나무 그늘에 셋째와 이해성이가 앉아 있다. 매미가 가까이서 운다.

셋째가 시계를 본다.

이해성　　들어가보셔야 할 시간인가요?

셋째　　아뇨! 좀 더 있어도 돼요.

이해성이 풀을 한 줌 뜯어 허공에다 뿌린다. 뜯긴 풀이 꽃가루처럼 셋째의 어깨에 내려앉는다.

이해성　　난 처음부터 그런 생각이 들었거든요.

셋째　　…….

이해성　　처음으로 부임해 오셨을 때….

셋째　　제가요?

이해성　　그리고 버스 안에서 두어 번 만났을 때…. 왜, 그런 경우가 있잖아요? 처음 만났을 때도 오래전에 만난 적이 있는 것처럼 느껴지는 사람!

셋째가 빤히 쳐다본다. 지는 해가 셋째의 얼굴을 더 화사하게 물들여준다.

이해성　　난 원래가 비사교적이죠. 친구도 없어요. 아마 문학을 합네 하고 노상 혼자 지내다 보니까 어느새 모두가 내 곁에서 떠나버리고 없었죠… 흠…! 그런데, 김 선생님은 그렇지가 않았거든요.

셋째　　무슨 뜻이죠?

이해성이 벌떡 자리에서 일어난다. 나뭇가지에서 새가 푸드득 날아간다.

이해성　　아, 아무것두 아니에요. 그저… 말해본 것뿐이죠. 흠… 가시죠!

이해성이 앞장을 서 간다.

셋째가 일어난다.

S#18 교문 앞

가로수가 늘어서 있다. 셋째와 이해성이 온다.

셋째 이 선생님은 교직 생활이 재미있으세요?

이해성 예, 재미있어요. 늘 그런 건 아니지만….

셋째 그렇지 않을 땐 어떤 경우…?

이해성 사는 게 늘 아름다울 수 없듯이 짜증이 날 때도 있는 거죠…. 김 선생님은 어때요?

셋째 전 얼마 되지 않아서 잘 모르겠지만… 학생들하고 같이 지내는 게 즐겁기는 한데 가르친다는 게 어려운 것 같아요.

이해성 그렇죠! 남에게 어떤 걸 가르친다는 건 누구한테나 어려운 일이죠….

셋째 이 선생님은 앞으로도 학교에 계실 건가요?

이해성 네, 그러고 싶어요. 단, 내 자신이 학생들한테 해줄 수 있는 이야기가 남아 있는 날까지만…. 전 원래 도회지에서 자라서 농촌을 동경해왔어요. 그렇지만 농촌을 아는 건 아니었어요. 이제 한 1년 넘게 지내다 보니 조금씩 그 모습을 발견해가기 시작했다고나 할까요….

셋째 어떤… 점에서…?

이해성 뭐랄까…, 여긴 제가 찾는 것들이 많이 있는 것 같아요. 아름다움이랄까….

셋째 시를 쓰시는 데 도움이 되나요?

이해성 물론이죠…. 여긴 우리의 원래 모습과 숨결이 남아 있으니까요…. 저 흔들리는 나뭇잎, 풀잎, 곤충들의 소리, 물결, 바람, 그리고 구름….

셋째 전 문학을 잘 모르지만요, 시나 소설을 쓰는 사람을 보면 정말 부러워요. 그런 분들은 우리들 중에서 선택받은 사람들 같아요.

이해성 하하…, 누구나 시인이 될 수 있어요. 표현하고 못 하고의 차이지, 누구나 시적 감정을 가지고 있거든요.

셋째　　그럼, 저도요?

이해성　　그럼요, 허허….

셋째　　그럼 저한테 시를 쓰는 법을 가르쳐주세요. 뭣부터 하면 되죠?

이해성　　음… 우선 아름다움을 발견할 것. 왜냐하면 시는 진실을 말하는 것인데 최고의 진실은 최고의 미에서 나오는 것이니까….

셋째　　어려워요… 호호….

이해성　　하하….

셋째　　호호….

이해성　　어젯밤에 시를 한 편 썼죠.

셋째　　제가 읽어봐도 돼요?

이해성　　읽어보세요.

셋째　　제목이 없네요.

이해성　　읽어보시고 제목을 붙여주세요.

셋째　　….

S#19 시골길

아침에 왔던 길을 되돌아가는 셋째의 밝은 표정. 시를 꺼내 읽어본다.

화면에 시의 제목 「당신은 몇 묶음의 수수께끼」가 뜬다.

콧노래로 가볍게 춤추듯이 가는 셋째의 모습이 흰나비 같다.

S#20 뜰

어둠이 깔리고 있다. 펌프 가에서 며느리가 첫째에게 등물을 해주고 있다.

아버지가 삽을 들고 들어선다.

아버지　　왔니?

첫째　　예, 아버지 이제 오세요?

아버지　　어서 씻어! 난 천천히 씻을 테니까….

아버지가 평상 쪽으로 간다.

할머니 방에서 어머니가 나온다.

아버지가 윗도리를 벗는다.

어머니　　여보, 어머님이 많이 편찮으신가 봐요.

아버지　　왜?

어머니　　모르겠어요. 점심도 거르시고 속이 몹시 안 좋으신 것 같아요.

아버지　　체하셨나…? (방으로 들어간다)

아버지가 할머니 방으로 간다.

S#21 할머니 방

할머니가 자리에 누워서 가볍게 앓고 있다.

아버지가 들어선다.

아버지　　어머님… 어디가 어떻게 편찮으시길래….

아버지가 머리맡에 앉아서 할머니를 들여다본다. 입술이 마르고 열이 있어 보이는 눈빛.

할머니는 말을 잃고 손을 가볍게 흔들며 아무렇지 않다는 시늉을 해 보인다.

아버지　　약을 지어 올까요?

아버지가 이마를 짚는다. 아버지의 눈썹이 꿈틀한다.

아버지　　응? 열이 있으신데….

아버지가 어머니의 손목을 짚어본다. 진맥을 하나 보다.

아버지　　어머님! 간밤에 너무 차게 주무신 게 아니에요?
할머니　　(말이 없다)

첫째가 들어온다.

첫째　　열이 있으세요?
아버지　　40도는 되겠다!
첫째　　먹 감으셨어요?

할머니가 입을 꼭 다문다.

S#22 부엌

어머니가 상추로 풋김치를 담는다.
며느리가 국 냄비를 연다.

어머니　　어젯밤에 옥수수 잡수시던데…. 체하신 게 아닐까…?
며느리　　아닐 거예요.
어머니　　응, 어떻게 알아?
며느리　　아마 음식을 잘못 잡수어서 그러실 거예요.
어머니　　음식을…?
며느리　　예, 어제 저녁때 말예요… 부엌에 할머니께서 들어오셔가지고는….

S#23 부엌(회상)

할머니　(찬장에서 반찬 그릇 들어내 손으로 집는다)

며느리　할머님, 그거 드실려구요? (다가와 받아 냄새 맡아본다) 이거 맛이 좀 간 것 같은데요.

할머니　응?

며느리　아무래도 버려야겠어요.

할머니　아니다, 한번 보자! (받아서 냄새 맡아본다) 괜찮은 것 같은데…?

며느리　아니에요! 할머님, 좀 이상해요. 여름에는 하루만 둬도 시어서 못 먹어요.

할머니　이 아까운 걸 버려?

며느리　아까워도 할 수 없죠. 음식 조금 잘못 먹어도 큰일 나는데…….

할머리　아무리 그래도….

S#24 부엌

어머니　그럼, 어머님이 그 맛 간 걸 가지고 나가셨단 말이냐?

며느리　예, 아마 그걸 버리기 아까워서 자신 것 같아요.

어머니　시상에… 어쩌자고. (바삐 나간다)

S#25 마루와 뜰

어머니가 부엌에서 나와 할머니 방 쪽으로 간다.

S#26 할머니 방

아버지와 첫째가 할머니 머리맡에 앉아 있다.

첫째　제가 가서 감기약을 지어 올까요?

아버지　글쎄….

어머니가 들어온다.

어머니	감기가 아니에요, 식중독예요.
아버지	뭐, 식중독?
어머니	어젯밤에 쉰 나물을 잡수셨대요.
아버지	쉰 나물을?
어머니	버리기 아까워서 그랬던 것 같아요.
첫째	할머니, 정말이세요?
할머니	(대답 없이 끙 돌아눕는다)
어머니	시상에 어쩌자고 그런 걸 잡수셨어요? 아, 며느리가 맛이 갔다고 하는데도 막무가내로….
아버지	식중독? 이거 큰일인데…!
할머니	(돌아보며) 나 그런 일 없다.
어머니	다 들었는데 그러세요? (나간다)
아버지	아, 어머님 그게 정말이세요?
할머니	…….
아버지	허이구, 참! 그게 뭐가 아까워서… 버릴 건 버려야지…. 그저… 여름철에 식중독이 얼마나 무서운 건데…. (첫째에게) 얘, 너 빨리 자전거 타고 가서 약 사오너라.

일용네가 들어온다. 손에 물그릇과 한 손에 소금을 한 줌 들고 들어온다.

첫째	예! (일어나 나간다)
할머니	괜찮다! 나 이젠 괜찮아! 몇 번 토하고 났더니….
어머니	어머닌 잠자코 계세요. 얘, 갔다 와!
일용네	체하셨으면 약부터 잡숫게 할 일이지, 무슨 콩이야 팥이야 말들이 많아요 많긴….

일용네가 할머니 곁에 털썩 주저앉으며 손을 내민다.

일용네　　할머니, 약 잡수셔요.
할머니　　무슨 약?
일용네　　소금!
아버지　　소금?
일용네　　예, 보면 몰라요?
첫째　　소금을 어떻게…?
일용네　　왜, 구식이다 이거요? 흥! 자고로 체했을 때의 단방약은 이것 이상 좋은 것 없어요. 자요… 어서 드세요!
아버지　　체한 게 아니에요.
일용네　　아니믄요?
아버지　　맛 변한 음식 드시고 그러세요.
일용네　　그래요? 그랬다면 그건 약도 없어요. 그저 그건 아래위로 좔좔 쏟고. 그리고 드러누워 있다가 죽부터 먹어야 해요.
아버지　　옛날 없을 적 습관이 그대로 남아가지구서는 쯧쯧….

S#27 마루와 뜰

어머니　　(부엌에다 대고) 얘, 할머니 드리게 미음 좀 끓여라.
며느리 E　　예, 알았어요.

마루에서 어머니가 빨래를 개고 있다.
일용이가 들어선다. 사료 통을 들었다. 한 손엔 국제 항공우편 봉투가 들렸다.

일용　　편지 왔는데요.
어머니　　편지?

일용 우체부 아저씨를 만났어요.
어머니 누구 편지지?

일용이가 편지 봉투를 건네주고 돈사 쪽으로 간다.
어머니가 물 젖은 손을 앞치마에 닦은 다음 봉투를 본다. 발신인은 영문이고 수신인은 한글이다.

어머니 (마음의 소리) 혹시… 그 미국 간 태석인가 하는……. 그래 영어로 쓰인 게 틀림없지. 무슨 편질까?

셋째가 방에서 나온다.
어머니가 당황하면서도 자기도 모르게 편지 봉투를 쑥 내민다.

어머니 네 편진가 봐!
셋째 예?

셋째가 봉투를 받아 본다. 다음 순간 설레는 표정.

어머니 태석이헌테서냐?
셋째 (순순히) 네, 캔서스시티에서 왔어요!

셋째가 봉투를 째면서 뜰로 내려간다. 편지를 읽는 표정에 미소가 떠오른다.
어머니가 호기심에 가득 찬 얼굴로 바라본다.

S#28 과수원 길

셋째가 편지를 읽으며 천천히 간다.

태석　　(목소리) 미국 생활에 익숙해지려면 아직도 반년은 더 있어야 될 거라고 말하는 걸 들을 때마다 나는 내가 공연히 미국에 왔구나 하는 생각들이 들어. 비좁고 때로는 답답하지만 서울 거리가 그렇게 그리울 수가 없어. 조국의 의미를 새삼 느껴보고 있다. 밖에 나가봐야 자기 집이 고맙게 여겨지고 나라가 그리워진다는 말을 이제사 실감할 수가 있어! 나는 영숙이가 시골 학교에서 그 때 묻지 않은 아이들과 함께 아직도 싱그럽게 살아가고 있는 광경을 곧잘 그려본다. 난 곧 석사과정을 마치게 된다. 열심히 공부해서 꼭 학위를 따고 말 결심이다. 그땐 잠시 귀국하게 될 것 같다.

셋째가 걸음을 멈추고 허공을 쳐다본다. 허공에 떠오르는 태석의 환영. 전보다 더 의젓한 청년 신사의 모습이다.

S#29 교무실

이해성이 원고를 쓰다 말고 담배를 피워 문다. 담배 연기 속에 떠오르는 셋째의 미소 짓는 얼굴이다. 조용히 눈감는다. 손끝에 타들어가는 담배.

S#30 셋째 방(밤)

전기스탠드 밑에 드러누워 셋째가 편지를 쓰고 있다. 막내는 누워 있고….

셋째　　(소리) 단조로운 생활 속에서도 찾으려고만 들면 얼마든지 값진 것은 있을 것 같아. 나는 태석의 숨 가쁜 바쁜 생활을 상상하면서도 문득 우리가 헤어지게 된 일이 잘되었는지 잘못되었는지 저울질하느라 한동안 시간을 보냈어. 어쩌면 태석이와 나는 원래가 출발점이 다른 곳에 서 있었는지도 몰라. 뒤늦게야 그런 생각이 들었어…. 태석이가 학위를 받고 한국에 나타났을 때

나는 어떻게 변모해 있을까, 궁금해….

셋째, 문득 멈추고 한숨을 푹 쉰다. 그러다가 이해성이 준 시를 본다.

셋째　　애, 안 자니?

막내　　응!

셋째　　(막내에게) 이거 한번 읽어봐. (종이를 준다) 누가 쓴 신데, 읽어보고 제목을 한번 지어주렴!

멀리서 소쩍새 소리가 들린다.

막내　　제목을…? (찬찬히 읽는다) "당신은 한 묶음의 수수께끼"…….

셋째　　(보고 있는)

막내　　(다 읽고는 일어난다) 어머 언니, 이거 언니가 받았어?

셋째　　응, 왜?

막내　　누가 줬는데?

셋째　　건 알 필요 없어.

막내　　언니, 이건 연서야!

셋째　　연서?

막내　　사랑을 고백하는 사람 말이야!

셋째　　뭐?

S#31 집 전경(밤)

막내 E　　언니, 그것두 몰랐어? 이거 누가 줬어?

셋째 E　　이리 줘!

막내 E　　이 선생님이지, 그렇지?

셋째 E　　아냐! 빨리 이리 줘!

S#32 마루

아버지가 안경을 쓰고 신문을 읽고 있다.

어머니, 방에서 나온다. 셋째의 방 쪽을 눈여겨서 본다.

어머니　　(조심스럽게) 여보!

아버지　　응?

어머니　　셋째 말이에요.

아버지　　…?

어머니　　(머뭇거린다)

아버지가 신문에서 눈을 뗀다. 안경 너머로 어머니를 쳐다본다.

아버지　　왜 그래? 또 난 당신이 가끔 가다가 깜짝깜짝 놀라게 하는 말을 하는 게 겁난다구.

어머니　　저기 셋째한테 편지 왔었어요.

아버지　　편지라니?

어머니　　미국서…… 뭐 캔사쓰시라던가…?

아버지　　그게 누구야?

어머니　　예?

아버지　　캔사스 씨라구 했잖아?

어머니　　호호….

아버지　　지금 그랬잖아?

어머니　　편지 보낸 곳이 그곳이고, 편지 쓴 사람은 태석이에요.

아버지　　태석?

어머니　　그 서울에 부잣집에 아들이라는….

아버지 그래, 어떤 내용인데…?

어머니 내가 읽어봤어야 알죠. 어젯밤 늦게까지 안 자고 뭔가 쓰고 있긴 하던데…….

아버지 …….

어머니 그 청년하고 안 지가 꽤나 오래됐는데….

셋째가 나온다.

어머니 오늘도 일직이니?

셋째 아뇨.

어머니 그럼 어딜 가려고?

셋째 우체국!

어머니 우체국?

아버지와 어머니가 시선을 마주친다.

셋째는 의식적으로 밝은 표정이다.

셋째 태석 씨가 편지했어요. 그래서 답장을 써줘야겠다고 벼르고 별렀는데, 글쎄… 편지 쓰기가 그렇게 어려운 줄 몰랐어요. 호호….

어머니 그래, 썼니?

셋째 예, 하룻밤 걸려서….

아버지 그렇게 긴 답장이었니?

셋째 길지는 않았는데 시간이 오래 걸렸어요.

어머니 무슨 사연인데 그렇게 오래 시간이 걸렸어?

아버지 에그… 바보처럼 그런 것까지 묻는 사람이 어디 있어?

어머니 (웃는다)

모두들 웃는다.

셋째 우체국에 갔다가 바람 좀 쐬고 오겠어요.
어머니 일찍 들어와! 낮에는 밀 수제비 해 먹기로 했다.
셋째 예.

셋째가 토방으로 내려선다.
개가 꼬리를 친다. 까치가 운다.
셋째가 나가는 곳을 바라보는 아버지와 어머니의 표정이 깊다.

어머니 여보!
아버지 응?
어머니 아니에요.
아버지 응?
어머니 ….
아버지 답답하긴!

S#33 시골길

(F.O.)

제42화

엄마, 우리 엄마

제42화 엄마, 우리 엄마*

방송용 대본 | 1981년 9월 1일 방송

• 등장 인물 •

할머니	정애란
아버지	최불암
어머니	김혜자
첫째	김용건
며느리	고두심
둘째	유인촌
셋째	김영란
일용	박은수
일용네	김수미
의사	장보규, 문회원
간호원	신금매
노파(환자)	
애기	

* 제42화는 목포문학관에 연습용과 방송용 대본이 모두 보관되어 있으며, 연습용 대본의 제목은 「어머니」이다.

S#1 넓은 초원(들판)

염소가 풀을 뜯고 있다.

소, 논의 벼, 바람에 푸른 파도가 일듯 풀들이 나부낀다.

S#2 개울가

둘째와 일용이가 윗도리를 벗어젖힌 채 숫돌에 낫을 갈고 있다.

저만치서 금동이가 벌거벗고 물장구를 치고 있다.

일용이가 낫의 날을 손끝으로 만져보며 잘 갈아졌는가 살핀다.

금동이가 다가와서 들여다본다. 머리에서 물이 뚝뚝 떨어진다.

금동 뭐 하는 거예요?

둘째 응… (낫을 들어 보이며) 풀 베어서 퇴비 만들려고 하는 거야.

둘째가 다시 낫을 갈기 시작한다.

물속에 아예 쭈그리고 앉아서 호기심에 가득 찬 눈으로 쳐다본다.

금동 퇴비가 뭐예요?

둘째 퇴비는 풀을 썩혀서 만든 거름이지.

금동 그걸 어디다 쓰는데?

일용 논에다 뿌려 벼가 잘 자라도록 하는 거지. 그 자식, 되게도 캐묻는구먼! 저리 가!

금동 모르는 건 물으라고 하셨어!

일용 누가?

금동 할아버지가!

일용이와 둘째가 시선을 마주친다.

금동　　그렇지, 형? (둘째를 본다)

둘째　　그래! 네 말이 맞다!

금동　　그것 봐! 헤헤…… 헤헤….

두 손으로 물을 퍼서 일용의 얼굴에 끼얹는다.

일용　　앗! 저… 저….

금동이가 손벽을 치고 둘째가 깔깔댄다.

물속에서 고개를 내민 일용이가 아랫도리까지 다 내놓고 서 있는 금동을 가리킨다.

그 말에 금동이가 두 손으로 고추를 감추고 물속으로 폭 가라앉는다.

둘째　　허허.

일용　　아이, 시원하다.

가슴과 목덜미를 두어 번 문지른다.

가을 하늘이다.

일용　　아, 벌써 가을이구나…. 젠장 신나는 일은 하나도 없는데 세월만 잘 가는구나.

둘째　　괜히 죽는 소리 말아요. 허허….

일용　　뭘?

둘째　　접때 장터에서 봤다던데? 형이 그 처녀하고 빙수 사 먹고 있더라던데, 뭘! 허허….

일용　　처녀? 누, 누구 말인가?

둘째　　누구긴? 시치미 떼고 있네. 지난달에 선본 그 아가씨 말이오.

일용　　아, 그 아가씨? 아냐, 그건 우연히 만났지.

둘째	우연이고 필연이고? 그래, 이번 가을엔 국수 먹게 돼요?

일용이 물가에 올라와 앉는다. 전신에서 물이 주르륵 흘러내린다.

일용	모르겠어.
둘째	그동안 만나면서 그런 얘기도 안 했어요?
일용	왜, 좀 나누긴 했지….
둘째	그런데?
일용	그쪽 집안에서 반대를 하는 눈친가 봐….
둘째	반대를 해요? 왜요? 이유가 뭔데…?
일용	(한숨) 뻔하지 뭐…….
둘째	(본다)
일용	솔직한 말로 내가 남 앞에서 내세울 게 하나라도 뭐가 있어? 촌구석에 박혀 살겠다는 놈이 변변한 농토가 있나, 그렇다고 바깥으로 나가기에는 기술이 있나…, 손에 가진 것이 있나, 오로지 두 쪽뿐이니 그 사람들이 보기에도 한심하겠지, 흥….
둘째	그렇게 너무 자기 비하하지 말아요.
일용	사실인걸 뭐….
둘째	(담배를 꺼내 입에 문다)

둘째가 물 젖은 손을 바지에다 쓱 문지르고 바지 주머니에서 담뱃갑을 꺼내 던진다.
일용이 담배를 피운다.

둘째	그렇다고 남자가 물러설 순 없잖아요. 칼을 한번 빼 들었으면 그냥 넣을 순 없지….
일용	말은 그렇지만 그게 마음대로 되겠어…?
둘째	당사자끼리 마음 맞는다면야 뭐가 두렵수? 안 그래요?

일용 …….

S#3 마루와 뜰

평상에서 어머니, 일용네, 며느리가 콩을 까고 있다. 어머니가 치마끈을 풀며 헛트림만 한다.

어머니 아이구, 답답해!

가슴과 배를 문지른다.

일용네 점심 먹은 게 체했어요?
어머니 아니에요. 요즘 통 소화가 안 돼서……. (트림) 끄윽, 끄윽.
며느리 소화제 가져올까요? 먹다 남은 거 있는데.
어머니 아니야, 관둬!
일용네 약 있으시면 갖다 드려요. 있는 약을 왜 안 먹어요?
며느리 예….

며느리가 일어나 방으로 들어간다.

어머니 (한숨) 죽을 날이 가까워지는지… 요즘은 밥맛두 없구…… 소화도 안 되구. 그런가 하면 하루에도 두세 번 변소 출입이구…… 죽을려나 봐.
일용네 에그… 별소릴 다 듣겠네. 아니, 그럼 산 사람이 배고프면 먹고 먹으면 싸는 게지, 그게 병이래요? 에그, 걱정 말아요. 이제 여름이 가고 가을이 오니 그러는 게지.
어머니 허긴, 나는 젊었을 때부터 환절기가 되면 꼭 병이 났어요.
일용네 그것 봐요.

며느리가 물그릇과 약을 두 알 들고 나온다.

며느리　　어머니, 드세요.

토하젓+신약

며느리　　헛배 부르고 트림 나고 소화가 안 될 때 먹는 약이래요.
일용네　　에그, 꼭 텔레비전에 나오는 약 광고처럼 잘도 아시네, 헤헤….
며느리　　그 정도는 다 알고 있는 게 상식이죠. 어머니, 드세요.
어머니　　먹어두 돼?
며느리　　그럼요.

어머니가 약을 받아 입에 털어 넣고 물을 마신다.

며느리　　접때는 변비 하시더니…….
어머니　　글쎄, 대중을 못 하겠다니까……. 에그, 이제 나두 기계가 낡았나 봐……. 네 아버지 말대로 한물 가고 두물 가고 했으니…….

콩을 까기 시작하며 넋두리하듯,

어머니　　꽃 같은 나이…… 다 흘려보내고 귀밑머리 희끗거려 이제 좀 두 다리 펼까 했더니 어느 날 갑자기 산으로 가는 거나 아닌지… 모르겠다.
며느리　　(정색으로) 별말씀을 다 하세요, 어머님도. 소화 좀 안 되었기로 그렇게 말씀하시는 법이 어디 있어요.
어머니　　아니다…… 요즘엔 새벽 서너 시면 잠이 깨서는 그때부터 통 잠을 못 이루니…….

일용네　(능청스럽게) 그럼 김 회장더러 다리 좀 주물러달라시지……. 영감 좋다는 게 뭐예요. 그럴 때 써먹자는 영감이지, 헤헤…….

며느리　(겸연쩍어) 흠!

어머니　(흘기며) 에이구, 늙은 여우 몇 마리 들어앉은 것같이 응큼하긴?

일용네　엉큼하기? 내가 응큼해? 자, 들어봐요.

노래하듯 가락 맞춰,

일용네　영감 할멈…… 나란히 누워서 내 팔 베게나…… 자네 다리 벨게나. 북두칠성 기울어도 우리 두 몸 한 덩일세. 알강달강 이렇게 사는 게 인생의 낙이지 뭐가 낙이에요!

어머니　정말 정말… 나잇값두 할 줄 모르구서…… 지금 내가 몇 살인데 (흉내 내며) 내 팔 베게나… 자네 다리 벨게나야… 글쎄… 아이 망칙해라.

며느리　호호호…….

일용네　에그… 나처럼 독수공방 지키며 살지 않으니까 그런 소릴 하지.

어머니　그럼, 시집가구려.

일용네　가라면 못 갈까?

어머니　어마?

며느리　정말…….

일용네　지금이라도 어떤 영감쟁이가 나를 데려간다면 그까짓 거 왜 못 가.

어머니　어머나 시상에…….

일용네　(화를 내듯) 이래두 한평생, 저래두 한평생, 늙는 것두 서럽구 죽는 것두 서럽구 가슴 아픈데 사는 동안이나 호강하며 흐드러지게 살다 가야지, 흐흐…….

노래하며 어깨춤 추며,

일용네 노세 노세 젊어 놀아! 늙어지면 못 노나니…… 화무는….

할머니가 낮잠을 자다 일어났는지 발을 제치며 마루로 나와서 마루 끝에 앉는다.

할머니 아니, 저 망구가 또 뭘 먹었기에 저러나? 응?

머리를 뜨뜨 긁는다.

일용네 먹어서가 아니라…… (힘주어) 못 먹어서 그래요, 호호…….
할머니 뭐? 못 먹어서? 먹구 싶은 것 있으면 일용이보구 사다 달래서 먹지, 뭐가 아쉬워서…….
어머니 (웃음을 참으며) 시집을 못 가서 그런대요…….
할머니 시집? 시집이라니?
일용네 시집도 몰라요? 시집? 신랑 신부 만나서 그 한 몸, 한 덩어리 되어 검은 머리 파뿌리 되도록 사는…… 그 시집!
할머니 떽! (큰 소리) 무슨 씨도 먹히지 않는 소릴 하는 게야? 말 같질 않은 소릴….
일용네 (막무가내로) 난 우리 일용이 장가보내놓고는 영감 얻어서 따로 살 것이오. 허허허…….

모두들 배를 쥐고 웃는다. 개도 옆에서 꼬리 치며 짖는다.
다음 순간 어머니가 굳은 표정으로 앉아 있다. 처음에는 아무도 눈치 못 차린다.
어머니는 입술을 깨물고 아픔을 이기려는 듯 윗배를 손으로 누른다.

며느리 어머니, 왜 그러세요?

어머니		…….

할머니와 일용네가 비로소 쳐다본다.

일용네		어디 아프다요?
어머니		음…….
할머니		어멈아, 왜 그러니?
며느리		배가 아프세요? 예?

어머니가 아픔을 이기려고 안간힘을 쓰며 말없이 일어선다. 약간 비틀거린다. 치마가 흘러내린다.

며느리 E	어머니, 어머니….

어머니가 그대로 방으로 들어간다.

할머니		무, 무슨 일이냐?
일용네		체했나 봐요. 체를 내야 해요.
할머니		심한가 보구나. 그렇담 어서 가서 의사를 데려오든 떠메고 가든 해야지, 어서! 애비랑 모두들 어디 갔냐?
일용네		가만있자. 이러고 있을 게 아니라 체를 내리든지 해야지.

방으로 들어간다.

할머니가 안절부절못하고 서성인다.

S#4 시골길

논두렁에 서서 싱싱하게 벼가 자라나는 들판을 보는 아버지.

아버지 (마음의 소리) 잘들 이겨냈구나. 흠… 봄 가뭄에 올 벼농사 망치겠다고 가슴 조이더니…. 흠… 농사는 이 맛에 짓는 게야. 가뭄, 비바람, 게다가 병충해, 그 많은 시련 겪어나고도 저렇게 벼 이삭이 영글어가니…. 저게 농사꾼의 정성스런 마음과 땀이 이루어놓은 결실이지. 금년 올벼는 병충해 없는 것으로 골라 송편 빚어 성묘 가야지. 아… 이제 큰바람만 없으면 풍년이다, 대풍년, 홋흐….

둘째 (소리) 아버지, 아버지!

둘째가 뛰어오고 있다.

아버지 …?

둘째 집에 들어가보세요, 아버지.

아버지 응? 왜?

둘째 어머니가 편찮으시대요. 갑자기 배가 아프다고 드러누우셨어요.

아버지 그래?

아버지, 천방지축으로 달려간다. 한 번 자빠지고.

S#5 안방

어머니가 요만 깔고 누워 있다. 금세 환자가 된 듯 맥이 없다.

아버지가 의사인 듯이 어머니 이마와 손을 짚는다.

둘째, 며느리, 할머니, 일용네가 둘러앉아 있다.

금동이가 커다란 부채를 두 손으로 모아 쥐고 부채질을 하고 있다.

아버지 열은 없는데… 점심때 먹은 게 체한 거 아니야?

일용네　　글쎄, 내 말이 그 말이에요. 이럴 때는 체내는 집에 가서 체를 내고 나면 씻은 듯이 시원하다고요.

둘째　　체했는지 어떤지 확실히 모르잖아요?

일용네　　가슴이 답답하고 신트림 나고 헛배가 부르면 체했지 뭐….

일용네, 어머니를 들여다보며,

일용네　　여기 가슴에 뭐가 얹혀 있는 것만 같죠? 그렇지요?

어머니는 눈을 감을 뿐 대답이 없다.

일용네　　글쎄, 내 얘기가 틀림없어요, 틀림없다니까. 옛날부터 내 말이 바루 진맥이구 내 손이 바루 약손이었다니까….

할머니　　제발 그 입 좀 입 좀…. (뒤에서 끄집어 당긴다) 자, 자, 우리 늙은이는 나가 있자.

할머니가 당기자 일용네가 뒤로 끌려 물러앉는다. 그 모습이 우습던지 금동이가 킬킬댄다.

금동　　히히….

일용네　　이놈아… 너는 또 무얼 안다고 웃어, 웃긴…. 어른들이 말씀하실 때는 가만있잖구?

할머니와 같이 나간다.

아버지가 길게 한숨 몰아쉰다.

아버지　　이러고 있을 게 아니라 병원에 가봐야지….

둘째　　　보건소에요?

아버지　　응, 우선 보건소에 가서 그 의사 선생한테 한번 보여봐야지….

며느리　　아예 서울 큰 병원으로 가시죠.

어머니　　아서, 아서, 그럴 필요 없어요. 병원은 무슨….

아버지　　진찰을 받아봐야지, 어디가 어떠한지….

어머니　　받으나 마나예요.

아버지　　뭐?

어머니　　내가 뭐 환자인가요? 그저 몸이 고단하고 기운이 없어서 그렇지, 아무렇지도 않아요.

어머니가 자리에서 일어난다.

둘째　　　그대로 누워 계세요.

며느리　　어머니, 무리하시면 안 돼요.

어머니　　글쎄, 내 걱정 말어.

아버지　　이 사람 정말….

어머니　　왜요?

아버지　　아니 아까까지는 금방 파리약 뿌린 파리처럼 맥이 없더니만 이제는 또 큰소리하는군!

어머니　　산 사람이 가다가 맥이 있을 수도 있고 없을 수도 있는 걸 가지고 왜들 야단이에요. 글쎄… 난 괜찮아요.

금동이가 더 힘을 내서 부채질한다.

어머니　　금동인… 팔 아프겠다. 그만 부쳐!

금동　　　예. 그럼 나 개구리 잡으러 가도 되죠?

어머니　　그래, 나가 놀아라.

금동 야….

금동이가 밖으로 뛰어간다.

어머니가 흐트러진 머리를 두 손으로 추슬러 올리다 말고 모든 사람이 자신을 주시하고 있는 것을 의식한다.

아버지 여보!

어머니 정말 난 아무렇지 않으니까 걱정 마세요. 생사람이 병원 찾아가면 도리어 없던 병 만들어 와요. 아이구 콩밭에나 나가봐야겠다.

둘째 어머니… 좀 쉬시는 게 어때요?

어머니 쉬어? 말도 안 되는 소리! 농사짓는 사람이 쉬고 자시고가 어디 있는데…. 어서 나가봐…. (며느리에게) 저녁 쌀 안칠 때 되었다. 어서 나가봐!

며느리 예.

어머니 저녁엔 부추 베어다가 풋김치 담가 먹자. 멸치 장에 참기름, 고춧가루 듬뿍 쳐서 매콤하게 버무려 더운 밥에 비벼 먹으면 맛나지! 입맛 없을 땐 그게 별미다.

며느리 부추김치 잡숫고 싶으세요?

어머니 응… 쌈박한 게 먹고 싶다!

둘째와 며느리, 나간다. 아버지와 단둘이만 남는다.

아버지가 유심히 바라본다. 외면하는 어머니.

어머니 ….

아버지 그러고 보니 요 얼마 사이에 갑자기 좋지 않군!

어머니 내 얼굴이 어때서요? 늘 이랬는데….

아버지　　아냐… 몹시 나빠 보여…. 여보, 이젠 좀 쉬도록 해….
어머니　　여보, 나… 정말 어떻게 될까 봐… 겁나세요?
아버지　　뭐? 무슨 말이야?
어머니　　아, 아니에요, 아무것도. 난 아무렇지도 않아요. 정말이에요.
아버지　　(본다)

아버지의 미간이 꿈틀해진다.

어머니가 아버지 턱 밑에 매달린 풀잎을 떼낸다.

아버지가 담배를 피워 문다.

어머니의 눈에 이슬이 반짝.

어머니　　정말이에요. 당신하고 나 이렇게 함께 만나 고생해서 자식 낳고 재산 모으고 그래도 남부럽지 않게 사는 마당에… 설마하니 내가 사과밭에 사과가 툭 떨어지듯 떨어지겠어요? (웃어 보인다) 그러면 얼마나 야박하겠어요. 걱정마세요. 별거 아니니까….
아버지　　(화를 내며) 정말, 그런 소리 함부로 하기예요, 응? 지금 왜 그런 방정맞은 소리 해? 잔소리 말고 내일 아침에 병원에 가도록 해요. 알았어?

아버지는 대답을 들으려 하지도 않고 밖으로 나간다.

어머니가 멍하니 방바닥을 내려다본다.

S#6 마당(밤)

S#7 첫째 방

며느리가 잠든 애기에게 이불을 덮어준다.

첫째가 앉아서 담배 피우고 있다. 멀리 소쩍새가 운다.

며느리 뭐라고 하세요?

첫째 음….

며느리 병원에는 절대루 안 가신다네요.

첫째 (끄덕인다)

며느리 원래 병원을 싫어하기도 하시지만 치료비 때문에 그럴 거예요.

첫째 치료빈 염려 없어. 의료보험 들어 있으니까.

며느리 그래두요. 그저 체했다든가 벌레에 물렸다 정도면 몰라두, 뭐 암이다, 고혈압이다, 당뇨다 하면 얼마나 겁나기에…. 서울 어머니도 저혈압이라시던데 어떻게 좀 차도가 있으신지 모르겠어요.

첫째 방정맞은 소리 그만해요. 당신은 마치 어머니가 그런 병이기를 바라는 말투군.

며느리 (신경질 내며) 뭐라구요?

첫째 난데없는 암이니 고혈압이니 당뇨는 왜 들먹여? 기분 나쁘게….

며느리 누가 어머니를 두구 한 얘기예요?

첫째 지금 어머니 때문에 얘기지, 그럼 뒷집 총각을 두구 한 얘기야?

며느리 아니 정말 이이가…. 여보, 당신 그 얘기 취소 못 하세요?

첫째 못 해! 왜….

며느리 그런 애먼 소리로 중상하기예요, 예? 제가 언제 어머님 병이 암이라고 했어요? 예에?

첫째 (속상해하는) 그 암이란 말도 끄내지 마. 듣기 싫어!

S#8 셋째의 방

『가정의학백과』를 펴 보고 있는 셋째.

막내가 깜짝 놀란다.

막내 암?

셋째　　그럴지두 몰라. 여기 쓰인 증세가 하나하나 맞어들어가잖니…. (책을 가리키며) 어머니가 갑자기 얼굴이 수척해져 식욕 없고 위 부분이 당기고 소화불량, 변비, 그리고 설사… (낮게) 어떻게 하니?

막내　　그럼 위암이란 말이야?

셋째　　글쎄….

막내　　어쩐다지? 만약에 그게 사실이라면…. (눈물이 글썽글썽)

셋째　　병원에 가서 정확한 진단을 받아야겠지만, 만약에 암 진단이 나오는 날엔….

S#9 둘째 방

금동이 잠들고 있고, 그 옆에 누운 둘째, 잠들지 못하고 뒤척인다.

S#10 시골 보건소 진찰실

진찰대 위에 누워 있는 어머니.

며느리가 불안하게 내려다본다. 등에 애기를 업었다.

의사가 청진기를 댔다가 뗀다.

의사　　예! 좋습니다. 일어나세요. (책상으로 가서 앉는다)

어머니가 일어난다. 눈이 더 움푹 꺼져서 병색이 완연하다. 옷매무새를 여민다.

며느리가 초조하게 의사를 본다.

며느리　　어떤가요?

의사　　글쎄… 소화불량 정도는 괜찮지만… 눈에 황달기가 있어서….

어머니　　황달이라뇨?

의사　　그렇습니다. 간장이 좀 안 좋으신 것 같군요.

며느리　　얼마나 안 좋은가요? 아주 나쁜가요?

의사　　아직은 어떻다 속단할 수는 없는데요, 아무튼 좀 더 큰 병원으로 가셔서 세밀 검사를 해보세요.

며느리　　세밀 검사라면… 수술이라는….

어머니　　얘, 수술을 누가 한댔어?

의사　　(웃는다) 수술이 아니라 전반적인 종합검사죠. 이곳에는 그런 시설이 없어서요. 그러니 어디 도시의 종합병원에 가서 종합진단 받아본 연후라야지, 지금은 꼭 어디가 어떻게 아프다고 진단을 내릴 순 없어요.

의사가 다가온다. 다시 어머니의 눈 아래 꺼풀을 쭉 제쳐 내린다. 어머니, 섬찟 놀란다.

어머니　　(조심스럽게) 황달이 혹달루 변하면은 큰일 나는 거 아니에요?

의사　　예? 예. 그렇다고 반드시 그렇지도 않아요. 요즘은 약이 좋아서요.

S#11 초원

둘째, 일용.

가슴까지 찬 목초가 물결을 이루다가 땅에 쓰러진다. 마치 생명을 지닌 동물이 거기 죽어 넘어지는 것 같다.

둘째　　진단이 어떻게 나왔는지 모르겠는데요. 어머니 병세가…….

일용　　과로라구, 과로!

둘째　　허긴, 어머니는 너무 무리를 하셨어요.

일용　　아들 있겠다, 며느리 있겠다… 쉬엄쉬엄 하시지 마치 세상에 일하려고 태어나신 분 같으시니 왜 병이 안 나시겠어?

둘째　　촌에서 농사짓는 사람이 어디 몸 생각하고 쉬어가면서 살기가 어디 쉽나요?

일용이 돌아본다.

일용 　그래 자고 새면 일 더미에 쌓여 지내니. 손톱 밑에서 흙 떨어질 날이 없는 거지.

둘째 　그러니 요즘 처녀 가운데 촌으로 시집오겠다는 처녀가 없다는 게 당연하죠.

일용 　(본다)

둘째 　생각해보세요……. 도시에 가면 그 편한 아파트에다 칼라텔레비전이다, 에어콘이다, 전기세탁기다, 수세식 변소다, 전기냉장고다……, 얼마나 편하게 살 수가 있는데…… 어느 누가 촌에 와서 거름 냄새 맡으면서 먼지 뒤집어써가며 땀 흘리면서 살려구 하겠어요.

일용 　어이휴, 그러게 말이야. 도회시라고 꼭 그렇게 편하게만 사는 것도 아닌데, 무조건 그쪽으로 시집가서 편하게 살려고만 하니 참 한심한 노릇이야…….

둘째 　내 친구의 형이 있는데, 서른두 살인데 총각이래요. 처음엔 신부를 고르는데 이것저것 가렸지만 이제 와서 한다는 소리가 뭔지 아세요? (사이) 호밋자루 쥐겠다는 여자면 된다고 한대요, 헛헛…….

일용의 얼굴에 그늘이 진다.

둘째 　그런 쪽에서 생각하면 우리 어머닌 옛사람이 아니에요. 어머니는 그래도 일제강점기에 여학교 공부 마친, 이를테면 개화된 여성이었지만, 흙에 파묻혀 사는 걸 후회를 안 하셨거든요.

일용　　　그럼, 생각이 깊은 분이시지…….

둘째　　　(잠깐 멈추고 생각하다가) 어서 서둘러요. 얘기하다 보니까 뒤처졌어요.

일용이가 낫자루 쥔 손에 침을 탁 뱉고는 신나게 풀을 벤다.

S#12 뜰 펌프 가

아버지가 러닝셔츠 차림으로 세수를 하고 있다. 며느리가 수건 들고 서 있다.

땅거미 질 무렵 부엌에서 연기가 흘러나온다.

아버지가 수건을 받아 얼굴을 닦는다.

아버지　　　종합진찰?

며느리　　　예, 여기서는 시설이 없다나 봐요.

아버지　　　그럼, 서울로 나가봐야겠구나.

평상으로 가서 앉는다.

며느리　　　예.

아버지　　　음, 종합진찰이라.

며느리　　　그런데 그게 빨라야 일주일 걸린다는데 어떻게…….

아버지　　　(심각한 얼굴로) 일주일씩이나?

며느리　　　예. 혈액검사, 변비물검사, 간기능검사, 위액검사, 뭐, 뭐, 주워섬기는데…… 얘기만 들어도 어질병 난다고 어머니께서 저렇게 누워 계세요.

아버지　　　(방 쪽을 본다)

며느리　　　그리구 의사 말이….

아버지　　　음?

며느리 황달이래요, 눈을 보더니.

아버지 황달?

S#13 방 안

요 위에서 어머니가 손거울을 들고 눈을 들여다본다. 눈을 크게 떠보기도 하고 눈 아래 꺼풀을 제쳐 내리며 눈을 들여다본다.

어머니 (마음의 소리) 이상하다. 내가 보기엔 누런 빛깔은커녕… 아무렇지도 않은데, 난데없이 황달은… 어디 다시 한번 보자.

어머니가 더 과장해서 크게 뜨며 본다.

다음 순간 아버지가 마루에 올라오는 기척이 나자 급히 거울을 요 밑에 감추고는 눕는다.

아버지가 바지를 걸어 올린 채 러닝셔츠 바람으로 들어온다. 그는 부러 밝은 표정이다. 안심시키기 위해서일 게다.

아버지 황달이라고…….

어머니 …….

아버지 황달 같으면 걱정 없어. 그까짓 거… 왕년에 황달 안 걸려본 사람 있어? 농촌에서는 누구나 걸리는 흔한 병이지…. 허허, 걱정 없어.

어머니 (조용히) 여보, 얘기 들으셨죠?

아버지 응? 응.

어머니 큰 병원으로 가보래요.

아버지 글쎄, 걱정 없어.

어머니 일주일 입원비가 얼마나 될지 어떻게 알아요.

아버지 그럼 돈 때문에 진찰 안 받겠다는 거야? 젠장, 어린애도 아닌데.

어머니, 벌떡 일어난다.

어머니　　여보, 나 좀 봐요.
아버지　　어딜 봐?
어머니　　내 눈이요.
아버지　　눈?
어머니　　어서요!

아버지가 기어서 다가온다.

어머니가 눈을 크게 떠 보인다. 이상스럽게도 이지러진 얼굴이다.

어머니　　내 눈알이 노란 것 보세요.
아버지　　응? (입이 벌려 있다)
어머니　　봐요! 그렇게 입만 벌리지 말고.

아버지가 입을 다물고 눈을 들여다본다. 알아볼 도리가 없다.

아버지　　글쎄, 그렇지도 않은데.
어머니　　그렇죠? 그런데 나더러 황달이라지 뭐예요.
아버지　　의사 눈에는 그렇게 보인 게지.
어머니　　의사면 다 의사인가요.
아버지　　……?
어머니　　에그…… 그래가지고 어떻게 병을 고친다고…. 병원을 차렸으면 제대로 설비라도 해놓고 볼 일이지. 여기서 서울까지 가서 종합진찰 해봐야 안다나. 해봐서 아무 병도 아니라면 나만 손해 아닌가 말이에요. 그 돈이 얼만데.
아버지　　그 돈 타령 좀 그만둘 수 없소?

어머니　　예?
아버지　　사람 나고 돈 났다는 말도 못 들었어?
어머니　　그래두요.
아버지　　뭐가 그래두야? 잔소리 말고 서울 종합병원으로 가요! 아까 며늘아이 얘기로는 사부인의 사돈이 무슨 종합병원 내과 과장이라니까, 그 소개장 얻어 가면 여러 가지로 편의를 봐줄 거라던데, 그렇게 알고 가도록 해요.

어머니가 멍하니 넋 나간 사람처럼 앉아 있다.

아버지 E　알았어요?
어머니　　어쩜, 모두들 나를 아주 중환자 취급을 하나.
아버지　　뭣이?
어머니　　아니, 당사자인 내가 결정도 안 한 일을 왜들 먼저 우기고 설치고 결정짓고 법석들인가, 법석이.
아버지　　아, 아니, 이, 이 사람이.
어머니　　그래 의사가 가란다고 기다리기라도 한 것처럼 냉큼 가야 되나요?
아버지　　환자는 의사 지시를 따라야지.
어머니　　(고집스럽게) 난 환자 아니에요. (돌아앉는다)
아버지　　황달이라며?
어머니　　아까 당신도 아니라고 했잖아요.
아버지　　그, 그건.
어머니　　의사도 의사 나름이지, 그런 돌팔이 의사 얘기 누가 믿어요.
아버지　　이건 뭣 뀌고 성낸다더니, 원 잘난 병 나가지고 기세 올리는군! 내 참.

아버지가 휙 돌아앉는다.

어머니 표정이 갑자기 앙상해진다.

어머니　　여보, 그래 실망했어요? 예?

아버지　　실망?

어머니　　내가 병났다니까 마치 어서 죽어 없어졌으면 하는 표정이구려!

아버지　　아니?

어머니　　아니면… 왜 내 의사도 안 들어보고 종합진단 받으라고 결정지었죠?

아버지　　의사가 그랬다면서.

어머니　　나는 싫단 말이에요.

아버지　　환자가 싫다고 진찰 안 받아?

어머니　　진찰 받기 싫다는데 왜 우기는 거예요?

아버지　　싫어도 받아!

어머니　　싫어요! 싫어! 난 절대 안 갈 거예요! 안 간다면 안 가요!

히스테리에 가깝게 외치던 소리가 마침내 울음으로 변한다. 아버지가 어리둥절해한다.

S#14 뜰과 마루

모든 식구들이 불안하게 방 쪽을 바라보고 있다.

S#15 둘째 방 앞 마루(밤)

벌레 소리.

둘째가 넋 없이 앉아 있다. 금동이가 둘째의 허벅지를 베고 잠이 들었다.

첫째가 나온다. 풀벌레 소리……. (찌르레기) 둘째에게로 다가와 옆에 앉는다.

첫째　　(한참 있다) 어떻게 하면 좋지?

둘째　　…….

첫째　　어머니는 계속 고집을 부리시고…….

둘째　　…….

첫째　　종합진찰 받는다는 게 뭐가 어렵단 말인지……. 병원도 내 처가에서 다 주선해주기로 했고… 의사도 권위자에게 특진으로 받도록 얘기가 다 되어 있는데… 어째서 저렇게… 옹고집이실까.

둘째　　그러게 말이에요…….

첫째　　하기야 어머니 심정을 이해할 수 없는 것도 아니지만…….

둘째　　……. (본다)

첫째　　어느 날 갑자기 중병 환자라는 선고를 받을지도 모른다는 생각에 겁이 나시는 거지…. 그렇다고 진찰을 안 받을 수야 없지…….

둘째　　형! 난 어머니가……. (말을 못 잇는다)

첫째　　응?

둘째　　어머니가 만약에……. (고개 숙인다)

첫째　　그래, 말하려고 하는 거 난 안다. 그렇지만 그런 생각은 하지 마. (한숨) 어머니 안 계시는 우리 집 생각할 수나 있는 일이니…?

담배를 빼어 동생에게 하나 준다. 벌레가 운다.

첫째가 눈을 지그시 감고 있다.

S#16 안방(밤)

어머니와 아버지가 누워 있다. 어머니는 잠이 들었다.

아버지의 말똥말똥한 시선. 아버지가 여윈 어머니의 뺨을 살며시 만진다. 뺨에 흘러내린 몇 개 머리카락을 한 개 한 개 집어 올린다.

아버지　　(마음의 소리) 여보, 난 병원에 안 가겠다는 당신 마음 다 알아.

괜히 그러는 거 아니라는 거 알아. 하지만 집안 식구들 생각도 해야지. 당신 자식들 당신 바라보는 눈 보았지? 걔네들의 마음을 다독여줘야지, 안 그래? 여보, 내일 서울 가서 진찰을 받아봐. 절대 별일 없을 거야! 내가 있는데 겁내지 마, 응? 당신 늘 그랬잖아? 늙은 홀어미는 살 수 있어도 홀아비는 못 산다고… 응? 꿈을 잘 꾸어봐….

S#17 마루와 뜰

마루 끝에 옷 보따리와 작은 트렁크가 놓여 있다. 할머니와 일용네가 앉아 있다.

나들이할 차림으로 아버지는 한쪽에 앉아 담배 피우고 있다.

일용네는 찐 옥수수를 먹고 있다.

막내, 둘째는 평상에.

S#18 방 안

외출 차림의 어머니가 잔뜩 부어서 앉아 있다. 셋째가 마주 앉았다.

저만치 며느리가 서 있다. 역시 외출할 준비를 한 차림이다.

셋째	어머니… 그만 일어나세요.
어머니	….
며느리	그렇게 하세요… 예?
어머니	너희들도 참 이상하구나. 글쎄 생판 살아 있는 사람을 억지로 병원에다 가두어두려는 심뽀가 뭐냐?
며느리	어머니두! 종합진찰을 받으시라는 게지, 누가 당장에 수술을 한댔어요?
어머니	(쏘아보며) 아픈 데도 없는데 무슨 종합진찰이고 나발이고 있니? 소화가 좀 안 되는 증세는 환절기가 되면 나타나는 걸 가지고… 나 안 간다.

어머니가 옷고름을 풀어젖힌다.

셋째가 잽싸게 말린다.

셋째 (날카롭게) 어머니?

어머니 …?

셋째의 큰 눈에 이슬이 금시 솟아오른다.

셋째 엄마 혼자 생각만 하시기예요?

어머니 뭐라구?

셋째 아버지랑 우리 자식들이 어머니를 얼마나 소중하게 여기고 있는가… 그것쯤은 알아주셔야지. 이렇게… 이렇게….

며느리 그동안 서울에다 입원실도 다 말해놨고, 수속도 다 해놨는데, 안 가시면 어떻게 해요? 서울 고모네도 병원에서 기다리기로 했어요, 어머니.

셋째 우리 집안에서 엄마는 대들보이셔요. 기둥이란 말이에요. 기둥이 썩으면 어떻게 되는 거죠…? 모르세요? 만약에, 만약에 경우는 우리 모두… 모두….

셋째가 목이 메어 말을 잇지 못하고 어머니 품에 얼굴을 파묻고 흐느낀다.

어머니가 눈을 감는다.

어머니 (밀치며 고함) 무슨 방정맞은 소리 하는 거야? 만약에라니? 내가 어떻게 되기라도 한다는 말이냐 뭐냐, 엉? 에그, 당장 그 눈물 치우지 못해?

눈물을 안 보이려고 애쓰나 두 줄기 눈물이 주르륵 방정맞을 정도로 쉽게 흘러내린다.

며느리	(가까이) 어머니, 어서 가도록 하세요. 밖에서도 모두 기다리고 있어요.

어머니가 손바닥으로 눈물을 문지르며 불쑥 일어난다.

셋째	엄마!
어머니	(풀었던 옷고름을 매며) 가자! 설마 나를 죽이기야 하겠니? 가….

급히 마루로 나간다.

S#19 마루와 뜰

며느리, 셋째, 그리고 어머니가 나온다. 둘째는 가방 들고 나서고.

할머니	지금 가려구?*
어머니	예, 다녀오겠어요.
할머니	응, 가서 무슨 병인지나 알고 와.
일용네	황달병 같으면 병원에 가나 마나예요.
할머니	뭐라고?
일용네	황달에는 기찬 단방약이 있죠. 그 미나리 있죠? 그걸 찧어서 즙을 한 사발씩 마시고, 또 그 초가지붕 밑에 숨어 사는 굼벵이 있죠?
며느리	굼벵이?
셋째	아이, 징그러워….
일용네	아니야. 그게 얼마나 깨끗한 벌레인데. 그 굼벵이 삶은 물을 몇 번 마시면 거짓말처럼 낫는데…. 왜 돈 쓰고 고생되게 입원을

* 대본에는 '가려게'로 되어 있으나 내용상 '가려구'임.

해요, 하긴….

셋째　　에그, 그게 약이라면 벌써 노오벨상 탔겠수.

일용네　　노레리상은 또 뭐여?

아버지　　그, 그 쓸데없는 소리 말고 빨리 서둘러.

어머니　　어머니, 그럼 다녀오겠어요.

할머니　　오냐, 어서 가서 그저 하루라도 빨리 나아서 돌아와.

어머니　　예.

할머니　　이 집에 에미가 하루도 없으면 나는 힘 없어요. 어디 한구석이 텅 빈 것 같고…. 꼭 이사 나간 집 같고.

어머니가 다시 한번 감동된 얼굴로 마루 위의 할머니를 쳐다본다.

금동이 나온다.

금동　　할머니, 어디 가요?

어머니　　응, 서울에 좀 다니러 간다.

금동　　피이, 난 다 알아요. 할머니 아파서 병원에 가는 거죠?

어머니　　아니야, 금동아….

금동　　할머니, 빨리 오세요.

어머니　　그래그래, 내 빨리 오마. 그동안 금동이 말 잘 듣고 있어.

금동, 눈물이 글썽하다.

금동　　네에.

어머니　　착하지. (머리 쓰다듬는다) 어머니! 다녀오겠어요.

할머니　　그래그래. 빨리 가. 애비두 잘 다녀오구.

어머니가 손수건으로 얼굴을 가리며 나간다.

며느리와 셋째가 각각 짐을 나누어 들고 나간다. 까치가 운다.

할머니 (한숨) 그렇게 일만 하고 살았으니 쇠토막인들 안 녹았겠나… 에그…. (기도하듯 큰 소리로) 삼신당님, 제발 우리 며느리 탈 없게 해주세요, 예?

할머니 눈에 이슬이 맺힌다.

S#20 종합병원 현관

S#21 입원실

침대가 석 대 놓여 있다. 서민층 환자 방이다.

어머니가 환자용 파자마를 입고 가만히 누워 있다. 옆자리에도 노파가 누워 있다.

머리맡의 카세트 라디오에서 회심곡이 나오고 있다.

어머니 (노파 쪽을 힐끔 본다)

노파 (옆으로 누워 이쪽을 보고 있다)

어머니 (불편한 듯 시선 돌린다)

노파 (보는 채로)

간호원이 주사기를 들고 들어선다. 피를 뽑기 위한 도구이다.

간호원 약 드셨죠? 내일 아침에는 위 검사 받으셔야 하니까 저녁부터는 아무것도 잡숫지 마세요.

어머니 예.

간호원 그쪽 팔 내세요.

어머니 팔을?

간호원 피를 뽑아야죠.

어머니 어제도 피를 한 사발씩이나 뽑더니 무슨 피를 또 뽑아요?

간호원 그건 혈액검사고, 이건…….

어머니 싫어요, 그만해요.

S#22 복도

아버지, 맏딸, 사위가 입원실을 찾으면서 오고 있다.

S#23 병실

간호원 피를 뽑으셔야 검사를 하죠.

어머니 그 피가 적은 피요? (주사기를 가리키며) 세상에 애기 팔목만 한 주사로 피를 뽑으면 난 어떻게 하라구….

간호원 (어이가 없어서) 의사 선생님 지시를 따르셔야죠.

어머니 지시고 자시고 싫어요. 그렇지 않아요? 요즘은 먹질 못해 머리가 띵하고 어지러워서 빈혈증도 있는데…… 또 피를 뽑다니 싫어요…….

드러눕는다. 아버지, 맏딸, 사위가 들어선다.

맏딸 어머니!

사위 장모님!

어머니 오니?

간호원 가족 되시는가요?

사위 예, 내가 사윈데 뭐가 잘못되었나요?

간호원 채혈을 거부하시잖아요.

사위 채혈?

어머니 글쎄… 저 큰 주사기로 피를 뽑아 가더니 이제 와서 또 뽑겠다니……. 이 병원에서는 피 뽑아서 장사하려나, 원…….

일동 웃는다.

아버지 이봐. 병원에 들어온 이상은 모든 걸 의사 선생의 지시에 따라야 해.

어머니 예? 내 피가 남아도는 줄 아세요?

맏딸 원 어머니두, 종합진찰 때는 으레 그렇게 하는 거예요.

어머니 난 그렇지 않아요. 빈혈이다. 그런데…….

아버지 그러니까 그 병을 진찰하고 고치기 위해서 채혈한다는데, 이봐…… (귀에 대고) 옆 사람이 흉봐! 촌닭이라구…….

간호원이 알콜 묻힌 약솜으로 어머니의 팔뚝을 문지르고 주사 바늘을 쑤신다.

어머니 아얏! (화를 내며) 살살 좀 못 해요?

간호원 (능청 떨며) 죄송합니다, 마마님.

어머니 뭐?

일동 웃는다.

S#24 뜰과 마루

밤이다! 평상 위에 둘째와 금동, 막내가 엎드려 있기도 하고 누워 있기도 한다.

금동 앗… 별똥이다… 저기….

막내 별똥 떨어진 곳을 찾으면 부자 된단다.

금동 누나! 우리 찾아가보자.

막내　　바보! 흠…… 어디에 떨어진지 알면 나 혼자 가지 누가 너와 함께 가니? 호호호….

둘째　　오늘이 닷새째지? 엄마 입원하신 지가.

막내　　내일이 엿새…. 오빠! 내일쯤 나오실까?

둘째　　글쎄… 병원에서 퇴원시켜야 나온다잖아.

막내　　오빠, 이건 내 영감*인데….

둘째　　응?

막내　　엄마, 암 아니야?

둘째　　미쳤어?

막내　　우리 친구 엄마두 꼭 그런 증상이어서 병원에 갔었는데.

둘째　　암이 그렇게 아무나 걸리는 병인 줄 아니?

막내　　그럼…… 암두 사람을 가려가면서 쳐들어와?

둘째　　그럼! 엄마 같은 사람에겐 절대 안 와! 아니 못 오게 돼 있어.

막내　　……?

금동　　암이 뭐야?

막내　　암이 암이지.

둘째　　암… (긍정하는 듯) 암…… 그렇지, 그래, 허허허…….

막내와 금동이가 웃는다.

둘째　　우리 엄마는 절대로 그런 몹쓸 병엔 안 걸리신다. 이 세상에 우리 엄마만큼 양심적이며 선량한 분은 안 계시니까! 절대적이다. 두고 봐.

금동　　앗! 별똥이다. 저쪽… 저기.

---

* '예감'의 오기인 듯함.

금동이가 벌떡 일어나 밤하늘을 가리킨다. 풀벌레 소리가 요란하다.

S#25 입원실

어머니가 침대 위에 앉아 있다. 맞은편 침대를 본다. 텅 빈 침대.

아버지와 의사와 간호원이 들어온다.

의사 기분이 어떠세요? 간밤에 잘 주무셨어요?

어머니 아뇨.

의사 어디가 편찮으시던가?

어머니 선생님… 나 집에 가고 싶어 죽겠어요. 병원에 들어오니깐 더 시들시들해지고 없던 병이 옮아 오는 것 같아요. 선생님! 나 좀 우리 집으로 보내주세요.

아버지 여보……. 그렇잖아두 오늘 퇴원 허가가 났어요.

어머니 정말?

의사 예!

어머니 그럼, 병은……?

의사 별 이상 없습니다. 약간 쇠약해진 것뿐이고…….

어머니 황달은요?

의사 몸이 쇠약해지면 황달기도 나타나죠.

아버지 앞으로는 좀 잘 먹어요. 고기도 먹구……. 당신은 집에서도 음식을 만들어 가족들 먹이려고만 들었지, 자기 입에 들어가는 건 숫제 아까워라 했는데 (엄하게) 못쓴다구……. (의사에게 아첨하듯) 그렇습죠?

의사 예…… 영양 섭취가 중요하죠. 더구나 부인은 이제 노년기에 접어드시는 연령이고 모든 부분의 기능이 약화되어가고 있으니 이제부터 잘 잡수세요. 가족을 위해서도 어머니가 건강하셔야 않겠어요?

어머니가 눈을 내리깔고 앉아 있다.

의사　　(아버지께) 그럼 아까 말씀드린 대로 수속 밟으시고…….

아버지　　예… 예….

의사와 간호원이 나간다.

아버지가 몇 발 따라가다가 어머니를 돌아본다.

어머니가 앉은 자세에서 그대로 뒤로 벌렁 눕는다. 침대가 크게 출렁인다.

아버지　　(겁을 먹고) 여보!

어머니 곁으로 뛰어간다.

어머니　　(눈을 감고 낮게) 살았구나…… 살았구나…….

아버지　　어디가 또 아파?

어머니　　아니에요…. 여보, 입원비 얼마나 나왔어요? 많죠?

아버지　　입원비? 걱정 마. 얼마 안 나왔어.

어머니　　여보, 가요! 어서 우리 집으로 가요. 숨이 막혀요. 집에 가구 싶어요. 애들두 보구 싶구…….

아버지　　알았어, 알았다구.

어머니의 눈꼬리에서 눈물이 흘러내린다.

아버지가 엎드려 손끝으로 눈물을 닦아준다.

S#26 마당과 뜰(오후)

마루에 둘째가 앉아 있다.

금동이와 첫째, 들어온다.

첫째　　서울에서 전화가 왔었어!

둘째　　서울서요? 그래 뭐래요?

며느리　　(나오며) 어떠시대요?

막내　　(나온다)

첫째　　아무 이상 없는 결루 진단이 나왔대.

둘째　　정말요?

첫째　　응, 내일 오시는데 걱정할까 봐 전화하셨대.

막내　　와—.

첫째　　그러니까 어머니 돌아오시기 전에 집 청소 깨끗이 하고. (아내에게) 당신은 맛있는 거 좀 만들어.

며느리　　알았어요.

모두 웃고 야단이다. 그러나 눈에서는 눈물 흘리고 있다.

할머니, 나와서 본다.

(F.O.)

제44화

잃어버린 세월

제44화 잃어버린 세월*

방송용 대본 | 1981년 9월 15일 방송

• 등장 인물 •

할머니	정애란	수원댁	남능미
아버지	최불암	윤 순경	윤석오
어머니	김혜자	삼배	
첫째	김용건	어린 삼배(7세가량)	
며느리	고두심	삼배 부(30)	
둘째	유인촌	삼배 모(27)	
셋째	김영란	마을 청년	
막내	홍성애	아낙 A, B, C	
금동	양진영	사나이	
일용	박은수		
일용네	김수미		

* 제44화는 목포문학관에 연습용과 방송용 대본이 모두 보관되어 있으며, 연습용 대본의 제목은 「성묘길」이다.

S#1 들판

높푸른 가을 하늘 아래 고개 숙인 벼 이삭이 누렇게 익어간다.

S#2 옥수수밭

깃발처럼 자란 옥수숫대에 만국기처럼 날리는 잎사귀들.

S#3 길가

흰빛, 보랏빛 코스모스가 어울려 피어 있다. 그 길을 둘째가 경운기를 타고 간다.

반대편에서 마을 청년이 장을 보고 오는 길이다. 지게에 북어쾌며 과일 등이 보인다.

둘째　　　장에 다녀오나?

마을 청년　응… 차례 지낼 것 좀 샀지.

둘째　　　장터 붐비던가?

마을 청년　그저 그래.

둘째　　　나두 농협에 들렀다가 장 보러 갈 참일세. 물가는 어때?

마을 청년　그저 그려.

둘째　　　싱겁긴… 자네는 뭣이나 "그저 그려"구만 허허허…….

마을 청년　우리 인생 사는 게 다 그저 그렇지 별것 있남, 헤헤… 다녀오게.

둘째　　　응… 참 올 추석날에는 성묘하고 나서 다 윷놀이나 하세.

마을 청년　좋지. 다녀와!

둘째가 다시 시동을 걸고 시골길을 간다. 둘째의 얼굴에도 풍년의 기쁨과 소망이 한데 뭉쳐서 미소가 저절로 흘러나온다.

S#4 마루와 뜰

며느리와 일용네가 평상에 앉아서 맷돌질을 하고 있다. 녹두를 가는 모양이다.

금동이가 녹두를 한 줌 집어 맷돌 구멍에 넣는다.

일용네는 삶은 고구마를 한 손으로 들어 뚝 베어 먹는다.

일용네　조금씩 넣어, 이 녀석아!
금동　많이 넣어야 빨리 갈지? (며느리를 쳐다보며) 그렇지요?
며느리　그렇지도 않아.
금동　왜?
며느리　한꺼번에 많이 넣으면 녹두가 곱게 안 갈아지거든…… 그러면 녹두부침 맛이 없거든… 흠.
금동　(고개를 갸우뚱) 이상하다?
며느리　뭐가?
금동　그럼 이 맷돌이 많이 넣는지 적게 넣는지 안단 말이에요?
일용네　뭣이 어째?
금동　이게 단단한 돌인데 제가 그걸 어떻게 알지?
며느리　호호…… 알아서 그러는 게 아니라 이렇게 맷돌질하기가 힘들지. 그렇게 되면 잘 안 갈아지지.
금동　아, 알았다!
일용네　뭘 알아? 알긴……
금동　여기다 녹두를 많이 넣으면 힘이 더 드니까 갈기가 힘들다 이거죠?
며느리　어머머….
일용네　……아니 이 자식은 뭘 먹고 자라서 이렇게 말이 많지.
금동　그러니까 게으름 피우고 싶어서 그렇지 뭐, 히히히…….
일용네　에게게….
며느리　그게 아니지! 사람두 한꺼번에 음식을 많이 먹으면 체하지 않아?
금동　아니야!
며느리　뭐라구?

금동 (일용네를 가리키며) 할머니는 밥숟갈을 (손으로 가리키며) 이렇게 크게 밥을 떠서 (입을 크게 벌리며) 이렇게 먹어도 배탈 안 나던 걸, 히히.

일용네 에라이, 이놈의 자식!

일용네가 평상에서 내려서서 금동이를 때리려 한다.

금동이가 깔깔거리며 도망친다. 개가 짖어댄다.

일용네 (멀리 대고) 이놈의 자식! 녹두부침 지져서 너 주나 봐라.

며느리 호호호…….

방에서 어머니가 나온다.

며느리 어머니… 더 주무시지 않구서…… 벌써 나오세요?

어머니 점심 먹고 약간 눈을 붙였더니 한결 몸이 가볍다! 송편 쌀은 물에 담구었어?

며느리 예!

일용네 …….

빤히 들여다본다.

어머니 뭘 봐요?

일용네 황달은커녕 보름달이구만 헤헤…….

어머니 예?

일용네 병원 약이 좋기는 좋은가 봐! 그렇지요?

어머니 글쎄요.

어머니가 갈아놓은 녹두에서 껍질을 골라낸다.

며느리　　어머니도 이제 몸을 함부로 굴리지 마세요. 웬만한 일은 저희를 시키시구 꼭 하실 일만 가려서 하세요.

어머니　　일을 가리다간 하나두 못 한다.

며느리　　예?

어머니　　네… 시조모님은 우리를 보고 뭐라구 하신 줄 아니?

며느리　　뭐라고 하셨기에요?

어머니　　(흉내 내며) "자고로 일 무서워하는 여자치고 살림 잘한다는 말은 못 들었느니라."

일용네·며느리　　호호…….

어머니도 따라 웃는다. 어머니가 웃다 말고 문득 마루 쪽을 쳐다본다.

그곳에 할머니가 서 있다. 얘기를 엿들은 눈치 같다.

할머니　　그래서…….

며느리　　어머나….

일용네　　할머니, 얘기 들으셨어요?

할머니　　자고로 시에미 흉보는 며느리치고 살림 잘한다는 말 못 들었느니라… 에헴!

일용네와 며느리가 뱃살을 쥐고 웃는데 어머니는 어정쩡한 기분이다.

할머니는 장독 위 채반 위에 널어 말리는 붉은 고추를 뒤적인다.

할머니　　이번 추석엔 날씨가 좋을 게야! 성묘를 가게끔 부처님께서 길을 터주실 테니까…….

S#5 수원댁 가게

수원댁이 방 문지방에 앉아서 도라지를 찢고 있다.

수원댁　　아이고오, 추석 명절이 되어도 박복한 이년은 꼭지 떨어진 배처럼 (한숨 포옥) 하이고 우리 옥희*라도 있었으면. 맛있는 음식을 만든들 누굴 주며, 내 입에 들어갈 거 내 손으로 만드니 남들은 명절이라고 좋아하지만 난 거꾸로 속만 상하네…. (한숨)

30대 청년이 들어선다. 삼배다. 제법 말쑥하게 차려입었으나 어딘지 그늘진 얼굴이다. 색안경을 썼다.

삼배　　담배 한 갑 주세요.

수원댁이 일어나 반긴다.

수원댁　　예, 무슨 담배요?
삼배　　거북선.
수원댁　　예예.

수원댁이 젖은 손을 행주치마로 문지른 다음 담배통에서 거북선을 한 갑 꺼내 준다.
그동안 삼배는 바깥 풍경만 신기한 눈초리로 바라본다.
수원댁이 약간 의아한 표정이다.

수원댁　　여기 있어요, 거북선!
삼배　　예? 예.

* 이후에 수원댁 딸의 이름은 '일순'으로 기록됨.

삼배가 주머니에서 악어 지갑을 꺼낸다. 돈이 두툼하게 들어 있어서 지갑이 부피가 있어 보인다.

수원댁 시선이 다시 한번 번뜩인다.

삼배가 천 원짜리를 쓱 뽑아 준다. 은행에서 갓 찾은 돈이다.

삼배　　여기 좀 앉았다 가도 되죠?

수원댁　　예, 그럼요. 원래 가는 사람 오는 사람 쉬어 가는 곳인데.

삼배, 앉는다. 삼배, 담배 피워 물고 먼 산 바라본다.

수원댁이 그 돈을 받아 쥐고 생치마에 달린 주머니에서 거스름돈을 꺼낸다.

그사이에 삼배는 이미 한 가치를 뽑아 물고 라이터를 켜대고 있다.

수원댁　　저어, 추석 지내러 고향 오시는가 부죠?

삼배　　예?

수원댁　　저, 고향 오시는 길이냐구요?

삼배　　아… 예.

수원댁　　그럼 어느 댁에….

삼배　　아, 아니에요. 그냥…….

수원댁　　예?

삼배　　(일어난다) 그럼 가보겠어요.

삼배가 한길 쪽에 놓아둔 백을 집어 든다. 한 귀퉁이에 낫자루 같은 게 불쑥 튀어나왔다.

삼배가 돌아서 간다. 수원댁 눈에 낫자루가 보이자 다시 한번 긴장한다.

수원댁　　응? 아니, 혹시.

S#6 지서 안

수원댁이 안절부절못하는 태도로 윤 순경에게 신고를 하고 있다.

윤 순경이 수첩에 적는다.

윤 순경　그리고, 또 다른 점은 없었어요?

수원댁　다른 점이라뇨?

윤 순경　수상하다고 느끼신 점 말이죠. 얼굴은 어떻게 생겼습네까?

수원댁　글쎄요, 색안경을 써서 잘은 못 봤지만…. 그래요, 첫눈에 미남형 같았어요.

윤 순경　미남형? 어떤 미남이던가요?

수원댁　어떤 미남이라뇨…? 그저 미남이죠… 호호. 옳지, 영화배우로 말하자면 신영일처럼 얄팍하면서도 예쁘장하고 예쁘장하면서도 톡 쏘는 그런 형 있죠, 왜?

치부를 하고 있던 윤 순경의 표정이 어리둥절.

윤 순경　(허공을 보며) 얄팍하면서도… 예쁘장하고 예쁘장하면서도 톡 쏘아요? 알쏭달쏭하구먼!

수원댁　호호…. 그래요, 뭔가 알 것 같으면서도 모를 것 같고 모를 것 같으면서도….

윤 순경의 날카로운 시선에 수원댁이 멈칫해진다.

S#7 마루와 뜰

저녁 식사를 하고 있다. 할머니와 아버지, 어머니는 마루에서, 남은 식구는 평상에서 각기 식사를 하고 있다. 첫째만 안 보인다.

일용네가 부엌에서 누룽지를 바가지에 들고 와서 개밥 그릇에 주려고 한다. 개가 꼬리를 치며 짖는다.

일용네	워리… 워리.
어머니	누룽지예요?
일용네	예.
어머니	나, 누룽지 줘요!
아버지	소화가 안 되는데 누룽지는.
어머니	콩밥 누룽지라 고소할 것 같아서.

일용네가 바가지를 건네주자 어머니가 대접에다 반쯤 덜어놓고 다시 준다.

일용네	그럼… 개밥 모자라겠어요.
할머니	우리 먹고 나서 남은 걸 주지, 뭘….
일용네	에그… 그러다가 천신도 못 해요. 아예 내 밥에서 덜어주지.

일용네가 개밥 그릇에다 남은 누룽지를 부어준다. 개가 꼬리치며 덤빈다.

일용네	어서 먹어, 내 밥 줄 테니까! 많이 먹고 살 좀 찌거라. 이건 누굴 닮아서 삐삐한지…. 잡으면 한 그릇도 안 되겠네.

어머니가 자기가 먹던 밥그릇을 내준다.

어머니	에그, 징그러운 소리….
할머니	누굴 닮긴 일용네 닮았지…….
일용네	나요? 히히… 그러고 보니 닮기는 닮았네.
둘째	이제 바야흐로 천고마비의 계절인데 모두들 살 좀 찝시다.

모두들 까르르 웃는다.

일용네　　천고마비가 뭐여? 무슨 고약 이름 같구먼.
둘째　　예, 입에 붙이면 밥 안 먹고도 살찌는 약!

일동 까르르 웃는다.
첫째가 자전거 방울 소리를 울리며 들어선다.
며느리가 일어선다.
첫째가 자전거를 끌고 들어선다. 얼굴이 벌겋게 홍조를 띤 게 술을 마셨나 보다.

어머니　　어서 오너라! 어서 몸 씻고 저녁 먹어.
첫째　　예!

점퍼를 벗어서 며느리에게 준다.

며느리　　당신, 약주 드셨수?
첫째　　응… 오다가 일석이를 만나서….
아버지　　일석이?
첫째　　글쎄, 추석이 내일모레인데 내일은 차가 붐빌 것 같아서 하루 앞당겨 왔다지 뭐예요.
아버지　　대전에서 무슨 회사에 다닌다는 친구?
첫째　　예, 아버지. 할아버지 묘소의 벌초도 아주 내일 해버렸으면 해요!
아버지　　벌초! 안 그래도 그럴 생각이다. (둘째에게) 내일 아침나절에 다녀오자.
둘째　　예, 아버지.
할머니　　그렇게 해! 깨끗이 하고 오너라! 작년에 보니 그 옆에 언덕이 무

너졌던데 그것두 고치고……. (눈물 닦는다)

눈물이 글썽해진다.

둘째 우리 할머니 우신다! 우신다! 헛허….

셋째 할아버지 생각나시는가 봐… 호호….

할머니가 안 울려고 안간힘 쓴다.

아버지 아니, 저 녀석들이.

어머니 그럼 못써….

아버지 할머니를 놀려대는 놈들이… 세상에 어디 있어? 할머니는 지금….

할머니 아냐… 괜찮아…….

아버지 예?

할머니 나… 슬퍼서 운 것도 아니고… 더더구나 할아버지 생각나서 운 게 아니다.

모두들 의아한 표정이다.

할머니 너희들이 할아버지가… 땅속에 계신 할아버지한테…… 비단 옷 대신 벌초로 새 옷 입혀주겠다니… 기쁘고 대견해서…… 너무 좋아서 울음이 나온 거야. 내 아들딸, 손주, 손녀가 이렇게 함께 살고 있는 걸 네 할아버지께서 못 보시고 돌아가신 게 섭섭은 하다만……. 그 대신 이 할미가 할아버지 몫까지 효성을 듬뿍 받고 있으니 얼마나 좋으냐, 안 그래? 아범아!

아버지 …….

할머니 나… 슬퍼서 우는 게 아니야. 기쁘고 대견해서야. 그러니 애들 탓 말아요.

S#8 무덤

산새가 운다.

아버지와 둘째, 일용이가 벌초를 하고 있다. 말끔하게 깎인 무덤이 새 옷을 갈아입은 기분이다.

아버지가 올라와서 길게 숨을 몰아쉰다. 무덤 앞에 잠시 선다. 절을 하고 나서 무덤 둘레를 돌아본다.

아버지 시원스럽게 잘됐지?

둘째 잡풀이 많아서 애먹었어요.

아버지 내년 봄 한식 때 가서 떼를 다시 입혀야겠구나.

일용 이왕이면 가을에 입히세요. 떼는 가을에 입힌 게 더 좋다던데요.

아버지 그렇게 하지. 그런데 말이다.

둘째 예.

아버지 저쪽에 있는 저 무덤 있잖아….

둘째 아… 그 임자 없는 무덤요?

아버지 이왕 여기까지 왔으니 그 무덤까지 벌초해줘….

일용 작년에도 우리가 했잖아?

둘째 원, 아버지두… 누구의 무덤인지, 후손이 누군지도 모른 채 버려진 무덤인데…… 무엇 때문에 벌초를 해줍니까?

아버지 (달래듯) 그러니까, 해줘!

둘째 예?

아버지 후손이 있으면야 한식 때고 추석 때고 둘러보고 벌초도 해주겠지만, 그게 아니잖니… 무덤도 이를테면 사람과 마찬가지지.

얘기가 계속되는 동안 다음 영상들이 이어진다.
뎅그러니 버려진 무덤, 묘비도 없고 잡초가 무성한 무덤, 닳고 허물어져 평지와 다름없는 무덤 등.

아버지 (소리) 버림받은 사람, 가난한 사람, 병든 사람을 보고도 모르는 척할 수 있겠어? 하다못해 동냥을 줘서라도 보내야지. 나는 외롭게 앉아 있는 무덤을 보면 꼭 사고무친한 노인을 보는 느낌이 든단다. 가엾다기보다 허무해져요. 늙은이에게 아무도 눈길을 안 돌린다면 너무 삭막하잖어. 그러니 벌초를 해줘.

둘째 (소리) 글쎄, 그게 늙은이 무덤인지 젊은이 무덤인지 어떻게 아세요?

아버지 (소리) 20년이 지나도록 아직 그 무덤이 누구의 무덤인지 한 번도 후손을 본 적이라고 없었지만 거기엔 그대로의 사연이 있을 거야. 자손이 찾지 못하면 못하는 사연이 있을 거야.

S#9 잡목 밭

둘째와 일용이가 낫을 들고 간다.

S#10 아카시아 나무숲

무덤이 하나 보인다. 둘째가 가까이 간다.
그러나 그 무덤은 이미 말쑥하게 벌초를 끝낸 상태이다. 무덤 앞에 들국화도 한 묶음 놓여 있다.

둘째 아니?

일용 벌초를 했잖아.

둘째 금방 한 것 같은데?

일용 누가 다녀갔구나.

둘째　　　글쎄, 누굴까? 왜 여태 한 번두 후손이라면 안 나타났을까?

S#11 부락

윤 순경, 어떤 집에서 나온다.

노인이 고개를 살래살래 흔든다.

윤 순경도 난처한 표정이다.

S#12 빨래터

동리 아낙 서너 명이 조잘거리고 있다.

아낙 A　　　아무리 그렇다고 간첩일까?

아낙 B　　　무기를 가지고 있었대요.

아낙 A　　　무기?

아낙 B　　　총 같기도 하고 칼 같기도 하고… 게다가 지갑 속에 돈이 이렇게 들어 있었다지 뭐유……

아낙 C　　　수원댁이 잘못 본 게 아닐까?

아낙 B　　　아니라니깐! 자기 눈으로 똑똑이 봤다고 장을 지지라는데, 뭘….

아낙 A　　　에그, 그만둬요! 모처럼 추석 명절에 그런 스산한 얘긴, 또….

S#13 길 앞

아버지가 오다가 윤 순경과 만난다.

윤 순경　　　어디 다녀오세요?

아버지　　　벌초하고 오는 길이에요.

윤 순경　　　아, 그러세요.

아버지　　　윤 순경은 어떻게 나왔어요?

윤 순경 다른 게 아니라 혹시 얘기 못 들으셨어요?

아버지 얘기라뇨?

윤 순경 실은 주민으로부터 아침 신고가 있어서요.

아버지 신고라니… 무슨…?

윤 순경 이건 미확인 보도입니다만… 좀 미심쩍은 인물이 이 마을에 나타났다고 해서 몇 군데 알아보고 온 길입니다만….

아버지 그래요?

윤 순경 그 신고자 말로는 돈도 있어 보이고 무기 같은 걸 들고 있었다고 해서.

아버지 총 말인가요?

윤 순경 아뇨. 그건 확실하지 않아요. 그래서 혹시 낯선 사람이 드나들었는지 알아보려고 나왔습니다.

아버지 우리 마을에 낯선 남자가…. 글쎄, 추석 때고 하니까 객지에 나가 있던 사람이 돌아온 건 아닐까요?

윤 순경 글쎄요. 저도 그런 생각을 했습니다만, 신고가 들어와서 일단….

아버지 누구예요, 그 신고자가?

윤 순경 (웃으며) 그건 아직 밝힐 순 없구, 아무튼 무슨 일이 있으시면 곧장….

아버지 그럼요… 그럭해야죠. 그런데 내일이 명절인데 윤 순경께서는 고향에도 못 가시죠?

윤 순경 그럼요. 우린 이런 때가 더 바쁜걸요. 그럼 수고들 하십시오. (경례한다)

아버지 그럼 시간 나면 우리 집에나 놀러 오세요.

윤 순경 네, 고맙습니다.

소가 운다.

S#14 마루와 뜰

명절옷을 입은 식구들이 기다리고 있다.

막내와 며느리는 찬합 등 산에 갈 음식을 싸고 있고, 새 옷을 입은 금동이는 송편을 먹고 있다.

둘째　　아버지, 빨리 가세요.

아버지　　(소리) 알았어!

S#15 방 안

어머니가 거울 앞에서 옷매무새를 고치고 있다. 어딘지 병색이다.

아버지가 한복을 입고 두루마기를 걸치면서 거울 속의 어머니에게 말을 건다.

아버지　　괜찮겠어?

어머니　　……

아버지　　힘에 겨울 것 같으면 집에 있어요.

어머니　　어지러운 기가 있긴 있지만.

아버지　　그럼 무리할 것 없어요. 당신은 집에 있어, 응?

어머니　　그렇지만 어머님께서.

아버지　　당신 몸이 안 좋아서 못 가는데 어머니께서 뭐라시겠어. 집에 있어요. 내가 아이들 데리고 성묘 다녀올 테니….

할머니가 방문을 연다. 거울.

할머니　　아니, 너도 가려고? 그 몸으로.

어머니　　예? 예….

할머니　　아서… 넌 집에 있어. 아직 몸이 완쾌된 것도 아닌데.

아버지　　그것 봐! 어머님 말씀에 따라야지.

할머니　　에미는 집에 있어! 그러다가 무슨 일이라도 나면 어떻게 하려고? 지하에 계시는 시아버지가 좋아할 성싶냐? 되려 노발대발하실 게야. 제사상도 망인이 기쁜 마음으로 받아 잡수실 수 있게 하는 게 예의지…. 에미는 원래가 효성이 지극하니까 시아버지께서도 그만한 건 다 아시고 계실 게다. (단정적으로) 집에 있어! (나간다)

할머니가 나간다.

아버지가 어깨를 가볍게 친다.

아버지　　그렇게 해. 나 다녀올게…….

어머니　　예…. (나간다)

S#16 뜰

아버지와 어머니, 나온다.

아버지　　자, 가자.

금동이　　나도 갈래요.

아버지　　응?

금동이　　나도 가서 절할래요.

할머니　　응 그래 그래. 갔다 와. 할아버지한테 절하고 와….

S#17 일용의 집 방

일용네가 훌쩍거리고 있다.

일용이는 돌아앉아 담배 연기만 뻐끔뻐끔 내뱉고 있다.

일용네　　(한숨) 무슨 놈의 팔자가 이래…. 명절이라고 누가 찾아오기를 하나… 찾아갈 곳이 있나? 산소라도 있었던들 성묘라도 가서… 무덤을 얼싸안고서 실컷 울기라도 하면 오죽 좋아… 무슨 놈의 팔자가….

일용 (신경질적으로) 그 팔자 소리 좀 쑥 못 빼놓으시겠어요, 예?

일용이 홱 돌아보는 눈에 이슬이 반짝인다.

일용네 이놈이… 늙은 에미를 흘겨보긴….

일용 찾아올 식구도 없고 찾아갈 무덤도 없는 우리 신세 어제 그제 생긴 일이에요? 뻔히 다 아는 사실 가지고 새삼스럽게 왜 아침부터 그러시냐는 거예요.

일용네 (대갈일성) 이놈!

뜻밖의 역습에 어안이 벙벙해지는 일용.

일용 아니… 엄니…!

일용네 이게 누구 때문인 줄 아느냐? 네놈이 진작 장가라도 들었던들 명절날 아침이 이렇게는 심란하지 않지!

일용 그걸 이제 와서 말씀하시면….

일용네 안 될 건 뭐니, 응? 늙은 에미 눈감기 전에 장가들라고 그렇게 빌다시피 했는데도….

일용 내가 언제 장가 안 간다고 했어요? 가려고 해도 짝이 안 맞으니까 그렇게 되었지, 뭐.

일용이가 획 돌아앉아서 다시 담배 연기만 내뿜는다.

일용네 뭐, 짝이 안 맞어? 니놈이 짝을 안 맞춰서 그렇지. 짝을 맞출 마음만 있으면 여기저기 널린 게 여잔데. 그걸 하나 못 줏어 와? 이놈아, 이놈아! 우리 두 목숨 이렇게밖에는 못 살겠어? 응? 이렇게 서리 맞은 호박잎에 우박 떨어지는 꼴이라야 되겠어! 응? 늙은 내가 꼭 해서 먹여야만이 목구멍에 밥이 넘어가겠다 이거냐? 이놈아! 불효막심한 놈아… 흑흑…….

일용네가 일용의 등을 방망이질하듯 치며 통곡하다가 제풀에 지쳐 방바닥에 엎드려 흐느낀다.

일용이가 어머니의 들먹이는 어깨를 내려다본다. 눈물이 쏟아진다.

일용 (입술을 깨물며 조이는 목소리) 엄니, 엄니….

S#18 들길

코스모스가 흐드러지게 핀 길을 김 회장 식구가 가고 있다.

둘째가 찬합을 들었고 첫째는 술병을 들었다. 셋째는 돗자리를 들었고, 며느리는 애기를 업었다. 금동이가 신이 나서 저만큼 뛰어간다.

S#19 언덕

염소와 같이 있는 일용.

S#20 마루와 뜰

어머니와 할머니, 마루에 있다. 며느리, 막내.

어머니 (며느리에게) 동네 노인네들 계시는 집에 보내게 음식 좀 싸라.

할머니 그래, 음식을 장만했으면 이웃끼리 서로 나누어 먹어야지……. 그 많이 쌀 것 없이…… 송편 몇 개씩하고 전 부친 것 좀 그렇게 대충해…….

며느리　　　예. (부엌으로)

할머니　　　(막내에게) 그리고 넌 가서 일용 어머니 오시라고 해라. 집에 혼자 있을 텐데…….

어머니　　　그래, 어서 갔다 오너라…….

막내　　　　예. (나간다)

아낙네, 들어온다. 음식 함지를 머리에 이고,

아낙네　　　안녕하세요?

할머니　　　어서 와요! 추석 잘 쇠었수?

아낙네　　　예. (음식을 마루에 내려놓으며) 이것 좀 들어보세요.

할머니　　　아이구, 이걸 머 가져온다고.

어머니　　　많이도 차렸네…. (맛본다)

아낙네　　　아 뭘요. 올해는 얼마 장만하지도 못했어요.

며느리, 음식을 가지고 나온다.

할머니　　　아가, 이것 비우고 그 그릇에다 우리 음식도 좀 채려드려라. (부산하고 인정 있는 그림)

S#21 무덤

음식을 차려놓고 향을 피우고 술을 붓고는 절을 두 번 하고….

S#22 무덤 길

둘째　　　　아버지!

아버지　　　응?

아버지가 둘째가 가리키는 곳을 본다.

주인 없는 무덤 앞에서 삼배가 참배를 하고 있다. 백지 위에 과일과 건포, 그리고 술잔이 있고 삼배가 절하고 있다.

아버지와 둘째가 시선을 마주친다.

둘째 누굴까요?

아버지 글쎄…?

둘째 못 보던 얼굴인데요?

아버지 내가 한번 갔다 와야겠다.

아버지가 무덤 쪽으로 다가간다.

무덤 앞에 오랫동안 엎드리고 있던 삼배가 인기척에 고개를 든다. 아버지의 서 있는 그림자가 자기 손등에 떨어져 있다.

삼배가 돌아본다. 눈물로 얼룩진 얼굴이다. 그러다 얼굴 돌린다.

아버지 저어…….

삼배 (외면)

아버지 난 이 마을 사람인데…….

S#23 산길

산에서 내려오는 아버지, 첫째, 둘째, 금동이.

S#24 집(밤)

며느리, 둘째와 금동이 평상에 앉아 있다. 떡 먹고 있다.

둘째 인마, 너무 많이 먹지 마. 배탈 난다.

며느리 금동이 오늘 변소에 몇 번 갔다 왔어?

금동이 (생각하다가) 음, 네 번!

둘째 네 번? 어휴!

금동이 형! 매일 추석이었으면 좋겠다. 그치?

둘째 뭐? 녀석 흐…….

삼배, 들어온다.

며느리 누구…?

삼배 어른신네 좀 만나 뵈러… 계신가요…?

둘째 (알아보고) 아 네, 잠깐 기다리세요.

방으로 간다.

삼배, 평상 끝에 앉는다.

S#25 안방

아버지와 어머니, 신문을 보고 있다.

둘째 (들어와) 아버지, 손님 왔는데요?

아버지 누구?

둘째 저기 낮에 그 사람 있잖아요.

아버지 낮에 그 사람?

둘째 아 왜, 주인 없는 무덤에 있던…….

아버지 그래? (일어나 나간다)

어머니 누군데?

둘째 우리 산소 옆에 주인 없는 묘 있었잖아요, 왜.

어머니 그래!

둘째 오늘 낮에 보니까 어떤 사람이 엎드려 있잖아요. 그래서 아버지가 그쪽으로 가니까 피해서 가버렸어요.

어머니 그래서?

둘째 밖에 그 사람이 찾아왔어요.

어머니 그래…?

S#26 마당

평상에 마주 앉아 있는 아버지와 삼배.

아버지 여기 술상 좀 보아 오너라.

며느리 예.

삼배 오늘 낮에 처음 뵈었을 때 제 심정으로는 어르신네 앞에 나설 수가 없었습니다. 그래서 그냥…. 그런데 그대로는 도저히 떠날 수가 없어서 이렇게 다시….

아버지 어쨌든 잘 오셨소. 우린 그 묘가 20년이나 버려져 있길래 아예 주인이 없는 걸로 알았지요…. 그래서 우리가 매년 벌초를 하고….

삼배 면목 없습니다.

아버지 그런데 어떤 관계……?

삼배 제 어머님입니다.

아버지 그래요.

며느리가 술상을 보아 온다.

아버지 자, 먼저 한 잔 드세요.

삼배 예.

아버지 어머님 되신다면서… 어째서….

삼배 사정이 그렇게 되었죠.

아버지 무슨 말 못 할⋯.

삼배 (한숨) 글쎄요⋯. 이럴 때 어떤 대답을 해야 할지 모르겠군요.

술 권한다.

아버지 ⋯⋯?

아버지가 급히 마시고 잔을 돌려주고 술을 따라준다.

삼배는 단숨에 마신다.

삼배 전 10리 떨어진 저 위 대밭골에서 살았었죠. 물론 나는 그때 일곱 살밖에 안 되었지만⋯⋯.

아버지 그럼, 노형 어머니께서는 병으로 돌아가셨나요?

둘째, 나와서 아버지 옆에 있는다.

삼배 아뇨, 자살했어요.

아버지 자살?

삼배 네⋯.

아버지 아니, 그건 왜 또⋯⋯?

삼배 (입술을 깨문다)

삼배는 자작을 해서 술을 연거푸 두 잔 마신다. 아픔을 이기려는 사람 같다.

삼배 전 제가 일곱 살 때 어머니가 자살하던 현장을 이 눈으로 봤지요. 지금도 그 기억이 생생해요. 어머니가 터무니없는 누명을 쓰고 아버지에게 머리채를 질질 끌리며 마을을 돌 때도 이 눈으로 봤지요. 나는 슬프지도 울지도 않았어요. 다만 언제 어떻게 그 진실을 밝힐 것인가 하고…….

S#27 삼배의 집 오막살이(낮)

방문이 열리며 삼배 부가 삼배 모의 머리채를 끌고 뜰로 나온다. 30대 초반의 연령이다. 부는 병색이다.

삼배 부　　바로 대지 못하겠어?

삼배 모　　죄도 없는데 왜 이래요, 왜?

삼배 부　　그래도 그 쥐둥이에서…… 에잇!

두들겨 팬다. 그러나 비명을 안 지른다.

삼배 모　　차라리 죽여! 죽여줘!

삼배 부　　이발소 김가 놈한테… 몸 팔았다는 얘기 내가 모르는 줄 알아? 내가… 몸 아프다니까… 날 방 안에… 눕혀놓고… 자 똑바로 대! 안 대면 오늘 밤 네년도 나도, 그리고 삼배도 다 함께 황천길 가는 거여! 황천길 가, 이것아!

삼배 모　　몰라! 이발소에서… 빨랫감 받아다가 일해주고 품삯 받은 일 말고는 절대로….

삼배 부　　에잇!

삼배 부가 발길질을 한다.

어린 삼배가 문틈으로 내다본다. 겁에 질려 있다.

삼배　　(소리) 나는 어머니가 저토록 매를 맞고도 왜 가만있는지 몰랐어요. 이발소 김가하고 어쨌다는 얘기가 어린 나에게도 남부끄럽고 추잡한 일이라는 걸 나중에 가서야 알았지만, 우리 엄니는 절대로 그런 여자가 아니었어요. 그런데 어느 날….

S#28 같은 집(밤)

소리 화냥년!

소리 병든 남편 두고 서방질하는 년.

소리 화냥년! 화냥년! 화냥년!

삼배 모, 마당에 울부짖으며 쓰러진다. 흐느낀다.

어린 삼배가 얼굴을 내민다.

S#29 마당(밤)

삼배 결국 어느 날 새벽, 어머닌 자신을 포기해버리고 목을 매다신 거죠. 전 어머니께서 죄가 없다는 걸, 결백하다는 걸 알고 있었어요. 그렇지만 어린 제가 누구에게! 어떻게 말을 해야 할지 몰랐지요! 내가 조금만 나이를 먹었던들… 내가 조금만 철들었던들….

주먹으로 땅을 치다가 허공을 쳐다본다. 눈물이 흘러내린다.

아버지 그럼 춘부장께서는?

삼배 마을에서 어떻게 살 수가 있어야죠. 문전걸식하면서 이곳저곳…. 명절 때에도 모두들 고향에 찾아가는데 우리는 다리 밑 아니면 천막 밑에서… 그때 일을 생각하면… 제가 이렇게 살아남은 게 꿈만 같기도 하고…. 아버진 그 몸으로 몇 해를 끄시다가 그만….

아버지 네에….

삼배 그 뒤 전 혼자 살아왔어요. 고생고생 끝에 돈도 좀 벌었죠. 그리고 어머니 묘를 찾아야겠다고 생각은 하면서도 이제야…. (흐느낀다)

아버지가 눈시울을 씻으며 일어난다.

아버지 잘하셨소!

삼배 ….

아버지 암, 그렇게라도 찾아와야죠. 지하에서 얼마나 반가워하시겠소?

삼배 ….

아버지 거창하게 효도니 뭐니 쳐들 것도 아니고… 자식이 부모 찾는 건 물이 흐르는 이치나 같아요.

S#30 수원댁 가게 앞

윤 순경이 수원댁하고 얘기하고 있다.

윤 순경 그러니까 저쪽 길로 갔다 이거에요?

수원댁 예… 저쪽으로요.

윤 순경 그럼, 여기서는 담배만 사 갔지요?

수원댁 그렇다니깐… 제가 그건 다 말씀드렸잖아요…! (긴장)

윤 순경 그런데 아무도 본 사람이 없다는데… 이상하단 말이야… 혹시 성묘하러 온 사람 아니오?

수원댁 성묘라뇨?

윤 순경 추석 명절엔 고향 선산 찾아 내려오는 사람도 많으니까 말이죠…. 아무튼 더 알아봅시다.

수원댁　　저… 한 가지 여쭈어봐도 될까요? 흠….

윤 순경　　예?

수원댁　　간첩 잡게 되면 상금은 틀림없이 제게… 주시는 거죠?

윤 순경　　이 양반이 애기 낳기도 전에 이름부터 짓는군….

윤 순경이 휑 가버린다.

수원댁　　어머머…. 미리서 이름 짓는다고 안 될 건 또 뭐람….

S#31 집(밤)

할머니, 어머니, 마루에 나와 있다.

아버지　　삼배라고 했던가, 이름이…?

삼배　　예.

아버지　　암, 잘 오고말고…. 그동안 혼자서 심적으로 고충이야 있었겠지만 어머님은 혼자서 얼마나 섭섭하셨겠어?

삼배　　….

아버지　　사람이 고향으로 돌아가야겠다라는 생각을 가지고 있는 이상 그 사람은 죄인이 아니라는 말이 있지. 고향을 버린 사람은 죄인이지만, 고향을 찾을 때는 이미 죄인이 아니에요.

삼배가 하늘로 시선을 돌린다.

아버지　　더구나 부모님 묘 앞 엎드리는 이 풍속은 우리 마음 가운데 아직도 지성이 남아 있다는 증거라구…. 그러니 삼배! 도시에서 살더라도 1년에 한 번은 이 성묘 길을 찾아봐! 그런 생각을 가지고 있는 한 삼배의 마음은 부자가 될 테니까… 응? 과거는 잊어버리고, 알았지?

삼배 예… 1년에 한 번 꼭… 꼭… 성묘는 오겠습니다.

아버지 좋았어!

아버지가 삼배의 어깨를 친다.

산비둘기가 푸드득 날아간다. 하늘에 구름이 곱다. (술잔 권하고 마시는)

S#32 산소.

(F.O.)

제45화

권주가

第45화 권주가

방송용 대본 | 1981년 9월 22일 방송

• 등장 인물 •

할머니	정애란
아버지	최불암
어머니	김혜자
첫째	김용건
둘째	유인촌
셋째	김영란
막내	홍성애
금동	양진영
수원댁	남능미
남편	백인철
일용	박은수
일용네	김수미
이식	김웅철
이식 아버지	변희봉
은숙	조진원
아낙 A	이숙
아낙 B	이수나
소리하는 여자(국악인)	
마을 사람들	ext.

S#1 논

벼가 패기 시작했다. 아버지가 그 사이에 서서 벼 이삭을 손으로 매만지고 있다.

마치 잠자는 아이를 내려다보는 듯 흐뭇한 표정이다. 창공을 바라보며 크게 숨을 몰아 쉰다.

아버지 (마음의 소리) 이대로만 간다면 풍년이 틀림없겠는데… 그저 더도 말고 이대로 햇빛이 쨍쨍 나게만 해주세요. 우리 농민들의 마지막 소망이 영글어가고 있습니다. 이 농사에 온 평생을 맡기고 피와 땀을 흘려온 우리 농민들입니다. 예… 부탁드립니다요. 헤헤….

아버지가 참새 떼를 훠이훠이 몰아낸다.

S#2 마루와 뜰

평상 위에서 어머니, 일용네가 호박, 가지를 말리려고 도마에다 놓고 썰고 있다.

며느리가 그걸 채반에 가지런히 펴놓아 양지바른 장독 위에다 옮겨놓는다.

할머니는 마루 위에서 붉은 고추를 짚으로 마늘 엮듯 하나하나 꿰고 있다.

며느리 어머님, 들어가 쉬세요. 몸도 편치 않으시면서….

어머니 괜찮아. 에이휴. 드러누워 있으니 더 병자가 되는 것 같애. 허리도 아프구…. 근데 오늘이 며칠이냐?

며느리 9월 초하루 아니에요, 어머님…?

어머니 벌써 9월….

일용네 가을이에요, 가을…. 말만 들어도 조오치. 흐흐….

어머니가 호박을 썰다 말고 고개를 든다.

일용네　가을의 '가' 소리만 들어도 나는 배가 부른 것 같아서…. 그저 들에 가도 먹을 것, 산에 가도 먹을 것 천지지… 이제 머지않아 추석 명절이지… 이게 왜 안 좋수? 호호…

며느리　정말 추석 명절이 가까워오네요.

어머니　(다시 일손을 놀리며) 또 세월이 가는구나…. 아… 처서가 지났다 했더니 바람도 금세 시원해지고… 하늘도 높아지고….

며느리　금동이는 고추잠자리 잡으러 다닌다고 아침부터 밤까지 싸다녀요.

며느리가 마루 쪽으로 간다.

마루 쪽.

며느리　할머니, 뭐 하시는 거예요?

할머니　살림 장만하지.

며느리　살림 장만요?

할머니가 두름으로 엮은 붉은 고추를 들어 보인다. 흡사 고추로 만든 여자 목걸이 같다.

며느리　이게 뭐예요?

할머니　부엌 한 귀퉁이에다 이걸 걸어놓고서 쓸 일이 있을 때마다 한 개씩 뽑아 쓰는 게야.

며느리　예?

할머니　너희들 고춧값 비싸네 싸네 하고 엄살부리면서 씀씀이는 헤프더라. 바구니에다 쌓아두고 쓰면 허드레가 많이 나오니까 이렇게 두름으로 엮어놓으면 몇 개 썼다는 게 훤히 알게 되지….

며느리　아이, 할머님두….

할머니　여자란 그저 살림 아끼는 게 돈벌이야. 돈 쓰면서 부자 되었다는 사람 못 봤다.

일용네 그럼요. 그 접때 서울서 돈 많은 노인네 살인사건 일어났었죠?

어머니 무슨 얘길 또 하려고…. 살인사건은 왜 또 들먹이우?

일용네 아니, 그 범인이라던 조카며느리 말이에요.

어머니 아는 사이유?

일용네 (펄쩍 뛰며) 내가 살인범하구 한통속이라구?

어머니 (웃는다)

일용네 그 신문이랑 텔레비전 나오는 사진 말이에요. 이 손, 손톱에 물칠했습디다. 그걸 뭐라더라…?

며느리 매니큐어.

일용네 메니컨지… 메주칸인지… 아무튼… 글쎄… 무허가 판잣집에 산다면서 그 손톱에다… (며느리에게) 지금 뭐랬어요?

며느리 매니큐어!

일용네 응! 그 메니커를 하다니 그게 말이요, 막걸리요? 아껴 써도 시원찮은데.

어머니 그러길래 벌을 받은 게지! 사람이 제 분수 모르고 날뛰다가는 다 그렇게 된다고요.

할머니 그러게. 예부터 부자가 되려거든 벌이는 일보다 낭비를 말라고 했어! 어서 이거 부엌에다 걸어.

며느리가 고추를 든다.

며느리 (농조로) 그럼 한 끼에 한 개씩 써요? 할머니?

할머니 이게 다 장차는 네 살림이다! 네 살림 네가 알아서 해!

며느리 호호.

며느리가 부엌으로 들어간다. 까치가 운다.

할머니	날씨도 좋다.
일용네	할머니!
할머니	응?
일용네	올가을엔 저… 백양사 단풍 가세요!
할머니	백양사?
일용네	네… 백양사 단풍이 그렇게 좋대요. 김 회장님께 얘기해서 꼭 가보세요.
어머니	에그… 콩고물 묻어가고 싶어서? 음.
일용네	눈치 한번 빨라서 좋네요… 호호….

할머니가 시들하게,

할머니	저런 응큼하긴. 허…. (혼잣말처럼) 이 사람… 아직도 목탁 치고 염불하고 있겠지….
어머니	예? 누구 말씀이에요, 어머님?
할머니	네 이모.
어머니	이모님 생각하셨어요?
할머니	저 망구가 절 얘기 끄집어내니까 문득 생각난다…. (한숨) 어떻게 굶지 않고 살고 있는지, 병들어 눠 있는지… 내년이면 칠순 고희가 아니냐…?
일용네	그래도 부처님 덕택으로 천수는 다 하실 팔자인가 봐요.
할머니	에그… 오래 살면 뭘 해! 살림이라도 넉넉하면 또 모를까… 늙으면 어서 가야 해! 그게 자식 위한 길이고 본인 위하는 일이지….
일용네	왜 죽어요, 죽긴! 사는 날까지 살다가 살다가 가는 게지…. 이 세상에 태어나서 제명대로 살다가 가는 권리는 누구나 있다구요.

어머니	어머! 일용네가 권리랑 찾구… 정말 세상 한번 좋아지나 부다. 호호….
일용네	허허….

S#3 우사 앞(야외)

둘째와 일용이가 소에게 여물을 주고 있다.

일용	얘기 들었니?
둘째	예?
일용	이식이 아버지 회갑 잔치라면서?
둘째	그렇다나 봐요.
일용	이식이가 부산에서 돈을 꽤 벌었다던데… 정말인 모양이지?
둘째	잘됐지요. 돈 벌어서 부모님 회갑 잔치 늘어지게 해드리니… 오죽 좋아요.
일용	그래… 우리 엄니도 내년이면 회갑인데… 김 회장님은 언제지?
둘째	3년 남았어요…. 그런데 우리 아버진 아니에요.
일용	아니라니?
둘째	지금 세상에 누가 회갑 잔치 하냐는 거예요. 늙은 것도 서러운데 무슨 잔치냐고… 호호….
일용	그러시지 말고 이제 세계 일주 여행 떠나시지.
둘째	아이구야… 그 경비를 어디서 대게? 허허.
일용	내가 좀 보태지.

S#4 정류소

버스가 선다. 말쑥하게 차려입은 이식이가 선물 꾸러미며 트렁크를 들고 버스에서 내린다.

그 뒤에 은숙이가 따라 내린다. 버스가 떠나간다.

이식　　아, 시원하다. 어때 은숙이는…?

은숙　　여기서 한참 더 가야 해?

이식　　아니, 금방이야. 왜 피곤해?

은숙　　응.

이식　　그래? 그럼 좀 쉬었다 가지, 응?

이식이가 저만치 떨어져 있는 언덕으로 간다.

S#5 언덕

손에 든 짐을 놓고 나란히 앉은 두 사람.

이식, 마을 쪽을 본다. 은숙이가 옆에 앉는다.

이식　　아, 고향. 내 고향. 정말 얼마 만인가? 변한 건 없다. 늘 조용한 모습 그대로 남아 있다. 언제라도 찾아오면 말없이 반겨주는 고향! 이곳을 떠날 때 난 성공을 해서 금의환향하리라 했다. 그리고 지금 비록 성공했다고 할 순 없지만 내 나름대로 고생도 해가면서 객지에서 살다가 잠시 돌아왔다.

손수건을 꺼내 이마며 콧등을 찍는다.

은숙 E　　이식 씨 고향 참 좋아요.

이식　　그럼 좋은 곳이고말고. 오랜만에 시골에 오니까 기분 좋지, 은숙이?

은숙　　응.

이식　　여기서 나서 20년을 넘게 여기서 자랐지. 난 여기에 있는 나무 하나, 돌 하나라도 다 외울 수가 있어….

은숙　　정말?

이식 그럼! 그 모든 것에 나와 추억이 깃들어 있거든.

은숙 근데 이식 씨, 난 아무래도 걱정이 돼.

이식 뭐가?

은숙 이식 씨 아버님 말이야. 날 어떻게 생각하실지.

이식 괜찮아. 아버지 소박한 분이야. 그리고 내가 잘 말씀드리면 이해하시고 우리 둘 관계를 인정하실 거야….

은숙 (그래도 개운찮은…)

이식 아무 걱정 말고 아버지나 즐겁게 해드려, 응? 알았지? 은숙이.

은숙 (끄덕인다)

S#6 마루와 뜰

평상에서 식탁을 받고 있는 아버지, 할머니, 둘째.

어머니, 옆에 앉아 부채질을 하고 있다.

아버지 회갑 잔치?

둘째 예, 동리 어른들도 초대하고 잔치를 벌일 모양인가 봐요.

어머니 그럼 노래하고 춤도 추고 그러겠구나.

일용네가 부엌에서 국그릇을 들고 나오다가 이 말에 신바람이 난다.

일용네 그럼 나도 가서 춤출까?

둘째 하다 뿐이에요? 노래도 부르시죠.

일용네 하라면 못할까… 이래 봬도 놀이판에 갔다 하면 쓸어잡는데. 헷헤….

할머니 에그… 늙어서도 저 주책이니 젊어서는 어떡했을고!

일용네 좋아서 죽고 못 살았죠.

할머니 일용이 아버지가?

일용네 글쎄 언젠가는… 뭣이냐, 고향에서 친척 할머니 생신날 잔치를 했는데… 누가 권주가를 불러야 하겠는데 첩첩산중 시골 구석이라 누가 노래할 사람이 있어야죠.

어머니 그래서 권주가 불렀다 이거요?

일용네 불렀죠.

둘째 언제 또 권주가를 다 배우셨어요?

일용네 배우고 자시고 있나. 어깨너머로 술 마실 때 부르는 노래다 싶어서 불렀지…. 어려울 게 뭐 있나?

둘째 어떻게요.

일용네 내 불러볼까요? 김 회장님….

아버지 ….

일용네가 목청을 가다듬고 노래를 부른다.

일용네 (노래) 부어라 마시어라. 한숨의 술잔. 잔 위에 철렁철렁 부어주소서.

모두들 박장대소한다.

그러나 아버지는 찌푸린 낯이다.

아버지 세상에 그런 권주가가 어디 있어요?

일용네 어디 있어요? 여기 있지.

아버지 그게 권주가예요? 유행가지.

일용네 유행가고 사발가고 술 마실 때 부르는 게 권주가라면서요?

아버지 이런… 내막을 잘 알고 노래도 불러야지. 이거야말로 호미로 막을 걸 가래로 막는 꼴이군.

어머니 그게 무슨 소리우?

아버지　　술자리에서 부른다고 다 권주가인가… 시골에 산다고 다 농민이고, 대학 공부했다고 다 양심적이고, 만세 부른다고 다 애국자냐구? 젠장….

어머니　　아니, 이 양반이 왜 또 성깔을 내실까?

아버지　　세상일이 모두 격에 안 맞으니까 그렇지. 서까래 다르고, 대들보 다르고, 기둥 다르잖아?

어머니　　그래서요.

아버지　　그런데 이건 서까래 쓸 때 대들보가 끼고, 대들보 들어갈 자리에 기둥이 소리 치니 살맛 나는가 말이지….

어머니　　그렇다고 그걸 가지고 화내실 건 또 뭐유. 웃어넘기는 게지.

아버지　　웃어넘길 일이 따로 있지…. (일용네를 곁눈질하며) 세상에 오래 살다 보니까 별난 권주가 다 듣겠구먼….

일용네　　아니, 그럼 권주가를 어떻게 부르는데요?

아버지　　그걸 내가 불러야겠어요? 내가 술자리에 나가 권주가를 부르는 쟁이요? 젠장….

아버지가 숭늉을 마시고 일어난다.

일용네, 무안한 듯 부엌으로 들어간다.

모두들 어이가 없다는 듯 시선을 마주친다.

S#7 부엌

일용네가 아까부터 고개를 갸웃거리며 뭔가를 되새기고 있다.

일용네　　이상하다… 마나님이 그럴 리가 없는데.

며느리　　예?

일용네　　권주가라고 하던데, 분명히….

며느리　　원… 여태 그걸 걱정하고 있었어요? 호홋….

일용네　　이식이네 집 회갑 잔치에 가려면 권주가라도 한 곡 불러야지. 그냥 빈손, 빈 입으로야…. (문득) 그렇지! 그래.

며느리　　예…?

일용네　　그 사람 같으면 권주가를 알고 있을 테지. 나, 가요….

일용네가 앞치마를 내던지고 급히 뛰어나간다.

며느리가 어리둥절해한다.

S#8 수원댁 가게

문이 닫혀 있다.

일용네가 다가온다. 판자문을 두들긴다.

일용네　　수원댁… 수원댁… 수원댁 안에 있수?

아무 대꾸도 없다.

일용네　　문을 걸고 어디 마실 나갔나? 그럴 리가 없을 텐데….

문을 다시 두들긴다.

일용네　　수원댁… 어디 나갔어요?

수원댁 E　　(소리. 그러나 마지못해서 대답) 누구세요?

일용네　　아… 나예요, 나. (중얼대며) 안에 있으면서.

수원댁 E　　(소리) 들어오세요.

일용네가 허리를 꾸부리고 들어간다.

S#9 가게 안

불도 어둡고 음산하다. 여기저기 어지러진 게 싸움을 하고 난 뒤 같다.

방 문턱에 수원댁이 등 돌아앉는다. 얼굴 안 보인다.

일용네　　왜 벌써 가게 닫았어요?

수원댁　　(뒷모습) 그렇게 되었어요.

일용네가 심상치 않은 듯 다시 가게 안을 휘둘러본다.

수원댁이 훌쩍훌쩍 울기 시작한다.

일용네　　수원댁! 무슨 일이 있었어, 응?

수원댁　　(더 슬퍼지며) 윽… 윽…!

일용네　　아니 왜 그래요? 그렇게 낙낙하고 재미있게 지내던 사람이….

일용네가 무심코 수원댁의 어깨를 잡아 흔든다.

수원댁이 고개를 든다. 눈두덩이 시퍼렇게 멍이 들었다.

일용네　　에그머니…!

수원댁　　난… 난… 어떻게 살아요, 할머니? 윽….

일용네　　아니, 무슨 일이 있긴 있었구랴? 응?

수원댁　　이제 이 짓도 못 해먹게 되었으니. 윽… 난… 누굴 믿고… 윽….

수원댁, 더 슬프게 운다.

일용네가 어찌할 바를 모른다.

수원댁　　글쎄 이런 법도 있을까요? 할머니.

일용네　　응?

수원댁 글쎄 오늘 낮에….

S#10 수원댁 가게 안방

수원댁 남편이 소주를 마시고 있다. 험상궂게 생긴 인상이다.

수원댁이 돌아앉아 있다.

남편 이제 와서 이런 얘기 하기가… 나도 쑥스럽긴 하지만 그래도 별 수 없지 않아? 혈육인걸….

수원댁 혈육? 누가요?

남편 누군 누구. 옥희지….

수원댁 옥희가 내 혈육이라고요?

남편 그렇지.

수원댁 언제부터죠, 예? 언제부터 옥희가 내 혈육이었다는가 말이에요.

남편 아니, 뭐가 어째?

남편이 술잔을 들다 말고 내려놓고 무섭게 쳐다본다.

수원댁이 약간 공포에 싸인 듯 머뭇거린다.

수원댁 갈라서면서 옥희를 내게서 빼앗아 갈 때는 언제고, 이제 와서 맡아 키워달라는 건 또…….

남편 사정이 그렇게 되었잖아… 사정이….

수원댁 사우디로 돈벌이 간다는 건 당신 사정이지, 어째서 내 사정이요?

남편 뭐야? 아니 이게 정말….

수원댁 왜 그동안 나한테 손찌검 못 해서 주먹이 재렸우? 무릎이 욺데까? 그 기집하고 죽자 사자 할 때는 언제고, 이제 와서 나더러 흥… 난 못 해요! 죽었으면 죽었지 그 짓 못 해! 내가 식모살이, 공장 여직공, 세탁부, 파출부, 세상에 그동안에 이리저리 굴러 다니면서 흘린 눈물 모았으면 가뭄에 논에 물을 대고도 남았을 것이오! 사람을 그렇게 매몰차게 내쫓아버리고는 진창 번창 잘살다가 이제 와서…. 못 해! 난 못 해….

남편이 주머니에서 잭나이프를 꺼내서 찰칵 핀다. 수원댁이 섬찟 놀란다.
남편이 잭나이프를 방바닥에다 내리쳐서 꽂는다.

수원댁 응, 아, 이게 무, 무슨…?
남편 이봐! 사나이 결심이야, 이게….
수원댁 ….
남편 내가 옥희를 다시 받아달라는 말, 나도 나름대로 심사숙고한 끝에 여기까지 찾아와서 했어. 알겠어? 그런데 만약 그 청을 안 들이준다면 나도 이 칼로….
수원댁 나를 죽이겠다는 거요?
남편 그리고, 나도.
수원댁 예?
남편 나… 그동안 잘못한 일… 다 알아…. 계집 못 만나… 이 꼴이 된 것도… 알고. 그래, 이제 새 출발하기 위해 중동 땅으로 가기로 했단 말이야. 그런데 옥희를 어떻게 할 도리가 없잖아!
수원댁 자승자박이지! 그게 왜 내 탓인가요?
남편 (고함을 지르며) 듣기 싫어!

남편이 부들부들 떨며 피해 가는 수원댁에게 바짝 대든다.

남편 난 구질구질하게 더이상 사정 얘기는 않겠어. 해도 알고 안 해도 알 테니 지금 내게 필요한 건 대답뿐이야. 여러 말은 귀찮아. 어때? 옥희를 맡아주겠어? 아니면…….

수원댁 시, 싫어! 싫어! 죽었으면 죽었지.

남편 에잇!

남편이 주먹으로 수원댁의 면상을 후려친다.

수원댁이 방바닥에 쓰러진다.

S#11 수원댁 가게

일용네 아이그머니나! 아니 그래 어떻게 되었어요?

수원댁 며칠 말미를 줄 테니까 생각하라면서 돌아갔어요…. 그러니 나는… 어떻게 하면 좋아요?

일용네 세상에 그런 불한당 같은. 그래, 달면 삼키고 쓰면 뱉고….

수원댁 내가 이게 처음이면 왜 말 안 듣겠어요? 지금까지 그 작자가 해나온 것이란 남 등쳐먹고 돈 좀 있어 보이는 여자 농락하고 그렇게 7년 동안을… 내가 오장 녹여 먹고 헤어진 남자예요! 그런데 글쎄 이제 불쑥 나타나서 한다는 소리가 그러니…, 윽… 세상에 나처럼 기구한 운명을 타고난 여자도 있을까요? 이토록 팍팍한 인생살이도 있어요? 아이고… 아이고… 흑.

일용네 아무튼 그런 인간은 다시는 우리 마을에 못 나타나게 내가 김회장님한테 얘기해야겠구먼! (일어나며)

자리에서 일어선다.

수원댁 정말 그 어른한테 어떻게 했으면 좋을지 말씀드려야겠네요! 그 어른 같으면 무슨 생각이 있으시겠죠….

일용네 그럼요. 염려 말아요, 수원댁.
수원댁 예예, 고마워요 할머니. 흠!

수원댁이 눈물을 닦는다.

수원댁 (문득) 그래, 왜 오셨수?
일용네 응?
수원댁 뭐 사러 오셨어요?
일용네 글쎄… (고개를 갸웃거리며) 가만… 내가 무슨 일로 여길 왔더라… 가만….
수원댁 예?
일용네 내가 분명 수원댁한테 무슨 얘길 하려고 오긴 왔는데… 뭐였나…?
수원댁 세상에 할머니. 정신도 이제 오락가락하시는가 보군요! 호호….
일용네 수원댁이 넋두리를 늘어놓는 판국에 내가 넋이 나가 그렇지……. 그럼 잘 있어요.
수원댁 죄송해요. 할머니, 안녕히 가세요.
일용네 E 옳거니!
일용네 (문 열고 들여다보며) 나, 노래 하나 가르쳐줘요. 권주가!
수원댁 권주가?

S#12 마루와 뜰

둘째 아버지, 아버지!

이식이가 둘째와 들어선다.
아버지가 방에서 나온다. 어머니도 나온다.

아버지	오…, 이식이 왔나?
이식	안녕하셨어요?
어머니	아이고…, 멋쟁이 되었구먼… 흠!

이식이가 인사를 한다.

아버지	앉게.
이식	예.
둘째	내일 회갑 잔치에 아버지께서 꼭 건너오셔야 한다고 일부러 왔다는군요.
이식	예! 몇몇 마을 어른들 모시기로 했어요. 그래 김 회장님께서는 꼭 나와주셨으면 해서요, 예.
아버지	그래. 그 얘긴 들었지… 암 가야지, 가고말고….
어머니	이식이가 부산에서 돈 벌어 와가지고 큰 잔치 차린다는 소문이던데. 호호.
이식	큰 잔치까지는 못 되고요. 그저 자식 된 도리로서 조촐하게 준비했어요.
아버지	그렇지. 그게 자식 된 도리지. 꼭 무슨 큰 잔치를 벌여야 그게 효돈가? 정성으로 차려서 그저 마음 흐뭇하게 해드리면 되지. 특히 자네 부친한테는 평생에 이렇게 좋은 일이 없을 걸세. 참 고생도 많이 하시고 부인도 여의시고 자넬 혼자 키워서는…. (끄덕인다)
어머니	쯧쯧…. 오죽 좋으시겠어요?
아버지	그래. 내, 내일 감세.
이식	꼭 오십시오. 그럼 가보겠습니다. 참 어머님도 같이 오세요.
어머니	나? 난 아마 못 갈 거야….
둘째	어머니는 요즘 건강이 안 좋으셔.

이식　　그래?

둘째　　응.

이식　　그럼 안녕히 계십시오.

어머니　　잘 가….

S#13 이식의 집 마루와 뜰

아낙들이 전철 냄비를 뜰에 내걸고 전을 부치고 있다. 은숙이도 보인다.

잔치 분위기가 감도는 풍경이다.

이식 부　　(소리) 그만둬… 난 못 해!

이식　　(소리) 아버지, 그게 아니라요!

이식 부　　(소리) 글쎄, 못 한다면 못 해!

이식　　아버지!

이식의 아버지가 방문을 열고 나온다. 은숙의 표정이 굳어진다.

이식이도 방에서 나온다.

이식　　아버지, 이건 그렇게 일방적으로 고집부리실 일이 아니란 말이어요!

이식 부　　글쎄, 나는 싫어! 네가 자식 된 도리로서 잔치 벌이겠다는 심정은 알겠지만 내 기분은 그게 아니야. 그러니 잔치는 그만둬. (마루 끝에 앉는다)

이식　　그렇지만, 이렇게 음식 장만까지 하고 마을 어른도 오십사 하고 말을 퍼뜨려놓고서 안 할 수 있어요?

전을 부치고 있던 마을 아낙 A, B가 참견을 한다.

아낙 A　　그렇게 하세요. 아들이 모처럼 효성을 보이겠다는데 왜 그러세요? 아저씨!

아낙 B　　남들은 그런 아들이 없어서 섭섭해하는 판국인데요… 이식이가 하자는 대로 하세요.

이식　　아버지, 이건 허례도 허식도 아닙니다! 제가 벌어서 제가 아버님 회갑을 축하해드리자는 건데……. 어머님께서 세상을 뜨시지 않았던들 이런 일을…….

이식 부의 표정이 굳어진다. 그는 이식을 노려보듯 하더니 불쑥 자리에서 일어난다.

이식　　아버지! 어디 가세요? 예? 아버지!

이식의 아버지가 대꾸도 안 하고 밖으로 나가버린다.

이식이가 나가자 은숙도 슬그머니 일어나 나간다.

모두들 한동안 바라본다.

아낙 A　　에그… 세상은 고르지도 못하지. 한쪽에서는 효도를 안 한다고 아우성이고…… 다른 한쪽에서는 효도를 한다고 티격태격이고…….

아낙 B　　이식이 아버지께서 회갑 잔치를 한사코 마다하는 까닭이 있다고요.

아낙 A　　그게 뭔데요?

S#14 언덕 위

밤나무 아래 이식이와 은숙이가 나란히 앉아 있다.

새가 운다. 밤송이가 제법 일어 영글었다.

이식　　　그럴 리가 있어?

은숙　　　아니에요. 제 느낌이 틀림없어요. 이식 씨 아버지께서는 제가 나타난 게 못마땅하신 거예요.

이식　　　아니라니까요… 은숙이 얘기는 미리 편지로 죄다…….

은숙　　　그런데, 왜 그렇게 완강하게 나오시는가 말이에요? 나, 오후 차로 올라갈까 봐요.

이식　　　미쳤어? 내일이 잔칫날인데, 가긴…….

은숙　　　식도 올리기 전에 며느리 행세한다고 분명히 못마땅해하시는 눈치 같았어요.

이식　　　그렇지 않아.

은숙　　　그리고, 다른 집 아버지께서는 회갑 잔치 안 해준다고 불만이시라는데, 이식 씨 아버지 왜 그러시죠?

이식　　　우리 아버지는 그런 분이시거든….

은숙　　　예?

이식　　　뭐랄까… 부잣집 곳간에 남아 있는 옛날 쓰다 둔 목기 같은…….

은숙　　　목기?

이식　　　응. 그렇지만 그 때가 끼이고 낡은 목기는 늘 온기가 있고 깊은 정이 있어. 이제야 그걸 알 것 같애.

은숙　　　…….

이식　　　우리 아버지는 그런 분이야. 난 아버지가 회갑 잔치를 한사코 마다하는 심정을 알고 있어. 어머니, 어머니 때문이야.

S#15 무덤 앞

이식 아버지가 무덤 앞에 우두커니 서 있다. 그러고는 잡풀을 뽑는다. 평온한 표정이지만 어딘지 쓸쓸하다. 풀벌레가 운다.

그는 무덤 뒤쪽으로 가서 앉는다. 그러고는 무덤을 어루만진다.

이식 부　　(마음의 소리) 이봐…! 이식이가 내일 회갑 잔치 차려준다는구먼! 참한 처녀 하나도 데리고 왔더만, 며느리감으로 괜찮은 것 같은데 당신도 보면 마음에 들어할 거야. 그 녀석이 그래도 싹싹하고 마음이 깊은 게 꼭 임자 닮았나 봐…. 그런데 나는 왠지 싫어…. 회갑 잔치가 왜 싫은지 이유를 대라지만 내 입으로 어떻게 그런 말을 할 수 있겠어. 임자… 임자가 살아 있었던들… 이 좋은 시절, 좋은 날 얼마나 좋겠는가 말이지…. 임자랑 나랑 둥실둥실 춤도 추고…. 보릿대춤이건. 그렇지만 당신이 안 보는데 어떻게 해? 임자가 없는 회갑 잔치는… 임자…!

이식 아버지는 비로소 목이 메어 운다.

S#16 마루와 뜰

금동이가 개에게 밥을 먹이고 있다.

둘째가 들어온다. 외출 차림이다.

둘째　　아버지, 준비 다 되셨어요?

아버지　　(소리) 오냐.

금동　　형… 어디 가?

둘째　　회갑 잔치.

금동　　그게 뭔데?

둘째　　그게 생일이지.

금동　　그럼 내 회갑은 언제지?

둘째가 금동이 골통을 쿡 친다.

아버지가 나온다. 어머니가 뒤를 따른다.

아버지의 양복 차림이 어딘가 촌티 난다.

어머니　　여보, 당신도 올가을에는 양복 한 벌 지어 입으셔야겠어요.

아버지　　양복은 이거면 됐지….

어머니　　퇴색한 데다가 바지통도 짧고 좁고….

아버지　　내가 무슨 신사야? 농사꾼이 이만하면 되었지?

어머니　　그래도요. 여느 때는 몰라도 점잖은 자리에 나가시려면 그래도 볼품 있는 옷 한 벌쯤 있어야 해요. (둘째에게) 안 그래?

둘째　　엄니 말씀이 옳아요.

아버지　　게가 가재 편이냐? 가재가 게 편이냐?

둘째　　피장파장이죠, 헛허….

어머니　　어서 가보세요. 모두들 모였겠수.

금동　　할아버지, 나는 따라가면 안 돼요?

아버지　　응?

어머니　　너는 거기 뭐 하러?

금동　　맛있는 거 먹으러.

어버지　　애들은 그런 데 가는 게 아니야. 안 그래도 원래 그런 자린 애들 때문에 성가신데….

금동　　(시무룩해 있다가) 그럼 할아버지 맛있는 거 많이 가져오셔야 해요.

아버지　　그래그래, 흐흐.

어머니　　약주 조금만 잡수세요. 권하는 대로 다 받아 잡숫지 말구….

아버지　　내가 술에 걸신 들렸어? 권하는 대로 다 받아 마시게?

어머니　　당신 성미 모르세요? 난 다 안다구요.

아버지　　뭘 알아?

어머니　　처음엔 점잔 빼다가도 여기저기서 권해오면 넙죽넙죽 다 받아 마시는…. 당신은 다른 것은 끊고 맺으면서 그 술잔은 못 끊는 게 흠이에요.

아버지　　그럼 오랜만에 권주가 들으면서 아주 술독에 빠져야겠군. 허허….

어머니	아주 미역 감으시구려.

일동 웃는다.

S#17 일용의 집

일용네가 옷을 차려입고 나온다.

짚단을 들고 오던 일용이와 마주친다.

(문 앞에서 돌아서는데)

일용 E	어디 가세요?

일용네	어딘 어디? 잔칫집이지.

일용	예?

일용네	이식이네 집 오늘 회갑날 아닌가 말이여. 너도 간다면서… 어서 옷 벗고 옷 갈아입고 가자.

일용	어머니가 거긴 왜 가신다고 그러세요?

들고 있던 짚단을 내려놓고 손을 턴다.

일용네	뭣이 어쪄? 나는 못 갈 곳이냐?

일용이가 바가지로 물을 퍼 세숫대야에서 손을 씻는다.

일용	못 갈 곳은 아니지만… 이식이 아버지 회갑 잔치라 바깥 손님들이 많이 오실 텐데….

일용네	(말꼬리 물고) 여자가 왜 나서느냐, 이거야?

일용	그, 그게 아니라요.

일용네	이놈!
일용	예?
일용네	나도 다 생각이 있어 가는 게지. 뭐 음식 탐나서 가는 줄 아느냐?
일용	무슨 말씀이세요?
일용네	내년이면 나도 회갑이다… 너 이놈! 늙은 에미 회갑 그대로 모르는 척하고 넘겨버릴 거야?
일용	아니죠, 그건….
일용네	그렇다면 회갑 잔치를 어떻게 하는 것인지 미리서 봐둬야 실수가 없을 게 아니야. 그런데 나보고 뭣 하러 그런 자리에 나가는가, 이거야? 에라이 이… 후레자식 같으니.

바가지로 물을 퍼서 아들 머리에 끼얹는다.

일용	에크! 차가워.

일용네가 휙 나가버린다.

일용	아이고… 우리 엄니 정말 못 말려.

S#18 이식의 집 마당

동리 사람들, 아이들이 마당을 부산하게 가로질러 다니기도 하고 마루 쪽에도 모여 있다.

S#19 이식의 집 마루와 뜰

마루에 큰 상이 차려 있고, 정면에 이식이 아버지가 한복 차림으로 앉아 있다.

아낙 A　　　권주가를 불러요, 권주가를!

구경꾼들이 모여 있다. 뜰에다 멍석을 깔고 차일을 친 자리에 술상이 차려져 있다. 옆에서 술잔을 전해준다.

이식과 은숙이가 나란히 앉아 술을 따라서 돌린다.

'소리하는 여자'가 잔을 받아 이식 아버지에게 건네는 사이에 권주가를 부른다. "이 술 한 잔 드시면…."

군중 속에서 일용네가 열심히 소리하는 여자의 입 모습을 본다.

군중들이 흥이 나서 "좋다", "얼씨구" 하며 맞장구친다.

이식 아버지가 술잔 받아 든다. 잠시 잔을 들여다본다. 뭔가 가슴에 와닿는지 마시지를 못한다.

이식　　　아버지, 왜 그러세요?

아낙 B　　　앗따! 할멈 생각나신가 봐.

일동 까르르 웃는다.

군중 속의 아버지의 모습이 돋보인다.

이식　　　아버지, 어서 잔 비우세요. 예?

이식 아버지가 결심이라도 한 듯 잔을 단숨에 비운다.

권주가 가락이 더 높아지고 좌중 분위기가 한층 흥청거린다.

S#20 할머니의 방

할머니가 앞닫이*를 열고 옷을 챙기고 있다. 입을 것과 버릴 것을 가려놓는다.

어머니가 들어선다.

어머니　아니….

할머니　좀을 먹었어, 이 치마가….

어머니　어머님, 어디 가시게요?

할머니　(딴전을 부리며) 이식이네 아버지 회갑날이라며?

어머니　예, 구경 가시겠어요?

할머니　구경은… (한숨) 그 사람은 환갑도 진갑도 모르고 지냈을 게야. 불쌍한 것…. 에그, 복 조각이라고는 모기 눈물만큼도 없는 인생.

어머니　이모님 생각하세요?

할머니　이렇게 너희들이 철따라 지어준 옷… 나는 한 번 입어보지도 못한 채 좀이 먹게 두다니. 차라리 네 이모한테다 갖다주면 오죽 좋으냐 말이야.

어머니　아이, 어머님도.

할머니　남의 집 자식은 돈 벌어서 회갑 잔치 차린다는데…… 세상에 그 박복한 인간은… 늙어서 뼈가 쫄아들도록… 아들, 손자, 손녀 밑씻개 노릇하다가 죽게 되었으니…. 그러고 보면 오래 산다고 다 좋은 게 아니니라. 죽을 때 가려서 죽을 수 있는 사람…… 그게 복인이지! 너의 이모처럼 살다 가려거든…… 차라리, 차라리…….

할머니가 좀먹은 황마 저고리를 움켜쥐면서,

S#21 이식의 집 뜰

'소리하는 여자'가 마당에서 장구를 치고 노래 부른다. (〈창부타령〉, 〈사발가〉 또는 더 신나는 노래)

---

* 서랍.

몇 사람이 그 노래에 맞춰 춤을 춘다. 일용네도 그 속에 끼어든다.
모두들 박장대소한다.

아버지	(마음의 소리) 태어나는 생명도 기쁘겠지만, 그 생명이 오래 지탱했다는 것은 더 기쁜 일이다. 길가에 서 있는 한 그루 고목나무를 보고 몇 해나 견디었을까, 하고 쳐다보는 마음과 다를 바가 없다. 사람이 나고 자라서 혼인하고 회갑을 맞고 고희를 맞고, 그러다 이 세상을 하직한다는 것이 쉬운 일 같으면서도 결코 평범한 일이 아니다. 나이 먹기까지 겪은 고생을 권주가 한 곡으로 위로하려는 소박한 자식의 마음이 아름답구나.
이식	김 회장님.
아버지	응?
이식	한잔 올리겠습니다.
아버지	응!

이식이가 술을 권한다.

아버지	이식이, 참 잘했네! 이렇게 회갑 잔치 차린 자리에 와보니까 느끼는 게 많군, 그래!
이식	부족한 점 있더라도 용서하십시오.
아버지	이 사람.

아버지가 술을 마시고 나서 잔을 돌린다. 아버지가 술 주전자를 들고서 이식 아버지한테 간다.
이식 아버지가 황송해 몸 둘 바를 모른다.

이식	아버지, 김 회장님께서.

이식 부	아이구, 이거 황송해서.
아버지	자, 잔 받으시오.
이식 부	예.

아버지가 술을 따른다.

아버지	기분이 어떠세요?
이식 부	예… 그저.
아버지	기쁘시죠?
이식 부	예, 모두들 이렇게 찾아와주시다니…….
아버지	나도 옆에서 보기가 좋습니다. 역시, 사람이란 오래 살고 볼 일이군요. 허허허…….

이식 아버지가 목이 멘다. 아버지, 이식, 둘째도 눈물이 글썽해진다.
이식이가 아버지를 끌고 나가 같이 춤춘다.
사람들이 김 회장도 끌어내어 같이 어울린다.
꼽추춤! 춤과 노랫소리가 더욱 흥겹다.

S#22 마루와 뜰(밤)

풀벌레 소리.
어머니와 며느리가 평상에서 다리미질을 하고 있다. 장독 위에 풀 먹인 빨래가 널려 있다.
한 가지를 다 다리고 나서 어머니가 며느리에게 다음 빨래를 가져오라고 한다.
며느리가 내려가서 장독대에 펴놓았던 빨래를 걷어 온다.*

며느리	어머, 밤이슬에 촉촉해졌어요. 마치 물뿔이*로 이슬을 뿌린 것 처럼.

어머니 그러게. 옛날 사람들의 지혜가 보통이 아니었지……. 지금처럼 번거롭게 입에서 내뿜거나 물뿔이를 안 쓰고도 이렇게 밤이슬에 맞혔다가 다리미질하는 풍습은, 아마 모르면 몰라도 우리나라뿐일 게다. 거기 잡아라….

며느리 정말 그래요! 옛날 조상들의 지혜를 생각하면 할수록 비상하다는 생각이 들어요.

어머니 (다리미를 들며) 음식도 그렇다. 아이들은 김치만 준다고 투정하고 고기반찬이 영양가 있는 줄 알지만 그게 아니지. 우리 한국 김치, 특히 김장김치는 영양의 보고란다……. 그런데 오만 가지가 다 들어 있는데도 그건 몰라주고 무슨***이면 다인 줄 아니….

며느리 그럼 올겨울 김장은 더 맛있게 담가야겠네요. 호호호…….

멀리서 아버지의 노랫소리 〈황성옛터〉가 들려온다. 개가 짖는다.

어머니 네 아버지 오시나 보다.

며느리 예.

어머니 어지간히 취하셨나 보다……. 곡조가 틀려가는 게, 호호호…….

이윽고 아버지, 둘째, 일용네가 들어선다.

방에서 첫째, 셋째, 막내가 나온다.

아버지 아! 기분 좋다.

어머니 에그……. 남의 환갑 잔치에 가서 자기 잔치처럼 취했구려.

둘째 아버지께서 꼽추춤까지 췄어요.

---

* 물뿌리개.

** 대본에는 '건져 온다'로 되어 있지만 문맥상 '걷어 온다'인 듯함.

*** '무슨'은 '고기 반찬'의 의미인 듯함.

어머니　　춤까지?

첫째　　야, 이건 특종기삿감인데?

셋째　　방송해야겠어요.

막내　　아버지, 여기서 또 한 번 해보세요.

아버지　　인마! 내가 뭐 딴따라니?

일용네　　알고 보니 김 회장님 한량 중에 한량이시네요.

어머니　　그래요? 여보, 정말 춤추셨어요? 예?

아버지　　응응… 나 오늘 기분 좋았어! 정말 흐뭇한 자리였어.

평상에 쓰러지듯이 눕는다.

일용네　　아따! 동네 그 소리 잘하는 아낙이 한 곡 뽑는 바람에 난 기껏 연습한 권주가고 뭐고 입도 한번 벙긋 못 했네…. 거기다가 김 회장님이 척 나서서는 이렇게 춤을 추시는데….

일용네가 춤을 춘다. 입으로는 "릴릴릴… 릴릴리" 장단을 맞춘다.

둘째, 손뼉 박자를 친다. 모두들 웃어젖힌다.

할머니가 나온다.

할머니　　밤중에 무슨 일이냐?

막내　　아버지가 잔칫집에서 춤추셨대요.

할머니　　그런데, 일용네는 왜 저러냐?

셋째　　아버지 흉내 내시는 거래요.

일용네　　얼씨구 얼싸! 얼씨구 절싸!

모두들 다시 웃는다.

할머니　　저 망구, 정말 달밤에 체조하는구나. 허허.

모두들 웃는다.

아버지 E　　(코 고는 소리)

어머니가 아버지를 내려다본다.

어머니　　여보! 여기서 주무시면 어떻게 해요, 예? 여보, 일어나요!

아버지는 깨어나지 않는다.

첫째　　어머니, 그대로 계세요.
어머니　　응…?
첫째　　우리가 방으로 모셔 갈게요. (둘째) 얘들아!
둘째　　그래요.

첫째와 둘째가 아버지를 위아래서 쳐들고 마루로 간다.
모두들 웃는다. 개도 꼬리 친다.

어머니　　에호, 기분만 좋았다 하면 저렇게 곤드레가 되도록 술을 마셔대니…….

(F.O.)

제46화

처녀 농군

第46화 처녀 농군

방송용 대본 | 1981년 9월 29일 방송

• 등장 인물 •

할머니	정애란
아버지	최불암
어머니	김혜자
며느리	고두심
둘째	유인촌
일용	박은수
일용네	김수미
금동	양진영
수원댁	남능미
옥희(7세가량)	
양님	
양님 부모	
아낙 A, B	
마을 청년	
외판원(30대)	
기타	

S#1 들판 코스모스

코스모스가 길가에 피어 있다.

여기저기 일하는 모습. 누렇게 익어 고개 숙인 벼 이삭들 들판. 둘째와 일용.

일용　　가을이라 가을바람 솔솔 불어오니…. 아, 뭐 좀 좋은 일 없을까?

둘째　　봄은 여자의 계절, 가을은 남자의 계절이라더니…… 노총각 가슴 또 가을바람에 씽쑹쌩쑹하는 모양이로구려. 허허. 일 철이 슬슬 다가오는데 좋은 일은 뭐가 있겠수?

일용　　그래 그렇구나! 또 한바탕 전쟁이 일어나겠구나.

둘째　　그래두 가을 추수는 일하는 재미가 있지요. 더구나 올해는 풍년이라서 농민들한텐 코피를 흘려두 즐거운 때죠.

일용　　그렇지……. 생각하면 자연의 이치는 참 묘하단 말이야. 봄여름이 가면 어김없이 가을이 오고, 봄에 씨를 뿌리면 가을에 열매를 거두고, 또 겨울 지나면 봄이 오고…….

둘째　　갑자기 시인이 된 것 같구려, 형.

일용　　그래 나는 시인이다. (시) 가을엔 가을엔 사랑하게 하소서.

둘째　　남으로 창을 내겠소. 밭이 한참 갈이, 괭이로 파고 호미론 풀을 매지요.

하늘+구름

둘째　　구름이 꼬인다 갈 리 있소. 새 노래는 공으로 들으랴오.

강냉이밭

일용　　강냉이가 익걸랑 함께 와 자셔도 좋소.

둘째	왜 사냐건
일용	웃지요. (웃음)

S#2 고구마밭 또는 무밭, 배추밭

어머니, 일용네, 금동이, 며느리.

어머니와 일용네는 그걸 가마니에 담는다.

금동이가 길쭉한 고구마를 한 개 슬쩍 집어 입으로 껍질을 벗겨 뱉으면서 아삭아삭 베어 먹는다.

S#3 들판

일용, 둘째, 벼 이삭을 손에 받치고 낟알을 세고 있다.

일용	(다가오면) 내가 센 건 대충 130알 정도야. 쭉정이 빼고.
둘째	하나…… 이건 110개인데… 그러니까 평균 잡아 120알이 되는 셈이군.

양님이 저쪽 논가에 나와 서 있다.

둘째	형. (보고는)
일용	응?
둘째	양님이 아니에요.
일용	아파 누웠다더니 왜 나왔을까?
둘째	좀 나았나?
일용	낫기는, 말 들으니까 더하다던데.
둘째	그런데 누워 있지 않고.
일용	참 지독한 여자야. 남자라두 저렇게 일하는 사람은 드물지.
둘째	그럼요……. 무슨 일이고 닥치는 대로 해내요. 그것도 웬간한 남

자들보다 잘하니……. 참 요즘 보기 드문 여자야.

일용　　오죽하면 '농약 처녀'라는 별명이 붙었겠어?

둘째　　농약 처녀?

일용　　하두 농약을 잘 뿌리니까 사람들이 붙여준 거지.

둘째　　타고난 애군……. 그래 병은 뭐래요?

일용　　내 생각엔 농약 중독인 거 같아.

둘째　　농약 중독?

일용　　(우울한 얼굴)

둘째　　(양님을 조심히 본다)

S#4 들판

논가에 쪼그리고 앉아 벼를 바라본다.

S#5 양님의 집

방에서 양님 모가 약사발을 들고 나온다.

아낙 A, B가 소쿠리를 들고 들어온다.

아낙 A　　양님이 좀 어때요?

양님 모　　(한숨) 에그… 모르겠어.

아낙 B　　뭣 좀 먹어요? 약을 써봤수?

양님 모　　소화두 안 되구 입맛도 없다면서 통 먹지를 않으니…….

아낙 A　　쯧쯧… 꽃 같은 나이에 무슨 변이람.

아낙 B　　양님이가 올해 스물다섯이죠, 아마……? 우리 영순이보다 두 살 위인데.

양님 모　　시집은 우선 뒷전이라 하더라두, 몸이라두 성해야 할 텐데 이건…….

외판원, 뜰 안에 들어선다.

외판원 구경들 하세요, 아주머니들. 호호…….

아낙 A 지난번에 왔던 그 아주머니인가 봐.

외판원 예, 좀 쉬어 갑시다.

아낙 B 예.

외판원이 마루 끝에 앉는다.

아낙 A 이번엔 뭘 가져오셨어요?

외판원 새로 나온 화장품하고 옷이에요. 한번들 보세요! 좋은 거 많아요!

외판원이 두 개의 슈트 케이스를 연다. 형형색색의 화장품이 햇빛 아래 찬란하게 빛난다.

아낙 A와 B가 손을 앞치마 자락으로 쓱쓱 문지르며 다가간다.

아낙 A 우리 영순이가 로션 하나 사야겠다던데….

외판원 골라보세요.

아낙 B 하이구, 이 샤츠 참 이쁘기두 해라.

외판원 그게 요즘 서울에서두 유행이에요. 제품이 참 좋아요! 어디 골라들 보세요. 이거요, 이래 봬두 백화점에 척 걸어놓으면 2만 원 줘야 한다구요.

아낙 B 아이구 세상에.

아낙 A는 화장품을, 아낙 B는 의복가지를 골라본다.

양님 모는 저만치서 바가지에다가 콩을 까고 있다.

외판원　　아주머니도 뭘 하나 골라봐요. 싸게 드릴 테니까…… 예?

양님 모　　에그…… 내가 지금 그런 것에 정신 팔리게 됐어요? 아…….

외판원　　아니…… 무슨 일이라두?

아낙 A　　(귀엣말로) 딸이 아퍼서 그런다우.

외판원　　어머! 지난봄에 왔을 때 나한테서 콜드크림 사시던 그 아가씨?

양님 모　　지난봄만 해두 괜찮았죠. 그런데 초여름부터 시름시름 앓기 시작하더니…….

외판원　　저런! 어디가 어떻게 아프세요?

아낙 A　　병도 확실치 않게 그저 저렇게 시들시들하다우.

외판원　　그럼 병원 의사한테두 안 가보셨어요?

양님 모　　(소쿠리를 들고 앞으로 지나가며) 속 편한 소릴 다 하는구먼! 농촌에서 병원 의사 찾아갈 여유가 어디 있겠수?

외판원　　저런… 내가 좀 들여다봐야지.

외판원이 방문을 열어본다.

S#6 동 방 안

양님이가 벽에 기대어 멍하니 허공을 쳐다보고 있다.

머리는 헝클어지고 얼굴은 부어 보이고 눈의 초점이 흐리다.

외판원　　아가씨…, 어디가 아파서 그래, 응?

양님은 벙어리처럼 앉아 있을 뿐이다.

외판원이 방으로 들어온다. 바싹 다가앉으며 양님의 얼굴을 들여다본다. 전혀 기력이라고는 찾아볼 수 없는, 수분이 메말라버린 가랑잎 같은 무표정.

외판원　　어디가 아파서 그러느냐구…… 응?

양님　　　　…….

땅이 꺼질 듯한 기나긴 한숨을 쉰다.

외판원　　　　얼굴에 부기가 있구먼.
양님　　　　(자기 얼굴을 가만히 만져본다)
외판원　　　　아이구, 어쩌다가 이리 됐을꼬. 보통 병이 아닌 것 같은데….

양님은 새로운 고통이 오는 듯 눈을 지그시 감고 고통을 이기려는 듯 입술을 깨문다.

외판원　　　　또 아파오는가 봐…. (나간다)

양님은 그대로 이불 위에 쓰러지듯 엎드린다.
외판원이 고개를 살래살래 흔들며 일어나 마루로 나간다.

S#7 마루

외판원이 나온다.
양님 모가 한숨을 몰아쉰다.

양님 모　　　　병도 나게 되었지. 제 몸이 무쇠덩어리라도 병이 안 나겠어?
아낙 A　　　　그래요. 양님이처럼 일 잘하는 처녀가 세상천지 어디에 있을려구….
양님 모　　　　농사는 지어야 하고 일손은 모자라고… 제 오래비는 장사한다고 부산으로 갔고… 늙은 부모가 뼈가 굽도록 일하는 걸 보기가 안 되었던지 작년 가을부터는 저도 농사짓겠다고 나서더니….
외판원　　　　저어, 혹시 농약 중독이 아닐까 모르겠어요.

양님 모　　농약 중독?

외판원　　예, 제가 며칠 전에 저어쪽 면에 들렀는데 거기에도 어떤 남자가 농약 중독이래지 뭐예요. 따님 병 증세가 그런 것 같아요.

양님 모　　농약이야 우리 양님이만 뿌렸나요? 이 마을에서 농약 안 뿌리는 사람이 어디 있어서…….

외판원　　아무튼 의사한테 가보세요. 이런 일은 전문가한테 보이고 나서라야지, 저렇게 방 안에 눠 있으면 되는가 말이에요?

아낙 B　　에그… 그러게요. 요새는 병만 조금 났다 하면 병원부터 찾는데, 돈 조금 아끼려다 나중에 큰일 나요.

외판원　　그래도 사람 있고 돈 있지, 병든 사람 놔두고 보고만 있어야 하겠어요?

양님 모　　그걸 누가 몰라서 그래요? 저것은 병원이라면 한사코 마다하니….

외판원　　아무튼 우선 읍 보건소부터, 거기 가서 농약 중독이라고 하면 해독제라도 얼른 타가지고 와서 먹어야죠.

양님 모　　내일은 그래봐야겠네…. 에이휴, 진작 시집이라도 갔더라면….

양님 모가 콧물을 훌쩍거린다.

외판원　　아니, 그런데 왜 아가씨는 혼사를 서두르지 않았어요?

아낙 A　　왜는 왜, 늙은 부모만 남겨놓고 훌쩍 시집가버리고 나면…… 누가 농사짓겠는가 싶어 그랬겠지요.

외판원　　오빠가 있다면서…….

양님 모　　에그…… 요즘 젊은 놈치고 농촌에 내려와 농사짓겠다는 놈 있습데까? 이마빡에 여드름만 났다 하면 죄다 도회지로 빠져나가려는 세상인 걸…. 에그, 이러다간 농사고 뭐고.

S#8 양님의 방

벽에 맥없이 기대어 앉아 있는 양님, 그 얼굴.

S#9 들판

일하는 여러 모습. 지게 지고 가는, 풀 베는(퇴비), 농약 뿌리는.

S#10 양님의 방

맥없이 기대 앉은 양님.

S#11 안방(밤)

아버지가 신문을 읽고 있다.

어머니가 옷을 꿰매고 있다.

아버지, 안경을 벗으며,

아버지　　뭐? 농약 중독?

어머니　　예… 보건소에서 의사가 그렇게 말하더래요…. 그러면서 빨리 종합병원에 가서 정밀 검사를 해보라고… 언젠가 나처럼.

아버지　　그래?

어머니　　양님이도 벌써 시집을 갔어야 했을 나이인데 농사짓다 보니까 혼기도 놓친 데다가 병까지 났으니……. 자식 키우는 부모 마음인들 어떻겠어요…… 에그!

아버지　　농사 걱정은 갔다 했더니만 이번에는 자식 걱정이라…….

어머니　　양님이가 우리 영숙이하고 국민학교를 같이 다녔지요……. 나이는 두 살인가 위였지만…… 어려서부터 애가 말이 없고…… 부지런했는데……. 여보 농약 중독이 되면 어떻게 되나요?

아버지　　어떻게 되긴…… 잘못하면 목숨도 빼앗기는 게지…….

어머니　　어쩐다죠?

아버지 　언젠가 신문에도 났었지! 경상남도 창원에서 한 가족이 집단으로 농약 중독을 일으킨 사건도 났었지!

어머니 　저런!

아버지 　그런데 그게 농약만도 아니지……. 이것도 실제 있었던 일인데…… 이화명충 약에 오염된 하천물을 간이 상수도 물로 마신 주민이 수십 명이나 중태에 빠진 일도 있었지! 아! 그러구 보면 농약에 의한 오염과 해독은 날이 갈수록 심각한 일이지!

어머니 　그럼 어떻게 하면 좋죠? 농사를 지으려면 농약을 써야 하고 농약을 뿌리면 그 지경이니 원…….

아버지 　그러니까 방법은 욕심 많게 함부로 많이 안 쓰는 일이지.

어머니 　그럴까요?

아버지 　우리 농민들이 그런 점에서는 좀 더 신중을 기해서 조심하며 공부를 해야지……. 이건, 농약은 많이 뿌리면 되는 줄 아는데 그게 아니에요. 그래서 지난 1973년부터는 농수산부에서 잔류성 농약에 대해서는 사용을 억제토록 하고 있고, 1979년에는 그런 농약의 생산과 허가를 전면 취소한 결과 그런 부작용이 차츰 줄어들고 있다잖아!

어머니 　그렇지만 농약을 안 쓸 수는 없잖아요?

아버지 　누가 전혀 쓰지 말라는 건가! 쓰드라두 농약관리법에 제정한 대로 규칙을 지키라는 게지! 이봐! 앞으로는 농약을 함부로 써도 벌금 물어야 한다고!

어머니 　예?

아버지 　여기 봐!

아버지가 책을 꺼내 펴 보인다.

어머니 　그게 뭐예요?

아버지	작년 12월 31일 자로 제정된 농약관리법인데, 그 제29조에 뭐라고 나와 있는고 하면, (읽는다) "농약 안전사용 기준에 위반 사용한 자에게는 백만 원 이하의 벌금에 처한다." 백만 원 벌금이라구!
어머니	세상에. 농사 잘 지으려다가 쇠고랑 차게 생겼구먼…….

S#12 양님의 집 마루

양님 부와 모가 멍청하니 앉아 있다.

저만치 마루 끝에 양님이 힘없이 앉아 있다.

어머니와 일용네가 들어선다. 손에 보자기에 싼 그릇을 들었다.

일용네	안녕들 하세요?
양님 모	어머나! 김 회장님 댁에서…… 아니 웬일로……?.

양님 부도 일어선다.

어머니	얼마나 걱정이 되세요?
양님 부	글쎄…… 이게 경황 없는 중에 어찌 된 일인지…. (양님에게) 이것아! 내려와 인사드려…….
어머니	인사는요…… 괜찮아…….

양님이가 무겁게 몸을 일으켜 말없이 절을 한다.

일용네	시집 못 가서 병난 게 아니여? 허허….
어머니	에그… 그 입 좀….
양님 모	여기 좀 앉으세요.

걸레로 마루를 훔친다.

양님이가 힘없이 자기 방으로 들어간다.

어머니가 그 뒷모습을 바라본다.

양님 부　　병원에서는 해독제를 주면서 시간이 좀 걸릴지 모르지만 진득히 참고 쉬라고만 하지, 약도 별로 없나 봐요.

어머니　　이거…… 깨죽을 쑤어 왔어요…… 양님이에게 먹이세요.

어머니가 손에 든 보자기를 양님 모에게 건넨다.

양님 모　　세상에, 이런 고마운 일이 또…….

어머니　　검은깨도 좀 섞어서 약간 빛깔이 거무스름할지 모르지만 그게 몸에 보가 된다니깐….

양님 부　　고맙습니다.

일용네　　빨리 먹여요. 깨미음은 오래 두면 물커지니깐….

양님 부　　이봐! 어서 양님이한테 가져가….

양님 모　　예… 예.

양님 모가 양님 방으로 들어간다.

어머니　　양님이는 우리 셋째하고 국민학교를 같이 다녔지요.

양님 부　　네 그렇지요.

어머니　　어려서부터 그렇게 야무진 데가 있다고 나는 눈여겨봐왔는데 어쩌다가…….

양님 부　　재수 없는 놈은 뒤로 넘어져도 코가 깨지고, 접시 물에도 빠져 죽는다더니만…. 세상에 우리 양님이가 이 꼴이 되었는지 모르겠군요. 아….

어머니　　아직 젊으니까 곧 좋아지겠죠, 뭐.

양님 부　　글쎄요… 그런데 도무지 뭘 먹지를 못하니 힘을 탈 수가 없고 힘을 못 타니까 거동도 못 하고…. 이러다간 산송장이 될 것 같군요…. 차라리 어디가 곪았거나 부러졌으면 살을 도려내고 이어줄 수도 있겠지만 이건….

방 안에서 큰 소리가 들려온다. 모두들 그쪽으로 귀를 기울인다.

양님 모　　(소리만) 속 좀 작작 썩혀! 이것아….

양님　　(소리) 못 먹겠다는데 왜 이래요! 귀찮게스리….

양님 모　　(소리) 마음대로 해! 죽건 살건! 네 마음대로!

냄비가 방바닥에 덜컥 소리 내고 내동댕이쳐지는 소리.

모두들 의아한 표정이다.

양님 모가 나온다. 벌써 눈물이 글썽거린다.

양님 부　　왜 그래! 무슨 일이여?

양님 모　　망할 것! 누굴 닮아서 고집은 그리도 센지….

일용네　　누군 누구… 아버지 어머니 닮았을 테지 뭐… 헤헤.

어머니가 일용네의 옆구리를 쿡 찌른다.

일용네　　아이구 갈비야!

어머니　　말 좀 헤프게 하지 말라고 했잖아요. 에그….

양님 모　　죄송해요. 이런 꼴을 다 보여드리게 되어서….

어머니　　괜찮아요….

양님 부　　따지고 보면 부모 잘못 만난 죄일 거예요.

어머니 예?

양님 부 부잣집에 태어나 호의호식하며 대학 공부 했으면사…… 우리 양님이가 이 꼴이겠습니까? 어쩌다가 부모 잘못 만나 처녀 농군이 되어 농사짓는 바람에…….

양님 부가 벌떡 일어난다.

양님 부 노시다 가십시오!

어머니 아니에요. 우리도 곧 가봐야죠.

양님 부 이봐! 손님 오셨는데 하다못해 찐 고구마라도 내놔….

어머니 아, 아니에요. 내오긴요.

양님 부 난 가볼 데가 있어서요….

어머니 예, 어서 나가보세요.

양님 부 예. 노시다 가십시오.

양님 부가 인사를 하고는 나간다.

어머니 걱정되시겠지만 참는 수밖에….

양님 모 아주 진절머리가 나요…. 우환이 도둑이 아니라 이건… 사람 앉은 채로 말라죽이는 형벌이구먼요…. 자식을 두었을 때는 시집 장가 잘 보내서 잘살라고 바랬는데 이놈의 팔자는 윽윽….

어머니가 양님 모의 어깨를 툭툭 친다.

어머니 이러시면 못써요. 누워 있는 양님인들 얼마나 마음이 아프겠수…. 이럴수록 옆에 있는 사람들이 마음을 느긋하게 잡숫고 환자 마음을 편하게 해줘야지요.

양님 모	다 키워놓은 딸… 원삼 쪽두리두 한번 못 씌워보고… 윽윽….
일용네	그게 무슨 소리요? 다 살아가노라면 인연이 생기고 인연이 생기면 다 그렇고 그렇게 짝 맺어지는 게지…. 우리 일용이도 이제 나이 30인데….
어머니	그만 갑시다….
일용네	아니, 왜 벌써 가요? 고구마 내온다는데 그거나….
어머니	에그…. (양님 모에게) 그럼 나 이만 가보겠어요.
양님 모	이거 서운해서 어떻게 합니까?
어머니	서운하긴… 내 또 한 번 나올게요. 그리고 뭐 어려운 일 있으면 말씀하세요.
양님 모	예예!

두 손을 비비며 고마워한다.

어머니	그럼 나 가요.
양님 모	정말 고마워요, 이렇게 걱정해줘서.
어머니	에그, 별소릴….
양님 모	일용댁도 고마워요.
일용네	나야 뭐….

어머니가 휑 나간다. 일용네도 신을 끌며 따라 나간다.

양님 모가 멍하니 바라본다.

S#13 양님의 방

햇볕도 안 드는 방구석에 누워 있는 양님. 감정도 말라버린 허탈한 표정이 더 측은해 보인다.

S#14 버스 정류장

버스가 멎는다. 수원댁이 옥희(7세)와 함께 내린다.

버스가 다시 떠난다.

옥희는 색다른 환경에 낯선 듯 두리번거린다. 입에 쭈쭈바를 물었다. 수원댁이 거칠게 다룬다.

수원댁　　옥희야! 빨랑 가! 뭘 보고 있어….

옥희　　엄마, 여기가 어디야?

수원댁　　어딘 어디야? 오늘부터 네가 살 곳이지. 어서 따라와.

수원댁이 앞장을 선다.

옥희는 쭈쭈바를 빨며 따라간다.

저만치서 청년이 자전거를 타고 온다.

청년　　수원댁 아니오?

수원댁　　예?

청년　　어디 나들이갔다 오신가요?

수원댁　　예? 예… 서울 좀 갔다가….

청년　　그런데 이 애는 누구요?

수원댁　　….

청년　　예쁘게 생겼군! 너 누구냐?

옥희　　옥희!

청년　　옥희?

옥희, 고개만 꿈벅.

수원댁　　딸이에요.

청년　　　　예? 딸요?

수원댁　　　맡겨놓았던 내 자식 찾아오는 거죠, 뭐. 몰랐죠? 나도 혼자가 아니라구요. 옥희야 가자.

수원댁이 치마에 바람이라도 일듯 휑하니 간다.

옥희, 껑충거리며 따라간다.

청년이 자전거에 올라타고 간다.

청년　　　　옳지. 언젠가 서울서 남편이 나타나서 한바탕 전쟁이 일어났다더니……. 음…… 그렇고 그런 속이었군 그래! 우흐…… 일단 재미나게 되었군!

청년이 자전거에 올라타고 간다.

S#15 마루(밤)

할머니, 아버지, 어머니가 앉아 있다.

벌레 소리가 비 오듯 흘러나온다.

어머니　　　여보, 양님이가 병이 더해간다는구먼요.

아버지　　　그래?

어머니　　　이젠 보행도 어렵다는군요.

할머니　　　농약이 그렇게 무서운 건가?

어머니　　　그러게 말이에요.

아버지　　　원래 약이란 게 제대로 쓰면 약이지만 그렇지 않으면 독이라고 하지 않던가요.

할머니　　　옛날에는 농약 없이도 농사 잘 짓고 살았건만 요즘은 옛날에는 듣지도 보지도 못한 것들이 자꾸만 생겨나서 사람 괴롭히니 원….

어머니　　양님이가 가여워요, 어머니.

할머니　　응?

며느리　　얘기 들자니까 그런 가운데서도 시집갈 준비는 해놨더래요.

할머니　　그래?

며느리　　몇 해 전에 서울 무슨 가발 공장에 다닐 때 월급을 몰래 예금까지 하고 있었대요. 그래 집안에 일손이 모자라는 걸, 부모들이 애타하는 걸 보다 못해 농촌으로 되돌아왔거든요.

어머니　　그런데 그런 애가 저렇게 누웠으니….

아버지　　그 부모 마음이 어떨까? 어휴….

어머니　　그러게 말이에요.

S#16 양님이 방

양님이 누워 있고 그 옆에 양님 모 앉아 있다. 양님의 머리를 짚어보고 손을 만져보고 한다.

양님　　어머니, 모래땅 서 마지기 벼는 낼모레 내어야 해요.

양님 모　　알았다. 누가 널더러 그런 걱정까지 하랬니?

양님　　아휴, 참새 떼들이 많이 달려들 텐데.

양님 모　　그래, 그래. 내, 내일 나가서 쫓으마. 걱정 마라.

(사이)

양님　　어머니.

양님 모　　응?

양님　　이번 농사 거둬서는 논 팔고 오빠 따라 도회지로 나가세요.

양님 모　　아니다. 우리는 고향 뜰 생각 없다. 니하고 같이 여기서 살란다…. 니가 있는데 오데로 간단 말고….

(사이)

양님 어머니. (손 잡는다)
양님 모 그래.
양님 (눈가에 흐르는 눈물)

S#17 언덕

우울한 얼굴로 앉아 있는 일용. 둘째, 온다.

둘째 E 여기서 뭐 해요?
일용 응? 응….

일용이 겸연쩍은 얼굴로 외면한다.

둘째 얘기 들었어요?
일용 무슨 얘기?
둘째 처녀 농군이 오늘내일 한다던데….
일용 ….
둘째 병원에서 갖다 먹은 약도 별로인가 봐요.
일용 나두 들었어.
둘째 …?

일용이가 허리춤에 차고 있던 수건을 풀어 땀을 씻는다.

일용 넌 모르겠지만…
둘째 ?
일용 나 실은 양님이….

일용이가 멋쩍게 웃는다. 담배를 꺼내 피워 문다.

일용 한때 마음을 두었었지…. 아무도 모르는 일이지….

S#18 개울가

양님이가 빨래하고, 일용이가 옆에 앉아 있다. 소쩍새가 운다.

일용 E 시집 안 가요?
양님 안 가요.
일용 왜?
양님 남이야 시집가든 말든 무슨 상관예요?
일용 뭐라구요?

보다가 움직인다.
양님이가 풀을 뜯어 입에 문다. 표면상으로는 담담하게 보이나 눈빛은 착잡하다.

양님 우리 아버지, 어머니 두고 내가 시집가버리면 농사는 누가 지어요.
일용 그럼, 농사 때문에 안 간다는 거야?
양님 그렇잖구요. 내라도 있으니까 농사를 짓지, 나마저 없으면 우리 집은 말도 안 되니까요. 그런데 그런 건 왜 물어요?
일용 양님이 시집가면 내가 장가들려구.
양님 누구한테요.
일용 양님이한테.
양님 어머머 시상에.
일용 왜 그렇게 놀래니?
양님 시상에 징그럽게 저리 가요, 저리 가….

일용 어 어. (도망)

양님 (눈 흘기는)

물을 친다.

S#19 들길

나란히 걸어오는 둘.

양님 E 일용 씨도 농사지을 생각은 없잖아요. 배 타고 나가기가 소원이라면서……. 난 배운 것도 없지만…… 고향 등지고 사는 사람 별로 안 좋아해요. 우리 오빠도 마찬가지예요. 난 중학교 나온 그해 서울로 올라가서 6년 동안 가발 공장에서 열심히 일했어요. 그래서 저축도 조금 했어요. 그렇지만 6년 만에 집이라고 돌아와보니 그게 아닌 걸…… 너무 비참했어요. 왜 이렇게밖에 못 사는가 하고…….

양님 그래서 마음을 독하게 먹은 거예요! 한 톨이라도 더 쌀을 많이 걷어야겠고, 한 알이라도 더 수확을 해서 늙으신 부모님 모시고 동생 공부시키며 살겠다고…. 나는 지금 그 생각뿐이야. 결혼 같은 거 생각도 못 해요.

일용 양님이……. 그건 자기 마음이고 부모님께서는 그게 아니잖아! 그리고 자신을 희생시킬 건 없잖아.

양님 지금 우리 집에서는 내가 가장이나 다름없어요. 나라구 맨날 일만 하는 게 좋구, 또순이니 처녀 농군이니 하는 말이 듣기에는 달가울 리가 있겠어요. 허지만…. 하여튼 일용 씨 이야기는 없었던 걸루, 아니 안 들은 걸루 치겠어요! (앞으로 가버린다)

일용 (가다가 돌아보며)

양님 (빙그레 웃으며) 나 같은 여자 데려가면 고생해요. (그러곤 간다)

S#20 언덕

둘째	그런 일이 있었군요.
일용	그게 벌써 햇수로 3년 전이야.
둘째	아무튼 대단한 여자였나 봐요.
일용	무쇠 같은 여자지. 그렇지만 그 무쇠도 부러졌어.
둘째	난 밭에 좀 들러서 집에 갈래요. 여기 좀 있을래요? (일어서며)

일용이가 다시 지게를 지고 사라진다.

둘째가 가슴에 와닿는 생각에 콧등이 시큰해진다.

S#21 들길

비실비실 걸어오는 양님.

S#22 양님의 집

양님 모와 의사(자전거) 들어온다.

양님 모	여기 잠깐 앉아 계세요, 선생님.
의사	네. (앉는다)
양님 모	(방으로)

S#23 방

양님 모	(들여다보고) 아니…? (나간다)

S#24 밖

양님 모　　양님이가, 우리 양님이가 없어요.

의사　　네?

양님 모　　글쎄, 이것이 또 들에 나갔나 봐요, 글쎄.

의사　　아니, 환자가 그 몸을 해가지고 들에 나가다뇨?

양님 모　　그것이 아파 누웠으면서도 가끔 그런 짓을 해요, 선생님…….

S#25 들판

쓰러진 양님. 일용, 양님 업고 뛴다.

S#26 수원댁 가게 앞

옥희가 땅바닥에서 백묵으로 그림을 그리고 있다. 길게 선을 그어나가다가 걸린다.

금동이가 웃으며 서 있다.

옥희　　…….

금동　　(서 있다)

옥희　　저리 비켜.

금동　　흥… 히히, 니가 비켜라.

옥희가 일어선다. 금동이보다 약간 큰 키다.

옥희　　(일어나며) 너, 뭐니?

금동　　금동이.

옥희　　누가 네 이름 물었어?

금동　　넌 누구니?

옥희　　왜 물어?

금동　　니네 집 어디니?

옥희　　(가게를 가리키며) 여기다, 왜?

금동 (고개를 갸웃거리며) 이상하다.
옥희 뭐라구?
금동 그럴 리가 없는데…….

안에서 수원댁이 부른다.

수원댁 (소리) 옥희야! 옥희야!
금동 히히…….
옥희 뭐가 우습니?
금동 네 이름이 옥희로구나!
옥희 어머니.
금동 옥키야 또기야, 어디로 가느냐. 깡충깡충 뛰면서 어디로 가느냐? 히히.

수원댁이 나온다.

수원댁 밥 먹어 옥희야. (금동에게) 어머 너 왔구나.
금동 안녕하세요?

금동이가 절을 꾸벅한다.

수원댁 오냐.
금동 이 아이…… 진짜예요?
수원댁 진짜라니?
금동 아주머니가 이 애 어머니시냐구요?
수원댁 응? 응. 그, 그렇단다.
금동 이상하다.

수원댁　　　뭐가 이상하지?

금동　　　옥희도 나처럼 주워 왔나요?

수원댁　　　뭐?

금동　　　그럼 나하고 친구가 될 수 있겠다, 히히. 그렇죠?

수원댁　　　그래, 앞으로 친한 친구가 되어도 좋아. 알겠니?

금동　　　예 그렇게 하겠어요. 얘 가서 놀자.

옥희　　　그래.

두 아이가 뛰어간다.

수원댁　　　얘 옥희야, 밥 먹지 않고 어딜 가? 참 애들두.

S#27 수원댁 가게

아낙 A가 헐레벌떡 들어선다.

아낙 A　　　수원댁 수원댁!

수원댁　　　어서 와요.

아낙 A　　　초! 초!

수원댁　　　무슨 초? 먹는 초, 켜는 초, 피우는 초?

아낙 A　　　켜는 초!

수원댁　　　처음부터 그렇게 말해야지. 얼마나?

아낙 A　　　두 갑.

수원댁　　　(놀란 듯) 두 갑이나 어디다 쓰게요?

아낙 A　　　갔어요, 가.

수원댁　　　누가?

아낙 A　　　양님이가, 아까 점심 먹고 있는 동안에 (울음이 복받치며) 에그… 불쌍도 해라.

수원댁　　그렇게 되었군요. 쯧쯧….

수원댁이 초를 두 갑 내준다.

아낙 A가 천 원 한 장을 꺼내 준다.

수원댁　　촛값은 필요없어요.

아낙 A　　예?

수원댁　　처녀가 마지막 가는 길 내가 준 촛불로 훤히 밝히세요. 세상에 간다 간다 하더니만 기어코 갔군.

아낙 A　　아까운 처녀 농군이 죽었어요.

눈물이 글썽인다.

S#28 양님이의 집 앞(밤)

'기중(忌中)'이라고 붙어 있다. 그 옆에 네모진 조등이 걸려 있다.

아버지가 들어간다. 맥없이 앉아 있는 양님 모.

S#29 양님의 집

마을 사람이 몇 사람 모여 있다.

수원댁, 노인, 청년들, 양님 아버지가 말없이 앉아 있다.

방에서 곡성이 들려온다.

아버지　　얼마나 가슴 아프십니까……. (방으로)

아버지가 건넌방으로 들어간다.

S#30 양님의 방

흰 광목이 드리운 앞. 극히 형식적인 상청이 꾸며져 있다. 초가 타고 있다. 그 속에 손바닥만 한 사진.

아버지가 물끄러미 양님의 사진을 바라본다.

양님 모 (슬픔에 겨운 듯 힘없이) 양님아… 양님아….

S#31 시골길

달구지에 실려 가는 양님의 관. 흰 광목으로 쌌다.

그 옆에 어머니가 앉아서 관을 치며 통곡한다. 그 옆에 아버지가 따라간다. 아낙들도 따라간다.

아버지 (마음의 소리) 청년 농군! 우리 조상들도 모두 그렇게 살아왔겠지만 우리도 또 그렇게 말없이 견디고 이겨내며 살아가야지. 그게 흙에 사는 사람의 소리이지. 그리고 그 숱하게 흘린 땀들은 이 흙 속에 스며들고, 그 손길은 이 들판 구석구석에 살아 있어. 처녀 농군, 네가 지은 농사가 저렇게 결실을 맺었군. 낱알이 여물어 거둘 때가 되었는데 너는 갔구나. 처녀 농군, 편히 쉬어. 편히….

(F.O.)

제47화

형제

제47화 형제

방송용 대본 | 1981년 10월 6일 방송

• 등장 인물 •

할머니	정애란
아버지	최불암
어머니	김혜자
첫째	김용건
며느리	고두심
둘째	유인촌
막내	홍성애
금동	양진영
일용	박은수
일용네	김수미
순경	윤창우
수원댁	남능미
옥희	최문선
애기	

S#1 동물 풍경

소, 돼지.

S#2 마루와 뜰

평상 위에 할머니, 아버지, 첫째가 앉아서 밥상을 기다린다.

아버지는 신문을 읽고 있다.

첫째	(부엌을 향해) 여보…… 어서 상 들여. 시장해 못 견디겠어.
며느리	(소리) 예. 지금 나가요!
할머니	오늘은 모처럼 삼부자가 한자리에서 저녁 먹겠구나. 호호.
첫째	예, 오늘은 일이 일찍 끝나서 곧장 퇴근해버렸죠. 허허.
아버지	그러다가 동료들 간에 인심 잃어.
첫째	자기 앞 자기가 가려야죠.

어머니가 부엌에서 나온다.

어머니	용식이 들어왔어?
첫째	오겠죠!
어머니	모처럼 함께 저녁 먹는데 부르지 않고서.
첫째	한참 일하는 모양인데 우리 먼저 먹죠 뭐…….
어머니	그래두 외양간에서 땀 뻘뻘 흘리고 일할 텐데.

어머니, 둘째를 부르며 간다.

첫째	어머니는 언제까지나 우릴 어린애 취급이셔.

S#3 우사 앞

어머니　　　애, 웬만하면 그만하고 나와 저녁상 들자.

우사 안에서 둘째가 나온다. 이마에 땀이 흘러내린다. 여기저기 지푸라기가 붙었다. 손발이 오물에 젖어 있다.

어머니　　　에그, 저 땀. 어서 몸 씻고 밥 먹어.
둘째　　　예, 외양간은 날마다 치워줘도 밤낮 그 모양이니.
어머니　　　어서 와서 밥 먹어.
둘째　　　예.

S#4 마루와 뜰

부엌에서 며느리가 밥상을 들고 나온다. 등에 애기를 업었다.
첫째가 경망스럽게 코를 킁킁거리며 음식 냄새를 맡는다.

할머니　　　여간 시장한 게 아닌가 보구나.
첫째　　　가을이라서 그런지 식욕이 당기는데요. 아버지 드세요.
아버지　　　오냐…….

읽던 신문을 치우고 안경을 벗는다.

아버지　　　둘째 안 온대?

어머니가 다가온다.

어머니　　　지금 와요. 먼저 드세요.

첫째　　그래요. 먼저 먹을 사람 먼저 먹고 나중에 먹을 사람 나중에 먹고……. 그런 거죠, 바쁜 세상에……. 할머니 드세요.

할머니　　그래 먹자.

할머니, 숟갈을 들어 장을 찍어 입맛을 돋운다.

아버지도 첫째도 밥을 먹기 시작한다.

아버지　　우리도 한 사나흘 있다가 벼를 베어야겠어.

어머니　　올해는 일손이 제대로 나오려는지 모르겠어요. 지난번 모심기 때만도 일당 7천 원, 8천 원이었는데…… 오르겠죠?

첫째　　그럼요. 올랐으면 올랐지 내리지는 않을 거예요.

둘째가 다가온다. 옷이며 얼굴이 더럽혀져 있다.

어머니　　몸 씻고 어서 밥 먹어.

둘째　　손이나 씻죠. 밥 먹고 나서 마저 해치워야죠.

둘째가 펌프 가에서 대강 손을 씻고는 수건에 손을 닦으며 평상으로 와서 첫째 옆에 덜컥 앉는다. 그 서슬에 밥상이 흔들린다.

첫째　　조용히 좀 앉아. 국 엎질러져.

둘째가 힐끗 쳐다본다. 무슨 얘기를 하려다 말고 잠자코 숟갈을 든다.

첫째　　(악의 없이) 아이구, 이 냄새! 너 외양간 치우다 왔지? 아무리 바쁘더라도 식사할 때는 몸 좀 씻고 먹어! 옆에 사람 생각도 해야지. 어유, 이 냄새!

둘째가 밥숟갈을 입에 대려다 말고 첫째를 돌아본다.

첫째는 맛있게 반찬을 깨문다.

첫째　　식사란 반찬도 중요하지만 분위기도 좋아야 즐거운 거야. 알었어? 허허…….

어머니　　오늘따라 웬 잔소리가 저리도 많지.

할머니　　시장하다면서 밥이나 어서 먹어.

둘째　　흥, 분위기 좋아하네!

둘째가 불쾌하게 밥숟갈을 입에 처넣는다.

첫째　　뭣이 어째? 지금 뭐랬니?

둘째　　(퉁명스레) 못 들었으면 그만둬!

첫째　　너 요즘 나한테 대하는 태도…… 좋지 않아.

둘째　　좋지 않으면 어쩔 테요!

어머니　　얘!

아버지　　밥이나 먹어!

첫째　　너 정말 나한테 무슨 감정 있니?

둘째　　글쎄요.

국을 마구 처넣는다.

첫째　　(숟갈 들며) 글쎄요라니?

둘째　　형과 나는 각각 다른 세계에서 살고 있으니까 생각도 다를 게 아니오?

첫째가 국그릇에다가 숟갈을 거칠게 놓는다. 그 서슬에 국물이 튕겨 반찬을 집기 위해서 얼굴을 엎드리고 있던 둘째의 뺨에 와 닿는다.
둘째가 그 자리에서 무섭게 노려본다.

아버지　　왜들 이러니? 밥 먹다 말고.
첫째　　뭘 봐, 보긴?
어머니　　얘들아.
할머니　　아니, 전에 없던 버릇을.

둘째가 숟갈로 밥그릇 한가운데다 말뚝을 박듯 처박는다.
모든 시선이 둘째에게 쏠린다.

어머니　　왜들 이래? 오늘따라. 응?
첫째　　아니에요. 엄니, 얘 요즘 나한테 대하는 태도가 이상해요.
아버지　　(화를 내며) 정말 이러기냐, 응? 할머니 앞에서 이게 무슨 버릇 없는 짓이냐?
첫째　　글쎄 아까부터.

둘째가 자리에서 일어선다.

둘째　　형, 애기 좀 합시다.
첫째　　그래 하자.
어머니　　(첫째를 말리며) 왜들 이래? 어른들 앞에서.
첫째　　어머니도 보셨잖아요? 아까부터 저 자식이 나한테…….
둘째　　자식 소리 좀 빼요. 내가 형의 자식이요? 형의 자식은 저기 있잖아요.

저만치 며느리가 애기를 업고 방에서 나온다. 며느리가 무슨 영문인 줄 몰라 어리둥절해한다.

둘째	가요.
첫째	좋아.
어머니	얘들아. 어딜 가? 밥 먹다 말고.
아버지	내버려둬!
어머니	여보, 그렇지만.

형제가 나간다.

아버지	하고 싶은 얘기 있으면 털어놔야지. 가슴속에 파묻어두면 도리어 독이 되는 거야……. 내버려둬!
어머니	무슨 일일까요? 이런 일이라곤 없었는데…….
아버지	언제고 한 번은 터질 줄 알았어, 나는.
어머니	예?

금동이 따라 나간다.

아버지가 먼 산을 바라본다. 까마귀가 멀리 울고 간다.

S#5 들판

형제가 마주 서 있다.

풀숲에 숨어 있는 금동.

서로 적의에 찬 얼굴들이다.

첫째	자, 할 말 있으면 여기서 말해봐.
둘째	그래요! 나는 못 배워서 분위기두 모르구 거름 냄새두 몰라요…… 왜?

첫째　　그게 그렇게 마음에 걸렸어?

둘째　　형은 대학 공부 마치고 목에 넥타이 매고 점잖은 직업 차지했지만 나는 땅 파먹구 사는 농사꾼인데 뭘 아는 게 있겠어요.

첫째　　아니, 이제 와서 그게…….

둘째　　이제 와서가 아니에요! 난 전부터 형의 그 유아독존적인 태도 마음에 안 들었어요.

첫째　　뭐, 뭐라구?

둘째　　요컨대 촌사람들을 아랫눈으로 보고 하는 그 태도 좀 버리라 이거예요.

첫째　　아니, 내가 촌사람들 눈 아래로 본 게 뭐가 있니? 그리구 난 촌사람 아니냐?

둘째　　(정면으로) 그럼 형이 집안일을 위해서 한 일이 뭐예요?

첫째　　뭐라구?

둘째　　촌에서 살면서 농사를 지어보기나 했어요? 자전거 타고 하곡수매 독려나 하고…… 비싼 맥주나 들이키고 다니면 제일이에요, 예? 형이 장남으로서 집안에 한 일이 뭔지 말해봐요. 말해보라구!

순간 첫째가 둘째의 뺨을 후려친다.

첫째　　이놈의 자식이, 정말!

둘째가 맞은 뺨에서 손을 뗀다. 입술이 깨져 피가 흘러내린다.

둘째　　날 때려요?

첫째　　못 할 게 뭐야! 건방진 자식! 아니, 세상에 농사짓는 놈만 장땡이란 법이 어디 있니? 어디 있어?

첫째가 대들자 둘째가 힘껏 밀어붙인다.
첫째가 땅바닥에 나가떨어진다.

둘째　　그럼 손에 흙 안 묻히고 먼지 안 먹고 사는 놈이 장땡이야? 장땡이야?

둘째가 엉키어 엎치락뒤치락한다.
금동이 숨어 있다가 쏜살같이 뛰어간다.
형제는 필사적으로 싸운다.

S#6 첫째의 방(밤)

첫째가 담배를 피우고 있다. 면상에 상처가 나 있다.
며느리가 토라진 채 애기를 안고 돌아앉아 있다.

며느리　　세상에 속 다르고 겉 다르단 사람이 있다더니 정말……. 아이 기가 막혀. 아니, 당신이 동생한테 뭘 잘못했길래 그래요?

첫째, 담배 연기만 내뿜는다.

며느리　　당신 잘못이 뭣인지 그것두 못 따져요, 예?
첫째　　…….

여전히 담배 연기만 내뿜는다.

며느리　　(신경질 내며) 그 담배 좀 작작 피우고 속시원히 말씀하세요, 예?
첫째　　무슨 말을 하라는 거야?
며느리　　그래 동생한테 매 맞구두…….

첫째 (화를 내며) 누가 매를 맞아, 맞긴?

며느리 그게 매 맞은 거지, 그럼 벼슬하신 거예요?

첫째 속 모르면 잠자코나 있어.

며느리 나…… 언제구 무슨 일이 터질 거라는 이상한 예감 같은 거 있었다구요. 그러게 제가 뭐랬어요? 작년 겨울에 따로 나가 살자구 했을 때 이 집에서 나갔던들 이런 일들일랑 없었죠. 그런데두 당신은…….

첫째 가만히 좀 있지 못해, 응?

S#7 뜰(밤)

어머니가 마루에 앉아 있다.

며느리 당신이 분명히 형 노릇을 잘못했으니까 이런 일을 당하죠. 그러길래 얕보인 거 아네요. 이런 일두 따지고 보면 아버님, 어머님에게도 잘못이 있어요.

어머니 ……?

며느리 같은 형제지간이라두 당신은 농사지을 사람두 아니고, 지을 수두 없다구 판단하셨으면 미련 없이 분가를 시켜야 옳았다구요. 그걸 못 하시고 한 지붕 밑에서 벌통에 벌이 우글대듯 함께 살아가자니 이런 변이 생기는 거 아니에요? 장남이라고 꼭 부모를 모셔야 한다는 법 없어요……. 떨어져 있음으로써 더 효심두 우러나오는 법이라구요. 막말로 왜 우리가 이 집에 있어야 합니까, 예? 당신이나 나나 농사지을 사람인가요?

S#8 뜰(밤)

어머니가 팔짱을 끼고 밤하늘을 쳐다본다.

어머니 (마음의 소리) 별일 다 보겠다. 그러니까 저 애들이 지금까지 겉으로는 아무 일 없었던 것처럼 꾸미고 있었단 말인가? 둘째는 둘째대루 첫째 내외는 그들대루 가슴속에서 부글부글 끓는 게 있으면서두 내색을 안 하구 천연스럽게 부모를…… 아이구…… 그것두 모르면서…….

S#9 할머니 방

할머니

S#10 둘째의 방

방바닥에 금동이가 그림책을 보다가 그대로 잠이 들었다.

둘째가 벽에 기대어 을씨년스럽게 앉아 있다.

눈가에 멍이 시퍼렇게 들었다. 그는 벌떡 일어나서 나간다.

S#11 안방

아버지와 어머니가 자리에 누워 있다.

어머니는 등을 돌리고 있다. 저마다 눈은 말똥말똥. 멀리 다듬이 소리.

어머니 주무시우?

아버지 (한숨)

어머니 어떻게 생각하세요?

아버지 …….

어머니 우리가 잘못 생각했나 봐요.

아버지 우리? 우리라니?

어머니 당신하고 나죠…….

아버지가 어머니 쪽으로 돌아눕는다.

어머니도 마주 본다.

어머니　　큰애들 딴살림 내줄 걸 그랬어요.

아버지　　뭐라구?

어머니　　그 애들이 평소에 말을 안 했지만 마음속으로는 그걸 꽁하게 여기고 있었어요.

아버지　　누가 그래?

어머니　　얘기하는 걸 들었어요.

아버지　　음.

어머니　　그리구 둘째도 그렇죠. 한 형제간인데 저 혼자만 뼈가 빠지게 일하고, 형은…….

아버지　　그거야 직장이 있잖아?

어머니　　아니죠. 둘째가 대학 가겠다고 우기지 않았더라두 부모가 알아서 해줘야 할 것을, 그저 착하고 어질기만 하니까 농업고등학교만 마치고 집에 있게 했넌 게….

아버지　　착오였을까?

어머니　　그렇죠.

아버지　　(한숨) 그게 아닌데. 부모 마음은 그게 아닌데.

어머니　　에그, 세상에 부모 마음을 제대로 아는 자식이 있습디까? 우리도 무슨 수를 써야지 이대로 있다가는 우환이 끊일 사이가 없을 거예요.

아버지가 천장을 쳐다보며 다시 한번 크고 길게 숨을 몰아쉰다. 마음의 소리가 더 맑게 들려온다.

아버지　　어이, 여봐! 나 등 좀 긁어줘.

S#12 수원댁 가게 앞

둘째가 혼자서 막걸리를 마시고 있다. 웬만큼 술이 돌았는지 눈에 초점이 몽롱하다.

수원댁이 나온다.

수원댁 (걱정스레) 이제 그만 들어가요. 시간이 늦었는데…….

둘째 반만 더 주슈.

둘째가 빈 주전자를 들어 보인다.

수원댁 괜찮겠어요? 그렇게 마시고?

둘째 아주머니 장사 잘돼서 좋구 나 기분 좋아서 좋고, 누님 좋고 매부 좋고 아닙니까. 허허.

수원댁 기분 좋은 거 같지도 않은데, 무슨 일 있었어요, 응? 그 눈두덩이도…… 이상한데.

둘째 술이나 주세요!

수원댁 싸웠구먼. 홋홋…… 나도 언젠가 남편한테 눈두덩이 저렇게 시퍼렇게 멍들었을 때…… 그 계란찜질 하니까 쉬이 멍이 가시던데.

둘째 술! 술 주는 거요, 안 주는 거요?

수원댁 예예.

수원댁이 주전자를 들고 집 안으로 들어간다.

둘째가 손으로 무짠지를 집어 오드득 씹는다.

자전거 방울 소리를 울리며 윤 순경이 다가온다. 손에 손전등을 들었다. 순찰 중인 모양이다.

윤 순경 밤이 늦었는데 웬 술을…….

둘째　　　나오셨어요?

윤 순경이 자전거에서 내린다.

수원댁이 술 주전자를 들고 나온다.

윤 순경　　(꾸짖듯) 가게 문 닫을 일이지! 지금 몇 신지나 알아요?

수원댁　　그, 글쎄, 그만 드시라고 해도 손님이 한사코…….

윤순경　　통금 시간이 다 되었어요!

수원댁이 어찌할 바를 몰라 쩔쩔맨다.

둘째　　윤 순경님! 기왕 내온 막걸리인데요. 허허! 제가 한잔 올리겠습니다.

잔을 내민다. 그리고 수원댁 손에 들려 있는 술 주전자를 받아 든다.

윤 순경　　그만 돌아가. 서울 같으면 통금 위반으로 직결심판에 넘길 거야.

둘째　　에이…… 여긴 농촌하고도 시골하고도…… 허허.

수원댁　　예. 벌써 두 주전자를 혼자서.

윤 순경　　그럼, 아주머니가 알아서 하셔야지, 손님이 달란다고 다 줘요? (둘째에게) 자…… 일어나…… 내가 데려다줄 테니까…… 응?

둘째　　술 마저 들고 갈 테니…… 내버려두세요.

둘째, 술 주전자를 들어 잔에 따라 마신다.

윤 순경　　평소에는 얌전한 사람이 왜 그래? 무슨 일 있었어?

둘째	난 안 들어갈 거예요.
윤 순경	뭐라구?

수원댁 눈이 접시처럼 확대된다.

S#13 마루와 뜰

아버지가 마루 끝에 쭈그리고 앉아서 담배를 피우고 있다. 일어나 둘째 방으로 간다.

S#14 둘째 방

들여다본다. 금동이만 자고 있다.

아버지	이 애가 어딜 갔을까? 이런 일이라곤 없었는데……. 자식도 머리통이 굵어지면 다루기가 힘들다고들 하지만 우리 아이들만은 그렇지 않다고 우겼는데, 아……. (문득) 정말 이 애가 어디 갔어? 너무 늦는데…….

아버지가 뜰로 내려온다. 풀벌레 소리가 요란하다.

어디서 사람 우는 소리가 난다. 아버지가 두리번거리다가 집 뒤쪽으로 간다.

S#15 집 일각(밤)

나무 밑에서 둘째가 웅크리고 있다.

아버지가 다가간다. 물결치듯 흐느적거리는 둘째의 양 어깨를 내려다본다.

아버지	(부드럽게) 인마……! 여기서 뭘 하고 있어, 응?

둘째가 서서히 고개를 들어 아버지를 쳐다본다. 울고 있었나 보다.

아버지의 표정이 심각해진다. 아버지도 쭈그리고 앉는다.

아버지 인마! 이게 무슨 꼴이냐? 할 얘기가 있으면 아버지한테 해야지, 사내 자식이 옹졸하게스리 이게 뭐냐, 응?

둘째, 새로운 슬픔에 입술이 경련을 일으키며,

둘째 아, 아, 버……지.

아버지 들어가자.

둘째 드릴…… 말씀이.

아버지 글쎄, 오늘 밤은 그냥 자……. 자고 나서…… 내일 아침에 오늘 네가 한 일을 되새겨봐……. 오늘은 얘기할 필요 없으니까……. 자 일어나.

아버지가 둘째를 안아 일으키려 하자 둘째가 그대로 아버지 품으로 안긴다. 둘째, 울음과 함께.

둘째 아버지! 아버지! 나 같은 인간…… 나 같은…… 인간…… 윽윽…….

아버지가 어정쩡한 상태에서 둘째의 몸무게를 지탱한다.

둘째 저도…… 어떻게 살아야죠……? 언제까지나 이렇게 살라는 법 없잖아요, 예? 젊은 놈이! 이게 뭡니까? 아버지, 안 그래요? 예?

아버지 그래…… 내일 얘기해. 오늘 밤은 너 취해서 안 되겠다. 자…….

둘째 나 안 취했어요……. 안 취했단 말이에요…….

아버지 알았어. 알았으니까 바로 서!

둘째 (취한 눈으로 본다) (한숨)

둘째가 스톱 모션이 된 것처럼 멍하니 쳐다본다.

S#16 들판(아침 풍경)

S#17 마루와 뜰(아침)

첫째가 방에서 나온다. 며느리도 따라 나온다. 두 사람 모두가 개운치 않은 표정이다.
어머니가 안방에서 나온다. 역시 께름칙한 표정이다. 첫째와 시선이 마주치자 어머니가 외면한다.
첫째가 무슨 얘길 하려다 말고 서류 봉투를 집어 들고 내려선다.

첫째 (사무적으로) 다녀올게요.
어머니 얘!

첫째가 돌아본다.

어머니 (앉으며) 둘째 방 들여다보고 나가거라.

무슨 소리냐는 듯 첫째가 상을 찌푸린다.

어머니 간밤에 늦도록 술 마시고 와서 돼지간 앞에 쓰러져 있는 걸 네 아버지께서 가까스로 방으로 끌어들였다…….
첫째 (외면하며) 그래서요?
어머니 뭐가 그래서야? 네가 형이니까 형답게 아량을 보여야지. 장남으로서.
첫째 장남으로서의 아량요? 그게 왜 필요하죠?

어머니 뭐라구?

첫째 동생이 잘못했으면 형한테 와서 정식으로 사과할 일이지, 어째서 내가…….

어머니 (엄하게) 그러기에 형 노릇 하기가 어려운 게야…….

며느리 어머니, 저 그게 아니고요.

어머니 넌 가만있어. (첫째에게) 둘째 마음 나는 알고 있어서 하는 말이다.

첫째 제 마음은 몰라주시고요?

어머니 알아.

첫째 그런데 왜 제가 먼저 고개를 숙여야 하죠?

어머니 그게 고개 숙이는 거니, 응? 어쩜 배웠다는 사람이 그렇게 생각이 좁니? 꼭 지렁이 창자에다 바늘귀 끼는 격이구먼, 정말!

첫째 그래요…… 나는 소견머리가 좁은 놈이니까 이 나이가 되도록 부모님 말씀에 복종하면서 살아왔어요. 그래요!

어머니 아니, 너 지금…….

첫째 어머니는 처음부터 그 편견을 가지고 계신 게 싫어요.

어머니 편견이라니?

첫째 그렇죠! 나는 대학 공부 했는데 둘째는 못 했다! 나는 관청에 취직했는데 둘째는 농사짓는다. 그러니까 둘째가 가엾다, 이거 아니에요?

어머니 아니, 이 애가 정말…….

첫째 저도 어린애가 아니에요. 평소에도 느낀 점이 한두 가지가 아니었지만, 어머니 말씀대로 장남으로서의 아량을 발휘해서 입 밖에 안 냈던 것뿐이에요.

어머니 뭣이?

첫째 아, 둘째가 대학 못 가고 농사짓게 된 게 그게 제 책임입니까, 예? 저 때문에 그렇게 된 거예요? 따지고 보면 모두 아버지, 어머니 책임이잖아요? 그런데 왜! 저더러 이러십니까? 장남이란 게 그런 데만 쓰이는 방패입니까? 저는 못 해요. 제놈이 나한테 와서 빌기 전에는요!

첫째가 휑하니 나가버린다. 까치가 운다.

어머니는 벼락 맞은 사람처럼 입을 반쯤 벌리고 서 있다.

S#18 들길

자전거를 타고 가는 첫째.

가다가 멈추고 집 쪽을 바라본다. 무언가 생각. 쓸쓸한 표정. 그러다 다시 간다.

S#19 마루와 평상

평상 위에 요가 널려 있다. 판에 오줌을 싼 자욱이 지도처럼 남아 있다.

할머니와 일용네가 하반신을 벗은 채 서 있는 금동이를 꾸짖고 있다.

할머니 그러기에 조금씩 먹어야 한다고 했잖아! 한사코 집어 먹더만 요에다 저 지경을 만들었지…….

금동은 멋쩍어서 머리를 긁고 있다.

할머니 또 오줌 쌀 테냐, 안 쌀 테냐?

금동 …….

할머니 대답을 해!

금동 그걸 어떻게 대답해요?

할머니 뭐라고?

일용네 이 녀석, 말대답하는 거 보세요.

금동 누가 싸고 싶어 싸나요? 시원한 개울이 있어서 거기에 눈 것뿐인데…….

할머니가 어이가 없어서 피식 웃음을 터뜨린다.

일용네　이게 웃을 일이 아니에요.
할머니　그럼 어떻게 해?
일용네　이 기회에 그 버릇을 고쳐야죠.
할머니　어떻게 고쳐! 금동이 말대로 자기도 모르게 쌌다는데. 흐흐.
일용네　좋은 수가 있어요.
할머니　응?
일용네　옛부터 오줌 싸는 아이는 쌀 까부는 키를 씌워서 소금 얻으러 보냈잖아요?
할머니　그래…… 그런 방법이 있었지.
일용네　금동이도 그렇게 시켜야지 안 되겠어요.
금동　싫어!
일용네　싫어도 해!
금동　할머니가 왜 나서요?
일용네　이놈아! 네가 오줌 싸면 빨래는 내가 하니까 그렇지! 잠깐 거기 있어!

어머니가 방에서 나온다.

어머니　금동이가 왜 저래요?
할머니　또 오줌 쌌다잖아!
어머니　저런.

일용네가 부엌 쪽에서 키를 가지고 나온다.

어머니　　웬 키는……?
일용네　　이 키를 씌워서 소금을 얻으러 보내야지, 이 버릇을 고친다구요! 자.

일용네가 금동이 머리에다가 키를 씌운다.
모두들 웃는다.

할머니　　그래! 그렇게 하고서 네 또래 어린이가 있는 집에 가서 소금을 한 줌 얻어 와!
금동　　싫어, 잉…….
일용네　　싫어도 별수 없다! 네 오줌 싸는 버릇 고치려면…… 어서 가!
금동　　싫어!
할머니　　갔다 오라면 와야지! 냉큼 가! (매를 든다)
금동　　잉…….

금동이가 낑낑거리면서 나간다.
세 사람이 웃음을 터뜨린다.

S#20 우사 앞

일용이가 열심히 목초를 나르고 있다.
둘째가 저만치서 시들하게 서 있다.

일용　　김 회장님께서 새달 초순에는 추수를 하시겠다던데…….
둘째　　일용이 형!
일용　　응?
둘째　　나…… 바람 좀 쐬고 올까 봐요.
일용　　무슨 얘기야? (다가온다)

둘째 마음도 싱숭생숭하고…… 일도 손에 안 잡히고 하니까……. (한숨) 외지 바람이나 쐬면 좀 가라앉을 것 같아서…….

일용 헛.

둘째 우스워요?

일용 "가을바람 솔솔 부니 총각 마음 싱숭생숭"이냐? 허허……. 허긴 말이 있지. 봄바람은 여자를 들뜨게 하고 가을바람은 남자를 못 살게 한다는……. 흐흐…… 어려울 것 있어? 가면 가는 게지…….

둘째 한 사나흘…… 바닷가로 나가서…….

일용 바다? 가을인데?

둘째 조용할 테니까.

일용 아서! 그러다가 자살할까 두렵다. 허허…….

둘째 (쓴웃음) 나는 그렇게 강하지도 못해요. 자살을 아무나 하나요?

일용이가 담배를 피워 문다.

일용 잊어버려.

둘째 …….

일용 형제 싸움…… 그게 뭐가 대단해서…… 풀어버려…….

둘째 가슴이 답답한 것 같기도 하고 텅 비어버린 것 같기도 하고…… 나도 모르겠네.

일용 정말 너 사람이 좀 변한 것 같구나. 허허…….

둘째 글쎄요…… 하루 24시간 일만 해오던 내가 왜 갑자기 이런 생각을 하게 되었는지 나도 정말 모르겠어요. (짚더미에 벌떡 누워서)

자전거를 타고 가는 첫째.

누렇게 익어가는 벼로 오히려 쓸쓸해지는 표정.

S#21 수원댁 가게 앞

금동이가 키를 쓰고 서 있다. 차마 안으로 들어가기가 쑥스러워 망설여지는 눈치 같다.

수원댁이 무심코 나오다가 그것을 보고 기절초풍한다.

금동이가 키를 쳐들고 얼굴을 내민다. 씨익 웃는다.

수원댁　아니, 너 금동이 아니야?

금동　……

수원댁　왜 왔어?

금동　소금 주세요.

수원댁　소금? 우리 집엔 소금 안 파는데…. 너 간밤에 요에다가 세계지도 그렸구나. 그렇지?

금동　아니에요. 난 그냥 냇가에 놀러 갔다가 오줌 누고 왔는데……. 빨리 소금 주시지요! 소금이 없나 봐요, 집에.

수원댁　호호. 그게 세계지도지. 호호. 그래 너희 집에 소금 모아서 김장 담그려나 보다. 옥희야, 금동이 소금 얻으러 왔다. 좀 주어라.

금동이가 다시 키를 쓰고 제자리걸음을 한다.

옥희가 부엌에서 나온다. 종지에 하얀 소금을 담아서 내민다.

옥희　얘! 소금 여기 있어.

금동이가 키를 쳐들고 얼굴을 든다.

옥희의 조롱하는 듯한 표정.

옥희　받어!

금동　……

옥희　소금 얻으러 왔다면서?

금동　　　싫어.
옥희　　　뭐?
금동　　　까불어?
옥희　　　……?
금동　　　그런 거 왜 받니? 싫어.

금동이가 옥희의 손에 들려 있는 소금 그릇을 손으로 휙 내리친다. 하얀 소금이 땅바닥에 눈처럼 흩어진다.

옥희　　　엄마!

금동이가 쏜살같이 도망친다.
옥희가 소리 내며 운다.

옥희　　　엄마! 엄마!

수원댁이 나온다.

수원댁　　　왜 우니?
옥희　　　금동이가…… 소금을.
수원댁　　　응?

금동이가 나간 쪽을 바라본다.

수원댁　　　제 녀석도 꼴에 사내랍시고, 호호……. 그래, 어려도 자존심 하나는 있어야 하느니라. 호호…….

S#22 둘째의 방

둘째가 조그마한 스포츠백에다가 물건을 챙기고 있다. 일용품에 몇 권의 책이다.

방문 창호지 위에 어머니의 그림자가 비친다.

어머니　　(소리) 둘째 있어?

둘째　　예, 들어오세요!

둘째는 태연하다. 어머니가 방문을 연다.

어머니　　들어가도 되겠니?

어머니가 안으로 들어온다.

다음 순간 둘째가 챙기는 물건이 시야에 들어온다.

어머니　　아니 너…….

둘째　　서울에 좀 다녀올까 하구요.

어머니　　서울은 왜, 응?

둘째　　그저요. 흠!

둘째, 마지막 물건을 담고는 백의 지퍼를 신나게 잡아당긴다. 굳은 의지를 나타내는 것 같다.

어머니　　너, 혹시 네 형 때문에 그런 거 아니니?

둘째　　아뇨. 그저 바람 좀 쐬고 올려구요.

어머니　　안 된다!

어머니가 백을 낚아채듯 뺏는다.

둘째	어머니!
어머니	그런 법 없어! 세상에 그런 법 없다!
둘째	그게 아니라니까요.
어머니	(결정적으로) 안이고 밖이고 안 된다면 안 돼!

어머니의 단호한 태도에 둘째는 말문이 막힌다.

어머니	얘기 좀 하자. 벌써 며칠째냐 너희 형제가 등을 돌리고 싸우는 꼴 꼭 이 에미한테 꼭 보여주어야 되겠냐? 내가 늘 믿던 형제간 우애가 고작 이것뿐이란 말이냐?

둘째가 고개를 푹 숙인다.

어머니	네 형은 형대로, 너는 너대로 서로가 자기 처지만 고집하면 어떻게 해……? 서로의 처지를 이해할 줄 알아야지. 형제간에 공부 더 하고 적게 하고가 무슨 소용이니?
둘째	어머니.
어머니	글쎄 내 얘기 들어! 네 형이 농촌 생활에 적성이 없다는 건 천하가 다 아는 말 아니냐. 그런 형이 너한테 좀 언짢게 했기로 그게 너를 미워서였겠니? 그게 아니잖아? 아무 생각 없이 한 소리를 네가 고깝게 받아들인 것뿐이다.
둘째	아니에요. 형은 평소부터 그런 게 좀 있었어요.
어머니	아니다. 그건 아니다.
둘째	그렇지 않아요.

방문이 휙 열린다. 아버지의 무서운 얼굴이 가득 찬다.

아버지	그래서?
둘째	…….
아버지	그래서 집을 나가겠다 이거니?
어머니	여보. (일어선다)
아버지	나가고 싶으면 나가! 다 나가! 네놈들 없으면 농사 못 짓는다던? 얼마든지 지을 수 있어! 나가. 나가란 말이다!
어머니	여보! 왜 역정부터 내세요! 제 얘길 들으세요!
아버지	들을 필요 없어! 절이 싫으면 중이 나가는 법이지! 큰애도 딴살림 내줘! 다 나가고 없으면 손톱이 닳도록 흙을 만지다가 흙에 파묻히면 그만인걸! 두려울 것 없어! 그러니 농촌이 싫은 놈들 다 나가게 내버려둬! 그 대신 편리할 때만 고향이 어떻고 촌이 어떻고 혀끝으로만 달콤한 소리 하는 놈들! 앞으로는 내가 이 땅에서 몰아내고 말 테니까! 가! 나가! 지금 당장에 나가!

아버지가 방문을 탕 닫는다.

둘째	(훅 쓰러진다)

S#23 마을 어귀

아버지가 천천히 서성이고 있다. 하늘을 쳐다보고 길게 한숨을 뱉는다.

아버지	(마음의 소리) 농사치고는 자식 농사만큼 어려운 게 없지……. 농작물은 공력을 들이면 들인 만큼 거둘 수가 있건만……. 자식은 그게 아니거든……. 두 자식의 가슴속에 그렇게 응어리가 져 있을 줄은 정말 몰랐다. 이대로 두면 안 되지……. 한번 금 간 곳은 굳어지기 전에 붙여야지……. 형제인들 살아가면서 왜 다툼이 없겠는가……. 조금 더 배워서 펜대를 쥐고 사는 자식이

나 흙에 묻혀 농사지으며 살아갈 자식이나 내겐 똑같이 귀중한 자식들이지……. (큰 길가를 본다) 큰 녀석도 동생이 그렇게 달려 들면 마음이 편치 않을 거야…….

S#24 둘째 방

둘째, 생각에 잠겨 앉아 있다.

S#25 할머니 방(밤)

할머니가 염주를 꺼내서 손끝으로 만지고 있다.

며느리가 떡을 접시에 담아 들고 들어온다.

며느리 할머니, 떡 잡수세요.

할머니 …….

며느리 영석이네 집에서 가지고 왔대요. 애기 돌떡이라면서.

할머니 아범 돌아왔니?

며느리 아뇨.

할머니 너 거기 앉거라.

며느리가 불안해지며 앉는다.

할머니 어떻게 생각하니, 너는?

며느리 ?

할머니 이래가지고서 어떻게 숨을 제대로 쉬겠나? 집안이 편하려면 집안 사람들 얼굴이 보살님 웃는 얼굴처럼 편해야 하는 법인데…… 요즘 우리 집 식구는 그게 아니잖더냐…….

며느리 …….

할머니 네 남편은 뭐라더냐? 지금도 네 시동생 원망하더냐?

며느리 아뇨.

할머니 그럼 아예 꼴도 뵈기 싫으니까 얼굴도 뵈기 싫어서 새벽같이 나가고 밤늦게 들어온다던?

며느리 그, 그게 아니고, 저.

할머니 네 생각부터 들어보자! 너, 네 시동생한테 얘기 걸어봤어?

며느리가 말문이 막혀서 문을 바라본다.

할머니 보아하니 네 남편보다 네가 한술 더 뜨는 것 같더라. 내가 보기엔…….

며느리 예?

할머니 네가 이 집 장남의 아내요 이 집을 지켜나갈 맏며느리라면, 네 남편보다 네가 더 마음을 넓게 가지고 보살펴야 할 텐데 너는 옆에서 굿이나 보자는 그런…….

며느리 할머니, 그런 말씀 마세요. 제가 언제…….

할머니 아니면 네 남편더러 잘못이라고 말해줬니?

며느리 …….

할머니 당신 잘못이니 동생한테 한마디 사과하라고 말했어? (사이) 안 했겠지. 보나 마나 네가 덩달아서 화를 내고 투정을 했겠지……. 농사도 못 짓는 사람 데려다 놓고 진돗개처럼 집이나 보게 한다고……. 안 그랬어? 왜 딴살림 나가겠다는데 못 나가게 하는가 하고 시부모 탓만 했겠지.

며느리 (외면)

며느리가 양심의 가책에서 눈을 번득 뜬다.

할머니 나…… 다 안다. 사람이 나이 먹는 것 공연히 먹는 것 아니다.

나이를 먹는 사이에 그만큼 괴로움을 겪고, 그 괴로움을 이겨 나온 가운데 세상 사는 지혜를 배우는 게지. 그저 헛세상 사는 게 아니다.

며느리가 손등을 내려다본다.

할머니 긴말 필요없다. 네 남편 돌아오거든 당장에 네 시동생하고 화해하도록 해! 알았니? 그것도 못 하겠다면 이 할미도 너희들 편에 안 설 테야. 알았지?

며느리 예에.

S#26 마루와 뜰(밤)

며느리 나오는데, 아버지 들어선다. 술이 거나하게 취했다.

아버지 둘째 안 들어왔니?

며느리 (둘째 방 쪽 본다)

아버지 이리 좀 나오라고 해라.

며느리 데련님, 아버님 오셨어요!

첫째가 들어온다. 손에 술병이 들려 있다.

둘째와 시선이 마주친다. 멋쩍어진다.

아버지 오다가 네 형하고 한잔했다.

아버지가 평상에 앉는다.

아버지 여기들 앉아…….

첫째와 둘째가 서먹해진다.

아버지　우리 한잔하자. 한잔하면서 얘기하자. (크게) 며늘아이 있어?

어머니가 방에서 나온다.

어머니　언제 오셨어요?
아버지　여보, 여기 술안주 가지고 와. 우리 삼부자끼리 한잔할 테니까.
어머니　……?
아버지　(첫째에게) 네가 설명해, 인마!
첫째　어머니, 제가 생각이 모자랐어요. 용서하세요.
어머니　응? 그럼.
첫째　(둘째에게) 미안하게 됐다.
둘째　형, 난 말이야…….
아버지　(심판처럼 손을 번쩍 들며) 됐어! 거기까지 됐어!
어머니　뭐가 됐어요?
아버지　글쎄 남자끼리의 약속이니까 참견 말아요! 다 얘기가 됐고 뜻이 통했으면 되었지. 그러니 이놈들이 서로 끊겼던 말도 통했잖아. 그렇지?
첫째·둘째　(동시에) 예.

모두들 웃는다.
며느리도 마루에서 지켜본다.
할머니도 흐뭇한 표정이다.

(F.O.)

제49화

시인의 눈물

제49화 시인의 눈물

방송용 대본 | 1981년 10월 20일 방송

• 등장 인물 •

할머니	정애란
아버지	최불암
어머니	김혜자
둘째	유인촌
며느리	고두심
셋째	김영란
일용	박은수
일용네	김수미
금동	양진영
옥희	최문선
황진국	전무송
그 딸 인숙	
임윤수	최낙천
우체부	김성일
농부	방훈

S#1 마루와 뜰

달빛이 흐르는 뜰. 막내의 방에서 흘러나오는 노랫소리.

어머니가 부엌에서 나오다가 달을 쳐다본다. 설거지를 끝낸 물 젖은 손이다.

벌레 소리가 들려온다. 귀뚜라미 소리도 역력하다.

노래　　"기러기 울어 예는 하늘 구만 리, 바람이 싸늘 불어 가을은 깊었네. 아아, 아아, 너도 가아고 나도 가야지."

어머니　　(혼잣소리) 밝기도 하다…. 추석 한가위가 엊그제 같더니만…. (안 보임) 벌써 한 달이 되었구나.

며느리가 부엌에서 나오다가 어머니 등 뒤에 서서 역시 달을 쳐다본다. 앞치마에 손을 닦고 있다.

며느리　　어제가 보름이었잖아요?

어머니　　그런가? 그럼 저 달은 기울어가는 달이구나…. (보다가) 그러구 보니 니 시아버님 생신이 가까워오는구나….

며느리　　정말! 스물아흐렛날이시죠?

어머니　　그래. 용케두 기억하구 있구나. 작년에는 생신날도 그럭저럭 보내드렸는데…. 올해는 동네 어른들도 모셔야지.

며느리　　잔치 치르시게요?

어머니　　잔치랄 건 없지만… 서운하지 않게는 차려드리자.

며느리　　예.

첫째　　(방에서) 여보, 여보.

며느리　　예, 가요.

첫째　　(방에서) 이 녀석이 또 옷에다 쌌어. 빨리 와봐.

며느리　　에그… 당신은 그것도 못 치우세요?

어머니　　빨랑 들어가봐.

며느리 진종일 일하고 맥이 빠진 사람더러….
어머니 피차일반이다. 어서 들어가봐.
며느리 예.

며느리가 방으로 들어간다.
어머니도 안방으로 들어간다.

S#2 안방

아버지가 돋보기안경을 쓰고 신문을 열심히 읽고 있다.
어머니가 들어와도 눈치를 못 채고 신문에 빨려 있다.
(거울 속 불) 어머니가 경대 앞에 앉는다. 거울 속으로 신문에 빨려들고 있는 아버지를 본다.

어머니 뭘 그렇게 열심히 읽으시우? (농담으로) 어디 논바닥에서 석유라도 펑펑 쏟아진대요?
아버지 (길고 심각하게) 음….
어머니 ?
아버지 그럴 수가… 쯧쯧.
어머니 뭐가요?
아버지 (다시 심각하게) 음… 쯧쯧.
어머니 (다가오며) 여보! 무슨 일인데요?
아버지 … 얼마나 딱한 일인가 말이야, 쯧.
어머니 누가요?

아버지, 신문을 내려놓는다.

아버지 …. (혀를 끌끌 찬다)

어머니　　누구 얘기예요? 지금….

아버지　　시인.

어머니　　시인?

아버지　　(약간 비아냥거리며) 시인도 몰라? 시인…. 시 쓰는….

어머니　　어머머!

아버지　　이렇게들 무관심하게들 살아가니까 더 답답하게 되었지.

어머니　　시인이 어떻게 되었어요?

아버지, 담배를 피운다.

어머니가 신문을 집는다.

아버지　　그 시인 언젠가 만난 적 있지?

어머니　　예?

아버지　　잡지사 편집장인가 뭔가로 있을 때 우리 과수원 취재하러 나왔었지. 황진국 씨라고….

어머니　　아… 그래요. 8, 9년 되었죠, 아마? 그 안경 쓰고….

아버지　　그래. 바로 그 사람이야. 여기 신문에 그 사람 기사가 났어.

어머니　　어떻게 되었대요, 그 사람이?

아버지　　실어증에다가 반신에 마비까지 되었다지 뭐야.

어머니　　실어증이라니요?

아버지　　말을 잃었다는 게야….

어머니　　어머나….

어머니가 신문을 더듬는다.

아버지　　아마 집안 사정이 어려운 모양인데…. 그래서 지인들이 그 시인을 돕자고 나선 모양이야…. 음.

어머니, 읽던 신문을 놓고,

어머니	아직 젊었을 텐데.
아버지	마흔다섯인가 본데… 한창 나이지…. 그 나이에 말도 못 하고 반신마비가 되니 직장도 못 나가, 시도 못 써. (한숨) 에고… 세상에 그런 혹독한 벌은 왜 또?
어머니	정말 요즘은 사람이 살았다고 해서 산 건 아니에요. 언제 어디서 졸지에 무슨 병이 다가올지 모르니… 정말 안되었군요….
아버지	끼니가 어렵게 되었다니… 모르는 사람이면 또 몰라.
어머니	지금도 눈에 선해요. 그 양반이 우리 집에 왔을 때 김치가 맛있다고 손으로 쭉쭉 찢어서 밥에다 얹어서 먹던 모습이.
아버지	시인이 시를 못 쓰면 다 아닌가 말이야.
어머니	부인도 없나 부죠?
아버지	(끄덕인다) 그 사람이 여기 왔을 때 나보고 뭐라고 한 줄 알아? 날더러 인생을 즐긴대. 그리고 진짜 시인은 자기가 아니고 나라고, 시골에 내려와 살고 싶다더니….

S#3 회상

김 회장과 황진국이 거닐고 있다. 나란히 과수원 길.

김 회장이 무언가를 설명하고, 황은 감탄을 하고.

황진국	김 회장님께서는 정말 인생을 즐기고 계시군요.
아버지	제가요?
황진국	네, 정말 부럽습니다.
아버지	하하… 나야 뭐 원래 촌사람이니까 촌에 사는 거죠, 뭐. 살다 보니 시골이 좋고 정이 들지만서두.
황진국	바로 그겁니다. 이런 시골에서 나름대로 즐거움을 가지고 사신

다는 그게 바로 행복인 것 같습니다.

아버지　　행복? 헛… 어쩌면 행복일지도 모르죠.

황진국　　이처럼 마음에 여유를 가지고 산다는 게 요즘처럼 삭막한 세상에 쉬운 일이 아니죠.

아버지　　아, 그 여유 면에서야 황 선생이 더 낫겠죠. 내가 알기론 시인이란 그런 여유가 없으면 안 되는 걸루….

황진국　　하지만 복잡한 도화지에 끼여 살다 보니 어느새 그런 여유도 없어지고, 단지 남이 못 가졌다는 조그만 재주로 시인이랍시고 행세하는 것뿐이에요. 그런 점에선 김 회장님이 정말 시인이십니다….

아버지　　제가 시인? 헛 농담두….

황진국　　그렇잖습니까? 시인이 꼭 어디 글로 쓰고 해야 시인입니까? 이렇게 인생을 관조하며 자연의 아름다움을 느끼는 그 자체가 바로 시죠.

아버지　　참, 황 선생! 난 시란 걸 막연하게 좋아는 하지만 아직 워낙 천학비재한 몸이라 이런 기회에 한번 물어봅시다. 한마디로 말해서 도대체 시란 무엇이오?

황진국　　(웃으며) 참 어려운 질문이시군요…. (생각하다가) 흔히 시는 인간의 정서를 압축된 언어로 표현한 것이며, 그리고 시인은 그걸 노래하는 신의 대리자이다라고 말하는데, 전 이렇게 말하고 싶어요. 시는 삶의 아름다움을 노래하는 것이다. 그런데 그 아름다움 쪽에는 고통도 있고, 슬픔도 기쁨도 있겠죠…. 그리고 저 하늘과 땅, 나뭇잎, 풀잎, 바람 소리, 새소리, 이 지상의 모든 것에 시의 마음이 있다고 봐요.

아버지　　(진지하게) 예… 언제 한번 황 선생의 시를 보고 싶군요.

황진국　　부끄럽지만 보여드리죠…. 저도 시골에 내려와 살고 싶습니다.

아버지　　진정입니까?

황진국　　네, 진정으루. 그리고 마음에 듭니다.

아버지　　언제든지 오세요. 황 선생이 오시면 우리 농원에 살터를 내드리죠.

황진국　　정말이세요?

아버지　　그럼요. 그렇게 되면 우리의 이 자연도 시인을 찾아 더욱 생기를 띠겠죠.

황진국　　정말 감사합니다. 김 회장님께서 이끌어주신다면 당장 이곳으로 와서 살고 싶습니다.

아버지　　그렇게 하세요. 헛….

황진국　　(즐거운 표정으로 주위를 둘러보는)

S#4 안방

아버지　　한번 만나볼 사람이지만 성실하고 진지한 사람이었어. 그리고 때묻지 않은 천진스러움이 있었어….

어머니　　내가 보기에도 그런 느낌이 들었어요. 소탈하고, 그러면서도….

아버지　　그래. 그런 사람이야말로 진정으로 인생을 사랑하고 아끼는 사람이지…. 그때 떠난 뒤에도 나한테 두어 번 편지가 왔었지. 이곳을 잊을 수가 없다고… 여기 내려와 살고 싶다고… 그렇지만 사는 게 여의치 않아 안타깝다고…. 여보, 내일 당장 다녀와야 되겠어. 가서 그 사람을 한번 만나봐야 되겠어. 그게 도리잖아, 응?

어머니　　(보다가) 그렇게 하시구려….

아버지　　(다시 신문을 들여다본다)

S#5 들판

일하는 모습들. 일용이 열심히 일하는.

S#6 고구마밭

금동이가 고구마를 캐서 옥희에게 준다.

옥희, 양손에 고구마 들고 하나는 입에 물었다.

둘의 정답고 즐거운 모습.

금동	옥희야, 고구마 더 캐줄까?
옥희	아니야, 이만함 됐어.
금동	여기 얼마든지 있지. 난 언제든지 고구마 캐 먹을 수 있다.
옥희	(감탄) 어머….
금동	옥희야, 우리 냇가에 가재 잡으러 가자.
옥희	그래.

둘, 손잡고 간다. 그 모습.

S#7 논

벼를 베고 있다.

아버지	시설 잘 되어가나?
농부	어디 나가세요? 김 회장님.
아버지	서울에 좀 다녀오려고.
농부	… 서울엘요?
아버지	응. 바람에 쓰러진 벼를 용케도 살펴봤군.
농부	예. 어떻게 살아날지 모르겠나 싶어 물로 씻고 일으켜 세우고 했더니만 이렇게 고맙게도 알이 여물었구먼요.
아버지	암, 지성이면 감천이지. 수고하게.
농부	예, 다녀오세요.

아버지가 자전거에 올라타고 간다.

농부가 새를 쫓는다.

S#8 마루와 뜰(낮)

할머니가 장독대 위에 말리던 호박을 뒤집는다.

어머니와 일용네가 속은 배추를 다듬고 있다.

할머니　　서울엔 왜 갔어?

어머니　　문병 다녀오겠대요.

할머니　　문병?

일용네　　누가 아픈가요?

어머니　　시인.

일용네　　시인? 그게 뭐예요.

어머니　　시인도 몰라요? 시인, 시 쓰는.

말하다 말고 킬킬 웃는다.

일용네가 어리둥절한다.

일용네　　뭐가 우스워요?

어머니　　시인이 뭐냐고 되물었다가 말벼락 맞았어요, 나도. 음….

일용네　　그래서요?

어머니　　글 쓰는 사람. 시인, 소설가….

일용네　　응 글쟁이….

할머니　　입도 사납긴. 글쟁이가 뭐야?

일용네　　그럼요, 글 쓰면 글쟁이, 그림 그리면 환쟁이, 풍 잘 치면 풍쟁이, 욕 잘하면 욕쟁이. 흐흐.

할머니도 어머니도 웃는다.

할머니　　시인이 아프다는 게야?
어머니　　예, 형편이 어려운가 봐요. 그래 농협에 가는 길에 잠깐 들러 오겠다면서, 전부터 면식이 있는 사람이라서요.
할머니　　그래. 사람은 어려운 지경에 있을 때는 서로 돕고 해야지.

S#9 판자촌

빈민촌임을 곧 알아볼 수 있는 골목길. 아버지가 과일 바구니를 들고 올라간다.

아낙네에게 길을 묻는다. 아낙네가 고개를 절레절레 젓는다.

아버지가 주머니에서 쪽지를 꺼내서 본다.

S#10 집 안

아버지　　계십니까?

아무 대답이 없다.

아버지가 들어와 방문 앞 툇마루에 바짝 다가선다.

아버지　　계세요? (사이) 황 선생!

방문이 두어 번 흐느적거리다가 간신히 열린다.

안경을 쓰던 사람이 벗었을 때의 그 음성적인 얼굴이 내다보인다.

아버지　　안녕하세요? 황 선생.

황은 누군지 모르겠다는 듯 한참 바라보다가 방으로 고개를 돌리더니 다시 내다본다.

안경을 썼다.

아버지　　나예요. 농원을 하는…. 모르시겠어요?

기억이 되살아난 듯 미소를 지으며 들어오라고 손짓을 한다.

아버지　　예, 그럼.

아버지가 과일 바구니를 들고 안방으로 들어간다.

S#11 방 안

비좁고 암울한 방 안.

얄팍한 요와 이불을 걷어 벽에다 붙인 다음, 황진국이 어서 앉으라고 왼손으로 방바닥을 툭툭 친다.

아버지　　예예.

아버지가 앉는다.

황진국이 재떨이를 (깡통) 내민다. 그리고 담배를 찾는 모양이다.

아버지　　담배 여기 있어요, 여기.

아버지가 담뱃갑을 꺼낸다. 담배 개비를 뽑아 권한다.

황진국이 왼손으로 거절한다.

아버지　　아… 예…….

황진국이가 고개를 끄덕인다. 그러고는 아버지의 손목을 잡고는 흔들기만 한다. 반가움과 고마움이다.

아버지　　황 선생이 그렇게 몸져 누워 계시리라고는 생각조차 못 했죠. 신문에서 읽고서는….

황진국이 웃으면서도 면목이 없다는 듯 손을 젓는다.

아버지　　언제부터 이렇게?

황진국이 손가락 네 개를 펴 보인다.

아버지　　4년이나?

황진국이 비시시 웃는다. (천진난만한) 그러고는 비로소 길게 한숨을 내뱉는다.
아버지가 새삼 방 안을 휘둘러본다. 가난이 찌든 방이다. 그 하나하나가 스쳐가면서 아버지의 소리가 깔린다.

아버지　　(마음의 소리) 시를 써서 부자로 살 수야 없겠지만 이렇게 가난하게 살 줄은 정말 몰랐다. 잡지사에 나갔을 때는 월급이라도 받았겠지만 그게 안 들어오면서 이 지경이 되었겠지. 그럼 4년 동안 어떻게 살아왔을까. 게다가 한쪽 팔도 못 쓰면서…….
아버지　　고생이 많으시겠습니다. 옛날 우리 농장에 왔을 때 기억 나시죠?

황진국이 고개를 끄덕인다. 그리고 마비된 한쪽 (바른쪽) 손을 가리킨다.
아버지의 미간이 흐려진다.

황진국이 종이와 볼펜을 꺼내더니 왼손으로 뭐라고 쓴다.

아버지가 종이를 본다.

"왼손이라 글쓰기가 힘들어요."

아버지가 쳐다보자 황진국은 민망스럽다는 듯 웃는다. 이지러진 듯한 웃음이다.

아버지 지금도 시를 쓰고 싶으십니까?

황진국이 "물론"이라는 듯 고개를 크게 확실하게 끄떡한다.

아버지 시를 쓰실 수 있겠어요?

황진국이 볼펜을 들어 또 쓴다. "나는 죽을 때까지 시를 쓸 겁니다."라고 써서 돌려놓는다.

아버지의 눈에 이슬이 맺힌다.

S#12 뜰과 마루

어머니가 마루 끝에 앉아 있다. 요란스럽게 까치가 운다.

펌프 가에서 며느리가 빨래를 하고 있다.

어머니 오늘따라 까치가 왜 저렇게 우는지 모르겠구나…. 누가 올 사람도 없는데….

며느리 요즘 까치는 그렇지도 않던데요.

어머니 뭐가?

며느리 먹을 것 달라고 울지, 기쁜 소식 전하려고 울지 않는데요. 흠…. 어째서…. 그렇게 해줘봤자 인간들이 고마워할 줄 모르니까 화가 났대요. 호호.

어머니 원 너도…. (한숨) 그런데 너희 아버지는 왜 안 오시는지 모르겠구나…. 서울 가서 그분하고 한잔하고 계시는 게 아닌지 모르겠다.

며느리　원 어머니도…. 환자하고 어떻게 술을….

어머니　참, 그렇지….

S#13 황진국의 방

아버지가 주머니에서 봉투를 꺼내서 황진국의 손에 쥐여준다.

황이 멍청하니 바라본다.

아버지　내 성의니까요…. 얼마 되지는 않습니다만… 받아주시오.

황진국이 고개를 끄덕끄덕한다.

아버지　여러 가지로 어려운 고비 이겨내시는 황 선생 앞에서 나는 정말 할 얘기를 잃었습니다. 황 선생! 황 선생 말씀대로 시를 쓰세요. 아이들한테 대필을 시켜서라도 쓰시겠다니…… 좋은 작품 나올 거예요! 그러니 좌절하지 마시고요, 예? 아셨죠? 그리구요 전에 나한테 이야기했듯이 시골루 오세요.

황진국이 아버지 얼굴을 쳐다본다. 입이 묘하게 비틀어지며 동물 같은 울음소리가 낮게 불규칙적으로 흘러나온다.

황진국　으악… 으… 으… 악… 악… 악…. (울음 절제)

아버지가 자기도 모르게 눈물이 핑 돌자 급히 방문을 열고 나온다.

마루에 학교에서 돌아온 딸 인숙이가 서 있다. 중학생이나 구김살이 없다.

S#14 방 앞

아버지　네가 인숙이니?

인숙　예, 고마워요….

아버지　아버지 때문에 네가 고생이구나….

인숙　그렇지도 않아요. 다만 아버지가 시를 쓰시겠다고 하실 때가 괴로워요.

아버지　어째서?

인숙　짜증이 심하셔요.

아버지　짜증?

인숙　방에 못 있게 하시거든요. 옆에 저나 동생이 있으면 밖으로 나가라고 하시거든요. 싫으신가 봐요. 왼손으로 글을 쓰는 걸 남에게 보이기가….

아버지 얼굴에 또… 다른 충격이 일어선다.

아버지　그래, 아버지 말씀 따라야지….

인숙　예.

아버지　새엄마라도 계셨으면 모르지만….

인숙　제 힘으로 얼마든지 해나갈 수 있거든요.

아버지　그럼… 네가 아버지 바른팔 구실을 해야지!

인숙　예.

아버지　아버지도 그새 병이 나으시고 시를 또 쓰게 되실 게다!

인숙　저도 늘 하나님께 기도드리고 있어요. 아버지께서 다시 시를 쓰게 해주십사 하고요.

아버지　그래. 그래야지! 그래야지. (나간다)

아버지가 밖으로 나간다.

S#15 황진국의 방(밤)

황진국이 벽에 기대어 앉아 있다. 왼손으로 종이에다 시를 쓰고 있다. 잘 안 써지는지 볼펜을 신경질적으로 긁어댄다.

인숙이가 밥상을 들고 들어온다.

인숙　　아버지, 저녁 진지.

황진국은 모르는 척하면서 또 뭔가 쓰기 시작한다.

상을 들고 있던 인숙이가 눈치를 살피며 슬그머니 밖으로 다시 나간다.

S#16 마루와 뜰(밤)

마루에서 저녁상을 받고 있는 식구들. 할머니, 첫째, 둘째, 어머니.

첫째　　막내도 대학 입시가 다가오는데… 어떻게 될런지!

어머니　　요새는 밤잠도 안 자면서 공부하더라! 낮에는 학원에 나가고 밤에는 밤대로…. 에그… 대학도 좋지만 그렇게까지 몸 곯아가면서 시험공부를 해야만 되는지 원….

첫째　　경쟁인 걸 어떻게 해요….

둘째　　이기고 볼 일이지요. 경쟁도 전쟁이니까… 지는 전쟁은 아예 안 하는 게 좋구요.

할머니　　그런데 네 아버진 왜 늦어?

어머니　　그 사람 만나서 이야기가 길어지는 모양이죠.

할머니　　그 사람, 전에 우리집에 한번 왔다 간 사람이라면서?

어머니　　예.

둘째　　아버지도 참 인정이 많으셔서….

할머니　그래, 너희 아버진 어릴 적부터 인정이 많았단다. 그저 남 불쌍한 것 있으면 그걸 못 견디고 쌀을 퍼주던지 자기 포켓트 든 걸 털어줘야 속이 풀렸으니까.

어머니　어릴 땐 그게 너무 지나쳐서 탈이었지만…. (하며 금동이 본다)

첫째　아버진 그런 점에서는 소문난 분이시잖아요?

할머니　그런 건 소문이 나서 나쁠 거 없다. 사람 중에 제일 몹쓸 건 인정머리 없는 사람이다…. 그런 건 너희 아버지한테 본받을 게 많느니라.

S#17 돈사 앞

아버지가 돈사 앞을 살펴본다. 그러나 어딘지 우울한 표정이다.

아버지가 돌아서서 하늘을 본다.

S#18 황진국의 집(밤)

S#19 황진국의 방

방에 맥없이 앉은 황진국.

S#20 집 전경

달빛만이 교교하다.

S#21 안방(밤)

불이 꺼지고 달빛이 흘러든다.

아버지와 어머니가 나란히 누워 있다.

아버지　(안 보임) 감동을 받았어.

어머니　(아버지를 본다)

아버지　　그 사람은 그런 처지에 있으면서도 끊임없는 싸움을 계속하구 있었어…. 자기 인생을 위해, 아니 시를 위해….

어머니　　….

아버지, 일어나 앉는다.

아버지　　고통, 고통, 그 고통이야말로 말할 수가 없겠지. 그렇지만 남들보다 몇 배나 큰 삶의 고통 속에서도 결코 굴하지 않고 보통 사람보다 더 강한 의지를 보여주고 있었어. 그 외로운 작업을… 한 자 한 자 적어가는 그 시 구절은 바로 그 사람의 고독이며 고통, 그리고 또 생존의 의미였어.

어머니　　….

아버지가 돌아본다.

아버지　　그건 차라리 처절한 싸움이라고 하는 편이 옳아. 난 몇 번이나 속으로 뭉클 올라오려는 걸 참았어. 그 사람은 끝내 일어나고 말 거야. 그리고 좋은 시를 쓸 거야…. 정말 인생을 깊이 느끼고, 깊이 사랑하는 그런 시들….

어머니　　(가만히 남편의 손을 쥔다)

아버지　　(촉촉히 젖은 눈)

S#22 황진국의 방

왼손으로 시를 쓰고 있는 황 시인의 고통에 찬 모습.

S#23 들판

아버지가 익어가는 벼를 바라보고 있다. 그러나 생각은 딴 데 가 있는 듯싶다.

일용이 지게 지고 다가온다.

일용	회장님!
아버지	…. (꿈에서 깨어난 듯) 응?
일용	우리도 벼를 베어야잖겠어요?
아버지	응….
일용	서두르는 게 좋겠어요! 진흥청 지도과에서도 내주 안으로는 벼를 베는 게 좋다네요.
아버지	그렇게 하지.
둘째	예…. 일손두 미리서 약속을 해놔야지 어물어물하다가는 다른 집에 일손을 뺏기게 될지도 모르니까요.
아버지	지난번 모심을 때처럼 부락 공동으로 작업하는 것두 생각해보자.
둘째	글쎄… 그것두 일장일단이 있던데요.
아버지	그건 그렇지만… 가까운 이웃부터 친하지 못하면서 무슨 짓을 또 해낼 수 있겠니? 난… 요즘 문득 그런 생각을 해보았다. 사람을 아낀다, 돕는다…, 사랑한다는 걸 농군이 과일이나 곡식을 보살피듯 한다면 틀림없겠는데 사실은 그게 아니거든…. 어떤 때는 곡식이나 과수를 더 사랑하고 사람에겐 무관심하기 짝이 없다는 사실이야.
일용	인심이 그렇게 변해버린 거예요.
아버지	변해버린 인심은 빨리 돌려세워야지.
일용	….

S#24 황진국의 방(밤)

인숙이가 원고지에다가 원고를 베끼고 있다.

옆에서 황진국이가 손으로 가리키며 고쳐 쓰라고 한다.

밖에 인기척이 난다.

임윤수 (소리) 진국이 있나?
인숙 임 선생님이신가요?

인숙이가 방문을 연다. 임윤수가 서 있다.

인숙 어서 오세요!
임윤수 인숙이도 있었구나.

황진국이가 들어오라고 손짓을 한다.
임윤수가 들어온다.

임윤수 진국이, 기쁜 소식일세.

무슨 뜻이냐는 듯 눈이 휘둥그레지는 황진국.

임윤수 자네 시집을 내주겠다는 출판사가 나타났네.
인숙 시집을요?
임윤수 응! 자네 원고만 정리해서 주면 자기들이 다 만들어주고 인쇄도 아주 유리한 조건으로 해주겠다니 얼마나 반가운 일인가.

황진국이가 종이에다 필담을 한다.
"시집을 내?"라고 써서는 눈앞에 보인다.

임윤수 그렇다니까! 이건 믿어도 돼. 그래서 일부러 내가 이렇게 왔잖아.

황진국이가 또 쓴다. "출판사는?"

임윤수 정신출판사라고… 아주 젊고 양식 있는 사람이 하는 곳이지. 내가 자네 시를 몇 편 보였더니 그 자리에서 오케이하지 뭔가. 원고는 정리되어 있지?

인숙 예, 이제 몇 편 안 남았어요. 여기 이렇게….

인숙이가 정리된 원고를 내보인다.

임윤수 그럼 되었어. 그쪽 말로는 내일이라도 원고를 넘겨달라니까. 얘긴 잘되었어, 진국이.

황진국, 멍하니 앉아 있다.

임윤수 자네가 이 세상에 시인으로 나와서 20년 만에 처음으로 시집이 나오는 걸세. 농부가 과수를 심어서 첫 수확을 거두는 격일세. 헤헤….

황진국은 여전히 움직이지 않는다. 다만 입가에 경련이 일어날 뿐이다.

인숙 아버지… 아버지. 아버지, 전 자랑스러워요.

임윤수 그래. 자랑해도 괜찮아. 시집도 한 권 갖다 드리고…. 인숙인 말이야, 다른 친구들한테도 시인 아버지를 둔 걸 자랑스럽게 생각해야 해. 설사 가난하게 살더래두 부끄럽게 여겨서는 안 돼. 왜냐하면 시인은 아무나 되는 게 아니거든…. 인생을 노래할 수 있는 영혼을 가진 사람이 시인이고, 그래서 위대한 거야….

보다가 아버지 쪽을 본다.

인숙　　　아버지….
임윤수　　　빨리 회복돼서 열심히 살게…. 시두 열심히 쓰구….

임윤수도 울음을 감추려고 눈을 감고 입술을 깨문다.
황진국의 뺨에 눈물이 줄줄 흘러내린다.

S#25 시골길

우체부가 자전거를 타고 바삐 가고 있다.

S#26 뜰과 마루

며느리가 방에서 빨랫감을 가지고 나온다.

우체부　　　김 회장님께 등기우편입니다. 도장 가지고 나오세요.
며느리　　　예.
어머니　　　소포 왔냐? 도장 여기 있다.

우체부가 도장을 받아 찍고 쪽지를 뗀 다음 큼직한 봉투를 내준다.

며느리　　　이게 뭐예요?
우체부　　　책인가 봐요. 안녕히 계세요!
며느리　　　수고하셨어요.

우체부가 나간다.

어머니　　　무슨 등기우편이냐?

며느리　　책인가 봐요.

어머니　　책?

며느리가 봉투를 어머니에게 건네준다.

어머니　　무슨 책이 이렇게 얄팍하니?

며느리　　글쎄요.

어머니　　뜯어볼까?

며느리　　아버님께서 안 보셨는데….

어머니　　무슨 비밀이라던?

어머니가 봉투를 짼다. 시집이 나온다.

며느리　　시집인가 봐요!

어머니　　시집?

책 펼치는 속에 편지 봉투 나온다. 뜯어본다.

어머니가 표지를 본다. "황진국 시집" "시인의 눈물"이라 쓰여 있다.

S#27 안방

아버지 손에 들린 편지. 그 옆에 어머니도 앉아 있다.

황진국　　(소리) 김 회장님 보십시오…. 지난번 먼 길을 손수 찾아와주신 김 회장님의 그 따뜻한 정과 격려 잊을 수가 없습니다. 그리고 주위 고마운 분들의 도움으로 이 시집을 발간했기에 한 권 보내드립니다. 언젠가 저의 시를 보고 싶다 하신 김 회장님께 부끄럽게도 이제야 졸작을 보여드립니다. 읽어보시고 질책해 주십시오. 몸도 조금씩 나아지는 것 같아 새로운 용기도 생깁니다. 힘내서 열심히 살겠습니다. 고맙습니다. 정말 고맙습니다. 그리고 김 회장님, 전 시골의 그 자연과 아름다움을 아직도 잊지 못하고 있습니다. 언젠가는 꼭 제 꿈을 이룰 것입니다. 그럼 안녕히 계십시오. 황진국 올림.

아버지, 시집을 펼쳐 읽는다.

아버지 뒤틀려서 저승을 손짓한다. 한 손으로는 영혼의 한쪽을 씻는다. 다른 영혼의 한쪽은 반신의 몸뚱어리처럼 마비의 반쪽이 되어 허우적인다. 육신의 한쪽은 이승의 늪에 빠져 있고 다른 한쪽은 이제 오히려 청청한 죽음의 골짜기를 헤맨다.

아버지가 책장을 뒤집는다. 어머니가 읽는다.

어머니 (소리) 바다에 가기로 한 약속을 지킬 수 없는 몸이 되어 이 텅 빈 업보의 골목길에서 엄마를 따라간 꼬마들을 생각한다. 빗방울이 후드득 마비된 팔과 다리를 적시고 가슴에 넘쳐나 옛날에 갔던 어느 갯마을의 물결 소리가 눈물겹게 들려온다. 갈대밭이 물에 아주 잠겨버리지는 않았는지.

어머니 눈에 이슬이 맺힌다.

아버지 여보…… 세상에는 이렇게 살아가는 사람도 있는 걸 알아야 해.

어머니 그래요! 속시원히 통곡해본 사람이 진짜 인생을 깨닫게 된다더니…… 이 시인은….

아버지　　어디, 그게 시인뿐이겠소? 사람이면 누구나가 다 그것을 깨달아야 하고……. 바람에 넘어진 벼가 다시 일어나 이삭을 달고 있듯이 시인도 그렇게 되살아나야 해! 꼭 그렇게 되겠지, 여보…….

어머니　　예.

아버지　　다음 주 추수를 끝내고는 이 시인을 또 찾아가야겠어.

어머니　　그렇게 하세요. 진짜 시인의 눈물을 보고 오세요.

어머니는 사랑스러운 애기의 뺨이라도 어루만지듯 시집을 어루만진다.

멀리 다듬이질하는 소리가 처량하다.

〈가을의 기도〉　뜨거운 여름날의 강물 소리를 보내며 가을 풀꽃들과 함께 죽게 하십시오. 아무 수확이라 없는, 떨리는 손바닥뿐입니다. 그 주위로는 노을이 내리게 하여 가녀린 벌레 소리와 함께 머리 위를 지나간 찬란한 가을비 소리를 잊게 하여 주십시오. 이 조그만 영토에 그대로 쇠잔할 한가을 풀꽃의 뿌리 밑을 흐를 밝은 물소리는 죽어지고 짙푸른 하늘 아래 나뭇가지마다 눈부신 과실의 빛으로 죽어져서 당신에 드리는 제단 앞에 목매여 쓰러지겠습니다. 바람에 불리는 나뭇잎으로 부서져 땅속에 깊이 묻히게 하십시오.

(F.O.)

〈전원일기〉 제1~49화 방영 기록

회차	방영 날짜	작가/연출	제목	비고
1	1980. 10. 21.	차범석/이연헌	박수 칠 때 떠나라	흑백으로 방영.*
2	1980. 10. 28.	차범석/이연헌	주례	영상 필름이 남아 있음.
3	1980. 11. 4.	차범석/이연헌	작은 게 아름답다	
4	1980. 11. 11.	차범석/이연헌	가을 나그네	
5	1980. 11. 18.	차범석/이연헌	자존심으로	
6	1980. 11. 25.	차범석/이연헌	지하 농사꾼	이전 회차들의 러닝 타임 45분에서 60분으로 조정. 편성표에는 「어둠 속의 나그네」로 기록.
7	1980. 12. 2.	차범석/이연헌	혼담	
8	1980. 12. 9.	차범석/이연헌	첫눈	
9	1980. 12. 16.	차범석/이연헌	흙 소리	러닝 타임 50분으로 조정.
10	1981. 1. 6.	차범석/이연헌	천생연분	1981년 1월 1일 본격 컬러 방송 시작. 〈전원일기〉 컬러 방영.
11	1981. 1. 13.	차범석/이연헌	양딸	
12	1981. 1. 20.	차범석/이연헌	분가	
13	1981. 1. 27.	차범석/이연헌	개꿈	연습용 대본 제목: 「가족회의」
14	1981. 2. 3.	차범석/이연헌	말 못 하는 소	연습용 대본 제목: 「말하는 동물」
15	1981. 2. 10.	차범석/이연헌	맷돌	
16	1981. 2. 17.	차범석/이연헌	메주	
17	1981. 2. 24.	차범석/이연헌	들불	
18	1981. 3. 3.	차범석/이연헌	회갑 잔치	
19	1981.3.10.	차범석/이연헌	출발	
20	1981.3.17.	차범석/이연헌	내 아들아	

* 현재 남아 있는 〈전원일기〉 제2화 영상 자료를 보면 흑백과 컬러가 혼용되어 있다. 아마도 본격적인 컬러 방송을 앞두고 스튜디오 신은 컬러로, 야외 신은 흑백으로 촬영한 것 같다.

21	1981.3.24.	차범석/이연헌	돼지꿈	
22	1981.3.31.	차범석/이연헌	콩밥	
23	1981. 4. 7.	차범석/이연헌	꽃바람	
24	1981. 4. 14.	차범석/이연헌	굴비	
25	1981. 4. 21.	차범석/이연헌	한 줌의 흙	
26	1981. 4. 28.	차범석/이연헌	딸자식	
27	1981. 5. 5.	차범석/이연헌	효도 잔치	영상 필름이 남아 있음. 제8회 방송의 날(1981. 9. 3.) 한국방송대상 우수작품상 수상. 연기자 최불암, TV연기상 수상.
28	1981. 5. 12.	차범석/이연헌	늙기도 서러워라*	목포문학관에 대본이 보관되어 있지 않음.
29	1981. 5. 19.	차범석/이연헌	철새**	
30	1981. 5. 26.	차범석/이연헌	풋사과	
31	1981. 6. 2.	차범석/이연헌	농심	
32	1981. 6. 9.	차범석/이연헌	새벽길	
33	1981. 6. 16.	차범석/김한영	버려진 아이	연출자 교체.
34	1981. 6. 23.	김정수/김한영	떠도는 사람들	김정수가 작가로 처음 참여.
35	1981. 6. 30.	차범석/김한영	보리야 보리야	
36	1981. 7. 7.	차범석/김한영	원두막 우화	
37	1981. 7. 14.	김정수/김한영	촌여자	
38	1981. 7. 28.	차범석/김한영	혼담	

* 1981년 5월 12일 자 『경향신문』의 편성표에 "부모 없는 손자 하나만 믿고 살던 성삼이 할머니는 그 손자마저 장성하여 서울로 떠나버리자 외롭고 비참한 심정을 가눌 길 없는데 성삼이……"라고 기록되어 있음.

** 〈철새〉와 〈풋사과〉는 동일 작품으로, 〈철새〉는 연습용 대본이고 〈풋사과〉는 방송용 대본으로 추정됨. 당시 일간지의 방송편성표에 〈철새〉와 〈풋사과〉가 각기 5월 19일과 5월 26일에 방송된 것으로 기록되어 있지만 두 대본을 대조 확인한 결과 동일한 대본임을 확인함.

39	1981. 8. 4.	차범석/김한영	고향유정*	목포문학관에 대본이 보관되어 있지 않음.
40	1981. 8. 11.	차범석/김한영	흙냄새	목포문학관에 있는 「흙냄새」 대본 표지에는 제39화로 되어 있음.
41	1981. 8. 18.	차범석/김한영	몇 묶음의 수수께끼	
42	1981. 9. 1.	차범석/김한영	엄마, 우리 엄마	연습용 대본 제목: 「어머니」
43	1981. 9. 8.	노경식/김한영	가위 소리	
44	1981. 9. 15.	차범석/김한영	잃어버린 세월	연습용 대본 제목: 「성묘길」
45	1981. 9. 22.	차범석/김한영	권주가	
46	1981. 9. 29.	차범석/김한영	처녀 농군	
47	1981. 10. 6.	차범석/김한영	형제	
48	1981. 10. 13.	김정수/김한영	못된 송아지	목포문학관에 대본이 보관되어 있지 않음.
49	1981. 10. 20.	차범석/김한영	시인의 눈물	

* 1981년 8월 4일 자 『조선일보』의 편성표에 "농한기를 맞은 마을에서는 노래자랑을 하느라고 들뜨게 된다. 그러던 중 집에서 도망 나간 순종이가 방송국의 쇼 프로그램에 나온다는 이야기가 나돌아 마을 사람들은 순종이를 보겠다며 기대가 크다. 그러나 순종이는 TV에 모습이 보이지 않고 엉뚱하게 노래자랑에 나와 〈고향무정〉을 울먹이며 부르는데……"라고 기록되어 있음.